Nachrichten von Mr Dean

Katharina Wolf

Jürgen Eglseer, Traunstein

Covergestaltung: Claudia Toman | Traumstoff Coverdesign
Lektorat & Korrektorat: Tatjana Weichel | Wortfinesse

ISBN – 978-3-95869-345-6

Besuchen Sie unsere Webseite:
amrun-verlag.de

Bibliografische Information der Deutschen Nationalbibliothek:
Die Deutsche Nationalbibliothek verzeichnet diese Publikation in der Deutschen Nationalbibliografie; detaillierte bibliografische Daten sind im Internet unter http://dnb.d-nb.de abrufbar.

1 18

Für alle, die immer ein schlechtes Gewissen haben, weil sie so oft am Handy hängen

TEIL 1

Kapitel 1

»Ich hasse es hier«, murmelte ich leise vor mich hin, während ich mich mit dröhnendem Kopf durch die Excel-Tabelle scrollte, die mich heute schon den halben Morgen quälte. »Ich hasse, hasse, hasse es!«

Tabellen, und insbesondere große Tabellen, die fast nur aus Zahlen bestanden, waren so gar nicht mein Ding. Um nicht zu sagen, lieber würde ich mit einem Leoparden ringen oder mich in eine Grube voll Schlangen werfen. Aber leider waren weder Raubtiere noch Reptilien zugegen und selbst wenn, würde ich dadurch meine Miete leider auch nicht bezahlen können. Dazu benötigte ich das Gehalt, zu dem mir dieser trockene und extrem nervige Job verhalf. Es war zum Verzweifeln.

Im Hintergrund hörte ich das leise Gemurmel meiner Kollegen sowie das Brodeln und Gluckern der Kaffeemaschine, was mich daran erinnerte, meinem Chef schnellstmöglich den nötigen Koffeinnachschub zu bringen. Lieber Eigeninitiative zeigen, als dass er mich wutschnaubend daran erinnern musste. Der alte, fette Choleriker.

Das Vibrieren meines Handys neben mir auf dem Schreibtisch riss mich aus meinen düsteren Gedanken. Ein Blick auf das Display ließ mich aufstöhnen. *Mum.* Warum? Warum ich? War ich denn nicht schon gestraft genug? Ich fuhr mir mit den Fingern durch mein Haar, dass eh schon wild in alle Richtungen abstand. Diese verdammten, zu allem Überfluss auch noch feuerroten Locken. Noch ein Grund, warum ich meine Mutter verfluchte. Es waren wahrlich nicht die besten Gene, die sie mir vererbt hatte. Bis auf einen simplen Zopf oder ein Tuch, welches sie mir aus dem Gesicht hielt, konnte ich selten etwas mit meinen Haaren anstellen, und wenn ich morgens aufstand, sah ich meist aus wie ein gerupftes Huhn.

Ich atmete kurz durch und drückte auf den grünen Hörer, um das Gespräch anzunehmen.

»Ja, Mum?«

»Was bist du denn schon wieder so angenervt?«, keifte sie direkt zurück, ohne Rücksicht auf Verluste.

»Ich bin arbeiten und habe Kopfweh. Was ist los?« Sie schnaubte und schien sich am anderen Ende der Leitung erst einmal sammeln zu müssen.

»Ich habe hervorragende Neuigkeiten für dich.«

Mir schwante Böses. Sie würde doch nicht etwa ... »Ich habe mit Christhilde gesprochen. Und – halt dich fest – wir haben ein Treffen organisiert.«

Sie hatte es tatsächlich getan.

»Ihr habt nicht wirklich ein Blind Date zwischen euren Kindern arrangiert?«

»Alleine würdet ihr das doch eh nicht hinbekommen. Und ihr Christopher ist so ein guterzogener und intelligenter junger Mann. So jemanden findest du nicht einfach so auf der Straße oder in den komischen Kneipen, in denen du dich sonst so rumtreibst.«

»Bedeutet guterzogen und intelligent eigentlich gleichzeitig, dass er fettiges Haar und ein Doppelkinn hat?«

»Ruby! Nicht in diesem Ton. Christopher ist äußerst ansehnlich. Im Übrigen habe ich dich auch als intelligent und äußerst kunstinteressiert beschrieben. Christhilde meinte, er wäre sehr angetan von den Fotos und würde sich auf ein Treffen freuen. Du könntest wenigstens Danke sagen.«

Sie erwartete Dankbarkeit? Dachte sie denn wirklich, dass ich mich über dieses Arrangement freuen würde? Und von welchen Bildern sprach sie, um Gottes Willen? Wir waren doch hier nicht im Mittelalter, wo Ehen zwischen zwei Königshäusern arrangiert wurden. Außerdem war ich nicht so ein hoffnungsloser Fall, dass ich nicht auch alleine auf einen netten Kerl treffen könnte. Dieser ominöse Christopher musste nun aber denken, dass ich unter normalen Umständen keinen abbekam. Das war alles so unglaublich peinlich. Mum verstand es einfach nicht! Leider hatte ich weder Lust noch Kraft, mich mit ihr anzulegen. Ich zog eh immer den Kürzeren.

»Und was nun? Habt ihr direkt alles ausgemacht? Ort? Uhrzeit?«

»Das werdet ihr wohl noch alleine schaffen.« Ich rollte mit den

Augen. Wie nett, dass sie uns zumindest DAS zutraute. »Christopher hat deine Handynummer und wird sich bei dir melden«.

Da war ich ganz anderer Meinung. Wenn dieser Kerl ein normaldenkendes menschliches Wesen war, würde er das nicht tun. Aber ich hielt lieber meinen Mund.

»Okay, Mum, ich muss jetzt weiterarbeiten. Hier ist einiges los.« Da meine Mum keine Ahnung hatte, was ich den lieben langen Tag im Büro tat, klackerte ich ein wenig auf meiner Tastatur herum und raschelte mit einem Bogen Druckerpapier. Das klang hoffentlich beschäftigt genug.

»Noch einen schönen Tag, Liebes, und vergeig die Verabredung nicht. Das wäre mir Christhilde gegenüber sehr peinlich.«

»Verstanden, keine spontanen Stripeinlagen und Champagnerduschen in der Öffentlichkeit.«

»Ruby!«

Ich legte auf, lehnte mich in meinem Schreibtischstuhl zurück und betrachtete für einen kurzen Moment die Zimmerdecke. Ich hatte Bauch- und Kopfschmerzen. Die Kopfschmerzen begleiteten mich schon die ganze Woche. Der Bauch tat meist dann weh, wenn mir etwas Unerfreuliches bevorstand. Früher, zu Schulzeiten, war das ein Chemie- oder Lateintest. Heute waren es Meetings mit meinem Boss. Anscheinend aber auch Blind Dates, die nur in einem Desaster enden konnten. Mir war schlecht.

Ohne Vorwarnung wurde die Tür meines Büros aufgeworfen und knallte an den Schrank daneben. Ich zuckte zusammen und verschluckte mich an meiner eigenen Spucke. Als ich heftig husten musste, bemerkte ich Anna, die in der Tür stand und mich lauthals auslachte.

»Boah Anna, ich bin fast gestorben, so sehr hast du mich erschreckt. Klopf doch an oder komm wenigstens so rein, dass man nicht direkt denkt, die Kavallerie greift an.«

»Ich wusste, dass ich dich kalt erwische«, prustete sie und hielt sich weiter den Bauch vor Lachen.

Ich blickte sie einige wenige Sekunden böse an, bevor auch ich ein Kichern nicht mehr unterdrücken konnte. Anna hatte so eine Wirkung. Sie war ein echter Wirbelwind und strahlte immer gute Laune aus. Sie passte noch weniger in diese verdammte Spießer-Firma als ich. Trotzdem schien sie komischerweise nicht halb so unzufrieden zu sein. Entweder hatte sie sich mit ihrem Schicksal einfach abgefunden oder die Arbeit in der Personalabteilung machte ihr am Ende sogar wirklich Spaß.

Anna kam auf ihren hohen Hacken zu meinem Schreibtisch stolziert und ließ sich auf dem Stuhl mir gegenüber nieder. Ihre Handtasche fiel achtlos neben ihr zu Boden. In ihrem Bleistiftrock und der schmalen, dunkelblauen Bluse wirkte sie klassisch sexy und sehr elegant zugleich. Wie ich in Rock und High-Heels aussah, konnte man noch am ehesten mit einem plumpen Bauern an Karneval vergleichen.

»Fertig für die Mittagspause?«

»Keine Chance.« Ich seufzte. »Die Quartalsabrechnungen stehen an, und ich kämpfe mich den ganzen Morgen schon durch diese Tabelle. Ich seh nur noch Karos vor mir.«

»Du willst durcharbeiten?«

»Ich habe noch einen Apfel in der Schublade, und ich glaube, irgendwo müsste auch noch ein Müsliriegel rumliegen. Ansonsten werde ich mich mit Kaffee dopen und versuchen, Herrn Peters einmal in meinem Leben nicht zu enttäuschen.«

»Gib's auf. Das wird dir nicht gelingen. Sein ganzes Leben ist eine Enttäuschung. War es schon vor dir. Der wüsste gar nicht, wie er mit erfreulichen Nachrichten umgehen sollte.«

»Das heitert mich so gar nicht auf.«

Anna zuckte mit den Achseln, erhob sich und kramte in ihrer Handtasche.

»Hier ist übrigens meine neue Handynummer. Mein iPhone hat sich gestern in die Toilette verabschiedet. Leider war nichts mehr zu retten. Ich hab jetzt eins, das wasserfest ist.« Ich betrachtete den zerknitterten Zettel und legte ihn neben die Tastatur auf den Schreibtisch.

»Verdammt. Ist denn jetzt alles weg? Alle Bilder, Nummern und Spiele-Highscores?«

»So ziemlich alles.« Trotzdem grinste sie und zuckte ein weiteres Mal unbeeindruckt mit den Achseln. Ich bekam allein bei dem Gedanken daran einen Schweißausbruch. Ich sollte schleunigst meinen ganzen Kram auf den PC kopieren. Leider dachte man an Datensicherung ja erst, wenn es zu spät war. Ohne mein Smartphone war ich sowas von aufgeschmissen.

»Weißt du, manchmal ist es ein Segen, einfach mal alles hinter sich zu lassen und neu zu beginnen. Ein Handy mit gerade einmal zehn gespeicherten Nummern hat etwas unglaublich Beruhigendes. Als habe man all den unnötigen Ballast abgeworfen.«

Diese abgeklärte Gelassenheit bewunderte ich so an ihr. Denn genau das war eine Eigenschaft, die mir fehlte. Ich konnte nicht so einfach abschließen und neu beginnen. Meine Gedanken schweiften oft zu dem, was ich verloren hatte. Kurz dachte ich an Alex, an sein Lächeln und die vielen Versprechungen, die er nicht gehalten hatte, bevor ich mich selber ermahnte und meine Aufmerksamkeit wieder Anna schenkte.

»Überanstrenge dich nicht. Später musst du fit sein. Das mit dem Filmabend steht doch noch, oder?«

»Klar. Du kommst um sieben zu mir, ich besorge Filme und Popcorn.«

»Yeah, das wird ein Spaß! Ich geh dann mal zum Bäcker und besorge mir was zu essen.«

»Bis später.«

Sie schloss die Tür zum Glück sanfter, als sie sie geöffnet hatte. Ich warf einen Blick in die oberste Schublade meines Rollcontainers und fischte einen Müsliriegel mit Schokoüberzug aus dem hintersten Eck. Ich hatte schon schlimmere Arbeitstage gehabt. Solange ich noch was Süßes hatte, gab es Hoffnung.

Kurz vor fünf fuhr ich den Computer herunter und machte Feierabend. Herr Peters war auf irgendeinem Termin außer Haus, und so konnte ich verschwinden, ohne dass er mir den täglichen Denkzettel mit nach Hause gab. Gut so. Immerhin wollte ich heute Abend Spaß haben.

Im Supermarkt direkt um die Ecke hielt ich an und besorgte das Nötigste für unseren gemütlichen Filmabend. Sekt für Anna, Bier für mich. Mit dem süßen Blubberwasser konnte ich selten etwas anfangen. Das lag womöglich an meinen schottischen Wurzeln. Bier und Whiskey waren bei uns eine eigene Kultur. Trotz meiner ewigen Dauerdiät wanderten natürlich auch Chips und Popcorn in den Einkaufswagen. Zu einem Filmabend gehörte nun mal einfach unvernünftiger Süßkram. Sonst machte es ja nur halb so viel Spaß.

Während ich meine Einkäufe in die Wohnung in den ersten Stock trug, spürte ich mein Handy in der Hosentasche vibrieren. Ich klemmte mir die Handtasche kompliziert zwischen die Beine, schloss die Haustür auf, schmiss sie und die Einkaufstüten auf den Küchentresen und kramte hektisch nach meinem Handy. Beim Wort *Mum* auf dem Display konnte ich ein lautes Aufstöhnen nicht unterdrücken. Was war denn nun schon wieder?

»Ja?« Ich bemühte mich nicht einmal, freundlich zu klingen.

»Hat er sich schon gemeldet?« Auch sie hielt wohl gerade nichts von Begrüßungsfloskeln. Ich seufzte absichtlich gut hörbar auf. »Entschuldige bitte das Interesse an deinem Leben.« Sie hatte es gehört.

»Nein, Mum, er hat sich noch nicht gemeldet. Ich bin mir aber sicher, dass dich Christlinde auf dem Laufenden halten wird.«

»Christhilde.«

»Was?«

»Sie heißt Christhilde, und sie weiß auch nicht mehr.«

»Was auch immer, ich bin gerade erst heimgekommen und hab noch einiges zu tun.«

»Bekommst du Männerbesuch?«

Ich kannte das Problem meiner Mutter.

Seit ich mein Abitur in der Tasche hatte, drängte sie mich dazu, mir einen gutverdienenden Gatten zu suchen und ihr endlich Enkelkinder zu schenken. Alles andere schien ihrer Meinung nach Zeitverschwendung zu sein. Als Frau studieren, und dann auch noch Alte Geschichte und Archäologie? Da hätte ich ja auch gleich Taxi fahren können.

So viel Spaß mir das Studium auch gemacht hatte, in dem Punkt musste ich ihr leider recht geben – was ich niemals offen aussprechen würde. Ich wollte zwar auf keinen Fall in naher Zukunft schon eine Familie gründen, aber mit meinem hart erarbeiteten Bachelor kam ich auch nicht weiter.

Heidelberg war eine wunderbare Stadt, und in der Region gab es einige Museen. Die stellten nur alle momentan niemanden ein. Eine Zeit lang hatte ich bei Stadtführungen Touristen durch die engen Gassen der Heidelberger Altstadt geführt. Es hatte mir Spaß gemacht, mit den vielen unterschiedlichen Menschen aus allen Teilen der Welt Kontakt zu haben und ihnen die schönsten Fleckchen meiner Heimatstadt zu zeigen. Denn Heidelberg hat noch viel mehr zu bieten als das bekannte Heidelberger Schloss. Jede kleine Gasse hat ihre eigene, spannende Geschichte, und es war meine Aufgabe gewesen, diese weiterzugeben und am Leben zu erhalten. Ich hatte in dieser Zeit auch selbst viel dazugelernt. Nicht nur Historisches, auch über den Umgang mit Menschen aus anderen Kulturen. Ich hätte diesen Job wirklich gerne weitergemacht, aber der Verdienst reichte leider nicht zum Leben.

Seitdem saß ich in dieser Versicherung fest, war der persönliche Lakai meines Chefs, ließ mich regelmäßig anschreien und erledigte Arbeiten, die ich hasste und wahrscheinlich mehr schlecht als recht erledigte. Auch wenn ich mir Mühe gab und gut eingearbeitet worden war, ich bemerkte sehr häufig, dass ich für diesen Job einfach nicht geschaffen war. Und warum tat ich mir das Tag für Tag an? Nur, um meine Miete und die Nebenkosten zu bezahlen. Was war das eigentlich für ein Leben?

»Also ja?« Die neugierige Stimme meiner Mutter holte mich aus meinen trüben Gedanken.

»Nein, Anna kommt vorbei.«

»Ach so.« Die Enttäuschung war deutlich zu hören.

»Also, vielleicht sehen wir uns ja Sonntag, bis dann.« Ich legte schnell auf. Die eigene Unzulänglichkeit war nur noch durch die Vorwürfe anderer zu toppen. Klasse. Ich freute mich immer mehr auf ein paar stumpfsinnige Filme und viel Bier, um die ganzen Sorgen zu ertränken.

Schnell kramte ich in meiner Handtasche nach dem Stück Papier, das mir Anna heute gegeben hatte. Die grauen Schlieren des eh schon total zerknitterten Zettels erinnerten mich daran, dass mir vor einiger Zeit ein Lidschatten in der Tasche regelrecht explodiert war und ich mir nun seit Wochen regelmäßig vornahm, alles von Grund auf zu reinigen. Wieder etwas, was ich nicht auf die Reihe bekam. Ich tippte die Nummer in mein Handy und speicherte sie unter »Anna neu« ab. Dann schrieb ich ihr eine SMS.

KANNST DU BITTE NOCH HOCHPROZENTIGES, NOUGATSCHOKOLADE UND TAMPONS MITBRINGEN? HABE ALLES DAVON BITTER NÖTIG!

Denn wenn alles scheiße lief, war es nicht verwunderlich, wenn man zuerst Bauchkrämpfe und dann auch noch seine Tage bekam.

Keine zehn Sekunden später bekam ich als Antwort ein lachendes Smiley mit Tränen in den Augen geschickt. Wenigstens sie hatte Grund zum Lachen.

Als Anna um 19.03 Uhr an der Tür klingelte, waren zwei Pizzen mit extra viel Käse bereits im Ofen, und auf dem Wohnzimmertisch stapelten sich die anderen Sünden. Bei einer schnellen Recherche über besonders dumme Komödien hatte ich mich unter anderem für *Hey Mann, wo ist mein Auto* entschieden. Immerhin mit *Ashton Kutcher*, also zumindest etwas fürs Auge.

Wortlos reichte mir Anna eine Flasche Wodka und schaute sich begeistert um.

»Das wird ja eine Fressorgie!«

»Gegen ein gepflegtes Besäufnis hätte ich auch nichts, um ehrlich zu sein.«

»Ist was passiert?«

»Nur das Übliche. Mein Chef hält mich für eine Versagerin, meine Mutter denkt, ich bekomme keinen ab, und mein Freund hat mich wegen einer anderen verlassen.«

»Sag bloß, du trauerst immer noch diesem Vollhorst nach?« Natürlich tat ich das.

»Ich hab eben viel in die Beziehung gesteckt und mir mehr erhofft.«

»Er ist ein Ehebrecher! Ich hab dir von Anfang an gesagt ...«

»Lass stecken!«

Ich winkte ab. Da ich ihre Meinung schon kannte, machten weitere Diskussionen schlichtweg keinen Sinn. Sie hatte ja recht. Das änderte aber nichts daran, dass Alex mir das Herz gebrochen hatte. Ein Jahr lang war ich nicht mehr gewesen als seine Frau für besondere Stunden. Zu Hause wartete das liebe Eheweib mit dem Abendessen und den Kindern. Ich war sein Abenteuer, und er versprach mir all das, was ich hören wollte.

Er wollte seine Frau verlassen.

Sich mit mir eine Zukunft aufbauen.

Ich atmete jedes seiner Worte ein, und sie ließen mich die Monate durchhalten, in denen nichts geschah. Ich wollte ihm glauben. Ich war sowas von naiv.

Er hatte sich - wie von Anna prophezeit - für seine Frau entschieden und mir eines Tages einfach den Laufpass gegeben. Ohne Vorwarnung. Ohne auch nur einmal zurückzuschauen.

Er hatte keine meiner Tränen verdient. Und trotzdem konnte ich sie nicht zurückhalten. Zwei Wochen lang war ich kaum ansprechbar gewesen. Auch jetzt spürte ich ein verräterisches Prickeln in der Nase und schniefte geräuschvoll.

Es war über ein halbes Jahr her. Ich war längst über diesen Idioten hinweg und empfand auch nichts mehr für ihn. Es waren der Verrat und die Demütigung, die mich bis heute nicht losließen. Ich straffte meine Schultern und verdrängte die düsteren Gedanken an den Mann, der mich verletzt hatte.

»Egal jetzt. Wir haben Wodka!«

»Das ist mein Mädchen!«

Vier Stunden und zwei stumpfsinnige Filme später tat uns der Bauch vom vielen Lachen weh, und wir waren dank des vielen Alkohols kaum mehr in der Lage, zusammenhängende Sätze zu sprechen. Als Anna dann auch noch vom Sofa fiel und dabei zwei Flaschen Bier umwarf, beschlossen wir, diesen Abend nun offiziell für beendet zu erklären. Anna rief sich ein Taxi und war eine Viertelstunde später auf dem Nachhauseweg.

Ich räumte ein bisschen von dem Chaos weg und schüttelte den Kopf. Der Teppich war von Bier durchtränkt.

»Na toll, Anna, was ne Sauerei.« Ich breitete zwei Geschirrhandtücher auf dem Fleck aus und wankte Richtung Badezimmer. »Und Tampons hast du mir auch keine mitgebracht, du Miststück«, murmelte ich und musste gleichzeitig kichern.

Schnell putzte ich mir die Zähne, knotete mein lockiges Haar zu einem dicken Zopf und warf mich in ein viel zu großes und schon total löchriges Nirvana-Shirt. Damit kuschelte ich mich in mein Bett und stellte erleichtert fest, dass sich das Zimmer nicht um mich drehte. Anscheinend war der Alkohol, den ich intus hatte, kein totaler Hirnkiller gewesen.

Bevor ich jedoch die Augen für meinen hoffentlich wohltuenden Schönheitsschlaf schloss, schaute ich ein letztes Mal auf mein Handy. Eine neue Nachricht.

Und? Hast du alles erhalten? Oder gab es ein blutiges Massaker?

Von ‚Anna Neu‘.

Selbst in meinem derzeitigen Zustand bemerkte ich, dass da etwas faul war.

Hä?

Wenig intelligent antwortete ich.

DU HATTEST VORHIN DARUM GEBETEN UND NAJA ... WIE ES SCHEINT, WAR ICH WOHL DER FALSCHE ANSPRECHPARTNER.

WER ZUM TEUFEL BIST DU?

Schlagartig war ich wieder fit und setzte mich auf. Ich verstand gerade nur Bahnhof.

EIN GEHEIMNISVOLLER FREMDER.

ICH BIN GLAUB ZU BETRUNKEN, UM DARAUF GEISTREICH ZU ANTWORTEN, DESHALB LASSE ICH ES LIEBER FÜR HEUTE MAL GUT SEIN, antwortete ich und wollte das Handy wieder auf meinen Nachttisch legen, als es ein weiteres Mal vibrierte.

Ich las das *OKAY, DANN BIS MORGEN* und legte das Handy wieder zur Seite. Keine Ahnung, wer da auf der anderen Seite der Leitung war und was er wollte. Aber aus irgendwelchen Gründen brachte mich dieses vermeintliche Missverständnis gerade zum Grinsen.

... oder es war der Wodka. Es war mit Sicherheit nur der Wodka.

Kapitel 2

Als ich kurz vor acht im Büro ankam, war ich vollkommen durch den Wind. Zu gerne hätte ich direkt nach dem Aufwachen Anna angerufen. Leider wusste ich nicht, wie. Denn wie es schien, antwortete mir ja von ihrer angeblich neuen Nummer ein völlig Fremder. Oder erlaubte sie sich einen Scherz mit mir? Zuzutrauen wäre es ihr. Ich wollte einfach nur Klarheit.

Ich ließ meine Handtasche neben dem Drehstuhl zu Boden fallen und wählte bereits Annas Büro-Durchwahl, bevor ich mich hingesetzt oder gar die Jacke ausgezogen hatte. Anna arbeitete zwei Stockwerke über mir, wir liefen uns daher nicht gerade häufig über den Weg, verabredeten uns allerdings regelmäßig zur gemeinsamen Mittagspause. Ich ließ es gefühlte einhundert Mal bei ihr klingeln. Ausgerechnet heute kam sie anscheinend erst später. Klasse. So viel hatten wir auch wieder nicht getrunken, dass sie erst mal ihren Kater auskurieren musste.

Ich setzte mich und versuchte mich zu sammeln. Was war schon dabei? Dann war das eben eine unbekannte Person, mit der ich die letzten Nachrichten ausgetauscht hatte. Er kannte mich nicht, ich kannte ihn nicht. Also war es auch egal, dass ich mich eventuell ein wenig blamiert hatte. Eventuell auch ein wenig sehr. Ich schüttelte den Kopf. Hatte ich tatsächlich einen völlig Fremden um Tampons gebeten? Das war eigentlich an Komik kaum zu überbieten! Ich kicherte und griff direkt ein weiteres Mal zum Telefonhörer, um Annas Büronummer zu wählen. Ich musste ihr diese lustige Story einfach sofort erzählen. Ungeduldig gab ich nach dem dritten Tuten auf. Dann halt nicht. Ich kramte mein Smartphone aus der Handtasche und las mir die SMS mit dem Unbekannten noch mal durch.

Wer er wohl war? Wie kam ich überhaupt darauf, dass es sich um einen »Er« handelte? Die unbekannte Nummer könnte genauso gut zu einer Frau gehören. Andererseits. Nein. Solche Sprüche kamen eindeutig nur von Männern. Außerdem hatte er sich als »Fremden« und nicht als »Fremde« bezeichnet.

Ich starrte noch einige Sekunden auf seine letzte SMS und gab mir dann einen Ruck. Ich begann zu tippen und klickte auf *Senden.*

Okay, nochmal von vorne: Wer zum Geier bist du? Direkt und unverfälscht. That's me.

Ich musste keine Minute auf eine Antwort warten.

James Dean!

Wie der Filmstar?

Klar!

Ich rollte mit den Augen. Was war denn das für ein Freak? Da schien ja einer ein ziemlich übertriebenes Selbstwertgefühl zu haben. Noch wahrscheinlicher war allerdings, dass es sich um einen dicken Geek handelte, der den ganzen Tag nur vorm PC saß, World of Warcraft zockte und sich wünschte, auch nur annährend so auszusehen wie der frühere Schauspieler und Frauenschwarm. Gerade als ich genauso eine bissige Nachricht verfassen wollte, ging schon wieder die nächste von ihm ein.

Und du?

Ich überlegte nicht lange. Es gab nur einen Namen, der in Frage kam.

Merida!

So wie die Disney-Prinzessin?

Jap. Sehe ihr erschreckend ähnlich.

Einen Moment später setzte ich mit einer weiteren Nachricht nach.

Wahrscheinlich mehr als du James Dean!

Das kann sein ;-)

Ich kicherte kurz und entschloss mich dann, schnell den PC hochzufahren und meinen Kalender zu checken. Wenn Herr Peters sah, dass ich hier grinsend minutenlang am Handy hing, würde es wieder ein Donnerwetter geben, und das noch vor dem ersten Kaffee. Ohne mich!

Ich ging meine E-Mails durch, notierte mir einige Aufgaben auf meiner niemals enden wollenden To-Do-Liste und entschloss mich dann, eine Kanne Kaffee zu kochen. Immerhin war auch das eine meiner vielen undankbaren Aufgaben, die ich ohne zu murren erledigte. Tag für Tag.

Nachdem ich mir meinen ersten metaphorischen Einlauf für den Tag eingefangen hatte (der Kaffee war zu schwach, der Muffin zu trocken, die Exceltabelle zu unübersichtlich, mein Korrekturlesen um einiges zu langsam, und überhaupt würde ich ja so gar nichts zu seiner Zufriedenheit erledigen), vibrierte mein Handy und bewegte sich brummend über meinen Tisch.

Eine WhatsApp-Nachricht von einer unbekannten Nummer. Was war denn momentan los? Langsam wurde es unheimlich.

Ich klickte auf die Nachricht und wünschte mir im selben Augenblick, ich hätte es gelassen.

Hallo Ruby, hättest du heute Abend Zeit? LG Christopher

Christopher, der Sohn von Christlinde oder wie diese Frau nochmal hieß. Das Blind Date. Der Typ hatte sich tatsächlich gemeldet. Fast musste ich lachen. Zum Glück hatte er mir über WhatsApp geschrieben, denn so konnte ich direkt auf sein Profilbild klicken und ihn genauer betrachten: Mann im Regencape im Wald. Okay. Das war wenig aussagekräftig. Ich konnte nicht mal seine Haarfarbe erkennen. Aber zumindest schien er kein kompletter optischer Reinfall zu sein. Höchstens ein Exhibitionist im Regencape, der anderen Leuten in Parks und auf Waldlichtungen auflauerte.

Ich seufzte. Dann würde ich der Sache einfach mal eine Chance geben. Ich antwortete recht reserviert, und wir klärten in ein paar kurzen Nachrichten Ort und Uhrzeit ab.

Wir verabredeten uns für 19 Uhr in dem italienischen Restaurant *Da Vinci*. Davon hatte ich zumindest nur Gutes gehört, und so würde mich eine ordentliche Lasagne hoffentlich über eventuell peinliches Schweigen hinwegtrösten.

Ich lehnte mich in meinem Bürostuhl zurück und schloss kurz die Augen, um mich zu sammeln. Ich bekam schon wieder Kopfschmerzen. Womit hatte ich das alles eigentlich verdient?

Ich beugte mich wieder nach vorne und starrte auf meine Tastatur. Irgendwie lief momentan einiges nicht so, wie ich es gerne hätte. Ich arbeitete für eine Firma, die ich hasste, sah aber momentan keinen anderen

Ausweg, außer wieder zu meiner Mutter zu ziehen. Und DAS war nun wirklich keine gute Alternative. Außerdem war ich Single. Und wenn ich ehrlich sein musste, auch schon viel zu lange. Wahrscheinlich lag es an mir. Ich war zu wählerisch - aber leider auch nicht gerade ein Magnet für Akademiker und attraktive, intellektuelle Kerle. Vielmehr sprachen mich, wenn ich mal angesprochen wurde, nur Vollpfosten an! Oder eben verheiratete Männer, so wie Alex einer war.

Freak-Magnet. Den Spitznamen hatte mir Anna gegeben. Und ich hatte ihn auch redlich verdient. Stolz war ich darauf aber nicht. Ich hätte ja wirklich gerne einen Freund. Einen hübschen, süßen Kerl, mit dem ich gut auskam, der mich unterstützte, der vielleicht die gleichen Interessen hatte wie ich. Der vielleicht studiert hatte. Nicht mehr zu Hause bei Mutter wohnte, groß und gut gebaut war. Dunkelhaarig durfte er gerne sein und ... stopp! Ich hatte tatsächlich viel zu hohe Ansprüche. Immerhin war ich nicht gerade ein Victoria Secret-Model. Vielmehr konnten sich zwei Victoria Secret-Models hinter mir verstecken. Sie müssten sich nur etwas bücken, da sie mich wohl mit meiner sehr durchschnittlichen Körpergröße locker überragen würden.

Am ehesten passten die Adjektive »interessant« oder »besonders« zu mir. Ich war nicht wirklich eine Schönheit im klassischen Sinne. Ich hatte lockiges, viel zu wildes Haar, das zudem auch noch leuchtend rot war. Naturrot wohlgemerkt. Eine schreckliche Kombination aus Mutter (lockige Haare) und Vater (rote Haare). Heute trug mein schottischer Dad Glatze, aber ab und an ließ er sich einen Dreitagebart (ebenfalls rote Haare) stehen. Ihm und meinen von ihm vererbten schottischen Wurzeln hatte ich auch meine blasse Haut und die Sommersprossen zu verdanken. Leider war das nicht jedermanns Sache. Durfte ich überhaupt Ansprüche haben oder würde ich mit meinem Getue für immer alleine bleiben?

Ich griff nach meinem Handy und klickte auf das SMS-Symbol.

WAS TREIBST DU SO? ICH DENKE GERADE ÜBER DEN SINN DES LEBENS NACH.

Warum ich ihm schrieb, einem fremden Mann, von dem ich nichts wusste? Keine Ahnung. Aber vielleicht gerade deshalb. Oberflächlichkeiten spielten bei uns momentan keine Rolle. Eigentlich spielte nichts eine Rolle, da wir uns nicht kannten.

HÖRT SICH NACH DEPRI-STIMMUNG AN! EINE DER MEISTGESTELLTEN FRAGEN, WIE MIR SCHEINT. HAST DU DENN SCHON EINE ANTWORT GEFUNDEN?

Ich grinste. Anscheinend hatte der Kerl sein Handy genau wie ich immer in Reichweite bei sich liegen. Verrückt.

DAS ÜBLICHE: HEIRATEN, HAUS BAUEN, KINDER KRIEGEN ...

AHA, WIE ALT UM GOTTES WILLEN BIST DU DENN?

Prompte Antwort von James Dean.

LAUT MEINER MUTTER GENAU IM RICHTIGEN ALTER, UM MICH ENDLICH FORTZUPFLANZEN. ABER EIGENTLICH GERADE MAL 23.

OH GOTT ... DAS IST DOCH NOCH VIEL ZU JUNG, UM SICH EINE FAMILIE ANS BEIN ZU BINDEN.

Ich lachte auf. Das sah ich ähnlich. Ich hätte zwar gerne einen Freund, aber Hochzeit und Kinder sah ich momentan noch gar nicht. Mein Leben war doch vollkommen ungeregelt. Beruflich war bei mir alles ungewiss. Ich wusste ja nicht mal, ob ich hier in Heidelberg bleiben würde oder ob ich irgendwann gezwungen sein würde, für einen Job umzuziehen. Heutzutage musste man ja flexibel sein. Selten wartete der Traumjob direkt vor der Tür auf einen. Außerdem wollte ich es mir momentan auch einfach nicht nehmen lassen, spontan Party zu machen, wenn ich Lust darauf hatte.

Es klopfte, in der gleichen Sekunde öffnete sich die Tür und meine Kollegin Frau Müller blieb wie angewurzelt stehen. Sie musterte mich abschätzig und machte aus ihrer Verachtung keinen Hehl.

»Frau McAllister? Machen Sie eigentlich auch noch was anderes, außer stundenlang am Handy zu hängen? Dafür werden Sie nicht bezahlt!« Ich konnte kaum eine Entschuldigung nuscheln, da war die Hexe auch schon wieder verschwunden. Wahrscheinlich würde sie direkt petzen gehen. Aber dieses Geschleime kam bei unserem Boss ja anscheinend wunderbar an. Immerhin war Frau Müller ja eine seiner Lieblinge. Sie konnte ihm scheinbar besonders gut in den fetten Arsch kriechen. Ich sollte schleunigst meine To-Do-Liste abarbeiten und Herrn Peters nicht noch mehr Gründe auf dem silbernen Tablett präsentieren, um mich rauszuwerfen.

Die Mittagspause verbrachte ich heute wie so oft mit Anna, die nun auch endlich von den Toten auferstanden war. Mit dicker Sonnenbrille trotzte sie der Mittagssonne und ihrem lästigen Kater. Hatte sie wirklich so viel mehr als ich getrunken? Wir betraten ein kleines Café, das sich ganz in der Nähe unseres Arbeitsplatzes befand und setzten uns in eine der hinteren Nischen. Nachdem wir mit Kaffee und Bagels versorgt waren, ging es nun darum, das Wichtigste zu klären.

»Moment mal Ruby, noch mal langsam, damit auch ich es verstehe. Wer hat dir geschrieben?«

»Woher soll ich das denn wissen? Ich kenne den Typen nicht. Immerhin antwortet er doch von deiner angeblich neuen Nummer.«

»Oh Gott, schrei doch nicht so.« Anna kniff sich mit Daumen und Zeigefinger in den Nasenrücken und kramte dann hektisch in der Tasche nach einer Kopfschmerztablette, die sie direkt nahm und mit ihrem Milchkaffee hinunterspülte. »Von meiner Nummer? Kann nicht sein. Gib mal dein Handy!«

Ich reichte ihr mein Smartphone und beobachtete, wie sie mit ihrem Daumen hin und her wischte.

»Ha, da ist der Fehler. Da gehört eine 5 hin, keine 6. Du hast eine Ziffer falsch eingegeben. Ich korrigiere es dir gleich ...«

»Warte, gib erst mal her!« Ich riss ihr das Handy aus der Hand und speicherte die falsche Nummer schnell unter dem Namen »James Dean« ab, bevor ich es ihr wieder zurückgab. »Gib deine Nummer einfach neu ein.« Anna grinste mich anzüglich an und hob eine Augenbraue. »Hat da jemand noch etwas vor? Vielleicht mit einem gewissen geheimnisvollen Unbekannten?«

»Naja, einfach nicht mehr melden wäre doch auch wirklich unhöflich. So bin ich nicht erzogen.«

»Ja, klar ...« Anna lachte und fasste sich dann mit schmerzverzerrtem Gesicht an die Schläfen. »Boar, brummt mir der Schädel. Nächstes Mal bleiben wir bei Softdrinks. Das hochprozentige Zeug ist nichts für mich. Aber dir scheint es ja gut zu gehen ...« Ich nickte, biss hungrig in meinen Bagel und leckte mir mit der Zungenspitze etwas Frischkäse vom Mundwinkel.

»Das sind meine schottischen Gene«, murmelte ich mit vollem Mund. »Nun kommen wir aber zu einem wichtigeren Thema. Eventuell brauche ich dich heute Abend für eine spontane Rettungsaktion.«

»Sag bloß, der Typ hat sich gemeldet.« Ich nickte nur stumm. »Ruby hat heute Abend ein Blind Date. Wie aufregend!«

»Du kennst den Plan. Wenn ich dir eine leere SMS schicke, dann rufst du mich an und faselst irgendwas davon, dass du dringend ins Krankenhaus musst oder so. Also irgendwas, damit ich einen plausiblen Grund habe, abzuhauen.«

»Null Problemo. Aber sei mal nicht ganz so pessimistisch. Wer weiß, vielleicht ist es der Eine.« Ich zog skeptisch eine Augenbraue in die Höhe.

»Ich bezweifle, dass ein Typ, den meine Mutter gut findet, auch nur annähernd meinem Geschmack entspricht. Die findet ja auch *Howard Carpendale* stark.«

»Da hast du natürlich auch wieder recht.«

HEUTE ABEND ERWARTET MICH DER BLIND-DATE-HORROR.

Ich schrieb die SMS an Mr Dean mit der linken Hand, während ich mit der rechten das Glätteisen durch einige Haarsträhnen zog, um irgendetwas mit meinen Haaren anzustellen - und dabei natürlich kläglich scheiterte. Es dampfte und zischte. Aber ansonsten tat sich nichts. Also schaltete ich das Gerät wieder aus. Dann sah ich eben aus wie immer: Wie ein aufgeplatztes Sofakissen. Ich seufzte beim Blick in den Spiegel und wollte mich gerade mit etwas Mascara meinen Wimpern widmen, als mein Handy laut rappelnd auf dem Waschbeckenrand vibrierte.

SO SCHLIMM? WIRD SCHON KEIN MASSENMÖRDER SEIN., war die Antwort von Mr Dean, die mich aufseufzen ließ.

WÄRE MANCHMAL ZU BEVORZUGEN. DANN HÄTTE DAS DATE WENIGSTENS EIN SCHNELLES ENDE.

Als Antwort bekam ich ein Smilie, dem vor Lachen die Tränen aus den Augen schossen. Ein Kichern entwich mir.

MELDE DICH DOCH EINFACH SPÄTER NACH DEM DATE BEI MIR, DAMIT ICH WEISS, DASS ALLES OKAY IST. Seine nächste Nachricht stimmte mich fast schon verlegen. Wir kannten uns ja eigentlich nicht so gut, dass er sich um mich sorgen musste. Ich zuckte mit den Achseln, ließ mein Handy in meiner Handtasche verschwinden und bearbeitete mein Gesicht ausgiebig mit Make-up, Mascara, Eyeliner und Rouge. Fertig.

Dann zog ich mein dunkelblaues Lieblingskleid an, das mit den weißen Schwalben am Saum. Mit dem Trenchcoat über dem Arm kontrollierte ich ein letztes Mal den Inhalt meiner Handtasche und machte mich dann auf den Weg.

In der Straßenbahn auf dem Weg zum *Da Vinci* hoffte ich inständig, dass es sich bei Christopher vielleicht doch einfach um einen netten Kerl handelte und nicht um einen Langweiler oder Vollfreak. Ich würde den Abend doch wohl irgendwie überstehen ...

Circa zwei Stunden später musste ich mir eingestehen, dass ich den Abend auch deutlich schlechter hätte verbringen können. Christopher war wirklich nett, er studierte Medizin, sah recht gut aus und hatte wie ich eine Vorliebe für Tiramisu. Und: Er war stockschwul. Im Gegensatz zu seiner Mutter hatte ich das bereits nach zwei Minuten vermutet und war mir nach zehn Minuten mehr als sicher! Er erzählte mir von seiner Mutter, die immer wieder Verkupplungsversuche startete, weil sie einfach nicht einsehen wollte, dass er sich sein Leben anders vorstellte als sie. Da hatten wir zumindest eines gemein. Auch meine Mum wünschte sich für mich ein anderes Leben.

Er hatte sich bislang noch nicht offiziell geoutet, weil er ihre Meinung kannte und wusste, dass sie tief religiös - und leider so gar nicht weltoffen und tolerant war. Viel zu groß war seine Angst vor ihrer Reaktion, und so spielte er dieses Spiel einfach mit.

Wir aßen beide viel und tranken gemeinsam eine Flasche Rotwein. Es war ein wirklich netter Abend, und wir gingen freundschaftlich auseinander. Zum Abschied bekam ich zwei Küsschen auf die Wangen, und wir versprachen uns, das zeitnah zu wiederholen. Immerhin hatten wir Spaß gehabt, und unsere Mütter wären auch höchst erfreut.

Im Taxi auf dem Weg nach Hause schrieb ich zuerst Anna eine SMS.

ENTWARNUNG! WAR ERSTAUNLICH NETT. ABER ICH BIN NICHT SEIN TYP. DAS DÜRFTE WOHL EHER RYAN GOSLING SEIN, WENN DU VERSTEHST ...

Danach schrieb ich an James Dean.

LEBE NOCH. WAR KEIN KETTENSÄGENMÖRDER, DAFÜR EIN NETTER, ÄUSSERST SCHWULER MEDIZINER.

Beinahe zeitgleich gingen ihre Antworten ein. Von beiden bekam ich ein lachendes Smilie. Ich brach in schallendes Gelächter aus, und der Blick des Taxifahrers im Rückspiegel bewies, dass es durchaus Menschen gab, die *mich* für irre hielten und hofften, den Abend ohne Kettensägenmassaker hinter sich zu bringen.

Kapitel 3

Wie verbrachte eine junge Frau am besten ihren Freitagabend? Die meisten waren wahrscheinlich auf einer Party oder tanzten in einer Disko mit ein paar Männern, auf der Suche nach dem einen, mit dem sie ein paar angenehme Stunden verbringen konnten.

Ich hingegen genoss es, einfach früh im Bett zu liegen, eine Keksdose neben mir auf der Matratze, einer Tasse heißen Kakao in der Hand und einer total dämlichen Frauenzeitschrift auf dem Schoß. Die Familiengeschichte der Kardashians, der neue Lover von irgendeiner Prinzessin aus einem Königshaus, welcher Bikini-Typ sind Sie, 5 Kilo verlieren in 14 Tagen ... Das waren die vielversprechenden Schlagzeilen. Total dämlich. Jede halbwegs intelligente Frau wusste, dass einem da ein Bär nach dem anderen aufgebunden wurde, aber es war eben unterhaltsam. Genau wie Talkshows und *Bauer sucht Frau*. Wenn ich mich intellektuell verausgaben wollte, dann las ich *Kafka*.

Mein großes Bücherregal bewies, dass mein Geschmack sehr breit gefächert war. Von *Goethe* und *Hans Magnus Enzensberger* bis hin zu *Tolkiens* Werken und der gesamten *Twilight*-Reihe von *Stephenie Meyer* fand man hier eigentlich alles. Ansonsten kam ich mit Trash ganz gut klar, und nicht selten verabredeten Anna und ich uns für eine neue Folge *Frauentausch*, nur um uns am Ende tierisch über die Teilnehmer aufzuregen - oder uns kaputtzulachen.

Mein Handy vibrierte. Ich griff danach, öffnete einhändig die eingegangene SMS und trank gleichzeitig einen Schluck meiner Schokomilch.

Was treibst du?

James Dean erkundigte sich nach mir. Wie auf Knopfdruck bildete sich ein monströses Grinsen in meinem Gesicht.

Ich trinke Kakao, esse Schokokekse und lese Frauenkram.

SHADES OF GREY?

Ich grunzte vor Lachen. Hätte er mich das mal vor ein paar Wochen gefragt. Da hätte er mit seiner Vermutung sogar goldrichtig gelegen.

NE, DAS HAB ICH SCHON LÄNGST GELESEN. MOMENTAN IST ES EINFACH EINE FRAUENZEITSCHRIFT.

Ich schoss ein Foto von dem bunten Cover, das irgendein Model im Bikini zierte, und schickte es ihm.

HÜBSCHE BETTWÄSCHE, antwortete er prompt, und ich schaute skeptisch um mich. War das Ironie? Das war so ziemlich die günstigste Bettwäsche, die man bei IKEA kaufen konnte. Ein einfaches blaues Muster auf weißem Grund.

ERNSTHAFT?

KLAR!

Mit seiner Antwort ging ein Bild ein, und ich lachte laut auf. Es war ein Bild, das ungefähr aus der gleichen Perspektive geschossen war wie meins - und es war genau die gleiche Bettwäsche darauf zu sehen.

HAHA, WIE LUSTIG. DU BIST ALSO AUCH IKEA-FAN?

ICH LIEBE VOR ALLEM DIE HOTDOGS. ES GEHT NICHTS ÜBER LEERE KALORIEN.

Seine Aussage brachte mich zum Grinsen. Ziemlich sympathisch. Ich mochte Menschen, die es wie ich genossen, einfach mal etwas Leckeres zu essen und sich nicht dauernd unnötig kasteiten.

AMEN!

Dazu sendete ich ein Foto von einem Schokokeks in meiner Hand.

UND? WILLST DU AUCH 5 KILO IN 14 TAGEN VERLIEREN?

Kurz musste ich überlegen, woher jetzt diese Anspielung kam und ob meine Finger auf dem Keks-Foto besonders fett aussahen. Dann erinnerte ich mich aber an die Schlagzeilen auf dem Cover der Zeitschrift.

ICH WÜRDE GERNE 15 KILO IN 14 TAGEN ABNEHMEN, ABER DAFÜR MÜSSTE ICH MIR EIN BEIN AMPUTIEREN.

SCHLAGFERTIGE ANTWORT. Es folgten noch ein paar lachende Emoticons.

HAST DU SCHON DEN GROSSEN PARTNER-TEST GEMACHT?

Fragte er mich so auf eine dezente Art und Weise, ob ich Single war?

NOCH NICHT. LUST?

KLAR.

Ich stellte meine Tasse auf dem Nachttisch ab, blätterte auf Seite 21 und startete mit der ersten Frage.

Habt ihr euren Partner schon mal betrogen oder wurdet in der Vergangenheit schon mal betrogen?

Ich tippte die Frage ab und wartete auf seine Antwort. Sie kam schnell.

Weder noch, du?

Ich wurde bereits belogen und betrogen.

Das ist schade. Er antwortete mit einem traurigen Emoticon.

Stimmt!

Ich seufzte, biss in meinen Keks und spülte mit einem Schluck Kakao nach. Ich wollte auf das Thema nicht näher eingehen. Sonst würde ich wieder emotional werden. Also ging ich direkt weiter zu Frage zwei.

Könnt ihr auf Anhieb fünf positive Dinge über euren Partner sagen?

Geht's jetzt eigentlich gerade um uns beide?

Er überraschte mich mit dieser Frage. Gleichzeitig war das doch ziemlich lustig. Immerhin kannten wir uns nicht. Die Antworten könnten also interessant werden.

Klar, lass mal hören.

Du bist lustig, hast tolle Bettwäsche, du isst gerne Kekse ähm ...

Ich wartete geduldig auf zwei weitere positive Eigenschaften von mir.

Deine Fingernägel sind rot lackiert. Also bist du bestimmt feurig und leidenschaftlich im Bett.

Ich prustete und verschluckte mich an meinem Kakao. Mr Dean war ja ganz schön direkt. Ich mochte das, dieses Flirten auf Distanz. Zumal er dabei nicht schmierig war, eher lustig.

Das waren keine 5, da fehlt noch was.

Frag mich in ein paar Wochen nochmal. Bestimmt weiss ich dann 10 positive Dinge von dir!

Abgemacht!

Ich lächelte in mich hinein und konnte nichts dagegen tun, dass sich ein Kribbeln in mir ausbreitete. Es machte einfach Spaß, mit ihm zu schreiben, und es freute mich, dass es ihm wohl genauso ging. Anscheinend hatte er nicht vor, den Kontakt demnächst abzubrechen. Das war irgendwie schön zu wissen und fühlte sich wie ein Versprechen an. Mal sehen, ob er es auch halten würde oder ob er sich wie viele Männer vor ihm als Lügner oder Schwätzer enttarnen würde.

Habt ihr bei Filmen den gleichen Geschmack?

Die dritte Frage.

KLAR! DIE KLEINE SCHOTTISCHE PRINZESSIN STEHT AUF DISNEY, WER NICHT?

GUTE ANTWORT.

Und gut gekontert. Schnell tippte ich weiter.

IST EUER SEXLEBEN AUSGEGLICHEN?

Ich kicherte kindisch. Man könnte meinen, ich wäre fünfzehn.

HALLO? KEIN BISSCHEN. DU HAST MICH JA NOCH NIE RANGELASSEN!

DU MICH JA AUCH NICHT, DU PRÜDER KERL.

James Dean antwortete mit einem beleidigten Smilie, das mir die Zunge herausstrecke.

KÖNNT IHR MIT EUREM PARTNER ÜBER EURE SEXUELLEN WÜNSCHE SPRECHEN?

War die fünfte Frage, die mir, sobald ich auf *Senden* geklickt hatte, rote und glühende Wangen bescherte. *Was tat ich hier nur?*

WIR KÖNNEN ES JA MAL VERSUCHEN, ERZÄHLE MIR MAL VON DEINEN GEHEIMEN WÜNSCHEN UND SEHNSÜCHTEN ;-)

War das schon Sexting? Machten wir gerade Sex per SMS? Es ging ziemlich in die Richtung. Und irgendwie gefiel es mir. Dieser verrückte Test.

DAS HÄTTEST DU WOHL GERNE ... ALS OB ICH JEDEM DAHERGELAUFENEN TYPEN MEINE SEXUELLEN INTERESSEN UNTER DIE NASE REIBEN WÜRDE ...

MMMMHH ... MIR DÜRFTE MAN SO EINIGES DAVON UNTER DIE NASE REIBEN ;-)

Ich fächerte mir Luft zu und knabberte hektisch an einem Keks. Mein komplettes Dekolleté war voller Krümel, aber das war gerade nebensächlich.

WIE LÄUFT NACH EINEM STREIT DIE VERSÖHNUNG AB?

LASS UNS NOCH MAL ÜBER DEINE GEHEIMEN SEXUELLEN WÜNSCHE SPRECHEN. DAMIT KLAPPT DANN AUCH DIE VERSÖHNUNG!

Seine Antwort war mehr als gelungen.

HABT IHR GEMEINSAME FREUNDE?

OH MANN, DAS BRICHT UNS DAS GENICK. WIR HABEN NUR UNS UND UNSERE HANDYS.

HABT IHR SCHON MAL ERNSTHAFT DARÜBER NACHGEDACHT, DIE BEZIEHUNG ZU BEENDEN?

Ich schickte nun einfach Frage um Frage weiter und sog seine Antworten auf. Es machte höllischen Spaß. Beim Lesen verschlang ich einen Keks nach dem anderen, ohne es zu bemerken.

NIEMALS. DIE LETZTEN TAGE MIT DIR WAREN VIEL ZU SCHÖN.

Das stimmt.

Ich bereute meine Zustimmung schon fast. Ich hatte das unbestimmte Gefühl, einen Fehler zu machen und diesen Mann zu schnell an mich heran zu lassen. Was total seltsam war, da ich ihn faktisch ja gar nicht an mich heranließ. Wir schrieben ja nur miteinander. Aber ...

Und nun? Sind wir ein Traumpaar?

Ich verschwieg, dass da noch knapp zwanzig weitere Fragen waren, die ich ihm noch nicht geschickt hatte und wir somit noch nicht mal die Hälfte des Tests durchhatten.

100%. Romeo und Julia könnten sich glatt ne Scheibe von uns abschneiden, so mega gut passen wir zusammen.

Wusste ich's doch. Die zwei Toten schlagen wir locker! Ich nickte, ganz ungesehen für mich, und stimmte ihm somit zu. Und das war total krank, denn ich kannte ihn gar nicht. Genauso gut konnte ein 75-jähriger, fetter Kerl am anderen Ende der Leitung sitzen und sich einen Spaß daraus machen, mit mir Nachrichten auszutauschen. Liest man ja immer wieder von.

Das hat Spass gemacht, sollten wir irgendwann wiederholen. Ich halte mal Ausschau nach neuen Psychotests.

Gerne. Seiner Antwort schickte er ein Emoticon mit geröteten Wangen hinterher. So, schottische Prinzessin, ich mach dann mal die Äuglein zu und träume von deinen sexuellen Vorlieben.

Ich hab dir keine Einzige genannt. Ich grinste bei meiner Verteidigung wie eine Wahnsinnige, was er zum Glück nicht sehen konnte. Seit wir begonnen hatten, diesen Test zu machen, war mein Grinsen immer breiter geworden. Was machte dieser Kerl nur mit mir?

Das spielt keine Rolle, ich habe eine sehr ausgeprägte und bildhafte Fantasie ;-)

Zum Glück wusste er nicht, wie ich aussah. Der Gedanke, dass er sich mich beim Sex vorstellte, würde mich ansonsten beschämen.

Wahrscheinlich würde es mich auch nervös machen. Und verlegen.

Und extrem geil.

Kapitel 4

Das Gute an Samstagen war ganz klar, dass ich nicht arbeiten musste und ausschlafen konnte. Seit ich allerdings meine eigene Wohnung hatte, nutzte ich diese freie Zeit trotzdem auch für unerfreuliche Aufgaben. Heute war zum Beispiel ein großangelegter Putztag an der Reihe. Meine Wohnung hatte eine Grundreinigung bitter nötig. Der Badezimmerboden klebte, im Kühlschrank war mir vor einigen Tagen eine Ketchupflasche ausgelaufen, und die Fenster hatten nach einem langen Winter eine Reinigung wirklich verdient. Immerhin zwitscherten die Vögel morgens schon wieder um die Wette, und die Bäume begannen langsam zu grünen. Wäre schön, wenn ich das auch von meiner Wohnung aus sehen könnte.

Ich hatte gerade das Küchenfenster geputzt und auch gleich die vertrockneten Pflanzen vom Fensterbrett entsorgt, als mein Telefon klingelte. Wohlbemerkt: Das Festnetztelefon! Das bedeutete, es war entweder meine Mutter oder meine Oma. Ansonsten rief mich niemand zu Hause an. Überhaupt sprach man doch heutzutage kaum mehr miteinander. Selbst mein Vater, der seit einigen Jahren wieder in Schottland lebte, zog es vor, mich nur noch über WhatsApp anzuschreiben oder mir dort Sprachnachrichten zu schicken. Fast alle meine Freunde nutzten die App - außer Anna. Die hatte was dagegen, ihre persönlichen Daten an ein amerikanisches Unternehmen weiterzugeben. Mir machte das hingegen so gar nichts aus. Was *Facebook* noch nicht über mich wusste, hatten *Amazon* und *Google* schon längst herausgefunden. Ich trocknete mir die Hände ab, warf das Geschirrhandtuch nachlässig auf den Küchentresen und ging zum Telefon.

»McAllister«, meldete ich mich.

»Schätzchen, Deine Mama.« Wusste ich es doch.

»Was gibt`s?«

»Störe ich dich gerade bei etwas Wichtigem?«

»Ich räume auf.«

»Ich halte dich auch nicht lange auf. Ich wollte dir nur erzählen, dass Christhilde mich gerade angerufen hat und dass du wirklich einen wunderbaren Eindruck auf ihren Christopher gemacht haben musst. Er hat sehr von dir geschwärmt ...«

Ich setzte mich an den Esstisch und schaltete auf Durchzug. Christopher schien sein Versteckspiel weiter aufrechterhalten zu wollen oder hatte einfach keine Lust auf Diskussionen. Ab und an versuchte ich den Redeschwall von meiner Mum mit einem bestätigenden »Mhm« zu unterstreichen, so dass sie wusste, dass ich noch da war und ihr aufmerksam zuhörte. In Wirklichkeit holte ich mein Handy aus meiner Jeans, um mal eben meine Facebook-Timeline zu checken. Doch dann sah ich auf dem Display, dass mir James Dean geschrieben hatte.

GEHEIMNISVOLLE DISNEY-PRINZESSIN, WIE HEISST DU EIGENTLICH WIRKLICH?

Oh, James Dean wollte wohl langsam Details. Ziemlich schade. Die Anonymität war irgendwie nett. Mal was anderes. Ich fühlte mich wohl, so wie es war.

WARUM WILLST DU DAS WISSEN?

AUS INTERESSE. EINFACH SO. IRGENDWIE MÖCHTE ICH WISSEN, MIT WEM ICH STÄNDIG SCHREIBE.

DU ZUERST. Bevor ich meine Identität preisgab, wollte ich erst mal alles über ihn wissen, und dann würde ich mir gut überlegen, ob und wie ich antworten würde.

OKAY, MEIN NAME IST JOHANNES HOFFMANN UND ICH WOHNE IN BERLIN. PUUUH, JETZT IST ES RAUS ;-)

Ich sprintete zum Laptop und ließ auf halbem Weg das Telefon fallen. Verdammt, meine Mum.

»Ruby? Ruby? Ist alles okay? Bist du noch dran?«

»Sorry Mum, mir ist nur eben das Telefon aus der Hand gerutscht.« Ich klappte meinen Laptop auf, setzte mich an meinen Schreibtisch und googelte in Windeseile „Johannes Hoffmann Berlin“. Die Suchmaschine spuckte in 0.54 Sekunden 427.000 Ergebnisse aus.

Die Bildersuche war nicht eindeutig. Viele junge und auch alte Männer in schwarz-weiß, teilweise sogar aus einer anderen Zeit. Johannes

Hoffmann war wohl ein Allerweltsname. Verdammt. Ich ging zurück zu den Suchergebnissen und fand darunter auch zwei Facebook-Profile. Das Erste zeigte einen dunkelhaarigen Kerl, der mit einem Hund für ein Selfie posierte, das andere einen blonden, etwas rundlichen Kerl im Schalke Trikot. Ich stieß ein stummes Gebet gen Himmel aus. *Bitte nicht der Schalke-Typ!*

»Ruby, was hältst du denn jetzt von Mittagessen morgen bei mir?« Ach ja, meine Mum war ja auch noch da.

»Super Idee. Soll ich etwas mitbringen?«

»Du könntest ja einen netten Nachtisch für uns ...«

»Mach ich, Mum, wir sehen uns morgen!« Ich legte schnell auf und scrollte mich durch die beiden Facebook-Profile. Ich war so aufgeregt, dass mein Zeigefinger während des Scrollens zitterte.

Gib's zu! Du googelst mich!

Die nächste Nachricht von James, der nun Johannes hieß.

Ach waaaaaaaaas ...

Das ist gemein! Erzähl mir erst etwas über dich. Dann kann ich dich auch stalken!

Er hatte recht, das war nur fair.

Okay, Ruby McAllister aus Heidelberg hier.

Für einen kurzen Moment überlegte ich, ob ich in letzter Zeit etwas Peinliches irgendwo im Internet gepostet hatte und ob mein Profilbild auf Facebook noch immer die Grimasse war, die mich etwas angetrunken auf einer Karaoke-Party zeigte. Egal. Ich scrollte und klickte mich weiter durch die zahllosen Google-Ergebnisse. Landete auf einer Website über Grafikdesign, auf einer weiteren mit der Liste von Abgängern eines Abiturjahrganges, Fußballergebnisse, ein Reisebericht ... wahrscheinlich war das alles gar nicht DER Johannes Hoffmann, aber ich sog die Informationen alle auf wie ein Schwamm und versuchte mir so, einen Vorsprung zu verschaffen. Ich wusste, dass er in genau diesem Moment das gleiche tat.

Plötzlich machte mein Laptop leise *ping* und ich erkannte, dass mir jemand eine Freundschaftsanfrage auf Facebook geschickt hatte. Mein Herz klopfte wie verrückt, als ich auf das Symbol klickte und mir der dunkelhaarige Typ mit Hund entgegenblickte.

»Yes!« Ich streckte die Faust in die Luft und jubelte. Jackpot.

Ich nahm die Freundschaftsanfrage an und klickte mich umgehend durch sein Profil. Nun konnte ich auch andere Fotos von ihm sehen. Auf einem Konzert, mit Kumpels in einer Kneipe, am Strand. Das Bild klickte ich an und betrachtete es mir genauer. Gut gebaut, ein paar Brusthaare und ein riesiges Tattoo auf dem rechten Arm und der Schulter, ein schwarzes Muster mit feinen Linien und einigen wenigen Farbkleksen. Der Anblick war sehr angenehm, wenn ich es jugendfrei ausdrücken wollte. Aber eigentlich war dieser Typ einfach nur heiß!

Ich konnte es nicht glauben. Mit einem kleinen Zahlendreher habe ich diesen Typen kennengelernt. Wo war der Haken? Es musste einen geben! Die Entfernung war natürlich schon problematisch. Berlin war über fünf Stunden entfernt. Ein Date war somit vollkommen utopisch, und eine Fernbeziehung eh zum Scheitern verurteilt. Aber soweit waren wir ja noch gar nicht. Bislang hatten wir ja nur geschrieben und ...

Das Facebook Chat-Fenster blinkte auf und ich bekam eine Nachricht und gleichzeitig fast einen Herzinfarkt.

»Heidelberg liegt doch bei Mannheim, oder? Da bin ich nächste Woche!«

OH. MEIN. GOTT.

»Ja, das ist in der Nähe. Was machst du denn in Mannheim?«, fragte ich und begann vor Nervosität an meiner Nagelhaut zu knabbern.

»Mein Bruder studiert in Mannheim BWL. Ich besuche ihn.«

Was sollte ich denn darauf antworten? Sollte ich ihm viel Spaß wünschen? Ihm Tipps rund um Mannheim geben? Nein, immerhin wohnte sein Bruder ja dort, der würde sich ja dann wohl etwas auskennen. Vielleicht würden sie sich ja auch Heidelberg anschauen. Vielleicht ...

»Hättest du Lust, dich mit uns zu treffen?«

Ich erstarrte. Von mir wäre dieser Vorschlag nie gekommen. Viel zu groß war meine Angst vor einem Korb. Aber jetzt kam der Vorschlag von ihm. *Mit uns.* Er fragte, ob ich mich mit ihm und seinem Bruder treffen würde. Also kein Date. Eher ein lockeres Beisammensein mit Freunden. Ich könnte Anna mitbringen. Es könnte nett werden. Ich war jetzt schon so aufgeregt, dass ich am selben Tag unbedingt Baldrian brauchen würde.

»Warum nicht? Könnten was trinken gehen.«

»Hört sich klasse an. Du bestimmst die Location, und ich lade dich ein.«

Ich bekam Herzklopfen, und meine Hände kribbelten. Wenn er mich einlud, war das dann doch ein Date? Oder bildete ich mir schon wieder was ein? Ich neigte dazu, mir naiverweise immer zu viele Hoffnungen zu machen. Erst mal kennenlernen und schauen, was der Tag so brachte. Am Ende war er nur einen Meter fünfzig groß oder roch unangenehm oder war Kettenraucher oder hatte nicht nur ein kunstvolles Bild auf dem rechten, sondern auch ein Hakenkreuz auf dem linken Arm tätowiert.

Ich musste einfach vollkommen ohne Erwartungen zu diesem Treffen gehen. Und ich musste definitiv Anna dabeihaben. Zum einen, weil das zwei fremde Männer waren, die mir wer weiß was antun konnten. Egal, wie viele SMS James Dean und ich ausgetauscht hatten, waren wir uns doch fremd. Ein Treffen alleine war zu riskant. Zum anderen vertraute ich ihrem Urteilsvermögen weitaus mehr als meinem. Anna musste mich davor bewahren, wieder auf einen Schwindler hereinzufallen. Noch ein gebrochenes Herz konnte ich nicht verkraften. Ich hatte jetzt schon nur noch ein paar Scherben übrig und keine Ahnung, ob die noch zu tiefen Gefühlen fähig waren.

Kapitel 5

Das Wochenende war viel zu schnell an mir vorbeigerauscht. Wer hatte eigentlich diese unfaire Regelung erfunden, dass wir fünf Tage die Woche arbeiteten und lediglich zwei Tage frei hatten? Also, ein vier-drei System wäre doch das Mindeste. Aber so saß ich nun an einem verregneten, tristen Montag mit schlechter Laune im Büro und wusste genau, dass die nächsten Tage mal wieder die Hölle auf Erden sein würden. Mein einziger Lichtblick war das nächste Wochenende, und das war verflucht weit entfernt. Es klopfte leise an meiner Bürotür.

»Herein?«, rief ich und wusste schon beim zaghaften Öffnen der Tür, wer gleich seinen Kopf hineinstrecken würde.

»Störe ich?«, fragte Eric und lächelte dabei schüchtern.

»Nie«, sagte ich und meinte es auch so. Eric war so ziemlich die unaufdringlichste Person, die ich je kennengelernt habe. Er war sehr ruhig, zurückhaltend und schnell verlegen. Ich wusste schon länger, dass er ein Auge auf mich geworfen hatte, aber er traute sich nie so wirklich, mich direkt einzuladen.

Ich hatte mal nebenbei verlauten lassen, dass ich mich niemals mit einem Arbeitskollegen verabreden würde, dass das für mich ein No-Go war. Seitdem war die Sache für ihn wohl gegessen oder zumindest auf Eis gelegt. Ich spürte manchmal seine Blicke und war mir durchaus darüber im Klaren, dass er bei unseren Bereichsbesprechungen die Person war, die mir am aufmerksamsten zuhörte. Aber ich sah in ihm nicht mehr als einen guten Freund und Kollegen. Einen wirklich sehr guten, den ich nicht missen mochte.

»Ich hab dir Kaffee mitgebracht. Den leckeren mit Karamell«

»Oh Gott, danke, das ist meine Rettung. Noch bis eben dachte ich, mein einziges Highlight diese Woche wäre die Pizza, die ich mir heute

Abend bestellen will, und dann kommst du.« Eric wurde etwas rot und rieb sich verlegen den Hinterkopf.

»Gern geschehen, weißt du doch.«

»Was bekommst du von mir?« Ich kramte in den Tiefen meiner Handtasche nach meinem Geldbeutel.

»Nichts, Quatsch, ich habe dich eingeladen.« Er winkte ab und schüttelte den Kopf.

»Okay, aber dann bin ich morgen dran!«

»Abgemacht!«

Eric setzte sich mir gegenüber auf den Stuhl und schlürfte an seinem Milchkaffee. Ich tat es ihm gleich. Der Kaffee war schön heiß und süß. Genau so, wie ich ihn liebte. Ich schloss genießerisch die Augen.

»Wie war dein Wochenende?«, fragte Eric und lächelte.

»Dunkel, hell, dunkel, hell, dunkel, Montag.« Eric hielt sich den Mund zu, um nicht vor Lachen Kaffee auf meinen Tisch zu sprühen. »Ne, im Ernst, viel zu kurz. Ich bin soooo demotiviert.«

»Vielleicht kann es der Kaffee richten«, gab Eric optimistisch zurück. Ich zuckte missmutig mit den Schultern.

»Vielleicht, lecker ist er zumindest.«

Ich schielte auf mein Handy, auf dem soeben eine WhatsApp-Nachricht eingegangen war. Von Christopher, der mir von seinem Gespräch mit seiner Mutter berichtete.

Ich grinste, als ich seine Worte las und bemerkte im Augenwinkel Erics enttäuschten Gesichtsausdruck. Als ich jedoch wieder nach oben sah, lächelte er wieder sein typisches Eric-Lächeln, und ich fragte mich für einen kurzen Moment, ob er ein richtig guter oder ein extrem schlechter Schauspieler war.

»Nachher ist wieder Bereichsbesprechung, dann sehen wir uns, oder? « Eric erhob sich und bewegte sich langsam Richtung Tür.

»Richtig. Ich bin voller Vorfreude.«

»Wer's glaubt ...«

Wir lachten beide, dann ging er und schloss die Tür mit einem leisen Klick hinter sich.

Was machst du gerade?

Ich hatte Christopher noch gar nicht antworten können, da ging auch schon die erste SMS von Johannes ein.

Ich überlege gerade, ob ich zu hohe oder zu niedrige Ansprüche an die Männerwelt habe.

Frauen haben per se immer zu hohe Ansprüche!

Per se … dass ich das erstmal googeln musste, spricht nicht gerade für mich, oder?

Dass du das zugibst, spricht sehr für dich :-) Aber erzähl, was bringt dich denn so zum Grübeln?

Ich will dich damit nicht langweilen.

Tust du nicht. Ich sitze hier gerade einsam in einem kargen Besprechungszimmer und warte auf einen Kunden. Besprechung? Kunde? Ich überlegte kurz, ob Johannes jemals erwähnt hatte, als was er arbeitete. Wir schrieben uns in den letzten Tagen immer öfter. Von Nichtigkeiten wie »Ich habe gerade ne Spinne im Badezimmer gekillt, die so groß war wie mein Hintern« bis zu persönlicheren Themen, die das Verhältnis zu meiner Mutter betrafen, erzählte ich ihm eigentlich so ziemlich alles. Er war wie Bobo, der mit vier mein unsichtbarer bester Freund war.

Aber über Johannes wusste ich so gut wie nichts.

Gibt es dich wirklich oder bilde ich mir dich nur ein? Ich ging auf seine Frage nicht ein.

Wir sehen uns doch in ein paar Tagen, dann weisst du es. Ich konnte ein Grinsen nicht verbergen. Er ließ ein Zwinker-Smilie folgen, das er wahrscheinlich nicht so anzüglich meinte, wie ich es mir vorstellte.

Stimmt :-)

Und jetzt erzähle mir von deinen Ansprüchen an die Männerwelt!

Ich seufzte und legte das Handy zur Seite. Ihm das, was mir so durch den Kopf geisterte, genau zu beschreiben, bräuchte etwas mehr Zeit. Also beschloss ich, erst einmal meinen Job zu tun und ihm in der Mittagspause zu antworten.

Ich brachte vier Stunden fleißiges Arbeiten hinter mich und lief dann durch einen ekelhaften Sprühregen zur nächsten Dönerbude. Anna hatte heute Mittag leider keine Zeit für mich. Also beschloss ich, mir etwas fettiges Fastfood zu gönnen. Ich bestellte einen Dönerteller und eine Cola light. Das war eine typische Angewohnheit von mir. Egal wie kalorienlastig mein Essen auch war, dazu gab es immer nur Light-Getränke. Man musste es ja nicht übertreiben. Direkt nach meiner Bestellung hatte ich bereits wieder mein Smartphone in der Hand, um meine Antwort an Johannes zu tippen.

ALSO ... EINERSEITS IST DA EIN ARBEITSKOLLEGE, DER EXTREM LIEB UND SÜSS IST UND EINDEUTIG MEHR VON MIR WILL. ABER ICH HABE EINFACH NULL INTERESSE AN IHM, WIRKLICH ZERO! ERSTENS, WEIL ER EBEN EIN KOLLEGE IST UND ZWEITENS ... NAJA ... ICH FINDE IHN ZIEMLICH LANGWEILIG, BITTE HALTE MICH NICHT FÜR ARROGANT ODER SO.

WAHRSCHEINLICH HAST DU RECHT, UND ER IST GANZ EINFACH EIN GROSSER LANGWEILER, DAS HAT DOCH NICHTS MIT ANSPRÜCHEN ZU TUN.

WARTE, DAS KRANKE KOMMT ERST NOCH: ANDERERSEITS WAR ICH EIN JAHR LANG MIT EINEM TYPEN ZUSAMMEN, DER MICH NACH STRICH UND FADEN VERARSCHT HAT. ICH HABE ALLES MIT MIR MACHEN LASSEN, UND AM ENDE HAT ER SICH FÜR SEINE FRAU ENTSCHIEDEN.

DER TYP WAR VERHEIRATET?

JA.

UND DU WUSSTEST DAS?

JA.

Schweigen.

Mein Handy vibrierte nicht mehr.

Keine Nachricht.

Mein Dönerteller wurde zu mir gebracht, ich aß nervös eine Handvoll Pommes, spülte mit Cola nach und tippte die nächste SMS. Ich hatte zwar Hunger, aber irgendwie wollte ich meine Mittagspause lieber mit Johannes verbringen. Außerdem hatte ich den Drang mich zu rechtfertigen

JETZT KENNEN WIR UNS EIGENTLICH NOCH GAR NICHT RICHTIG UND DU HÄLTST MICH SCHON FÜR EIN FLITTCHEN ... TOLL!

SO WÜRDE ICH DAS JETZT NICHT SAGEN, ABER ICH FRAGE MICH SCHON, WIESO DU DICH AUF EINEN VERHEIRATETEN MANN EINLÄSST.

WEIL ER MIR ALLES VERSPROCHEN HAT, WAS ICH HÖREN WOLLTE. DASS ER NUR NOCH WIE IN EINER WG MIT SEINER FRAU ZUSAMMENLEBT, EINE SCHEIDUNG NUR NOCH EINE FRAGE DER ZEIT SEI UND ER MICH LIEBT UND SIE NICHT. ICH HABE IHM ALLES GEGLAUBT UND SEINE WORTE NIE ANGEZWEIFELT. BIS ER MICH VON EINEM AUF DEN ANDEREN TAG HAT FALLEN LASSEN.

DAS IST HART.

JAP. UND TROTZDEM WAR ICH EIN JAHR BEI IHM UND MIT ERIC (DEM

Langweiler) ziehe ich eine Verabredung nicht mal in Erwägung. Also: Zu hohe oder zu niedrige Ansprüche?

Für ein abschliessendes Urteil kenne ich dich nicht gut genug, vielleicht weiss ich nach dem nächsten Wochenende ja mehr.

Ich grinste und aß ein wenig von meinem Salat, der dick mit Joghurtdressing bedeckt war.

Vielleicht. Wann wirst du denn in Mannheim ankommen?

Freitag, erst spät abends wahrscheinlich. Vielleicht könnten wir uns ja Samstagabend dann sehen. Ich frage Michael mal, ob das okay wäre. Ach so, Michael ist mein Bruder.

Das dachte ich mir bereits. Und ich frage mal Anna, meine beste Freundin.

Ist das die Verrückte neben dir auf deinem Facebook-Profilbild, die die Zunge rausssteckt? Ist das ein Piercing, das man da sieht?

Jap. Sie ist ne Wahnsinnige, und ja, das ist ein Zungenpiercing.

SIE scheint ja definitiv keine Langweilerin zu sein.

Neben ihr bin ICH die Langweilerin.

Das glaube ich nicht.

Du wirst sehen!

Ich bin gespannt!

Das war ich auch.

Später am Abend machte ich es mir mit zwei belegten Broten und den Resten meines Nudelsalats vom Vortag auf dem Sofa gemütlich und schaltete den Fernseher ein. Ich zappte durch alle Kanäle und fand nichts, das mich fesseln konnte. Irgendwie kam nur Schrott. Nach einer Ewigkeit blieb ich bei einer Dokumentation über den US Wahlkampf und Trump hängen. Ich überlegte gerade, ob ich bei der Doku bleiben oder zu Netflix wechseln sollte, als mein Handy neben mir vibrierte. Voller Vorfreude griff ich danach und ahnte bereits, wer mir schrieb. Das Kribbeln, das ich dabei empfand, konnte ich nicht mehr ignorieren. Es war da. Ich hatte eindeutig Schmetterlinge im Bauch. Wegen einer SMS!

Wahrheit oder Pflicht?

Das war jetzt nicht sein Ernst, oder? Das hatte ich zum letzten Mal mit sechzehn gespielt. Da hatte ich ständig einen Typen küssen müssen, den ich nicht mochte. Der fand es hingegen richtig toll und hatte mich den ganzen Abend lüstern angegrinst.

Pflicht.

GEH ANS FENSTER, ÖFFNE ES UND RUFE LAUT: MIR GEHÖRT MAL KRÄFTIG DER HINTERN VERSOHLT!

Ich lachte laut und stellte mein Essen auf den Tisch. James Dean wollte also spielen.

WARUM SOLLTE ICH DAS DENN BITTESCHÖN TUN?

WEIL DU PFLICHT GEWÄHLT HAST?!

Das war natürlich ein erschlagendes Argument. Ich stand auf, ging zum Fenster, öffnete es und sah mich erst mal auf der Straße um. Es war zum Glück recht dunkel, und niemand war zu sehen.

Ich atmete einmal durch und rief dann nicht allzu laut: »Mir gehört mal kräftig der Hintern versohlt!« Wieder blickte ich hektisch hin und her und war erleichtert, dass immer noch niemand auf der Straße zu sehen war.

Ich seufzte beruhigt auf. Das hätte peinlich werden können. Da bemerkte ich schräg gegenüber auf einem Balkon einen Kerl mit Bierbauch, der gerade eine Zigarette rauchte. Er grinste mich an und hob grüßend die Hand, bevor er sie in einer eindeutigen Bewegung hin und her schwenkte. Eben genau so, wie wenn er jemandem - oder mir - den Po verhauen würde. Ich duckte mich daraufhin in Windeseile, schloss blitzschnell das Fenster und zog die Vorhänge zu. Na toll.

DONE. BIN NUN DAS GESPÖTT DER NACHBARSCHAFT, UND DER DICKE GEGENÜBER HAT HEUTE NACHT WAHRSCHEINLICH DANK MIR FEUCHTE TRÄUME.

DU HAST DAS WIRKLICH GETAN?

Ich antwortete etwas perplex.

ÄHM, KLAR!

WARUM?

NAJA, WEIL ICH PFLICHT GEWÄHLT HABE?!

Daraufhin folgten ein Dutzend lachende Smilies, die mich etwas stutzig machten.

DU BIST KLASSE! IMMERHIN HÄTTEST DU ES JA AUCH EINFACH BEHAUPTEN KÖNNEN. ICH KANN ES JA SCHLECHT KONTROLLIEREN.

Er hatte recht. Warum hatte ich da nicht mal einen Moment drüber nachgedacht? Es hätte so einfach sein können.

Das hätte ich natürlich so machen können, aber so funktioniert das Spiel nun mal. Jetzt du. Wahrheit oder Pflicht?

Ich konterte schnell, bevor ich noch verlegener werden konnte.

Wahrheit.

Feigling, aber egal.

Ich überlegte und starrte gedankenverloren an die Decke. Es musste schon etwas Pikantes sein, was ich aus ihm herauskitzeln wollte. Immerhin hatte ich mich gerade komplett zum Affen gemacht.

Hast du schon sexuelle Erfahrungen mit dem gleichen Geschlecht gemacht?

Huch. Da geht ja eine direkt in die Vollen.

Sag schon. Keine Ausreden!

Ich war gespannt, ob er etwas zu berichten hatte.

Schon ewig her. Ich war glaube ich in der 9. Klasse oder so. Da hab ich auf einer Party beim Flaschendrehen einen Typen knutschen müssen. War zu der Zeit mein bester Kumpel aus dem Fussballverein, was die Sache noch peinlicher gemacht hat. Mehr hab ich nicht zu bieten. Sorry. Da bin ich echt langweilig. Und du?

Du musst erst Wahrheit oder Pflicht fragen. So sind die heiligen Regeln des Spiels.

Oh, entschuldigen Sie. Wahrheit oder Pflicht? (Wehe, du nimmst Pflicht, jetzt, wo mir eine Frage auf der Zunge liegt).

Wahrheit!

Dein Glück ;-) lesbische Erfahrungen, mit denen du prahlen kannst?

Nope. Sorry.

Schade, dachte du könntest mal wieder was für mein Kopfkino tun.

Ich schüttelte den Kopf und kicherte. Typisch Mann.

Da musst du wohl bei deinen Youporn-Fantasien bleiben.

Du Luder!

Du Lüstling!

Wahrheit oder Pflicht?

Er konterte mit der nächsten Frage. Unser schneller SMS-Wechsel machte mich schon ganz schwindelig. Meine Finger würden demnächst Schwielen vom vielen Tippen bekommen. Aber warum klopfte mein Herz nur so wild? Sicherlich war das nur die Aufregung, weil ich nicht wusste, was mich in der nächsten Wahrheit oder Pflicht-Runde erwarten würde. Aber, Moment mal. Hatte nicht er die letzte Frage gestellt?

Bin nicht eigentlich ich dran?

Egal!

Wahrheit.

Glaubst du an Liebe auf den ersten Blick?

Ich stutzte. Eigentlich glaubte ich nicht daran. Aber seit Neuestem hatte ich einen anderen, ziemlich seltsamen Gedankengang. Manchmal musste es nicht mal ein Blick sein. Manchmal reichten ein paar geschriebene Worte, um Gefühle in einem zu wecken, die gefährlich nahe an verliebt sein herankamen.

Nicht wirklich. Aber das liegt wahrscheinlich daran, dass ich sowas nie erlebt habe. Wahrheit oder Pflicht?

Pflicht.

Zieh dein T-Shirt aus, drehe es linksrum und trage es den restlichen Tag so.

Kurz war ich etwas von mir selber enttäuscht. Da kam mir so eine spontane und lustige Idee, und dann war es bereits nach zwanzig Uhr. Er würde also nicht mehr lange damit rumlaufen.

Da muss ich dich leider enttäuschen. Ich trage kein T-Shirt.

Dann halt, was du sonst trägst.

Poloshirt, Pullover, Netzshirt ... Hauptsache war, er würde es verkehrt herum tragen und sich blamieren.

Ich bin nackt und liege in der Badewanne.

Vor meinem inneren Auge sah ich den Typen, den ich nur von Facebook-Bildern kannte, und ich kam nicht umhin, ihn mir nackt vorzustellen.

Nackter, als auf dem Foto vom Strand.

Nackter, als nur den muskulösen Oberkörper mit dem Tattoo.

Nackt und nass, dazu noch ein wenig Schaum ... Mein Kopfkino fuhr Achterbahn.

Du stellst es dir vor!

Was hast du denn für ein übergrosses Selbstwertgefühl? Ich stelle es mir natürlich NICHT vor!

Ich stellte es mir sowas von vor!

Wahrheit oder Pflicht?

Seine Frage kam blitzschnell, meine Antwort ebenso.

Pflicht.

Ich wollte nicht in die Verlegenheit kommen, ihn wegen meiner Gedanken anlügen zu müssen.

Zieh dich aus!

Bitte was?

Ich machte große Augen.

Bist du zu Hause und alleine? Wenn ja, dann zieh dich aus. Immerhin bin auch ich nackt. Das ist nur fair.

Ich kam ernsthaft ins Grübeln. Sollte ich? Er würde es nicht sehen, egal was ich tat. Ich könnte es einfach behaupten, wie ich es vorhin schon hätte tun sollen. Keine Ahnung, was mich nun antrieb.

Zuerst zog ich meine Jogginghose aus, dann den Slip. Danach entledigte ich mich meines T-Shirts. Einen BH trug ich zu Hause so gut wie nie. Ich war froh, wenn ich das Tittengefängnis los war.

Ich seufzte.

Im Fernseher hielt Trump eine Rede.

Auf dem Tisch stand eine halbe Schüssel Nudelsalat und ein angebissenes Leberwurst-Brot.

Und ich saß hier.

Nackt auf meinem Sofa und schämte mich ein wenig vor mir selbst und dafür, was ein wildfremder Mann per SMS mit mir machte.

Du bist schrecklich. Und wehe, du stellst es dir vor.

Zu spät.

Meine Wangen glühten. Ich legte mir die Decke, die neben mir auf dem Sofa lag und in die ich mich abends gerne kuschelte, um die Schultern. So kam ich mir nicht ganz so entblößt vor.

Okay, ich bin jetzt so verlegen, dass es für eine ganze Woche reicht. Ich gehe dann, glaube ich, ins Bett und schäme mich dort weiter.

Aber wir schreiben morgen trotzdem, oder?

Ich lächelte. Irgendwie fand ich es beruhigend, dass die täglichen Nachrichten auch für ihn so eine schöne Routine geworden waren. Ich konnte mir den Tag ohne meine Dosis James Dean kaum mehr vorstellen.

Logo, schlaf gut, Mr Dean.

Du auch, schottische Prinzessin.

Ich drückte mir mein Handy ganz fest an meine nackte Brust. Mein Herz klopfte wie verrückt, und ich hatte schon wieder dieses breite Grinsen im Gesicht.

Ich war doch echt komplett bescheuert!

Kapitel 6

»Ich finde es wichtig, dass du Christopher kennenlernst. Ich habe ihm schon so viel von dir erzählt. Ich glaube, ihr werdet euch mögen.«

Chris war mir innerhalb kürzester Zeit ziemlich ans Herz gewachsen. Seit unserem »Date« hatten wir uns regelmäßig geschrieben und uns sogar ein paar Mal zu einer Tasse Kaffee getroffen. Da war der logische nächste Schritt, ihn meiner besten Freundin vorzustellen. So lief das bei uns. Es war nicht so, dass Anna mir ihren Segen geben musste, aber es wäre einfach schön, wenn sich auch die beiden verstehen würden.

»Du hast schon so viel von ihm erzählt, dass ich Angst haben muss, dass er mir den Platz der besten Freundin streitig macht. Ein schwuler bester Freund hat eventuell Potential, mich auszustechen.«

»So schwul ist er gar nicht«, winkte ich ab. »Also keine Sorge, du bleibst die Tussi hier.« Ich bezweifelte stark, dass man mit Christopher Schuhe shoppen oder einen Nachmittag mit Mani- und Pediküre verbringen konnte. Dafür war er definitiv zu sehr Mann.

Wir hatten uns für die Cocktailbar *Caribian Night* verabredet. Anna und ich standen seit einigen Minuten vor dem Eingang und warteten auf Christopher, der jeden Moment kommen müsste. Es war schon relativ spät und ziemlich kalt. Ich zog meinen Trenchcoat fester um mich und rieb mir mit den Händen über die Arme. Was nicht wirklich viel brachte. Wenn nicht bald Sommer werden würde, müsste ich doch tatsächlich wieder Winterjacke, Mütze und Schal auspacken. Dabei waren die bereits in einer Kiste im Keller verstaut und sollten da auch bis mindestens Oktober bleiben.

Zum Glück kam Chris in diesem Moment um die Ecke gelaufen und winkte uns zu. Er trug eine khakifarbene Jeansjacke und eine schwarze Chinohose, die ihm lässig auf der Hüfte saß. Komplettiert wurde sein

Outfit mit ein paar schwarzen Chucks. Anna musterte ihn eingehend und blickte dann entsetzt zu mir.

»Sag, dass das ein Scherz ist.« Ich schaute sie fragend an und hatte keinen blassen Schimmer, auf was sie anspielte.

»Was denn, bitteschön?«

»Dieser heiße Typ soll schwul sein? Sag, dass das nicht wahr ist.« Anna sah zwischen uns beiden fassungslos hin und her.

»Ähm, schuldig. Sorry. Aber danke für das Kompliment.« Chris entschuldigte sich mit ironischem Unterton und Schulterzucken, beide Hände tief in den Hosentaschen vergraben. Anna stöhnte daraufhin frustriert auf und riss die Faust theatralisch in die Luft.

»Warum nur? Gott, wieso?«

Ich begrüßte Christopher mit zwei Bussis auf die Wangen.

»Ignorier sie einfach, sie kriegt sich schon wieder ein.«

»Nicht, wenn die Welt so ungerecht zu mir ist. Hi, ich bin übrigens Anna.«

Er lachte herzlich und reichte ihr die Hand.

»Christopher. Aber bitte nenn mich Chris, falls dich der Name auch zu sehr an Winnie Puuh erinnert.« Er lächelte Anna an, und ich musste zugeben: Ja, er sah gut aus, und viel lässiger als bei unserem ersten Date. Aber kein Wunder, das war ja auch unter Zwang. Nun trafen wir uns freiwillig und wussten bereits, dass wir uns mochten und viel Spaß miteinander haben konnten.

»Christopher Robin aus Winnie Puuh!« Ich klatschte in die Hände. »Das ist ja so süß.«

»Na danke. Genau das, was ein Mann hören will. Süß.« Bei dem Wort *süß* verzog sich sein Gesicht zu einer lustigen Grimasse.

»Ich nenne dich Chris, keine Angst.« Anna hakte sich bei ihm unter und so betraten sie das *Caribian Night.* Ich trottete kopfschüttelnd hinterher. Da hatte ich ja anscheinend genau die beiden richtigen zusammengebracht. Sie verstanden sich auf Anhieb prächtig.

Anna erzählte ihm von ihrer letzten Errungenschaft, einem süßen 20-jährigen Studenten, mit dem sie ein ganzes Wochenende voll hemmungslosem Sex verbracht hatte. Ich kannte die Geschichte schon, hörte aber trotzdem wieder gerne zu und lachte auch dieses Mal schallend über ihre Ausführungen. Chris hingegen war fasziniert und amüsiert zugleich.

Er trank eine Piña Colada nach der anderen und lauschte ihren geradezu obszön detaillierten Erzählungen, wie die beide ihre Tage und Nächte miteinander verbracht hatten.

»Und der war zwanzig? Ist das nicht etwas, naja ... jung?«

»Viel zu jung. Also, viel konnte ich mit ihm nicht anfangen. Wir hatten so gut wie kein Gesprächsthema, aber er war sehr ...« Sie suchte nach dem richtigen Wort. »Bemüht. Ja, das trifft es wohl am ehesten. Als ob es eine Prüfung wäre und er unbedingt eine Eins mit Sternchen ergattern möchte.«

Wir lachten uns kaputt. Selbst ich, obwohl ich die Story schon bestimmt das dritte Mal hörte.

»Und dann? Also was war, als das Wochenende vorbei war?« Anna zuckte mit den Achseln.

»Nichts. Ich habe seitdem nichts mehr von ihm gehört ... was wohl auch daran liegen könnte, dass ich ihm eine falsche Nummer gegeben habe.« Chris johlte und prostete ihr zu.

»Das machst du anscheinend öfter«, murmelte ich vor mich hin und trank einen Schluck meines Tequila Sunrise.

»Und du, Christopher Robin? Bist du noch auf der Suche nach deinem Tigger? Oder stehst du eher auf den Bären?« Chris verzog das Gesicht. »Oder magst du es lieber versaut? Du Ferkelchen.« Sie ließ ihre Augenbrauen anzüglich hüpfen, und ich prustete etwas von meinem Cocktail über den Tisch. Mit einem Taschentuch wischte ich schnell alles auf und kicherte vor mich hin.

»Da kennt sich aber jemand besonders gut mit Winnie Puuh aus«, bemerkte Christopher und brachte uns ein weiteres Mal zum Lachen. »Na, dann passt mal auf. Ich habe da jemanden kennengelernt.«

»Jetzt wird es interessant!« Wir beugten uns interessiert weiter nach vorne.

»Naja, es gibt noch nicht wirklich viel zu erzählen ...«

»Haarfarbe, Größe, Gewicht, Penislänge«, zählte Anna die Fakten auf, die sie interessierten. Christopher kicherte und schüttelte den Kopf.

»Andere Menschen würden erst mal nach dem Namen fragen.«

»Uninteressante Nebensächlichkeit!«

»Er ist achtundzwanzig, dunkelhaarig, groß, schlank und heißt Christian.«

»Ne, oder?« Anna prustete los, und auch ich konnte mich nicht zurückhalten.

„Was denn?« Chris verstand nicht, woher unser Lachanfall plötzlich herkam. „Groß, dunkelhaarig, schlank ... was ist denn daran bitteschön so lustig?«

Wir lagen uns mittlerweile lachend in den Armen und konnten es einfach nicht fassen, dass er die Komik noch nicht verstanden hatte.

»Christopher und Christian? Ihr seid wie ein Schlagerduo. Chris und Chris!« Ich wischte mir ein paar Lachtränen von der Wange.

»Ja, so wie diese beiden ... Ach, wie heißen die? Ruby, wir sind da doch mal bei dieser unglaublich schrecklichen Schlagersendung hängengeblieben.«

»Brunner & Brunner oder Klaus & Klaus. Ihr solltet auftreten!«

Nun lachte auch Chris.

»Oh Mann ... daran habe ich noch gar nicht gedacht. Das könnte für Verwirrung sorgen.«

Wir stellten uns die beiden als Schlagerstars vor, entwarfen im Kopf lustige, bunte Bühnenoutfits, machten seltsame Tournee-Pläne und schlugen vor, dass sie sich für den ESC bewerben sollten. Alles in allem verliefen die nächsten Stunden sehr kindisch, aber auch ultrakomisch, was vor allem an der Menge an Alkohol lag, die floss. Chris gab eine Runde Schnaps nach der anderen aus, und dann probierten wir auch noch fast die ganze Cocktailkarte hoch und runter.

Anna und Chris waren irgendwann komplett hinüber. Ich konnte mich zumindest noch auf den Beinen halten und rief uns zwei Taxen. Da die beiden ungefähr in die gleiche Richtung mussten, manövrierte ich Anna und Chris auf den Rücksitz des ersten Taxis und drückte dem verwirrten Fahrer zwanzig Euro in die Hand. Ich nannte ihm die Adressen und winkte ihnen nach, als sie davonfuhren.

Nun stand ich also alleine vor dem *Caribian Night* und ließ mich auf einer Parkbank nieder. Das Taxi, das mich gleich nach Hause fahren würde, war schon unterwegs und würde bald da sein. Ich musste also nur ein wenig Zeit überbrücken. Und was tat ich in letzter Zeit in jeder freien Minute?

Ich holte mein Handy aus der Handtasche und schrieb Johannes.

WAHRHEIT ODER PFLICHT?

Ob er noch wach war?

Wahrheit.

Er war noch wach, und auf diese Antwort hatte ich gehofft.

Warum schreibst du mit mir?

Diese Frage wollte ich ihm schon die ganze Zeit stellen, denn ich verstand es einfach nicht. Verstand mich nicht.

Du hast doch mich gerade angeschrieben.

Ich meinte eher so generell ... nach der ersten fehlgeleiteten SMS hätten wir es doch auch dabei belassen können. Ich fang ja auch nicht mit jedem ne Freundschaft an, der sich mal verwählt hat.

Das fragst du mich? Ich hab keine Ahnung. Aber irgendwie passt es doch.

Ja schon, aber warum? Wir kennen uns doch quasi gar nicht.

Ich habe aber das Gefühl, dich schon ziemlich gut zu kennen. Keine Ahnung, woran das liegt.

Er hatte recht, aber es von ihm noch mal schwarz auf weiß zu lesen, machte es so real. Ich war mit meiner Einschätzung also nicht alleine.

Aber was versprichst du dir davon? Wohin führt das?

Soweit habe ich noch gar nicht gedacht. Es macht einfach Spass, mit dir zu schreiben. Also warum sollte ich damit aufhören?

Ja, warum sollte er?

Wahrheit oder Pflicht?

Auch ich entschied mich für Wahrheit.

Warum stellst du unseren Schriftverkehr plötzlich in Frage? Ist etwas vorgefallen? Habe ich irgendwann etwas geschrieben, das dich ins Grübeln gebracht hat?

Nein. Das liegt wohl am Alkohol. Ich hab ordentlich was gebechert und mache mir dann immer viel zu viele Gedanken.

Ist jemand bei dir?

Ich warte gerade auf das Taxi. Es müsste eigentlich jeden Moment kommen ...

Wenn ich in der Nähe wäre, würde ich zu dir kommen und dich nach Hause fahren. Mir ist es nicht recht, dass du zu später Stunde alleine unterwegs bist. Und das auch noch angetrunken.

Ich winkte ab und bemerkte erst dann, dass er das ja gar nicht sehen konnte.

Pass einfach auf dich auf. Ich möchte noch viele viele Nachrichten mit dir schreiben. Dir darf also nichts passieren.

In dem Moment hielt das Taxi, auf das ich die ganze Zeit gewartet hatte, vor mir, und ein älterer Inder musterte mich durch das geöffnete Fenster auf der Beifahrerseite.

»Hatten Sie ein Taxi bestellt?«

»Ja!« Ich sprang auf und stieg neben ihm ein. Ich nannte ihm meine Adresse und lehnte dann erschöpft das Gesicht an das kühle Glas der Scheibe. Meine Wangen glühten, und das war nicht nur die Schuld des Alkohols.

Kapitel 7

Heute Abend komme ich in Mannheim an!

Seit bestimmt zehn Minuten starrte ich vollkommen paralysiert auf mein Smartphone und wusste nicht so recht, wie ich mit der Information umgehen sollte. Ich war aufgeregt. Wirklich sehr aufgeregt. Das Wort Nervenbündel beschrieb mich wohl gerade am treffendsten.

Eine Frage, die ich mir in den letzten Tagen immer öfter gestellt hatte, ließ mir keine Ruhe: Konnte man sich in geschriebene Worte verlieben? Wie konnten ein paar SMS, schwarze Buchstaben auf grauem Grund, mein Herz so zum Flattern bringen? Ich wusste nicht, wie es so schnell geschehen konnte, und ob ich mich nicht in etwas hineinsteigerte, aber die vielen Chats auf Facebook und die täglichen SMS-Nachrichten, das alles wurde zu meinen Tageshighlights.

Wenn »James Dean« auf meinem Smartphone aufblinkte, stahl sich ganz automatisch ein breites Lächeln auf mein Gesicht. Ich wollte seinen Namen schon so oft in »Johannes Hoffmann« umändern, aber ich hatte mich einfach viel zu sehr an sein Pseudonym gewöhnt. Ich hatte sogar ein Foto vom echten James Dean aus Google geladen und in meinen Kontakten unter seinem Namen gespeichert.

Eigentlich wusste ich ja, wie Johannes aussah. Sein Facesbook-Profil war voller Bilder von ihm. Echte Fotos aus seinem realen Leben. Johannes auf Grillpartys mit Freunden, Johannes auf dem Fußballplatz, wo er mit blutigen Knien und einem Trikot voll Matsch einem Ball hinterherrannte, Johannes mit einer riesigen Portion Eis. Es gab Selfies von ihm vor dem Brandenburger Tor, vor irgendeinem angesagten Club und aus vielen anderen Situationen, die sein Leben beschrieben. Es wäre ein Leichtes für mich, ein echtes Bild von ihm in meinem Smartphone abzuspeichern. Aber irgendwie bevorzugte ich weiterhin diesen minimalen Abstand.

Mit richtigem Namen und richtigem Bild wurde er zu real, und ich wusste nicht, wie mein Herz damit umgehen würde. Ich verliebte mich einfach viel zu schnell, das war schon so oft mein Problem gewesen, und ich spürte bereits jetzt, dass seine Worte mein Herz schneller schlagen ließen. Wenn ich jetzt die Person hinter den Worten kennenlernte, was würde mich erwarten? Würde ich enttäuscht sein oder mich sofort Hals über Kopf verlieben? Richtig verlieben? Noch mehr?

Egal, was passieren würde, heute Abend war er in Mannheim. Uns trennten immer noch locker fünfundzwanzig Kilometer. Aber im Gegensatz zu den fünfhundert Kilometern, die die ganze Zeit zwischen uns lagen, machte mich diese geringe Distanz furchtbar nervös.

Ich zog meinen schwarzen Blazer aus und fächerte mir Luft zu. Bei dem Gedanken an Johannes wurde mir ganz heiß, und in meinem Magen fing irgendetwas an, wild Saltos zu schlagen. Was war nur mit mir los? Zehn Fotos auf Facebook, ein paar Kurznachrichten, und mein Körper drehte vollkommen durch. Ich griff nach meinem Smartphone und hämmerte die Buchstaben hinein.

GUTE FAHRT. HOFFENTLICH OHNE STAU.

ICH FAHRE MIT DEM ZUG.

DAS HAT NICHTS ZU HEISSEN! DA STAND ICH AUCH SCHON EWIGKEITEN VOR RIEDSTADT-GODDELAU UND NICHTS GING MEHR VOR ODER ZURÜCK.

WO IST DENN DAS BITTESCHÖN?

EBEN!

Ich grinste in mich hinein. Plötzlich knallte die Tür meines Büros auf, und Anna kam hereingestürmt.

»Erwischt«, rief sie mir entgegen, und ich stieß mir vor Schreck das Knie schmerzhaft an meinem Schreibtisch an.

»Nicht schon wieder, ich bekomme wegen dir echt noch einen Herzinfarkt!«

»Du bist nur so schreckhaft, weil du ein schlechtes Gewissen hast! Was hast du denn gerade so getrieben, hä? Heimlich Pornos geschaut? Masturbiert?«

»Anna!« Ich bekam heiße Ohren nur bei dem Gedanken daran und rieb mir mein schmerzendes Knie. Morgen würde ich wohl einen fetten blauen Fleck haben. »Das Büro ist da wohl der denkbar schlechteste Ort. Voll der Abturner!«

»Findest du? Hab hier schon ganz andere Sachen getrieben. Das Verbotene ist doch gerade so heiß daran!« Anna kam zu mir gelaufen und ließ sich betont elegant auf dem Stuhl vor meinem Schreibtisch nieder. »Ich finde das aufregend.«

»Ich weiß, dass du den Praktikanten gevögelt hast. Das musst du mir nicht schon wieder unter die Nase reiben.«

»Der war so süß ...«

»Und gerade mal achtzehn.«

»Volljährig! Wer rauchen kann, kann auch vögeln. Und ich sag dir eins: Der konnte wirklich richtig gut vögeln.«

Ich konnte nicht anders als losprusten. Anna war so ein Luder, und manchmal bewunderte ich gerade das an ihr. Sie war einfach sie selbst und verstellte sich nie. Für niemanden, außer vielleicht ab und zu vor ihrem Chef. Im Büro trug sie selten ihr Zungenpiercing, das war so ziemlich die einzige Einschränkung, auf die sie sich einließ. Sobald sie Feierabend hatte, war sie der Rebell, den ich vor einigen Jahren in einer Kneipe kennengelernt hatte.

»Was machen wir heute?« Sie wechselte das Thema und schaute mich erwartungsvoll an.

»Hast du Lust auf Kino? Der neue *Fluch der Karibik* ist gestern angelaufen.«

»Uh ja, das hört sich klasse an.« Anna klatschte vor Freude in die Hände. »Und danach trinken wir noch einen. Okay?«

»Ich dachte, du wolltest nach unserem letzten Filmabend erst mal kürzer treten.«

»Ein bis zwei Cocktails haben noch niemandem geschadet.«

Ich rollte mit den Augen. Als ob es je bei ein bis zwei Getränken geblieben wäre. Egal, wie oft wir es uns vornahmen: Wenn wir beide irgendwo zusammen hingingen, schafften wir es selten, vernünftig zu sein.

»Okay, ich reserviere die Kinotickets und sag dir dann Bescheid, okay?«

»Passt! Und was geht das restliche Wochenende? Jetzt, wo James Dean in der Region weilt.« Seinen Namen betonte sie übertrieben und wackelte dabei mit ihren Augenbrauen.

»Ich weiß es noch nicht.« Ich seufzte theatralisch. »Er meldet sich, wenn er da ist und mit seinem Bruder die nächsten Tage durchgeplant hat, immerhin besucht er ja ihn und nicht mich.«

»Ich glaube ja, dass er primär wegen dir hierherkommt.« Sie grinste anzüglich, und diese Andeutung genügte, um mein Herz zum Flattern zu bringen. Ich beugte mich nach vorne, damit einige Haarsträhnen in mein Gesicht fielen und meine Verlegenheit zumindest etwas verbargen. Einerseits freute ich mich wirklich sehr auf Johannes. Aber andererseits war ich unendlich froh, wenn das Wochenende endlich vorbei war und ich dieses erste Treffen mit ihm hinter mich gebracht hatte. Ich hatte keine Lust mehr auf diese Ungewissheit, ob wir uns auch mögen würden, wenn wir uns live begegneten oder ob sich Mr Dean als absoluter Arsch entpuppen würde. Die Bauchschmerzen und das Kribbeln sollten endlich aufhören. Ich kam mir vor wie ein kleiner, eingeschüchterter Teenager, der bald vor seinem Idol stehen würde. Oder war diese Nervosität womöglich ganz normal? Fühlte man sich so vor einem Date? Ich hatte noch nicht wirklich viele gehabt, und mein Ex bevorzugte es ja, sich nicht allzu oft mit mir in der Öffentlichkeit zu zeigen.

Um 18 Uhr trafen wir uns vor dem Haupteingang des Kinos. Ich hatte die Tickets bereits abgeholt, und so konnten wir uns direkt an der Snackschlange anstellen. Mal ehrlich, was war ein Kinobesuch ohne anständige Fressorgie? Mit einem monströsen Eimer Popcorn, Gummibärchen und Eiskonfekt bewaffnet und jeweils einer Cola Light (light musste sein, wir nahmen schon genügend Kalorien zu uns!) ließen wir uns in der Loge von Kinosaal 1 nieder und freuten uns auf die nächsten zwei Stunden mit unserem Lieblingspiraten.

Wobei ich ja auch schon die nächsten Minuten genießen würde - ich liebte die Filmvorschauen! Um mich herum war fast jeder genervt und wünschte sich, dass der Film, wegen dem wir ja eigentlich hier waren, nun endlich begann, aber ich war wie gefangen von den vielen Eindrücken der verschiedensten Trailer. Wahrscheinlich würde ich keinen dieser Filme im Kino sehen, aber mich faszinierten diese kurzen Vorschauen total, und ich bekam bei jeder Einzelnen eine Gänsehaut. Meist waren diese Minuten schon so aufregend für mich, dass ich, ohne es zu merken, fast das ganze Popcorn aufgegessen hatte.

Zwei Stunden später musste ich furchtbar dringend aufs Klo. Eigentlich bereits seit einer halben Stunde, aber ich wäre lieber geplatzt, als das Ende des Films zu verpassen.

Anna und ich drängten uns an den Menschenmassen vorbei und liefen Richtung Damentoilette.

Ich lehnte neben den Waschbecken an der Wand und checkte mein Smartphone. Anna versuchte leidenschaftlich, einen Fleck aus ihrem schwarzen Shirt zu schrubben, der wohl vom Eiskonfekt herrührte.

»Das kommt davon, wenn man im Dunkeln Schokolade isst. Ich sollte echt bei Popcorn bleiben. Das macht wenigstens keine Flecken.«

»Und man findet abends immer noch etwas zum Naschen im BH«, konterte ich und brachte Anna damit zum Lachen. Mein Display zeigte einige Facebook-Updates und zwei Nachrichten von Johannes an. Mein Puls beschleunigte sich augenblicklich.

Die erste Nachricht von ihm war ein Foto. Ich klickte es an und musste grinsen. Ein Selfie vor dem Mannheim-Schild am Hauptbahnhof. Er war also angekommen.

Er war ganz in der Nähe.

Ich betrachtete den Mann, der mich frech angrinste und dabei viele weiße Zähne zeigte, etwas genauer. Mitte Zwanzig, kurzes, braunes Haar und Dreitagebart. Johannes war genau mein Typ. Das war ein Mann, dem ich auf der Straße hinterherschauen würde, und davon gab es wahrlich nicht viele. Ich war sowas von gespannt, wie er in natura aussehen würde. Seine zweite Nachricht war leider ohne Foto.

Bin mit meinem Bruder in einer Kneipe in der Mannheimer Innenstadt. Die heisst El Dry und befindet sich tatsächlich im Quadrat L3. FunFact: Wusstest du, dass Mannheim in Quadrate aufgeteilt ist? Wie ein Schachbrett. Ich hab keinen Plan, ob ich alleine heimfinden würde.

Ich musste lachen und erntete einen neugierigen Blick von Anna. Die Nachricht hatte er bereits vor einer Stunde geschrieben. Schnell tippte ich eine Antwort.

Klar wusste ich das. Bin dort schon öfter shoppen gewesen. Das El Dry kenne ich auch. Die Cocktails dort sind nicht übel.

Anna schaute mir über die Schulter und las mit.

»James Dean?«

»Jap, er ist in Mannheim angekommen und gerade mit seinem Bruder unterwegs.« Ich versuchte, gleichgültig zu klingen und zuckte mit den Achseln.

»Aha ...« Sie zog eine Augenbraue hoch und wartete auf mehr Informationen. Aber eigentlich gab es ja gar nicht mehr zu sagen.

»Sie sind wohl gerade im *El Dry*, also zumindest waren sie da vor einer Stunde, als er die Nachricht geschrieben hat.«

»Das ist der Schuppen gegenüber von der Uni, oder?«

»Jap, wir waren da mal vorglühen, du erinnerst dich noch an die riesige Cocktailkarte?«

Anna nickte und trocknete sich gedankenverloren die Hände ab. Ich steckte das Smartphone wieder in meine hintere Jeanstasche und verließ dann nach Anna die Damentoilette.

»Und nun?«, fragte ich und war mir sicher, dass Anna schon einen Plan hatte, wie wir den Abend weiter verbringen würden.

»Ich hab da ne Idee.«

»Dachte ich mir.«

»Wie wärs, wenn wir nach Mannheim fahren und den Abend im *El Dry* ausklingen lassen?«

»Quatsch, das ist doch viel zu weit weg.« Ich bekam einen leichten Schweißausbruch und fuhr mir mit dem Handrücken nervös über die Stirn.

»Ist es nicht.«

»Wir können da doch nicht einfach so auftauchen, das ist aufdringlich und unhöflich. Vollkommen gar nicht mein Stil«, fauchte ich sie eventuell etwas zu aggressiv an.

»Wir wollen doch eh was trinken, und das *El Dry* ist ne super Kneipe und ...«

»Das ist ne echt doofe Idee«, unterbrach ich sie. In dem Moment vibrierte meine rechte Gesäßhälfte und ich fischte nach meinem Handy.

KOMM DOCH NOCH VORBEI

Ich seufzte und hielt Anna das Handy vor die Nase. Sie las und grinste mich siegessicher an.

Vielleicht sollte ich es einfach hinter mich bringen und aufhören, so ein Angsthase zu sein. Kaum hatte sich dieser Gedanke in meinem Hirn geformt, bekam ich Bauchschmerzen vor Aufregung, und mein

Herz begann auf ungesunde Art zu rasen. Oh Gott. Wie sollte ich diesen Abend überstehen?

Kapitel 8

Wir parkten das Auto in einem Parkhaus der Universität Mannheim. Trotz der kalten Frühjahrsnacht war noch einiges los auf den Straßen der Mannheimer Innenstadt. Junge Leute, vermutlich Studenten, tummelten sich überall, lachten, tranken, waren alle hübsch rausgeputzt und höchst wahrscheinlich auf dem Weg zur nächsten Party. Ich schaute an mir herab und wünschte mir, ich hätte bei der Kleiderwahl heute Mittag etwas mehr Modebewusstsein bewiesen. Ich trug zwar eine enge Bluejeans und eine ziemlich figurbetonte Bluse, aber mit dem Make-up hatte ich es heute nicht gerade übertrieben und meine Haare mangels Zeit und Nerven einfach zu einem Zopf zusammengebunden. Jetzt war es zu spät. In der Ferne sah ich schon die Leuchtschrift des *El Dry*, und mein Herzschlag überschlug sich fast.

»Gott, Ruby, reiß dich mal zusammen. Du wirst doch nicht hyperventilieren.«

»W...wie kommst du denn auf s...sowas?«, stotterte ich nervös und eine Oktave zu hoch.

Einatmen. Ausatmen. Einatmen. Ausatmen.

»Ernsthaft, er ist doch nur ein Kerl. Entspann dich. Hast du ihm geantwortet?«

»Nein, ich dachte, dass ich eh kurz vorher den Schwanz einziehe.«

»Ha, hoffen wir mal eher, dass er das nicht tut.« Sie pikte mich anzüglich mit ihrem Ellbogen in die Seite und kicherte. Mir war gerade nicht nach Lachen zumute.

Einatmen. Ausatmen. Einatmen. Ausatmen.

»Mensch Ruby, sieh es doch so: Du bist im Vorteil. Du weißt, dass du ihn gleich siehst. Er erwartet dich dafür nicht. Du kannst dich schon mal psychisch darauf vorbereiten, wie du ihn jetzt gleich überraschst.«

»Na toll. Ich finde es wenig prickelnd, zu wissen, dass ich ihn überrumpeln werde.«

»Ruby, lass dir eines von deiner besten Freundin gesagt sein. Manchmal ist es unglaublich reizvoll, einen Mann zu überrumpeln. Die meisten sind davon sogar beeindruckt, und alle anderen können mich mal kreuzweise.«

So konnte man es natürlich auch sehen, wenn man ein Selbstbewusstsein hatte, das so unerschütterlich war wie der gottverdammte Kilimandscharo.

Wir standen vor der Tür. Ich hibbelte von einem Bein auf das andere, strich mir einen imaginären Fusel von der Schulter und startete den hoffnungslosen Versuch, mein Haar zu richten. Dann zählte ich für mich leise von eins bis drei, und ehe ich mich versah, riss Anna ohne Vorwarnung die Tür auf und schubste mich in die schummrige Kneipe hinein. Schnell sah ich mich um und stellte fest, dass mich niemand beachtete. Ich atmete einmal tief durch, ging weiter - und blieb beim nächsten Schritt am Stuhlbein eines Barhockers hängen. Ich stolperte, der Stuhl fiel um und knallte auf den Holzfußboden. Glücklicherweise folgte ich ihm nicht, sondern stand mit ausgebreiteten Armen da, glücklich, das Gleichgewicht gehalten zu haben.

Nun waren alle Augen auf mich gerichtet. Mit so einem stürmischen Auftritt hatte hier wohl niemand gerechnet.

Auch nicht Johannes, der mit einem anderen Kerl an einem Tisch saß und mich mit großen Augen anstarrte. Ich hatte ihn sofort erkannt. Und er mich offenbar auch.

Als ich sein Lächeln sah, das sich nun zaghaft in sein Gesicht stahl, hoben sich auch meine Mundwinkel ganz automatisch. Er stand auf und blieb mit einem Fuß am Stuhlbein hängen, was ein lautes, quietschendes Geräusch von sich gab. Ich kicherte und ging nun auch einen Schritt in seine Richtung.

Es war ein seltsames Gefühl, dem Mann real zu begegnen, mit dem man die letzten Wochen so engen Kontakt gehabt hatte. Schriftlichen Kontakt. Dem Mann, den man echt gut zu kennen glaubte, nun zum ersten Mal Auge in Auge gegenüber zu stehen. Dieser Moment hatte etwas Surreales, und ich war geneigt, mich zu kneifen, um sicherzugehen, dass das hier wirklich wahr war.

Es gibt ihn wirklich. Der Gedanke blitzte in meinem Kopf auf und ließ mich schmunzeln.

»Merida, die Prinzessin aus den schottischen Highlands, eindeutig! Du musst Ruby sein!« Meinen Namen aus seinem Mund zu hören, ließ mich auflachen.

»Die roten Haare haben mich ziemlich schnell auffliegen lassen.« Er ließ seinen Blick anerkennend über mich wandern und lächelte mich dann mit dem breitesten Grinsen an, das ich je gesehen hatte.

»Ich bin Jo, aber das hast du dir wahrscheinlich schon gedacht.« Er fuhr sich mit der Hand durchs Haar und ließ sie dann etwas verlegen im Nacken liegen.

»Ich kann es nicht glauben, dich gibt es tatsächlich.« Ich kicherte wie ein kleines Schulmädchen und schlug die Hände beschämt vor den Mund.

»Was dachtest du denn?« Sein Grinsen wurde noch breiter.

»Trotz all der Nachrichten und Selfies warst du trotzdem immer so weit entfernt, so unwahr. Wie die Zahnfee – oder eben James Dean.«

»Zahnfee?« Er fuhr sich erneut mit der rechten Hand durchs Haar und schaute ganz kurz über die Schulter zu dem anderen Kerl, der mit ihm am Tisch saß. »Wie sollen wir uns jetzt am besten begrüßen? Handschlag? High five?«

Ich machte noch einen Schritt auf ihn zu und umarmte ihn. »Wann habe ich schon mal die Möglichkeit, einen waschechten Filmstar zu umarmen?«

Er schlang seine Arme um mich und drückte mich sacht. Als wir uns voneinander lösten, schauten wir uns eventuell einen Ticken zu lange in die Augen. Aber das war okay. Ich mochte seine Augen. Sie leuchteten in einem warmen Braun. Er schien sich genau so sehr darüber zu freuen, mich zu sehen, wie ich mich freute, ihn zu sehen - trotz der Angst vorher. Sein Gesicht strahlte, und das auch noch äußerst attraktiv. Überhaupt war dieser Mann ziemlich genau das, was ich als heiß bezeichnen würde.

Er war schlank und groß, bestimmt fünfzehn Zentimeter größer als ich. Er trug ein graues T-Shirt und eine dunkelblaue Jeans. Seine Arme waren sehr muskulös und sein rechter Oberarm mit vielen schwarzen Mustern tätowiert. Wie schon auf dem Bild, das er mir vom Mannheimer Hauptbahnhof hatte zukommen lassen, trug er einen leichten

Dreitagebart. Er hatte sich also nicht, bevor sie ausgegangen waren, rasiert. Es stand ihm, er sah dadurch verflucht männlich aus. Ich hätte ihn stundenlang nur angucken können.

Ein Räuspern riss mich jedoch aus meinen Gedanken. Anna stand hinter mir und konnte sich ein Grinsen nicht verkneifen, was vielleicht auch an meinen knallroten Wangen und den glühenden Ohren lag.

»Dem strahlenden Gesicht von Ruby nach zu urteilen, bist du wohl der geheimnisvolle James Dean.« Anna streckte Jo die Hand entgegen und begrüßte ihn überschwänglich.

»Das hier ist Anna, die Verrückte, die du schon auf meinem Facebook-Profilbild gesehen hast. Anna – Jo«, stellte ich die beiden nun einander vor und war froh, dass sich meine Stimme ganz normal dabei anhörte. Für einen kurzen Moment war mir nicht klar, ob ich auch nur einen Ton rausbekommen würde.

»Dann sag ich auch mal hallo«, sagte eine dunkle Stimme hinter Jo. Der junge Mann musste Jos Bruder sein. Zwar war er etwas kleiner als Jo, aber auch er war durchaus attraktiv und hatte etwas sehr Interessantes an sich, das ich noch nicht so ganz benennen konnte. Etwas Freches. Aber vielleicht wirkte das auch nur so auf mich, weil er mal wieder einen frischen Haarschnitt vertragen könnte. Die beiden ähnelten sich sehr. Es war nicht zu übersehen, dass sie Brüder waren. »Ich bin Michael, aber nennt mich bitte Mike.« Wir schüttelten uns zur Begrüßung die Hände und schauten dann etwas verlegen in die Runde.

»Sollen wir uns vielleicht lieber setzen und einen heben?« Okay, auf Anna war Verlass. Sie war eigentlich nie schüchtern und sorgte immer dafür, dass peinliches Schweigen ausblieb. Wir setzten uns also an den Tisch, an dem Jo und Mike vorher gesessen hatten und der eigentlich zu klein für vier Personen war. Es wurde kuschelig.

Wir bestellten drei Bier und eine Apfelsaftschorle, immerhin hatte Anna sich selbst zur Fahrerin ernannt und mich regelrecht dazu genötigt, mit ihr nach Mannheim zu fahren. Ich hatte also kein Mitleid mit ihr.

Anfangs waren die Gespräche ein wenig steif. Wir stellten uns näher vor, klapperten Eckdaten ab. Alter, Herkunft, Job. Ein bisschen wie in den Freundschaftsalben, die früher in der Grundschule herumgereicht wurden. Den Rest überließen wir Anna und Mike, die sofort einen

Draht zueinander hatten. Sie verstanden sich blendend, und ihr schallendes Gelächter bewies, dass sie wohl den gleichen Humor zu haben schienen.

Jo und ich hingegen redeten wenig. Bei einem besonders derben Spruch von Anna blickte ich kurz zu Jo auf. Der lachte herzlich und richtete seinen Blick dann auf mich. Wieder sahen wir uns länger als nötig an. Ich spürte, wie mir die Hitze in die Wangen schoss und lenkte meine Aufmerksamkeit schnell wieder auf mein Bierglas. Meine Verlegenheit versuchte ich in den nächsten Minuten mit Bier zu ertränken.

Es war genauso, wie ich es befürchtet hatte. Wenn nicht sogar noch schlimmer. Seine Worte in den zahllosen Textnachrichten hatten mich schwach werden lassen. Seine Anwesenheit riss mir schier den Boden unter den Füßen weg.

Ich war innerhalb kürzester Zeit dabei, mich in diesen Mann zu verlieben. Und ich wusste nicht, ob ich dagegen etwas tun konnte. Ob ich dagegen etwas tun wollte. Er gefiel mir, und ich wollte ihn unbedingt näher kennenlernen. Fernab von SMS-Verläufen. Im echten Leben.

»Hattest du es dir so vorgestellt?« Er sprach mich leise an. Fast flüsternd. Die Frage war nur für mich gedacht, nicht für seinen Bruder oder Anna. Ich sah ihn verwirrt an und klammerte mich an meinem Bierglas fest.

»Was meinst du?«

»Mich, unser erstes Treffen, alles. Hattest du es dir in den letzten Tagen so vorgestellt?«

Ich musste kurz überlegen. Hatte ich überhaupt Vorstellungen gehabt? Irgendwelche Erwartungen? Eigentlich nicht. »Ich war viel zu aufgeregt. Ich hatte eigentlich keine genauen Vorstellungen.«

»Bist du zufrieden?« Ich nickte zaghaft.

Seine Augen leuchteten auf. Wenn zuvor noch ein wenig Unsicherheit in seinem Gesicht zu lesen war, so wandelte sich das nun innerhalb von Sekundenbruchteilen. Seine Lippen verzogen sich zu einem breiten Lächeln. Er strahlte über das ganze Gesicht und sah mir dabei tief in die Augen. Mein Herz. Es tat einen Sprung. Blieb dann kurz stehen, nahm Anlauf und schlug in doppelter Geschwindigkeit weiter. Mit diesem Lächeln hatte er mich.

Meine Schüchternheit ließ mit dem dritten Bier nach, und auch Jo wurde mutiger. Er rückte näher zu mir, so dass sich unsere Beine berührten. Er zeigte mir Bilder auf seinem Handy von seiner Heimatstadt Berlin und erzählte mir von seinem Job als Grafiker. Auch ich sprach über mich und mein Leben in Heidelberg, und er hing wie gebannt an meinen Lippen. Jo schien sich sehr für das zu interessieren, was ich den lieben langen Tag so tat. Er fragte mich aus und hakte an den richtigen Stellen nach. Ich kam mir sehr interessant vor, dabei konnte ich nicht gerade mit einem ausgefallenen Lebensstil glänzen. Trotzdem lauschte er lieber meinen Erzählungen, als über sich selbst zu reden.

Anna und Mike hatten sich vor einigen Minuten an die Dartscheibe verzogen. Ab und an hörten wir schallendes Gelächter oder das laute Knallen, wenn mal wieder jemand die Holzwand traf statt die Scheibe. Die beiden schienen Spaß zu haben und ließen uns somit ein wenig Privatsphäre. Mir war das sehr recht. Ich musste unbedingt daran denken, Anna nachher ein fettes Danke zu sagen.

»Ich brauche ein Selfie mit dir«, sagte ich irgendwann und überraschte Jo damit. Er trank noch einen Schluck und betrachtete mich argwöhnisch von der Seite.

»Wofür denn das?«

»Für einsame Stunden.« Er lachte, kramte aber sofort nach seinem Handy. Er hielt es auf Armeslänge von uns weg, rückte noch näher zu mir und legte den Arm um meine Schulter. Dann drückte er auf den Auslöser.

»So okay?«

Mit einer fordernden Geste verlangte ich sein Handy und betrachtete das Foto genauer.

Mannomann, seh ich versoffen aus. Das war mein erster Gedanke, dicht gefolgt von: *Und er immer noch so verdammt heiß.* Ich tippte in Windeseile meine Nummer ein und schickte mir das Bild schnell selbst zu. Belustigt stellte ich fest, dass am oberen Rand des Displays der Name *Merida* erschien. Ich grinste und kam dann auf eine geniale Idee. Ich kicherte, als ich das Bild als Hintergrundfoto auswählte. Er bemerkte es nicht, steckte das Handy wieder in die Hosentasche, als ich es ihm zurückgab und wunderte sich über meine Belustigung.

»Was ist so komisch?«

»Was? Ach, nichts.«

Wir schauten uns einen schier unendlich langen Moment einfach nur an, und ich wusste, dass er das Gleiche dachte wie ich. Dass er das Gleiche fühlte.

Alles schien so perfekt zu sein. Wir passten toll zusammen, hatten Spaß miteinander. Ich musste mich daran erinnern, auch mal woanders hinzusehen und ihn nicht nonstop anzuschmachten. Er hatte damit weniger Probleme. Wenn er mich ansah, strahlte sein Blick so viel Wärme aus, seine Augen leuchteten glücklich.

Ich konnte einfach nicht verstehen, dass ich es war, die ihn so strahlen ließ. Aber ich war mir sicher, dass ich in etwa genauso glücklich aussehen musste.

Verlegen nestelte ich an einem losen Faden meines Shirts herum und lenkte dann meine Aufmerksamkeit auf die johlende Anna, die gerade von Mike herumgewirbelt wurde. Anscheinend hatte sie mit ihrem Dartpfeil genau ins Bullseye getroffen. Ein blindes Huhn trifft dann wohl auch mal die Mitte.

Ich musste grinsen. Sie passten irgendwie zueinander. Beide waren so ausgelassen und schämten sich nicht dafür, ihre Freude zu zeigen. Ob Mike wohl Single war? Anna war zwar nicht so der Beziehungstyp, aber vielleicht wäre Mike ja der Richtige für sie.

»Ich hätte nie gedacht, dass mir rote Haare so gut gefallen könnten«, raunte Jo mir in diesem Moment zu.

Ich konnte kaum glauben, was ich da gerade gehört hatte und sah ihn überrascht an. Sein Blick war intensiv und ließ mein Herz einen Schlag aussetzen.

Er griff nach einer gewellten Haarsträhne, die mir wohl aus meinem Zopf gerutscht war, und ließ sie gedankenverloren durch seine Finger gleiten.

»So weich, und erst die Farbe ...«

Seine Worte und seine Nähe machten mich sprachlos. Mein Puls raste, und ich hatte den Drang, meine Augen zu schließen und mich mit dem Gesicht in seine Hand zu schmiegen. Nur ein kleines Fünkchen Vernunft und das bisschen Selbstbeherrschung, das mir geblieben war, hielten mich davon ab.

Ich schaute auf das Glas vor mir.

Zu groß war die Angst vor dem, was ich in seinem Gesicht lesen könnte. Das ging alles so verdammt schnell mit uns.

»Früher habe ich meine Haare gehasst und wurde oft dafür gehänselt. Heute mag ich sie. Meistens zumindest. Außer ich versuche, für einen besonderen Anlass eine Frisur zu zaubern, dann bringt mich der widerspenstige Haufen zur Weißglut!« flüsterte ich verlegen.

»Ich finde sie einfach unglaublich. Sie passen zu dir. Du bist unglaublich!«

»Und das weißt du nach zwei Stunden?« Meine Finger drehten nervös den Bierdeckel.

»Wir kennen uns doch schon länger.«

Er hatte recht. Irgendwie kannten wir uns schon eine Ewigkeit.

Endlich löste ich den Blick von meinem Glas und sah ihm in die Augen. Sein Blick war glühend und jagte mir eine Gänsehaut über den Rücken. Ich spürte, wie er sich mir langsam näherte und hielt aufgeregt die Luft an. Mein Puls klopfte wild in meinen Ohren und ... dann stand Anna neben mir.

Sie sah mindestens so erhitzt aus, wie ich mich fühlte. Vollkommen außer Puste trank sie ihr Glas Apfelschorle aus und ließ sich erschöpft auf ihren Stuhl fallen. Im Augenwinkel nahm ich wahr, dass Jo sich wieder zurücklehnte und so etwas Platz zwischen uns brachte.

Verdammt! Der Moment wäre perfekt gewesen.

»Boar. Dafür, dass man nur rumsteht und Pfeile wirft, ist man aber danach doch ziemlich kaputt.« Anna fächerte sich etwas Wind mit ihrer Hand zu und wirkte irgendwie sehr glücklich.

»Das liegt vielleicht an den Siegestänzen dazwischen.« Ich zwinkerte ihr zu und freute mich für sie, dass sie sich so gut amüsierte.

»Mike hat gefragt, ob wir morgen mit den beiden auf eine Party gehen. Hast du Lust?«

»Was für eine Party denn?« Ich ließ meinen Blick zwischen Mike und Jo hin- und herwandern.

»So ne Studentenparty. Ist bei euch in Heidelberg«, sagte Mike. »Ein Kumpel kann uns Karten besorgen. Der kauft immer gleich mehrere und vercheckt sie vorm Eingang fürs Doppelte, der gerissene Hund.« Er lachte laut und schlug sich mit der flachen Hand aufs Knie. »Ich glaube, davon finanziert er sich das halbe Studium.«

»Ich hoffe, der zieht uns nicht auch so ab, oder?«, fragte ich mit einem ironischen Unterton.

»Für euch macht er bestimmt eine Ausnahme, ich lass mal meine Connections spielen.« Er ließ seine Augenbrauen vielsagend hüpfen und begann sofort damit, eine Nachricht in sein Handy zu tippen.

»Okay! Ich bin dabei«, gab ich erfreut zurück und klatschte in die Hände. »Das wird bestimmt klasse. Ich war schon ewig nicht mehr auf einer Studentenparty. Hoffentlich bin ich nicht eine der ältesten dort.«

»Quatsch. Wie alt bist du nochmal?«, fragte mich Mike, der seine Nachricht wohl gerade abgeschickt hatte und sein Handy vor sich auf den Tisch platzierte.

»Dreiundzwanzig.«

»Pfffft, du bist lustig. Bin ich auch, und noch weit von einem Abschluss entfernt.«

»Du bist aber auch ne echt faule Socke«, fügte Jo hinzu und boxte seinem Bruder spielerisch gegen die Schulter. Wenn man die beiden so beobachtete, konnte man eines erkennen. Sie mochten sich. Das waren zwei Brüder, die sich immer unterstützten, die sich aufeinander freuten und nun die wenigen Tage, die sie gemeinsam verbrachten, soviel wie möglich feiern würden.

Wenn ich eine Schwester hätte, wäre das dann genau so? Verstanden sich Geschwister immer so blind? Unterstützten sich in allen Lebenslagen? Waren Freunde fürs Leben? Wenn das so war, dann war Anna meine Schwester im Geiste. Denn all das traf auf sie zu.

»Mir sind nur meist andere Dinge wichtiger«, konterte Mike, legte einen Arm um Anna und zog sie eng an sich. Ich schmunzelte. Das ging ja schnell bei den beiden. Anna war niemand, den man wochenlang umwerben musste, aber das war selbst für ihre Verhältnisse eine überraschend fixe Annäherung. Immerhin kannten sich die beiden erst ein paar Stunden. Anna wandte Mike ihr Gesicht zu und lächelte ihn an.

»Dann sehen wir uns morgen noch mal. Das ist schön«, raunte Jo mir zu und rückte wieder etwas näher zu mir. Wie nebenbei legte er seine Hand auf mein Knie. »Ich reise Sonntag früh schon wieder ab. Deshalb sollten wir es morgen richtig krachen lassen.« Ich nickte und genoss seine warme, große Hand, die er wie selbstverständlich auf meinem Bein liegen ließ, so als würde sie dort hingehören.

Als ich zwei Stunden später im Bett lag, ließ ich den Abend noch mal Revue passieren.

Es war zu perfekt. Er war zu perfekt.

Ich suchte den Haken an der Sache und fand ihn nicht. Okay, die Distanz zwischen Berlin und Heidelberg war nicht so prickelnd, aber selbst das war ein Problem, das man lösen konnte. Berlin war toll! Ich machte dort gerne Urlaub und liebte die Atmosphäre der Großstadt. Ein Umzug wäre von meiner Seite aus denkbar, falls sich wirklich mehr zwischen uns entwickeln sollte. Und das wollte ich tatsächlich sehr. Jo war genau mein Typ. Wenn ich mir meinen Traummann hätte backen können, wäre er dabei herausgekommen.

IST ES NICHT VERRÜCKT, DASS ICH MICH VOR EINIGEN WOCHEN VERTIPPT HABE UND WIR UNS DURCH DIESEN KLEINEN FEHLER KENNENLERNEN DURFTEN?

Mir war gerade danach, ihm genau das mitzuteilen, was mir durch den Kopf ging.

ZUFALL ODER SCHICKSAL?

Seine kurze, aber prägnante Antwort.

WAS DENKST DU?

MOMENTAN TIPPE ICH STARK AUF SCHICKSAL. ES WAR ANNAS NUMMER, ODER? VIELLEICHT SOLLTE ICH MICH BEI IHR BEDANKEN.

BEAUFTRAGE AM BESTEN DEINEN BRUDER DAMIT. ICH GLAUBE, SIE WÜRDE SICH ÜBER SEINE »DANKBARKEIT« SEHR FREUEN ;-)

BEI DENEN HAT ES GANZ SCHÖN GEKNISTERT, DAS KAM ALSO NICHT NUR BEI MIR SO AN.

DAS HAT SO LAUT GEKNISTERT, DASS DIE FEUERWEHR ES FÜR EINEN WALDBRAND GEHALTEN HÄTTE!

ABER WEISST DU WAS?

WAS DENN?

Ich wartete gespannt auf seine Antwort.

ICH GLAUBE, DAS DACHTEN EINIGE AUCH ÜBER UNS.

Ich wurde rot und spürte schon wieder das Kribbeln im Bauch. Also bildete ich mir diese Anziehung zwischen uns beiden nicht nur ein. Es war kein Wunschdenken. Er empfand genau so!

KÖNNTE SCHON SEIN.

ICH FREUE MICH, DICH SPÄTER WIEDER ZU SEHEN.

Später. Ich schaute auf die Uhr. Ja, es waren nur noch knapp achtzehn Stunden.

ICH MICH AUCH.

SCHLAF GUT, MERIDA.

SCHLAF GUT, JAMES, TRÄUM VON MIR.

Ich kicherte nervös und wunderte mich über meine eigene Kühnheit.

WÄRE NACH DIESEM ABEND ZU KEINEN ANDEREN TRÄUMEN FÄHIG!

Ich ließ das Handy neben meinem Kopf auf das Kopfkissen fallen, schlug die Hände vors Gesicht und strampelte wie wild mit den Füßen.

So etwas hatte ich ja noch nie erlebt!

Kapitel 9

»Das kann doch nicht dein Ernst sein!«

Ich stand in der Umkleidekabine und trug ein Kleid, das ich mir eigentlich auch sparen konnte, denn viel von mir verdeckte es nicht.

»Wie soll ich denn darunter einen BH tragen? Man sieht hinten den Verschluss, und hier schauen die Träger durch.« Anna riss den Vorhang der Kabine auf und musterte mich von oben bis unten.

»Das sieht klasse aus. Und ich gebe dir einen Tipp, so von Frau zu Frau: Probiere es einfach mal ohne Unterwäsche. Die ist eh meist viel zu störend. Wie willst du Jo denn sonst heute Abend mal eben schnell auf der Toilette vernaschen?«

Ich hielt mir beschämt die Augen zu und schüttelte den Kopf.

»Ich will doch nicht ... ich werde doch nicht ...«

»Was? Mit ihm Sex haben? Natürlich werdet ihr! Das wird wahrscheinlich einer der Gründe sein, warum er fünfhundert Kilometer hierhergefahren ist.«

»Er ist seinen Bruder besuchen gekommen und ...«

»Du bist so naiv.«

Ich schnappte nach Luft, verkniff mir aber jeden weiteren Kommentar. Ich kannte Jo nicht so gut. Also eigentlich bildete ich mir ein, ihn sehr gut zu kennen, aber in Wahrheit wussten wir kaum etwas voneinander. Vielleicht hatte Anna ja recht.

»Und du? Was hast du mit Mike vor? Das sah gestern auch nicht gerade nach platonischer Bekanntschaft aus«, konterte ich und versuchte so von mir abzulenken.

»Ich? Ich werde ihn wohl heute vögeln«, antwortete sie stoisch, ohne mit der Wimper zu zucken. Ich schüttelte den Kopf und lachte dann auf.

»Du bist einzigartig!«

Es gab selten jemanden, der so offen und ohne jede Scham war. Anna war der Inbegriff der Emanzipation. Was sie wollte, nahm sie sich. Sie scherte sich nicht um Konventionen, irgendwelche Regeln oder gar darum, was andere denken könnten. Sie zog ihr Ding durch, und das machte sie so besonders. Aber ich war nicht sie.

»Anna, ganz ehrlich. Das Kleid ist nichts für mich. Ich probiere mal das hier an.« Ich zog den geblümten Stoff eines Tops aus dem Stapel an Klamotten, den mir Anna in die Kabine gebracht hat.

»Ja, mach das. Die Farbe passt perfekt zu deinen Haaren«. Ich schloss den Vorhang und zog mir den grünen Satinstoff über den Kopf und richtete die Träger. Kritisch betrachtete ich mich im Spiegel und war zufrieden. Dunkelgrün mit ein paar bunten Blümchen. Das Dekolleté war genau so tief ausgeschnitten, dass man genug sehen konnte, aber keine Angst haben musste, dass mir beim Bestellen am Tresen ein Mops hinausspringen würde. Dazu würde ich einfach eine enge, schwarze Jeans tragen.

»Das ist es!« Ich riss den Vorhang der Kabine auf. Anna musterte mich von unten nach oben und dann noch mal von oben nach unten, nickte anerkennend und seufzte dann lange und gedehnt.

»Für deine Titten würde ich töten.«

»Für deinen Arsch würde ich auch einiges geben.«

»Jetzt musst du also nur noch einen Brust-Fetischisten und ich einen Po-Fetischisten finden. Dürfte wohl nicht allzu schwer sein.«

Wir lachten beide laut und vollführten einen total bekloppten Tanz vor dem Spiegel, indem wir mit unseren Kurven übertrieben wackelten. Spätestens jetzt waren wir uns der Blicke der anderen Kunden sicher. Aber das war uns egal.

Um 21 Uhr wollten wir uns mit den Brüdern vor der Halle 02 in Heidelberg treffen. Früher war das lediglich eine alte Lagerhalle gewesen, heute hingegen eine angesagte Location für alle möglichen Partys und Konzerte. Ich hatte nur eine dünne Weste über das neue Top gezogen und begann langsam zu frieren.

»Wo bleiben die beiden nur?« Hektisch rieb ich meine Hände aneinander und sah mich dabei nach Jo und Mike um.

»Die sind erst fünf Minuten überfällig, immer mit der Ruhe. Kannst es ja kaum erwarten, deinen James Dean wieder zu sehen.« Anna zündete sich eine Zigarette an und versuchte kleine Rauchkringel zu formen. Was ihr nicht wirklich gelang. Anna rauchte nur auf Partys. Das war so eine Angewohnheit von ihr. Sie bot mir immer mal wieder eine an, aber ich konnte an dem Geschmack einfach nichts Tolles finden. Meist begann ich nur unkontrolliert zu husten.

»Schau mal, da hinten sind sie.« Anna zeigte die Straße entlang, und da sah ich die beiden Männer auf uns zu joggen.

»Entschuldigt die Verspätung, wir haben den Bus verpasst.« Mike war vollkommen außer Puste und stützte sich schnaufend auf seinen Knien ab. Jo verdrehte die Augen.

»Aber auch nur, weil er sich ein riesiges Glas Orangensaft übergeschüttet hat und sich daraufhin noch mal duschen und umziehen musste.« Er lachte und schüttelte den Kopf. »Du bist so herrlich verpeilt.« Er wuschelte seinem Bruder durchs Haar. Wir stimmten in sein Lachen mit ein.

»Seid ihr bereit für die Party des Jahrhunderts?« Mike stand wieder aufrecht, stützte sich aber immer noch schwer atmend an seinem Bruder ab. Jo sah ihn etwas besorgt an.

»Das ist ne einfache Studentenparty.« Anna lachte. »Wir sind nicht in Florida am Strand aufm Summerbreak, sondern in einer Lagerhalle in Heidelberg.«

»Die Party ist immer nur so gut wie die Menschen, die feiern. Also liegt es an uns, diesen Abend zu einem unvergesslichen zu machen!«

»Das nenn ich mal ne Ansage!« Jo legte seinem Bruder einen Arm um die Schulter und lachte auf. »Genau so machen wir es. Wir machen diesen Abend unvergesslich!«

Mike kramte daraufhin zwei kleine Bonbons aus seiner Hosentasche und warf sie sich in den Mund.

»Du hast dir da aber nicht gerade Ecstasy geschmissen, oder?«, fragte Anna etwas irritiert. Sie war zwar offen für so ziemlich alles, aber Drogen gehörten da nicht zu.

»Quatsch, das war Traubenzucker, mehr brauche ich nicht, um euch alle in Grund und Boden zu tanzen.« Er zwinkerte Anna zu und öffnete dann das Eingangstor zur Halle 02.

Sofort wurden wir von lauter Musik und den Stimmen von hunderten Menschen empfangen. Ein großer Kerl, der fett *Security* auf seinem

T-Shirt stehen hatte, riss unsere Karten ein und winkte uns dann, ohne ein Wort zu sagen, durch. Keiner von uns musste zur Garderobe. Anna und ich stopften uns unsere Westen in die Handtaschen, und die beiden Kerle waren gleich nur im Shirt angekommen.

Hier drin war eh jedes Kleidungsstück zu viel. Es war unglaublich heiß und stickig, ungefähr so wie in der Umkleidekabine des Fitnessstudios, das ich so alle paar Wochen aufsuchte, wenn mich das schlechte Gewissen nach einer Jumbo-Pizza mal wieder übermannte.

Wir begaben uns zur erstbesten Bar und standen ewig an. Eine riesige Menschenmenge tummelte sich um den knapp fünf Meter langen Tresen. Die vielen Barkeeper gaben ihr Bestes, kamen aber kaum hinterher. Ich schwenkte einen Zwanzig-Euro-Schein wie eine Flagge, konnte damit aber nicht wirklich ihre Aufmerksamkeit auf mich lenken. Alle anderen um mich herum, die auch auf Getränke warteten, waren mindestens einen Kopf größer als ich. Ich fühlte mich wie ein Zwerg, dabei hatte ich mit meinen einsfünfundsechzig eine total durchschnittliche Körpergröße für eine Frau. Plötzlich stand Jo neben mir und zwinkerte mir zu. Auch er überragte mich und hatte somit einen guten Überblick über die Bar.

»Lass mich mal machen, bevor du niedergetrampelt wirst. Mike und Anna stehen da hinten an der Säule und warten.«

Das ließ ich mir nicht zweimal sagen. Dankbar drehte ich dem Tumult vor der Bar den Rücken zu und lief zu Anna und Mike, die sich angeregt unterhielten. Die Musik war ziemlich laut, so dass ich ihrem Gespräch nicht wirklich folgen konnte. Gesprächsfetzen über einen Film und dessen Soundtrack schnappte ich auf. Der Rest ging im Bass unter. Also begnügte ich mich damit, mich umzusehen und die anderen Leute um mich herum zu beobachten. Es waren viele Mädels mit buntem Haar und Typen mit Hipster-Bärten da, aber auch einige Leute, die aussahen, als kämen sie gerade frisch aus dem Büro, in Hemd und Jackett. Kurz schaute ich an mir runter und überlegte, ob ich wohl overdressed war. Aber dann schüttelte ich den Kopf. Ich sah gut aus. Punkt. Der Rest war heute egal.

Nur wenige Minuten später kam Jo mit vier Bier zu uns.

»Danke Jo, ich hätte da niemals eine Chance gehabt und würde wohl immer noch darauf warten, gesehen zu werden.«

»Ruby, du musst dir mal ein bisschen mehr Durchsetzungsvermögen antrainieren oder zeig mal etwas mehr von deinen Vorzügen!« Anna zupfte an meinem Oberteil, so dass noch mehr Dekolleté zu sehen war. Jos kurzer Blick auf meine Rundungen entging mir nicht und ließ mich erröten. Gleichzeitig machte es mich aber auch stolz und ließ mich automatisch etwas gerader dastehen.

Früher hatten mich meine Kurven gestört. Ich empfand vieles an mir als zu viel und fühlte mich nicht wohl in meiner Haut. Als Teenager will man nicht auffallen. Wenn man allerdings rote Locken und Körbchengröße D hat, zieht man viele Blicke auf sich. Mit weiten Pullovern hatte ich versucht, meine Figur zu verschleiern. Erst später registrierte ich, dass das, was ich als störend empfand, anderen zu gefallen schien. Und wenn ich Jo mit meinem stattlichen Vorbau beeindrucken konnte, dann sollte ich von meinen Vorzügen Gebrauch machen.

Ich warf ihm einen verführerischen Blick zu und drückte meinen Rücken durch. Ich hatte ihn dabei ertappt, wie er mich musterte und meinen Körper genau betrachtete. Das schien ihm aber kein bisschen peinlich zu sein. Viel mehr zog er eine Augenbraue in die Höhe und grinste mich schelmisch an. Ich liebte dieses sexy Grinsen. Schon gestern hatte es meine Knie zum Zittern gebracht.

»Genug gelabert. Jetzt gehen wir tanzen«, rief Anna plötzlich heraus und griff nach Mikes Hand.

»Wenn sie das sagt.« Er zuckte mit den Achseln und lachte. Schneller als ich gucken konnte, hatten sich die beiden Richtung Tanzfläche verzogen und ließen Jo und mich staunend zurück.

»Das hat mich jetzt doch etwas überrascht«, gab Jo zu und fuhr sich amüsiert durchs Haar. »Ich dachte, sie würden zumindest ein paar Minuten mit uns verbringen.«

»Mich überrascht nur, dass mich bei Anna überhaupt noch etwas überrascht.« Ich kicherte und hob Jo dann meine Flasche Bier entgegen. »Auf diesen Abend.«

»Auf diesen unvergesslichen Abend!«

Ab diesem Zeitpunkt ließen wir es gehörig krachen. Wir lachten viel, tranken abwechselnd Bier und Tequila, schauten uns die anderen Menschen um uns herum an und amüsierten uns über diejenigen, die beim Tanzen mehr als lächerlich aussahen. Schon nach knapp einer Dreiviertelstunde war ich betrunken wie schon lange nicht mehr und kicherte wie verrückt über jeden Satz, den Jo von sich gab. Von Anna und Mike hatte ich nichts mehr gesehen. Ihr Kommentar von heute Mittag kam mir in den Sinn. Ob sie ihn bereits in die nächstbeste Klokabine gezerrt hatte? Mike machte nicht gerade den Anschein, als ob er sich dagegen wehren würde.

»Über was denkst du nach?«, fragte mich Jo und beobachtete mich über den Rand seines Whiskey-Cola-Glases. Ich bekam heiße Ohren und wich seinem Blick aus.

»Nichts.« Verlegen strich ich mir einige verirrte Haarsträhnen hinters Ohr und versuchte meine Gedanken wieder zu ordnen. Diese waren nämlich kurz davor, furchtbar abzuschweifen. Ob Jo und ich heute auch einen Schritt weiter gehen würden? Und wie genau würde dieser Schritt aussehen? Ich war nicht wirklich der Typ für schnelle Nummern in irgendwelchen dunklen Ecken. Auch Sex in der Öffentlichkeit war noch nie mein Ding gewesen. Andererseits hatte ich es auch noch nie ausprobiert, und ich befürchtete, wenn heute noch mehr Alkohol fließen würde, dass ich zu so ziemlich allem bereit sein könnte. Das erste, was bei mir mit zunehmender Promillezahl nämlich fiel, waren die Hemmungen. Jo musterte mich, als würde er ahnen, welche unartigen Dinge wir in meiner Fantasie bereits getan hatten und noch tun würden.

»Hast du Lust zu tanzen?«, fragte er plötzlich und hielt mir auffordernd seine Hand entgegen.

»Tanzen gehört nicht zu meinen zahlreichen Talenten«, gab ich schmunzelnd zu.

»Auf deine Talente kommen wir später noch mal zurück. Das hat mich jetzt neugierig gemacht.« Er lachte. »Aber jetzt möchte ich einfach erst mal mit dir tanzen. Lass uns den Abend unvergesslich machen. Na, komm!« Ich war mir nicht sicher, ob das eine gute Idee war, aber der Alkohol hatte meine Hemmungen schon vor einiger Zeit weggespült.

Wir torkelten auf die Tanzfläche, und ich kam gar nicht dazu, verlegen zu werden. Jo fing nämlich sofort an, seine Hüften zu bewegen und seine Arme seltsam zu schwingen. Ich lachte nun so lautstark, dass ich mir den schmerzenden Bauch halten musste. Jo war genauso ein schlechter Tänzer wie ich, aber es war ihm egal. Wir waren betrunken, und uns kannte hier ja niemand. Also warum sollten wir uns nicht zum Deppen machen? Zwischen Ententanz, Macarena und einigen äußerst verrückten pantomimischen Spielchen lagen wir uns einfach nur lachend in den

Armen. Einige Gäste fingen sogar an, unsere lächerlichen Bewegungen zu kopieren.

Nachdem wir ein ganzes Lied von den *Black Eyed Peas* durchgehüpft waren, wechselte ganz plötzlich die Musik. Das Licht verdunkelte sich, und ich erkannte eine ruhige Ballade von *Usher*. Der abrupte Rhythmuswechsel ließ die Tanzfläche schnell lichter werden, und auch ich war geneigt, lieber wieder die Bar aufzusuchen. Ich schob einige verschwitzte Haarsträhnen hinter die Ohren und blickte dann erhitzt und atemlos in Jos Augen. Sein Blick war feurig, und er näherte sich mir langsam. Zaghaft streckte er die Hand nach mir aus, und ich zögerte nur eine Sekunde, bevor ich sie ergriff. Er zog mich eng an sich heran und legte mir seine Arme um die Hüfte. Seine Nähe machte mich nervös und ließ Wünsche in mir aufkeimen, die mir Angst machten. Wir bewegten uns langsam im Takt der Musik, und ich atmete ihn ein. Durch unser wildes Rumgehopse war auch er etwas verschwitzt, doch er roch keineswegs unangenehm. Vielmehr wurde sein natürlicher Geruch verstärkt und umgab mich. Er roch nach wilder Leidenschaft, und das machte mich ungemein an. Ich hob meine Arme und legte sie ihm um den Hals. Dadurch hob sich das Top, das ich trug, ein wenig und lüftete einen kleinen Streifen Haut. Jo nutzte diese Gelegenheit. Er war mutig, ich spürte seine Finger sacht über den entblößten Teil meiner Hüfte streichen. Mich überlief ein wohliger Schauder, und ich seufzte leise, aber doch gut hörbar für Jo, der ebenfalls kurz aufstöhnte und seine Berührungen verstärkte.

Im Augenwinkel sah ich Anna und Mike, die eng umschlungen und wild knutschend miteinander tanzten. Sie rieben sich aneinander und ließen keinen Zweifel daran, auf was dieser Abend hinauslaufen würde. Ich wand meinen Blick beschämt ab und wurde rot. Das war ja so, als würde man bei einem Porno zusehen. Jo war meine Reaktion aufgefallen, und meine Schüchternheit schien ihn zu amüsieren.

»Die beiden sind schon ziemlich krass drauf, oder?«, fragte er und streichelte mit einer Hand über meinen Rücken. Sofort bekam ich eine Gänsehaut. Ich nickte zustimmend, nicht fähig, etwas zu sagen. Einerseits, weil mich ihre Zurschaustellung verlegen machte, andererseits, weil ich verdammt nochmal genau dasselbe gerade mit Jo machen wollte. Ich verzehrte mich nach seinen Lippen, seinen Berührungen. Und ich würde es genießen, wenn er mich jetzt einfach gegen die nächste Wand drücken und mit mir Dinge anstellen würde, die hier alle anderen erröten ließen.

Jo schien meine schmutzigen Gedanken zu erahnen, oder hegte er selbst den Wunsch, mit mir weiter zu gehen? Sein Blick war glasig, und ich sah die Erregung in ihnen. Immer wieder wanderten seine Augen zu meinen Lippen, als würden sie ihn faszinieren. Mein Atem ging mittlerweile stoßweise, und von der Musik oder gar von den Menschen um mich herum bekam ich so gut wie nichts mehr mit. Jo und ich waren in unserer eigenen Welt gefangen. In einer Blase voll erotischer Schwingungen, in der es nur uns gab, unseren Atem und unsere Blicke.

Jo kam mir mit seinem Gesicht immer näher, und als Hoffnung in meinen Augen aufflammte, schloss er die kleine Distanz zwischen uns und küsste mich. Der Kuss begann langsam und süß. Geradezu schüchtern tasteten wir uns aneinander heran. Schmeckten uns zaghaft und testeten aus, was dem anderen wohl gefiel. Doch schnell wurden wir mutiger. Seine Zunge drang in meinen Mund ein, und mir entwich ein Seufzen, das in unseren Mündern vibrierte. Oh Gott, Jo fühlte sich so gut an. Ich war jetzt schon süchtig nach seinem Geschmack, seinen zärtlichen Berührungen, seinen wunderbaren Lippen. Ich war ihm verfallen. Wir küssten uns eine ewig lange Zeit, und er ließ erst von mir ab, als die Musik wieder wechselte und um uns herum unromantische Technobeats donnerten. Mir entwich ein enttäuschter Laut, der ihn grinsen ließ.

»Willst du weitermachen?«, raunte er mir entgegen, seine Lippen nur einen knappen Zentimeter von meinen entfernt.

Ich nickte fast schon begeistert. Seine Lippen kräuselten sich, und er schaute sich um.

»Komm!« Er griff nach meiner Hand, und ich hoffte, dass das nicht nur eine Aufforderung, sondern ein Versprechen war.

Er zog mich in eine Art Lounge. Bequeme Sofas und Bänke mit dunkelroten Bezügen standen an der Wand. Die Musik war nur noch gedämpft wahrzunehmen, und die meisten Leute saßen hier, um sich zu unterhalten, gemütlich ein paar Cocktails zu schlürfen oder um das Gleiche zu tun wie wir: Übereinander herzufallen!

Jo zog mich hastig auf seinen Schoß und machte direkt da weiter, wo er aufgehört hatte. Er umfasste meine Taille und küsste mich wild, wie ein Verhungernder. Ich erwiderte seine Küsse mit gleicher Intensität und war kurz davor, vollends die Kontrolle zu verlieren. Seine Hand wanderte immer tiefer und lag kurze Zeit später auf meinem Hintern. Ich umfasste seinen angespannten Bizeps und spürte seine Muskeln. Obwohl er noch alle Klamotten anhatte, konnte ich seinen trainierten Körper erahnen. Sein Tattoo ließ seinen muskulösen Oberarm gleich noch appetitlicher aussehen. Dieser Mann war so sexy. *Ob er wohl noch anderen Körperschmuck hatte? Irgendwo an einer versteckten Stelle ...*

»Ähm, Leute ... wir wollen nicht stören ...« Anna tippte mir auf die Schulter und war im Gegensatz zu mir kein bisschen verlegen. Neben ihr stand Mike, der seinen Bruder skeptisch musterte. Der Blick war seltsam. Immerhin hatte er doch bis vor ein paar Minuten das Gleiche mit Anna gemacht.

»Wir brechen schon mal auf. Mike kommt noch mit zu mir. Okay?« Ich nickte Anna zu und war nicht wirklich überrascht. Irgendwie war klar, dass sie die Party heute Abend nicht alleine verlassen würde.

»Du kommst zurecht? Kannst dir ja ein Taxi nehmen, oder?« fragte Mike seinen Bruder.

»Klar«, antwortete Jo gelassen und lehnte sich etwas zurück, »Natürlich nur, wenn ich nach Hause muss ...« Dabei sah er mich so eindringlich an, dass ich vor Erregung automatisch die Beine zusammenpresste. Ein teuflisches Grinsen bildete sich auf seinem Gesicht.

»Willst du etwa noch mit zu mir kommen?« Ich versuchte die Unnahbare zu spielen, was mir nicht wirklich gut gelang. Immerhin war mein Haar zerzaust und meine Wangen noch immer heiß von seinen Küssen. Er schnaubte und rieb sich den Nacken.

»Ähm ... Nur wenn du, also ich muss nicht ...«

Kurzentschlossen stand ich auf und hielt ihm auffordernd meine Hand entgegen.

»Komm!« Und von meiner Seite aus war es definitiv ein Versprechen.

Kapitel 10

Einige Minuten später stolperte ich aus dem Taxi. Kaum hatten wir die Party-Location verlassen und waren in die frische nächtliche Luft getreten, hatte sich der Alkohol mit einem Schlag so richtig bemerkbar gemacht. Seitdem war mein Hirn auf Sparflamme gestellt, und alles um mich herum wankte gefährlich, was uns natürlich nicht davon abgehalten hatte, auf dem Rücksitz rumzuknutschen wie Teenager. Ich warf dem Fahrer fünfzehn Euro auf den Beifahrersitz und kam kaum dazu, mich bei ihm zu bedanken, weil Jo mich blitzschnell zu sich umdrehte und schon wieder küsste.

»Du weißt schon, dass das falsch ist?«

»Das Taxi zu bezahlen?«, gab ich atemlos zurück und spürte schon wieder seine Zunge auf meiner Unterlippe. Mir entfuhr ein Stöhnen. Jos Blick war verklärt und lüstern.

»Du bist betrunken, und …«

»Du doch auch«, kicherte ich.

»Ja schon, aber ich versuche gerade, mit meinen letzten funktionierenden Gehirnzellen vernünftig für uns beide zu sein.«

»Ach, scheiß doch drauf!«

»Bitte was?« Jo lachte auf. »Was ist denn das für eine neue Seite an dir?«

»Ich mache mir viel zu oft viel zu viele Gedanken. Vielleicht ist es ja mal gut, dass der Alkohol meine ganzen Hemmungen weggefegt hat. Jo, irgendwas ist da doch zwischen uns, oder?« Ich schaute ihn eindringlich an und bemerkte dabei am Rande, wie das Taxi hinter mir wegfuhr.

Jo schluckte und nickte dann. »Ich weiß nicht, was das ist und was sich daraus entwickeln könnte, aber ich empfinde etwas für dich. Und das traue ich mich jetzt auch nur so ehrlich zu sagen, weil ich betrunken bin!« Jo nickte wieder.

»Wie wäre das? Lass uns den Abend unvergesslich machen?« Jetzt grinste er und küsste mich wieder.

»Aber das ist er doch schon«, flüsterte er.

»Das können wir noch besser«, raunte ich zurück.

»Und was ist, wenn wir damit nichts besser machen, sondern einen perfekten Abend ruinieren?«

Ich entfernte mich etwas von ihm und schaute ihn skeptisch an. War er tatsächlich der erste Mann auf diesem Planeten, der nicht mit einer willigen, betrunkenen Frau ins Bett steigen wollte? Selbst dann nicht, wenn sie ihn fast anflehte? Das schlug mir gehörig aufs Ego. Ich kreuzte die Arme vor der Brust und schaltete auf Abwehr.

»Okay.« Ich lachte auf. »So einen Korb habe ich, glaube ich, noch nie bekommen«.

Jo machte große Augen und kam einen Schritt auf mich zu. Er nahm meine Hände in seine und zwang mich so, meine abweisende Haltung wieder aufzugeben.

»Nein, das ist kein Korb.« Er atmete einmal lange ein. »Wir kennen uns doch kaum. Ich befürchte, wir machen einen Fehler, wenn wir das Ganze überstürzen.«

»Jo, wir sind doch beide erwachsen. Vor was hast du denn Angst?« Er sah mir lange in die Augen, wich meinem Blick dann aber plötzlich aus.

»Ich habe keine Angst. Ich ...«

»Lass uns doch einfach mal hochgehen. Das ist allemal besser, als hier mitten auf der Straße stehen zu bleiben. Die Nachbarn interessieren sich bestimmt nicht für unsere Diskussion.« Ich ließ meinen Blick nach oben zu den Vorhängen von Frau Petrovka wandern, die auffällig gewackelt hatten.

»Okay.«

Ich nahm ihn bei der Hand und zog ihn hinter mir her. Dabei versuchte ich die Gedanken, die sich in mein Bewusstsein kämpften, zu ignorieren.

Was war mit ihm los? Warum zierte er sich so? Im Club war er noch rangegangen, als gäbe es kein Morgen. Jetzt war er zurückhaltend und wie ausgewechselt.

Ich blickte über die Schulter zurück und sah, dass Jo sein Handy in der Hand hielt. Er bemerkte meinen Blick und ließ es schnell wieder in der Hosentasche verschwinden.

Wir stiegen die Treppen hoch, und als wir vor meiner Haustüre standen, war die Anspannung zwischen uns förmlich zu spüren. Ich zitterte leicht und traf das Schlüsselloch erst beim dritten Anlauf.

Als ich die Tür öffnete, überlegte ich kurz, ob ich das Richtige tat. Ob ich diesen mir eigentlich völlig fremden Mann in meine Wohnung und somit in mein Leben lassen sollte.

Ich sah noch einmal zurück in seine warmen, braunen Augen, die mich interessiert musterten. Unsere Blicke verschmolzen ineinander, und ehe ich mich versah, lag ich wieder in seinen muskulösen Armen, und er küsste mich. All die Zweifel, die sich eben noch an die Oberfläche kämpfen wollten, wurden innerhalb von kürzester Zeit verdrängt und schufen Platz für ihn.

Küssend lenkte ich uns Richtung Schlafzimmer, ohne auch nur einmal von seinem Mund abzulassen. Küssen machte so viel Spaß mit ihm, dass ich erwog, nie mehr damit aufzuhören. Egal, was der Weltrekord in Dauerküssen auch sein mochte, ich würde ihn schlagen. Mit Vergnügen. Allein seine Lippen hatten die Gabe, meine Knie zum Zittern zu bringen. Ich wollte mir nicht ausmalen, was er mit dem Rest seines Körpers noch vollbringen konnte.

Plötzlich stieß ich mit meinen Waden gegen mein Bett und nahm dies zum Anlass, an Jos Gürtel herum zu nesteln. Er unterbrach den Kuss, nahm mein Gesicht in seine Hände und sah mir tief in die Augen.

»Sollen wir das wirklich tun?« Seine Atmung ging stoßweise und ließ keinen Zweifel daran, dass er erregt und mehr als bereit war. Ich fuhr mit der flachen Hand über seinen Schritt und ertastete eine beachtliche Beule, die sich unter dem Jeansstoff regte. Ich rieb darüber und hoffte, dass das Antwort genug war. Ich erntete ein leises Knurren, gefolgt von einem etwas lauteren Stöhnen. Dann stieß er mich ohne ein weiteres Wort auf mein Bett und zog sich sein T-Shirt über den Kopf.

Der Anblick von fein gestutztem Brusthaar, das sich nach unten über die Bauchmuskeln verjüngte und dann in einem dünnen Streifen in der Hose verschwand, ließ die Lust in mir weiterwachsen. Mir lief regelrecht das Wasser im Mund zusammen, so lecker sah Jo aus.

Ich rappelte mich wieder auf und robbte auf Knien an den Rand der Matratze. Ich öffnete seinen Hosenknopf und den Reißverschluss. Meine Finger waren im Gegensatz zu seiner heißen Haut eiskalt. Ich fuhr sachte über den Bund seiner Hose entlang und erntete ein Seufzen von ihm. Ich sah eine hauchfeine Gänsehaut, die sich auf seinem Körper ausbreitete, und musste lächeln. Gott, war dieser Mann schön. Einem Impuls folgend beugte ich mich nach vorne und küsste die Haut oberhalb seines Bauchnabels, um dann mit meiner Zunge die Linien seiner Muskeln nachzufahren. Jo stöhnte und griff in mein Haar.

»Ruby, du machst mich verrückt.«

»Wir haben doch noch gar nicht angefangen.«

Ich fuhr mit meinen Fingern in den Bund seiner Hose und zog sie ihm dann langsam herunter. Hastig stieg er aus Hosen, Schuhen und Socken, um dann über mich herzufallen.

Er presste mich zurück in das Laken und kniete sich über mich. In Windeseile hatte er mir mein neues Top über den Kopf gezogen und bedeckte mein Dekolleté und meinen Bauch mit Küssen. Er wanderte weiter nach unten, und gemeinsam schafften wir es, mich aus meiner viel zu engen Jeans zu bugsieren. Unser Lachen trübte aber in keinster Weise die Stimmung. Die Atmosphäre war geladen, und es knisterte geradezu vor Erotik.

Wir lagen nun beide in Unterwäsche auf dem Bett. Ich hatte in weiser Voraussicht heute Mittag schöne Wäsche gewählt und trug einen bordeauxroten BH mit passendem Höschen. Ich wollte ja auf alles vorbereitet sein. Jo in seiner schwarzen, enganliegenden Shorts konnte seine Erregung kaum verbergen.

Wenn ich mich an andere Männer erinnerte, vor allem an meinen Ex, dann ging ab diesem Zeitpunkt alles immer recht schnell. Die Erregung steigerte sich bis zum Höhepunkt. Fertig. Ob der von beiden oder nur von meinem Partner erreicht wurde, war tagesformabhängig. Alex, der ja auch ein paar Jahre älter als ich gewesen war, hatte im Bett mit Erfahrung glänzen können. Er wusste ganz genau, wo er mich berühren oder küssen musste, um mich in Stimmung zu bringen. Aber auch bei ihm hatte der eigentliche Akt nie länger als eine halbe Stunde gedauert. Was vielleicht auch daran lag, dass er relativ schnell seine Klamotten eingesammelt hatte und zu seiner Familie zurückgefahren war.

Das war immer der schlimmste Moment. Alleine zurückgelassen zu werden, noch nackt und mit seiner Nässe zwischen den Schenkeln. Nicht selten war ich mir vorgekommen wie ein Spielzeug. Eine Gummipuppe, die man bei Gelegenheit benutzte und dann wieder für schlechte Zeiten im Schrank verstaute.

Mit Jo hingegen fühlte sich jetzt schon alles anders an. Ich wusste nicht, woran das lag. An ihm, an mir oder gar an unserem Zusammenspiel. Es passte einfach.

Wir ließen uns enorm viel Zeit. So viel, dass es fast unerträglich wurde. Wir erkundeten uns bis ins kleinste Detail, achteten stets auf die Reaktionen des anderen und lernten so neue, unglaublich intensive Seiten voneinander kennen. Unser Schnaufen erfüllte den Raum. Unsere Gerüche vermengten sich zu einem Cocktail aus Sex und Lust, und doch war es noch nicht genug.

Eine halbe Ewigkeit streichelten wir uns, küssten, leckten, rieben uns aneinander, nur um kurz vor dem Höhepunkt voneinander abzulassen und uns einfach nur tief in die Augen zu schauen.

Ich sah so vieles in seinen. Wenn ich anfangs Zweifel gehabt hatte, ob ich mich zu schnell in etwas verrannte, so wusste ich eines jetzt mit Sicherheit: Ihm ging es genauso. Er war vernarrt in mich. Die Art und Weise, wie er meinen Körper betrachtete, war eine Mischung aus Lust und Ehrfurcht. Unsere Körper waren im Einklang, und als er nackt neben mir lag, seine große gebräunte Hand über meine weiße Haut strich, sein wunderschöner Mund meine Brüste küsste, dann empfand auch ich mich als hübsch. Denn er liebkoste meinen Körper, als wäre er etwas Besonderes, etwas Kostbares. Und genauso fühlte ich mich in seinen Händen. Ich empfand pure Lust ohne Hemmungen. Das war neu für mich.

Auch wenn ich es nicht nachvollziehen konnte, wie dieser bildhübsche Mann gerade in mir ein Gegenstück zu finden geglaubt hat, so wollte ich es momentan nicht in Frage stellen. Das Hier und Jetzt war einfach zu perfekt. Ich wollte es durch unnötige Grübeleien nicht zerstören.

Als wir beide es fast kaum mehr aushielten, kramte ich ein Kondom aus dem Nachttisch und stülpte es ihm über. Seine Männlichkeit war steinhart und ragte mir verführerisch entgegen. Ich rieb sie noch ein paarmal genießerisch mit der Hand, bevor ich mich auf ihm niederließ und seine volle Länge komplett in mich aufnahm. Eine Zeit lang verweilten wir so innig. Küssten und streichelten uns und genossen die Wärme und Nähe, die wir einander schenkten.

Dann begann ich mich langsam auf ihm zu bewegen. Er kam mir mit seinem Becken entgegen. Jeder seiner Stöße entlockte mir ein lautes Aufstöhnen. Meine Nervenenden waren beinahe unerträglich empfindsam. Jede winzige Reibung konnte mich über die Schwelle stoßen, womöglich sogar katapultieren. Ich war kurz davor, den stärksten Höhepunkt zu erleben, den ich je hatte. Ich spürte es. Die Wellen der Erregung, die sich in mir auftürmten, ließen mich komplett die Kontrolle verlieren. Meine Bewegungen wurden unkoordinierter und hatten keinen Rhythmus mehr.

Ich beugte mich nach vorne, presste meine Brüste gegen seinen Oberkörper und gab mich seinen Stößen hin. Seine Hände packten meinen Hintern, sein Mund nahm meinen in Beschlag, und so ließ ich es geschehen. Ließ mich gehen und gab mich ihm vollends hin.

Als ich kam, genoss ich den Rausch für eine Sekunde ganz leise, ganz für mich alleine, dann brach ein Schrei aus mir heraus, der Jo zu gefallen schien. Seine Finger krallten sich in mein Fleisch, und er stieß noch ein weiteres Mal fest zu, bevor auch er mit einem tiefen Grollen kam.

Vollkommen zufrieden, aber auch komplett ermattet und müde verharrten wir so, ineinander. Ich spürte, wie er langsam in mir erschlaffte, aber ich wollte noch nicht, dass es zu Ende war. Wir hatten uns gerade stundenlang geliebt, aber es genügte mir nicht. Keiner von uns sagte ein Wort. Keiner von uns wollte den Zauber der letzten Stunden zerstören.

Mit einem Seufzen hob er mich von sich herunter und brachte somit etwas Abstand zwischen uns. Sofort fühlte ich mich einsam und viel zu nackt. Ich setzte mich etwas auf und wollte gerade beschämt nach meiner Decke greifen, als Jo meine Hand packte und mit einem verführerischen Grinsen den Kopf schüttelte. Das benutzte Kondom ließ er gut verknotet neben das Bett fallen, dann beugte er sich über mich, und griff in meinen Nachttisch. Ich machte große Augen. War das sein Ernst?

Ohne auf meinen überraschten Gesichtsausdruck einzugehen, warf er mich kurzerhand wieder auf den Rücken und war blitzschnell über mir. Seine süchtig machenden Küsse vertrieben meine Müdigkeit schlagartig und innerlich frohlockte ich. Tatsächlich ein Kerl, der zwei Runden hintereinander konnte. Jackpot. Absoluter Mega-Jackpot. Seine Hüfte bewegte sich erst zaghaft, kreiste gegen meine und entlockten mir tonlose Seufzer und nach kürzester Zeit lautes Stöhnen. Dann spürte ich, wie er wieder hart wurde. Mit seiner prallen Erregung rieb er gegen meine empfindsamste Stelle und steigerte mein Verlangen ins Unermessliche. Ich wollte mehr. Ich wollte es hart und ohne Rücksicht. Meine Fingernägel krallten sich in seinen knackigen Hintern, und ich kam ihm mit meiner Hüfte einladend entgegen.

»Ich will dich«, raunte ich ihm in sein Ohr und erntete daraufhin ein zufriedenes Brummen. Er stülpte sich das neue Kondom über und drang direkt in mich ein. Ich stöhnte auf und kreuzte meine Beine um seine Hüfte. Ich wollte, dass er mich Dinge spüren ließ, die mir selbst, wenn er wieder in Berlin war, die Röte ins Gesicht treiben würden.

»Schneller«, seufzte ich in sein Ohr. Ich spürte, wie ihn das noch härter machte. Es war ein Teufelskreis. Ein verdammt geiler Teufelskreis. Seine Erregung turnte mich an, und mein Verlangen machte ihn nur noch heißer. Wir bewegten uns in Windeseile auf den Gipfel zu.

Unsere Körper knallten aufeinander, jeder Stoß entlockte uns Laute der Lust und Leidenschaft. Ich konnte mich nicht erinnern, schon jemals so lauten Sex gehabt zu haben. Aber es war unvorstellbar, ruhig zu bleiben. Als sich Jo dann noch nach unten beugte und meine Brust mit der Zunge liebkoste, explodierte ich. Ich japste nach Luft und bog mich ihm entgegen.

»Verdammt«, stieß Jo noch zwischen zusammengebissenen Zähnen hervor, bevor auch er sich in mir verlor.

Jo rollte sich schweißgebadet von mir herunter und fächerte sich Luft zu. Der Anblick ließ mich kichern. Er sah zu mir rüber und grinste über das ganze Gesicht.

»Du bist knallrot«, bemerkte er und strich mir mit einem Finger über meine erhitzte Wange.

»Bin eher so der rote Typ, falls dir das noch nicht aufgefallen ist.« Ich grinste noch breiter. Mich würde es wundern, wenn ihm irgendetwas an meinem Körper entgangen wäre. Nicht nach diesem Sex-Marathon. »Hab doch schottische Vorfahren, die sehen nach dem besten Sex ihres Lebens immer so aus.« Er beugte sich zu mir rüber und küsste mich heiß und innig. Als ich mich ihm entgegendrückte, schob er mich sacht von sich.

»Eine dritte Runde überlebe ich nicht. Denk an mein Herz.« Ich lachte und knuffte ihn in die Seite.

»Ob du's glaubst oder nicht. Ich hab auch erst mal genug.« Atemlos, aber auch vollkommen zufrieden, lehnte ich meinen Kopf an seine

Schulter, und er legte seinen Arm um mich. Ich fuhr das Muster seiner Tätowierung entlang, die sich über seinen rechten Arm bis zur Schulter ausbreitete. Ich erkannte einige Blumenranken und Rosenstiele mit vielen Dornen. Eines der Muster erinnerte mich an einen Traumfänger. Und dann waren da noch Buchstaben. Aber um genau erkennen zu können, was dort auf seiner Schulter geschrieben stand, hätte ich mich bewegen müssen. Das war aber momentan schlichtweg unmöglich. Jo empfand meine streichelnden Berührungen wohl als beruhigend und sehr angenehm. Keine Minute später vernahm ich sein leises Schnarchen, das mich zum Lächeln brachte. Das würde ich gerne jeden Tag haben. All das. Den Spaß auf der Party, die leidenschaftlichen Küsse, den phänomenalen Sex, das Kuscheln, das Schnarchen.

All das wollte ich!

Hoffentlich war ich nicht die Einzige, die so empfand.

Kapitel 11

Als ich aufwachte, streckte ich mich genießerisch und nahm nur am Rande wahr, dass die Sonne bereits aufgegangen war. Die Laken fühlten sich angenehm kühl auf meiner erhitzten, nackten Haut an. Das wunde Gefühl zwischen meinen Schenkeln und ein Ziehen im Unterleib erinnerten mich an die letzten Stunden. Ich riss die Augen auf. Ich war alleine. Kurz überlegte ich, wie betrunken ich gestern wirklich gewesen war und was ich mir davon eventuell nur eingebildet hatte.

»Jo?«, fragte ich in den leeren Raum und registrierte in diesem Moment das Geräusch von prasselndem Wasser, das aus dem Badezimmer kam. Ich atmete erleichtert aus. Für eine Millisekunde hatte ich wirklich Angst gehabt, er wäre abgehauen. Aber so war er nicht. Jo war lediglich duschen, was natürlich absolut für ihn und seine Körperhygiene sprach. Ich grinste und streckte mich noch mal genüsslich. Dann stand ich auf und dankte Gott mal wieder für meine schottischen Gene. Ich hatte keinen Kater. Null. Ich war fit wie ein Turnschuh. Ich ging einmal ums Bett herum und schnappte mir Jos T-Shirt, das auf dem Boden lag. Erst roch ich daran, und dann zog ich es mir über den Kopf. Das würde mein Outfit für diesen Morgen sein. Wer weiß, wenn ich Glück hatte, würde ich in Zukunft ja vielleicht noch öfter seine Shirts tragen nach Nächten mit atemberaubendem Sex.

Ich fand meine Hose halb unter dem Bett und kramte in den Taschen nach meinem Smartphone. Mehrere SMS waren in den letzten Stunden eingegangen. Drei alleine von Anna, und eine von Christopher, meinem neuen schwulen besten Freund, der mich heute Abend auf einen Cocktail einladen wollte. Ich kam mir vor wie der Star in einer amerikanischen Sitcom. Ich, die etwas pummelige Rothaarige, hatte eine verrückte beste Freundin, einen schwulen besten Freund und so wie es aussah, hatte ich wohl bald den extrascharfen Traummann. Das könnte mir gefallen. Die Serie würde ich auf Netflix definitiv auf meine Liste setzen.

ICH HOFFE, DU HAST ES GERADE GENAUSO BESORGT BEKOMMEN WIE ICH!

Das war die erste Nachricht von Anna, und die war bereits heute Nacht um drei Uhr eingegangen. Ich musste laut lachen. Da waren wir noch nicht mal mit Runde eins fertig gewesen. Diese Anfänger. Die nächste SMS war hingegen keine Stunde alt.

LUST AUF NEN KAFFEE SPÄTER? DANN KÖNNEN WIR DIE BRÜDER MITEINANDER VERGLEICHEN, DU WEISST SCHON. UNTENRUM.

Ich lachte erneut auf. Anna, das Miststück, wusste genau, dass ich über sowas nicht redete. Allerdings hatte ich dieses Mal ja ordentlich Grund zum Prahlen. In so einer Situation war ich auch noch nie.

Die dritte SMS war vor knapp fünf Minuten eingegangen.

WENN DU DICH NICHT INNERHALB DER NÄCHSTEN MINUTEN BEI MIR MELDEST, RUFE ICH DIE POLIZEI, WEIL ICH DANN DAVON AUSGEHEN MUSS, DASS JO DICH ENTFÜHRT UND GEVIERTEILT HABEN MUSS.

Ich machte große Augen. Was? Sofort rief ich bei ihr an, und noch vor dem ersten Tuten nahm sie den Anruf entgegen.

»Dein Glück, hatte schon die 11 gewählt, hat nur noch die 0 gefehlt.«

»Was schiebst du denn so ne Panik?«, fragte ich leicht verärgert.

»Du bist gestern mit nem Kerl abgezischt und hast dich nicht mehr gemeldet.«

»Schon mal daran gedacht, dass ich Wichtigeres zu tun hatte, als ständig auf mein Handy zu starren und dir minütlich Updates zu geben?«

Stille in der Leitung.

»Erzähl!«, rief sie plötzlich wie aus der Pistole geschossen.

»Der Gentleman genießt und schweigt, und ich sollte das vielleicht dann auch tun.«

»Papperlapapp! Es kommt nicht oft vor, dass sich die brave Ruby wie eine Schlampe verhält.« Sie kicherte. »Ich mag die Schlampen-Ruby. Also erzähl mir alle Einzelheiten.« Das Wasser in der Dusche wurde abgestellt, und mein Herzschlag beschleunigte sich automatisch.

»Lass uns doch lieber später treffen«, flüsterte ich hinter vorgehaltener Hand.

»Du Miststück. Er ist noch da!«

»Ja. Er ist im Badezimmer und kommt gleich wieder raus.«

»Dann bekommst du vielleicht ja noch ne zweite Runde.«

»Oder eine dritte?«

»DU LUDER!«

Wir lachten beide. Dann hörte ich, wie sich die Badezimmertür öffnete und flüsterte nur noch ein schnelles »Tschüss« in den Hörer, bevor ich auflegte und mich aufreizend auf dem Bett drapierte. Ich versuchte meine Haare mit den Fingerspitzen zu richten, was ich mir aber auch eigentlich sparen konnte. Wahrscheinlich sah ich aus wie ein explodiertes Kopfkissen.

Als Jo um die Ecke bog und das Schlafzimmer betrat, stockte mir der Atem. Endlich konnte ich ihn mal bei Tageslicht betrachten. Er trug wieder seine enge Shorts und ansonsten nichts außer ein paar Wassertropfen, die ihm verführerisch über den schlanken Bauch rannen. Er rubbelte sich mit einem Handtuch das nasse Haar und grinste mich dabei breit an.

»Ich war mal so frei und habe mich bei den Handtüchern bedient. Ich hatte eine Dusche wirklich bitter nötig. Der Alkohol steckte mir noch im Schädel. Wie geht es dir?«

»Schottische Wurzeln. Das bisschen Alk macht mir nix«, gab ich zu und erntete ein Lächeln. Jo ließ sein Handtuch fallen, krabbelte über das Bett zu mir und strich mir mit den Fingern durchs Haar.

»Ich mag deine schottischen Seiten.« Seine Hand wanderte weiter nach unten. »Heute Nacht war es zu dunkel. Ich konnte mich gar nicht davon überzeugen, ob du überall rothaarig bist.«

Wir wälzten uns kichernd hin und her, und er kitzelte mich, bis ich nach Luft rang. Dann wurden wir von einem klingelnden Handy unterbrochen. Ich schaute in die Richtung, aus der die Störung kam und sah Jos vibrierendes Smartphone auf dem Nachttisch. Ich griff danach, um es ihm zu reichen. Doch dazu kam ich nicht. In Windeseile war er aufgesprungen und hatte mir das Handy aus der Hand gerissen. Erschrocken fuhr ich zurück.

Ich betrachtete meine leere Hand, dann ihn. Jo stand in Unterhose vor dem Bett und starrte entsetzt auf das klingelnde Handy. Dann seufzte er und drückte den Anrufer weg.

»Verdammt!« Er fuhr sich mit den Fingern durchs Haar und zwickte sich dann in den Nasenrücken. »Okay, das war nicht so gemeint. Ich, ich muss nur ...« Er seufzte noch mal lange und gedehnt. Er schien nach den richtigen Worten zu suchen.

»Was ist denn los? Wer hat denn da eben angerufen?« Seine Unsicherheit machte mich hellhörig. Was konnte denn so schlimm sein, dass er mir das Handy fast aus der Hand schlug?

»Ich muss dir etwas sagen. Okay? Aber ich weiß nicht, wie ich am besten …« Sein Smartphone begann schon wieder zu klingeln. Er blickte resignierend auf das Display und drückte das Telefonat dann ein weiteres Mal weg. Ein gut hörbares *Ping* signalisierte uns, dass der Anrufer auf die Mailbox weitergeleitet wurde.

»Jo?« Ich bekam Magenschmerzen. Ganz ganz schlimme Magenschmerzen. Sein Gesichtsausdruck ließ nichts Gutes erahnen. Vielmehr sah er aus, als würde die Welt gleich untergehen, und ich hatte die leise Vermutung, dass genau das geschehen würde. Dass er mit wenigen Worten gleich meine Welt aus den Fugen reißen würde. Er druckste rum, wand sich wie ein Fisch auf dem Trockenen.

»Spuck's einfach aus«, fauchte ich ihn an. »Sag schon, was los ist!« Ich wappnete mich und war doch unvorbereitet.

»Ich habe eine Freundin.« Seine Stimme zitterte. »Aber es ist nicht so, wie du denkst. Das zwischen uns ist schon lange nichts Richtiges mehr. Ich bin ständig kurz davor, Schluss zu machen. Aber erst jetzt mit dir ist mir bewusst geworden, dass ich noch Herzklopfen haben kann. Dass ich noch zu wirklich tiefen Empfindungen in der Lage bin. Ich muss das nur regeln und …«

»Verschwinde.« Meine Stimme war leise und dadurch nur umso bedrohlicher. »Hau ab!«

»Ruby, bitte, glaube mir. Ich bring das in Ordnung.«

»Ich will nicht, dass du irgendwas in Ordnung bringst«, schrie ich und warf mit dem Erstbesten nach ihm, was mir in die Hände fiel. Meine Nachttischlampe zerbrach hinter ihm an der Wand. Das Glas rieselte klirrend zu Boden. Jo sah erschrocken hinter sich. »Meinst du, ich falle auf solche Versprechungen rein, für wie naiv hältst du mich eigentlich?«

»Ruby, bitte mach das nicht.«

»Ich habe nichts getan außer dir vertraut, aber du bist wie verdammt noch mal jeder schwanzgesteuerte Kerl. Hau ab!« Nun warf ich die Tube Handcreme, die neben mir gelegen hatte. »Nimm deine Sachen und verschwinde. Ich will dich nicht mehr sehen.« Ich sprang vom Bett auf und lief vor Wut schnaubend auf ihn zu. Jos Augen weiteten sich. Er hob abwehrend die Hände, vielleicht, um mich zu beruhigen. Aber dafür war es zu spät. Auf dem Weg schnappte ich mir seine Klamotten, die überall auf dem Boden lagen, und drückte sie ihm in die Hände.

»Und wehe, du meldest dich noch einmal bei mir«, zischte ich ihm entgegen. Dann ging ich hocherhobenen Hauptes ins Badezimmer. Im Türrahmen blieb ich noch mal stehen, ohne mich nach ihm umzudrehen.

»Wenn ich gleich wieder hier raus komme, bist du weg!«

Ich knallte die Tür hinter mir zu und betrachtete mich im Spiegel. Mein Gesicht war verzerrt vor Wut und Schmerz. Ich zitterte vor Zorn. Wenige Momente später hörte ich die Wohnungstür ins Schloss fallen. Ich atmete erleichtert aus und bemerkte in dem Moment sein T-Shirt, das ich immer noch trug. Angewidert von dem Stück Stoff riss ich es mir vom Körper, stürmte aus dem Badezimmer, öffnete das Wohnzimmerfenster, das auf die Straße zeigte, und warf es ihm hinterher. Er schien das Klappern des Fensters gehört zu haben. Zumindest drehte er sich noch einmal um und sah zu mir auf. Ich bemerkte seinen traurigen Gesichtsausdruck. Stumm formten seine Lippen ein »Verzeih mir« und dann noch ein sehr verzweifelt aussehendes »Bitte«. Aber vielleicht bildete ich mir das auch nur ein. Ich bildete mir ja immer sehr schnell sehr viel ein. Tiefe Gefühle zum Beispiel, Seelenverwandtschaft, Verbundenheit ... alles Dinge, die ich mir zusammengesponnen hatte und die nie wirklich da gewesen waren. Schon wieder nicht.

Mit so viel Stolz wie nur eben möglich schenkte ich ihm noch einen letzten Blick aus eisigen Augen, schloss dann das Fenster und setzte mich aufs Sofa. Es bedarf schon sehr viel schauspielerisches Talent, barbusig und so verletzt, wie ich es war, jemand anderen voll Verachtung anzusehen. Es war mir geglückt. Aber richtig stolz war ich nicht auf mich. Ich zitterte und spürte endlich die Tränen, die ich die letzten Minuten krampfhaft versucht hatte, wegzublinzeln. Schnell schnappte ich mir einen Pullover, der neben mir über einem Stuhl hing und zog ihn über meinen bebenden Körper.

Jo war weg, und er hatte meinen kompletten Zorn mitgenommen. Geblieben war das Gefühl der Einsamkeit und das Wissen, wieder einmal zweite Geige gewesen zu sein. Austauschbar. Ich hatte mir geschworen, das nie mehr zuzulassen. Ich war es wert, erste Wahl zu sein. Ich wollte nicht nur dann gut genug sein, wenn die erste Wahl gerade mal einen schlechten Tag hatte. Nein!

Nun liefen die Tränen in Strömen über meine Wangen und mein Magen rebellierte. Ich war so dumm. So furchtbar dumm. Wieder hatte ich zu schnell vertraut, mein Herz dem Erstbesten geschenkt. Ich erhob mich, lehnte mich mit der Schulter an die Wand und sah aus dem Fenster. Jo war nicht mehr zu sehen, und ich wusste nicht, ob es der stundenlange Sex mit einem herzlosen Betrüger war oder dessen Abwesenheit, was mein Herz so schmerzen ließ.

Ich schlug die Hände vors Gesicht und begann haltlos zu schluchzen.

Warum war ich nie erste Wahl?

Warum war ich nie genug?

Was stimmte nicht mit mir?

TEIL 2

Kapitel 12

Jo

Obwohl es keine drei Stunden her war, dass ich ausgiebig geduscht hatte, fühlte ich mich dreckiger denn je. Ich saß im Zug zurück nach Berlin und hatte mich noch nie so sehr gehasst wie in diesem Moment. Am liebsten würde ich meine Haut mit Schmirgelpapier bearbeiten. Der Betrug und das schlechte Gewissen hafteten an mir wie giftiger Schleim, der sich langsam in mein Innerstes fraß. Es brannte und versengte mir meine Organe. Ich konnte kein bisschen verstehen, dass es Männer gab, die ihre Partnerin regelmäßig betrogen. Mich würde das killen. Ich war jetzt schon ein Wrack.

Ich starrte mit finsterer Miene aus dem Fenster, ohne die Landschaft, die an mir vorbeizog, wahrzunehmen. Mein Gesichtsausdruck war wohl auch Grund dafür, dass ich hier ein Abteil für mich alleine hatte. Die ältere Dame, die mir für ungefähr zwei Minuten gegenübergesessen hatte, war nun auch auf einen anderen Platz geflohen. Ich machte bestimmt den Anschein, entweder demnächst alles kurz und klein zu schlagen oder in Tränen auszubrechen. Sie wollte wohl von keinem der beiden Optionen Zeugin sein.

Was hatte ich nur getan? Nicht nur, dass ich Nathalie betrogen hatte, nein, ich hatte auch Ruby bitter enttäuscht. Und das vorsätzlich. Denn wenn ich ehrlich zu mir war, ich hatte schon auf dem Weg nach Mannheim unanständige Gedanken. Zwar war ich nicht davon ausgegangen, dass sich mit Ruby wirklich etwas in diese Richtung entwickeln würde, aber der Wunsch war da. Und dann ging alles so schnell.

Ich war eigentlich gar nicht der Typ für so etwas. Ich hatte noch nie einen One-Night-Stand gehabt, und ich hatte bislang auch noch nie eine meiner Freundinnen betrogen. Ich war der absolute Beziehungstyp. Immerhin waren Nathalie und ich mittlerweile schon seit einigen Jahren zusammen. Mit kleineren Unterbrechungen, aber egal. Ich hatte nie einen Gedanken an eine andere Frau verschwendet, bis diese verdammte SMS bei mir ankam und mich eine unbekannte Person um Alkohol und Tampons bat. Ich musste unwillkürlich grinsen bei dem Gedanken an diesen Abend. Seitdem hatte sich mein Leben verändert. So lächerlich diese erste SMS auch war, so intensiv war jede folgende.

Und das sollte es nun gewesen sein? Einfach so. Vom einen auf den anderen Moment. Es war so perfekt zwischen uns. Vielleicht zu perfekt. Selten hatte ich mich mit einer Person so verbunden gefühlt.

Der Zug wurde langsamer und blieb plötzlich stehen. Ich blickte aus der Fensterscheibe und konnte einen kleinen Bahnhof erkennen. *Riedstadt-Goddelau* stand auf dem Schild.

»Das ist ein Scherz«, brach es aus mir heraus. Fast schon verzweifelt begann ich zu kichern, als ich mich an die SMS von Ruby erinnerte. Sie hatte genau von diesem Ort geschrieben. Aus Reflex griff ich zu meinem Handy.

Es traf mich wie ein Schlag.

Das Hintergrundbild.

Das Selfie von uns beiden hatte ich natürlich noch am gleichen Abend entdeckt. Ich hatte es nur gerade für einen Moment verdrängt. Ihre freche Art, direkt mein Hintergrundbild zu ändern, hatte mich amüsiert. Das Bild war süß, und wir sahen beide so glücklich aus. Betrübt ließ ich das Handy wieder in meiner Tasche verschwinden. Klar hätte es Ruby lustig gefunden, dass ich jetzt genau dort mit dem Zug zum Stehen gekommen war, wo auch sie schon auf eine Weiterfahrt hatte warten müssen. Vor einigen Stunden hätte sie sich noch köstlich über diesen Zufall amüsiert. Nur befürchtete ich, dass Ruby momentan eher nicht zu Späßen aufgelegt war, und wahrscheinlich alles lieber haben würde als eine SMS von mir.

Wenn ich könnte, würde ich mir selbst eine verpassen. Ich hatte den unglaublichen Drang, irgendetwas Selbstzerstörerisches zu tun, um mich für das büßen zu lassen, was ich getan hatte. Super gemacht, Jo. Grandios. Aber nichts würde das ungeschehen machen. Nichts, aber auch rein gar nichts konnte das, was ich getan hatte, wieder gut machen.

Ich war momentan wohl die Person, die Ruby am meisten verachtete.

Als ich fünf Stunden später im Hauptbahnhof Berlin einfuhr, war meine Stimmung nicht nur am Boden, sondern einige Meter unter dem Meeresspiegel. Ich stieg, ohne dem Trubel um mich herum viel Beachtung zu schenken, in die S5 und fuhr Richtung Friedrichshain, dem Stadtteil in dem ich mit Nathalie seit über einem Jahr lebte. Wir hatten hier eine gemütliche Drei-Zimmer-Wohnung in einem Altbau gefunden. Bei der Besichtigung hatten wir uns sofort in die Wohnung verliebt. Das ganze Haus war komplett saniert und nachträglich gut gedämmt worden, trotzdem hatte das Treppenhaus noch seinen urigen Charme und unsere Wohnung reichlich Stuck an der Decke. Da war es auch nur halb so schlimm, dass wir dafür jedes Mal in den gottverdammten vierten Stock laufen mussten.

Auch jetzt trottete ich die vielen Stufen nach oben. Vielleicht etwas langsamer als sonst. Ich freute mich weder auf mein Bett, das so gar nicht nach Ruby, sondern nach Nathalie roch, noch auf Nathalie selber. Ich seufzte. Da musste ich nun durch.

Sie erwartete mich bereits und gab mir zur Begrüßung einen Kuss auf die Wange. Sie trug einen rosafarbenen Leder-Minirock und ein weißes Rüschenshirt, das fast komplett rückenfrei war. Ich fragte mich schon lange, warum sie selbst zu Hause aufgebrezelt war wie andere Samstagabend in einer Schickimicki-Disko.

Ich kann mich an den Anfang unserer Beziehung erinnern, als wir gemeinsam im Pyjama auf der Couch gelegen und Serien geschaut hatten. Beide mit einem Stück Pizza in der Hand. Wir hatten uns und die Sofakissen mit Käse bekleckert, viel gelacht, irgendwann wild geknutscht und es dann auf der Couch getrieben. Heute undenkbar, alleine schon deshalb, weil Nathalie Kohlenhydrate und Milchprodukte mied wie der Teufel das Weihwasser. Außerdem würde sie mich töten, wenn ich Flecken auf dem teuren beigefarbenen Sofa hinterlassen würde. Manchmal vermisste ich unsere alte Wohnung, in der wir Möbel aus Haushaltsauflösungen, von Flohmärkten und dem Sperrmüll zusammengewürfelt hatten. Einiges war zu der Zeit einfacher gewesen. Heute hatten wir Designermöbel und Vorhänge aus teuren Stoffen. Keine Ahnung, warum sie da so viel Wert darauflegte. Ich sah meist kaum einen Unterschied zu dem üblichen Ikea Schnickschnack.

»Wie geht's deinem Bruder?«, fragte Nathalie, drehte sich um, ohne auf eine Antwort von mir zu warten, und ging in die Küche. Ich folgte ihr und lehnte mich gegen den Kühlschrank. Ich betrachtete ihre schlanke Gestalt von hinten. Ihren akkurat geschnittenen blonden Bob, die schmalen Hüften, ihre nackten Füße mit den rosa lackierten Fußnägeln.

»Gut. Fast schon zu gut.« Ich schmunzelte und fuhr mir durchs Haar. »Du kennst ihn ja, er ist ein Überlebenskünstler.« Nathalie lachte kurz auf, ohne aufzusehen. Sie mixte irgendetwas in einer Schüssel zusammen und schmeckte dann mit einem Löffel ab. »Was machst du?«, erkundigte ich mich.

»Salat. Willst du auch? Ist genug für uns beide da.« Ich stöhnte innerlich auf. Nathalie und ihre Salate mit den fettfreien Dressings waren einer der Gründe, warum ich immer öfter nicht zu Hause, sondern mit dem Laptop in einem Burger-Laden um die Ecke arbeitete - obwohl ich als freier Grafiker mein Büro hier in der Wohnung eingerichtet hatte.

»Danke, ich schmiere mir aber noch ein Brot dazu.« Als ich damit begann, mir dick Leberwurst und Senf auf unser viel zu trockenes Vollkornbrot zu schmieren, versuchte ich ihr Naserümpfen zu ignorieren. Mit den Tellern und Schüsseln begaben wir uns ins Wohnzimmer, wo auch unser Esstisch stand. Wir nahmen unser karges Mahl schweigend zu uns. War die Atmosphäre hier schon immer so drückend gewesen? Oder lag es an mir und meinem schlechten Gewissen? Mir war, als würde ich an der dicken Luft ersticken.

Und warum fiel mir eigentlich erst jetzt auf, dass Nathalie es mit ihrem Ernährungswahn mal wieder übertrieb? Als Teenie war sie schon mal für ein paar Wochen in einer Klinik für Menschen mit Essstörungen. Sie wog, als sie dort eingewiesen wurde, nur noch fünfunddreißig Kilo, mehr tot als lebendig. Eigentlich dachte ich, diese Zeit wäre vorbei. Machte ich mir übertriebene Sorgen? Hatte ich die ganze Zeit nur die Augen vor der Realität verschlossen? So oder so behielt ich meine Bedenken vorerst für mich.

Nathalie und ich gingen früh zu Bett. Sie hatte schnell das Licht auf ihrer Seite ausgeschaltet und war innerhalb von wenigen Sekunden weggedämmert. Sie lag auf der Seite, den Rücken zu mir gekehrt. So klein und leise, dass man fast vergessen könnte, dass sie da war. Ich hatte die Arme hinter dem Kopf verschränkt, starrte an die Zimmerdecke und grübelte. Ich konnte nichts gegen meine trübsinnige Stimmung tun. Die war auch schuld daran, dass ich partout nicht schlafen konnte. In den letzten Wochen beendete ich jeden Tag damit, Ruby eine SMS zu schreiben. Wir berichteten uns von unserem Tag, tauschten ein paar lustige Anekdoten aus, und stets kam am Ende ein »Bis morgen« und ein »Schlaf gut«.

Ohne groß darüber nachzudenken, griff ich nach meinem Handy, das auf dem Nachttisch lag, und schrieb meinem Bruder. Er war die Person, der ich mit Abstand am meisten vertraute. Wir hatten schon so viel Scheiße miteinander durchgestanden, dass ihn meine Situation garantiert nicht mehr schockieren konnte.

Hab Scheisse gebaut!

Ich drückte auf *Senden* und wartete keine Minute auf eine Antwort.

Ich weiss.

Natürlich wusste er es, er hatte uns zusammen auf der Party gesehen, und er wusste natürlich auch, dass ich die Nacht bei Ruby in Heidelberg verbracht hatte und nicht in seiner Bude in Mannheim.

Und nun?

Es war eine simple Frage, auf die ich aber keine Antwort wusste. Ich bezweifelte, dass mein Bruder die Lösung parat hatte.

Du musst wohl oder übel eine Entscheidung treffen.

Muss ich nicht, das hat Ruby bereits übernommen.

Ich spürte dabei schon wieder den Stich in der Brust, den ihre Abfuhr bei mir ausgelöst hatte.

Ihr angeekelter Blick, ihr zorniger Gesichtsausdruck, als sie wie eine Kriegsgöttin nackt und mit wildem Haar am Fenster stand, um mir mein T-Shirt hinterherzuwerfen. Ich habe noch nie etwas gesehen, das so verdammt sexy war und mir gleichzeitig solche Angst eingeflößt hat. Ich werde diesen Anblick nie vergessen, er würde mich in meine Träume verfolgen, sollte ich jemals wieder schlafen können, was ich momentan bezweifelte.

Kannst du ihr wohl schlecht vorwerfen, dass sie von deinem Geständnis nicht gerade angetan war.

Ich seufzte leise. Er hatte wohl alles von Rubys Freundin Anna erfahren. Ruby würde ihn wohl kaum angerufen haben. Neben mir raschelten die Laken, Nathalie schmatzte und schlief dann unbeirrt weiter. Eine kleine Erinnerung daran, dass ich immer noch ein Arsch war und mit meinem Bruder über eine andere Frau schrieb, während meine Freundin neben mir lag.

Kopf hoch, Bro, das wird schon.

Die nächste Nachricht von Mike. Der hatte allerdings den Optimismus der ganzen Welt gepachtet. Für mich war da nur wenig übriggeblieben.

Das ist alles Mist. So sollte es nicht sein. Ich bin kein Betrüger!

Naja, wenn man sich mal unvoreingenommen die letzten Stunden betrachtet, irgendwie wohl schon.

Mike war so erfrischend ehrlich. Konnte er mich nicht einfach aufmuntern?

Warum bist du überhaupt noch mit Nat zusammen? Anscheinend läufts ja nicht allzu rosig.

Es ist eine lange Zeit, das wirft man nicht einfach weg.

Du laberst eine ziemliche Scheisse. Immerhin hast du genau das riskiert. Also warum jetzt nicht die Eier haben und Schluss machen?

Für Ruby hätte ich es getan, aber so ...?

Du hältst dir also Nat so lange warm, bis du was anderes gefunden hast, das dir das Bett wärmt? Das ist ganz schönes Arschloch-Gehabe, findest du nicht?

Ich legte das Handy zurück auf den Nachttisch und schloss die Augen. Darauf konnte ich nichts antworten. Er hatte recht, und ich wusste das sehr genau.

Ich hing an Nathalie. Irgendwie. Ich hatte ihr viel zu verdanken. Aber ... sie machte mich nicht glücklich, sie hatte sich verändert, ich hatte mich verändert, ich hatte Ruby kennengelernt. Über mir schwebte ein monströses *Aber*.

Mein Handy leuchtete noch mal auf. Ich griff danach und las die Nachricht.

Sorry, Mann, du wirst schon wissen, was du tust. Ich verrate dich nicht.

Ich hatte keinen blassen Schimmer, was ich tat.

Ich sauste in einer unglaublichen Geschwindigkeit auf den Abgrund zu und wusste nicht, ob ich im nächsten Moment auf dem Boden zerschellen oder sich von Geisterhand irgendwo ein Fallschirm auftun würde. Ich wusste nicht, auf was das alles hinauslaufen würde. Irgendetwas musste sich ändern. Ich wollte Nathalie nicht weiter etwas vorspielen, und ich wollte Ruby nicht verlieren. Wenn ich sie schon nicht als Partnerin haben konnte, dann doch wenigstens als Freundin. Sie fehlte mir jetzt schon wahnsinnig, dabei war ich keine vierundzwanzig Stunden von ihr getrennt. Es fühlte sich so an, als würde etwas fehlen. Ein wichtiger Teil meines Lebens. Ruby hatte es geschafft, mir innerhalb kürzester Zeit so viel Lebensfreude zu schenken und hat sie mir vom einen auf den anderen Moment komplett entrissen.

Ich ließ meinen Blick nach links wandern und betrachtete Nathalie, die friedlich schlief. Das schlechte Gewissen würde mich noch umbringen, dessen war ich mir sicher. Ich konnte es aber auch nicht abschalten. Ich war selbst dafür verantwortlich. Wenn es mir schon so dreckig ging, wollte ich erst recht nicht wissen, wie es Ruby ging. Immerhin war sie ja diejenige, die verarscht worden war.

Verarscht von mir.

Und am meisten hatte ich mich selber verarscht.

Kapitel 13

RUBY

»Wooooooohoooooooo. Das ist die geilste Party ever!«

Ich stand auf einem Podest, das sich mitten auf der riesigen Tanzfläche befand, und tanzte mir die Seele aus dem Leib. Noch heute Mittag war mir überhaupt nicht nach Party zumute gewesen. Ich hatte mich sogar wegen starker Kopf- und Bauchschmerzen krankschreiben lassen, was nicht einmal gelogen war.

Mein Körper hatte mir unmissverständlich zu verstehen gegeben, dass ich mich nicht bewegen und auf keinen Fall meine Wohnung verlassen sollte. Und so wie ich aussah, wäre das auch für den Rest der Menschheit eine Freude gewesen. Die letzten zwei Wochen war ich nur trübsinnig rumgesessen und hatte mir meinen Flanellpyjama abwechselnd mit Schokopudding, Kekskrümeln und Barbecue-Soße versaut. Ich hatte auf Duschen verzichtet, alle Sendungen geschaut, die Netflix so zu bieten hatte, und sogar mein Handy ausgeschaltet - und das hatte ich bestimmt seit zehn Jahren noch nie getan. Vielmehr hatte ich in der Vergangenheit das Gefühl gehabt, auf Entzug zu sein, wenn ich nicht ständig erreichbar war. Aber heute war das anders. Alles und jeder nervte mich. Vor allem ich selbst ging mir tierisch auf den Geist. Mein weinerliches Selbst, das einem Typen hinterhertrauerte, der es nicht im Geringsten verdient hatte. Der *mich* nicht verdient hatte.

Ich sah mich um und bemerkte, dass mich alle anstarrten. Vor allem einige Männer in der ersten Reihe direkt vor mir musterten mich gierig. Heute hatte ich ausnahmsweise auf Anna gehört und mich ziemlich freizügig angezogen. Das Kleid verdeckte gerade mal die Hälfte meiner Oberschenkel, und ich musste achtgeben, dass mir nicht die Brüste aus dem Dekolleté sprangen, wenn ich mich zu ruckartig bewegte.

Ich tanzte aufreizend und genoss die Blicke der anderen. Provozierend fuhr ich mit den Händen meinen Körper entlang und betonte so jede meiner Kurven noch einmal besonders. Ich benötigte kein abgeschlossenes Studium in Psychologie, um mir zu diagnostizieren, dass Jo mein eh schon angeknackstes Selbstbewusstsein vollends zerstört hatte, und ich nun dringend Bestätigung suchte.

Ich brauchte keinen Jo aus Berlin, redete ich mir immer wieder ein. Jeder dieser sabbernden Kerle hier würde mich seiner Freundin vorziehen. In diesem Club könnte ich heute Abend jeden haben. Eine ganz leise Stimme in meinem Kopf versuchte, sich an meinen betrunkenen Gedanken vorbei zu drängen und flüsterte mir leise »Aber du willst keinen anderen, du willst nur ihn« zu. Mein Unterbewusstsein war ein Verräter. Ich ignorierte es, indem ich mein Glas austrank.

Ich konnte mich nicht erinnern, wann ich das letzte Mal so betrunken gewesen war. An dem Abend mit Jo hatte ich auch ordentlich gebechert, aber das heute war noch eine Steigerung. Da ich ja ziemlich viel Alkohol vertrug, hatte ich schon zu Hause mit Schnaps vorgeglüht. Mit Ouzo, um genau zu sein. Widerlich. Aber nach dem fünften Shot war mir das dann auch egal gewesen. Meine Zunge fühlte sich taub und pelzig an, genau wie mein Kopf. Das war mein Ziel gewesen.

Anna hatte keine Bedenken, mich so auf andere Menschen loszulassen. Vollkommen labil und betrunken. Sie war einfach nur froh, dass ich überhaupt etwas tat, außer im fleckigen T-Shirt auf der Couch zu liegen und *Modern Family* oder *Game of Thrones zu* schauen - je nachdem, wie meine Stimmung gerade war. Ihres Erachtens nach war es schon ein Erfolg, dass ich überhaupt hier war. Und vielleicht hatte sie damit ja auch recht. Vielleicht war ich aus dem Gröbsten raus und konnte endlich das Vergangene abhaken und das nächste Kapitel aufschlagen. Anna stieß mich von der Seite an, um meine Aufmerksamkeit auf sie zu lenken. Sie war genauso durchgeschwitzt wie ich.

»Lass uns mal was zu trinken holen«, japste sie außer Puste. Ich nickte.

»Mein Jacky-Cola ist eh gerade leer«, brüllte ich in ihr Ohr, um die Musik zu übertönen.

»Süße, du trinkst jetzt mal ein Glas Wasser, einfach nur, damit deine Organe auch morgen noch funktionieren!« Ich stöhnte genervt auf und rollte mit den Augen. Wasser war zum Waschen da!

»Du vergisst meine schottischen Gene! Das bisschen Alk kann mir nix.«

»Lass mich mit dem Scheiß in Ruhe. Du hast fast eine komplette Flasche Hochprozentiges intus plus das ganze gepanschte Zeug, was die hier verkaufen. Wir können wahrscheinlich froh sein, wenn wir davon nicht blind werden. Das würde den härtesten Schotten aus seinem Kilt blasen.« Ich kicherte bei dem Wort *blasen* und wurde dann schlagartig traurig.

»Der Sex mit Jo war so toll«, begann ich urplötzlich zu heulen und fiel Anna in die Arme. Sie streichelte mir beruhigend über den Kopf und tätschelte mir den Rücken. War ich die Einzige, bei der Alkohol solche Stimmungsschwankungen auslöste?

»Ich weiß ...«

»Ich will nicht, dass es schon vorbei ist.«

»Ich weiß, Süße ...«

»Er ist so ein Arsch«, schluchzte ich gegen Annas Schulter.

»Komm, lass uns lieber nach Hause gehen. Du pennst heute bei mir! Ich heiter dich schon wieder auf.«

»Nein«, antwortete ich trotzig und entfernte mich einen Schritt von ihr. Ich fuhr mir mit dem Handrücken unter der Nase entlang und blickte Anna ernst an. »Ich will Party machen!« Fahrig wischte ich mir ein paar Tränen von meiner Wange.

»Du siehst so gar nicht nach Party aus, bist du dir sicher, dass du dich nicht lieber mit einem Fencheltee auf meinem Gästebett ausbreiten möchtest? Wir könnten noch nen Film schauen ...«

»Nein!« Ich sah zur Bar. »Ich hole uns noch was zu trinken, und dann tanzen wir weiter, bis die Sonne aufgeht und vielleicht sogar noch länger!« Ich überlegte kurz. »Wobei ich vorher mal aufs Klo muss.«

»Soll ich mit?« Anna sah mich besorgt an, was mich irgendwie nervte. Gerade erinnert sie mich an meine Mutter. Überbesorgt und ohne Vertrauen in mich und mein Urteilsvermögen.

»Ach was, mach dir nicht so einen Kopf. Ich tu mir schon nichts an. Ich habe schon anderes durchgestanden.« Meine Gedanken wanderten zu Alex, der mir zuerst das Herz herausgerissen hatte, bevor Jo es zertrümmerte, um wie bei *The Lord of the Dance* auf den Einzelteilen zu steppen. Anna klopfte mir aufmunternd auf die Schulter.

»Ich warte da drüben auf dich. Mit zwei Mojitos, einverstanden?« Ich nickte und versuchte mich in einem kleinen Lächeln, das sich unecht anfühlte und womöglich auch genauso aussah.

Ich ging Richtung Toilette und ignorierte dabei die vielen Menschen um mich herum. Einer besaß doch tatsächlich die Frechheit, mir in den Hintern zu zwicken. Aber auch das war mir egal. Ich hatte momentan einfach kein Interesse an irgendwelchen Kerlen und an der Sorte Mann am allerwenigsten. Ich hatte nicht mal die Kraft, mich über diesen unverschämten Grapscher aufzuregen.

Ich musste mich erst mal sammeln.

Beim Betreten der Damentoilette war ich sofort umgeben von tratschenden und laut lachenden Weibern, die sich alle vor dem meterlangen Spiegel an den Waschbecken tummelten, um sich nachzuschminken und die Frisuren zu richten. Ich flüchtete in die nächste freie Kabine. Nachdem ich den Klodeckel zugeklappt hatte, ließ ich mich erschöpft darauf nieder. Ich war wirklich nicht in Partystimmung, aber ich wusste genau, sobald ich zu Hause im Bett lag und die Augen schloss, waren die düsteren Gedanken wieder da. Ich wollte abschalten, vergessen. Wieder der ausgelassene Mensch sein, der ich einmal war. Einfach Spaß haben, ohne einen verdammten Gedanken an Jo oder irgendeinen anderen Mann zu verschwenden, der mir das Herz gebrochen hatte.

Gewohnheitsmäßig zückte ich mein Handy und betrachtete das leere Display. Ich hatte weder ein Hintergrundbild noch hatte ich in den letzten Stunden eine Nachricht erhalten. Das Selfie von Jo und mir hatte ich nur wenige Stunden als Hintergrundbild auf meinem Handy und es dann gelöscht. Nachrichten bekam ich in den letzten Tagen eigentlich nur noch von Anna, und da sie mit mir hier in diesem Club war, hätte ich mein Handy auch gut und gerne zu Hause lassen können.

Ich seufzte und legte den Kopf in den Nacken. Es fiel mir erstaunlich schwer, loszulassen. Jo und ich hatten nicht viel Zeit gemeinsam verbracht, aber irgendwie hing er mir nach. Die kurze Zeit war eine intensive Zeit gewesen. Wir hatten direkt einen Draht zueinander und waren in so vielen Dingen auf einer Wellenlänge gewesen. Seine ganze

Art hatte mir imponiert, seine Schmeicheleien und Blicke hatten mir gefallen. Ich hatte mir einfach zu schnell mehr versprochen. So viel mehr. Dabei war wahrscheinlich alles gelogen gewesen. Er war ein guter Schauspieler und hatte mich Dinge glauben und fühlen lassen, die es so nie gegeben hatte. Zum Beispiel diese Geborgenheit, die ich in seiner Nähe gespürt hatte. Ich würde alles dafür geben, mich noch einmal mit einem Menschen so verbunden zu fühlen. Aber wahrscheinlich war auch das einfach nur Einbildung gewesen.

Ich wollte ihn nach seinem Geständnis und zwei Wochen lang Augenausheulen einfach schnellstmöglich vergessen. Aber das war nicht so einfach. Ich klickte auf meine Kontakte und scrollte durch mein Telefonbuch. Beim Namen *James Dean* stoppte ich. Unentschlossen ließ ich den Daumen über dem Touchscreen kreisen. Ein Klick, und ich hätte die Möglichkeit, den Namen aus meinem Handy und somit vielleicht auch endgültig aus meinen Gedanken und meinem Leben zu löschen. Unwiderruflich. Nichts würde mehr daran erinnern, dass ich mit einem Kerl aus Berlin wochenlang getextet und danach die berauschendste Nacht meines Lebens verbracht hatte. Es wäre so, als würde es ihn nicht geben, und alles, was geschehen war, würde verblassen und irgendwann verschwinden.

Aber irgendetwas gefiel mir daran nicht.

Ich wollte zwar vergessen, aber ich wollte um keinen Preis in Vergessenheit geraten. Das ließ mein angekratztes Ego nicht zu. Ich grinste. Vielleicht lag es am Alkohol und an dem wirren Gefühl in meinem Kopf. Ich öffnete den Kontakt *James Dean* und klickte auf *Senden*.

DAS MIT UNS WAR JA GANZ NETT, ABER ICH SUCHE MIR JETZT MAL NEN RICHTIGEN KERL, DER ES MIR BESSER BESORGEN KANN, UND LÖSCHE DEINE NUMMER. JUST FOR YOUR INFO.

Ich grinste idiotisch und konnte ein hämisches Kichern nicht unterdrücken. Wie gerne würde ich jetzt Mäuschen spielen und seine Reaktion beobachten. Gleichzeitig keimte aber auch Angst in mir auf. Was war, wenn ich ihm mittlerweile so egal war, dass ich ihm nicht einmal mehr eine Antwort wert war?

Vielleicht hatte er ja bereits meine Nummer gelöscht, bevor ich auch nur daran gedacht hatte, und wunderte sich nun, welches seiner Betthäschen ihm so einen Müll schickte.

Verdammt, warum konnte man abgesendete SMS nicht zurückholen? Oder ging das vielleicht doch? Es gab doch mittlerweile für jeden verdammten Scheiß eine App. Das sollte ich schleunigst googlen, bevor ich mich das nächste Mal peinlich verhielt. Da vibrierte es aber auch schon in meiner Hand, und eine Nachricht von Jo leuchtete auf.

Wahrscheinlich hab ich es verdient, dass du nicht nur zustichst, sondern das Messer auch noch in der Wunde herumdrehst.

Mit Sicherheit!

Ich nickte bestätigend, als ich auf *Senden* klickte, auch wenn mich niemand in der Kabine sehen konnte, am wenigsten Jo in fünfhundert Kilometern Entfernung.

Und nun? Wie lange willst du mich bestrafen? Oder ist das erst der Anfang?

Du hast mich falsch verstanden. Das ist kein Anfang, das ist das Ende. Ich muss jetzt aufhören. Werde gleich Sex mit einem tollen Typen haben. Vielleicht auch mit zwei. Einer hat ne Harley.

Ich tippte wieder auf *Senden* und verfluchte mich im gleichen Moment für die Massen an Alkohol in meinem Schädel. Wie lächerlich war das denn bitte? Der würde doch jetzt sofort bemerken, dass ich betrunken und zudem allem Anschein nach alleine war! Wieder würde ich gerne alles zurücknehmen. Er dachte sicher, ich hatte den Verstand verloren.

Ich lösche jetzt deine Nummer. Auf Nimmerwiedersehen.

Ich hoffte, damit die lächerliche SMS von davor wieder wettzumachen. Jo sollte sich ja nicht einbilden, dass ich verzweifelt war oder ihm hinterhertrauerte. Ich doch nicht.

»Ruby, bist du da drin?« Anna klopfte an die Tür und erinnerte mich daran, dass ich schon mindestens fünfzehn Minuten auf der Toilette saß und sie draußen hatte warten lassen.

»Einen Moment noch.« Schnell erledigte ich das, weswegen ich eigentlich hergekommen war, und trat dann aus der Kabine heraus. Mit einem Lächeln lief ich an ihr vorbei und wusch mir die Hände. Der komplette Waschbeckenrand war voll von Make-up-Resten, und einem Mädel musste wohl das Rouge explodiert sein. Zumindest lagen hier überall kleine rote Pulver-Bröckchen. Da es wie immer keine Papiertücher gab und ich dieses Handtrocken-Gerät einfach nur lächerlich fand, wischte ich mir meine Hände an meinem Kleid trocken und wandte mich dann wieder Anna zu.

»So ... wo ist mein Mojito?«

Mein Gesicht fühlte sich verkrampft vom vielen gestellten Lächeln an. Ich wartete noch immer auf die Genugtuung, weil ich Jo die Meinung gegeigt hatte, das Gefühl ließ auf sich warten. Irgendwie fühlte ich nur eine gähnende Leere in mir. Das hatte ich mir anders vorgestellt. Ich dachte, mir würde es danach bessergehen. Anna musterte mich argwöhnisch.

»Die Schlange an der Bar ist verheerend. Stellen wir uns zusammen an? Das Angebot steht aber noch, wir können auch zu mir gehen und ...«

Ich schüttelte nur mit dem Kopf und umarmte sie. Einfach, weil mir jetzt danach war. Anna war so ziemlich der einzige Mensch auf dieser großen, weiten Welt, der mich verstand und trotzdem mochte.

»Wenn du ein Mann wärst, ich glaube, das wäre perfekt«, nuschelte ich in ihr Ohr und bemerkte in dem Moment, dass der Alkohol meine Zunge irgendwie schwerer erscheinen ließ. Anna kicherte und streichelte mir sacht über den Rücken.

»Baggerst du mich an?« Wir lachten beide auf.

»Womöglich. Pass heute besser auf, wenn ich noch mehr trinke, starte ich die ersten Annäherungsversuche, und so wie ich dich kenne, trägst du wie immer keine Unterwäsche.« Anna prustete los. »Du kennst mich zu gut! Komm, lass uns noch etwas feiern.«

Arm in Arm verließen wir die Damentoilette und stützten uns dabei gegenseitig, auch wenn ich das mehr nötig hatte als sie. Ich hatte den Eindruck, dass sie, nachdem ich bereits drei Cocktails hinuntergekippt hatte, immer noch den ersten in der Hand hielt. Möglicherweise wollte sie versuchen, die Kontrolle zu behalten und ein wenig auf mich verheultes, labiles Etwas aufpassen. Wir bogen links Richtung Bar ab und wurden abrupt gebremst, als ich mit einem breiten Kerl zusammenstieß. Als ich nach oben schaute und sich meine Augen langsam scharf stellten, erschrak ich.

»Mike?« Anna hatte ihn vor mir erkannt. Vielleicht war die Verbindung von Augen, Hirn und Mund bei ihr einfach noch etwas flotter. Meine Synapsen schienen gerade alle verklebt zu sein.

»Hey Anna, ich hab dich gesucht.« Mike strahlte Anna an, gab ihr ein Küsschen auf die Wange und schien mich gar nicht zu bemerken.

»Du hast ihn hierher eingeladen?«, rief ich verärgert. Ich konnte es einfach nicht glauben. Da trauerte ich Jo nach, versuchte den Betrug mit Hilfe meiner besten Freundin und reichlich Hochprozentigem zu ertränken, und da fiel besagter besten Freundin nichts Besseres ein, als einfach mal den Bruder des Betrügers hierherzubringen. Ich kreuzte die Arme vorwurfsvoll vor der Brust.

»Quatsch. Ich hab ihm lediglich geschrieben, dass ich heute mit dir hier tanzen gehe. Ich konnte ja nicht ahnen, dass er dann gleich angerannt kommt«

»Ähm, hallo? Soll ich vielleicht wieder gehen?« Mikes Blick wanderte zwischen uns beiden hin und her. Keine von uns antwortete.

»Na toll, dann ...« Ich warf die Arme in die Luft. »Dann amüsiert euch mal schön. Mike, bleib ruhig da. Ich gehe.«

»Ach Ruby, bitte ... Ich bin doch mit dir hier.«

»Und er ist wegen dir hier, also ...«

Vielleicht war ich unfair.

Vielleicht hörte sich meine Stimme ein wenig zu genervt und zickig an.

Vielleicht war mein Gesichtsausdruck ein bisschen zu erzürnt.

Vielleicht.

»Was hast du eigentlich gegen mich?«, warf nun Mike ein und sah mich ernst an. Ich wandte mich mit in der Hüfte gestemmten Fäusten zu ihm hin.

»Mike, gegen dich habe ich nichts. Du bist mir, um ehrlich zu sein, ziemlich egal. Ich kann nur deinen Bruder nicht ab.«

»Ich glaube eher, das Gegenteil ist der Fall, und genau das ist das Problem hier, habe ich recht?« Mike funkelte mich an, und ich konnte nicht anders, als wütend zurück zu starren.

»Hört doch auf, wir sind doch hier, um uns zu amüsieren.« Annas Versuch, die Stimmung zu retten, ging gehörig in die Hose.

»Na danke, das könnt ihr jetzt ohne mich.« Ohne auf eine Antwort zu warten, drehte ich mich um und ging Richtung Ausgang.

Wütend stampfte ich hinaus und wollte mich zu den vielen Taxen begeben, die vor dem Eingang auf Kundschaft warteten, blieb dann aber doch stehen und kam ins Grübeln. War ich heute Abend nicht extra ausgegangen, um zu vergessen? Ich war schon die letzten Abende betrübt zu Hause gesessen und hatte tonnenweise Schokoladenpudding in mich geschaufelt. Reichte es nicht, dass Jo mir mein Leben versaute? Musste mir jetzt auch noch sein Bruder meine beste Freundin streitig und den Abend madig machen? Als ob die ganze Familie es auf mich abgesehen hatte. Nein. Ich würde jetzt nicht nach Hause gehen, jetzt erst recht nicht!

Auf der anderen Straßenseite erblickte ich eine Bar. In Leuchtbuchstaben stand »The Dubliner« darüber. Es schien sich wohl um einen Irish Pub zu handeln. Geil. Da würde es wenigstens guten Whiskey geben und nicht nur die gepanschte Plörre, die sie uns in dem Club angedreht hatten.

Ich betrat die dunklen Räumlichkeiten und bemerkte eines sofort. Ich war maßlos overdressed.

Auf der Tanzfläche im Club gegenüber war ich kaum aus der Masse herausgestochen. Alle Mädels hatten kurze Röcke getragen, und ich war umgeben gewesen von glitzernden Tops und funkelnden Accessoires. Hier gab es keinen Schnickschnack. Nur dunkles Holz, vergilbten Putz und einen düster dreinblickenden Kerl mit Vollbart hinter der Bar. Am Tresen standen zwei Typen, die sich an ihren großen Pint-Gläsern festhielten und sich unterhielten. Weiter hinten entdeckte ich eine Gruppe Jugendlicher, die alle gebannt auf eine Leinwand starrten, auf der ein Spiel übertragen wurde. Bei näherer Betrachtung erkannte ich, dass es sich um Rugby handelte. Eine der Sportarten, die ich noch nie verstanden hatte. Ich wusste nur, dass es da unglaublich brutal zuging.

Automatisch zog ich den Saum meines Kleides etwas weiter nach unten, begab mich unauffällig in die hinterste Ecke und ließ mich auf einem gepolsterten Stuhl nieder.

Bei einer Bedienung in weiten Hosen mit Camouflage-Muster und einem schwarzen, bauchfreien Top bestellte ich - nach einem kurzen Blick in die Karte - einen 21-jährigen Glenfarclas. Sie sah mich einen Moment mit hochgezogener Augenbraue an und ging dann zurück zur Bar. Auf dem Rücken hatte sie ein riesiges Blumentattoo, das echt beeindruckend aussah und mich mal wieder an Jo erinnerte. Ich hatte nicht mal Gelegenheit gehabt, mir Jos Tattoo genauer zu betrachten. Dabei liebte ich Tattoos. Zumindest bei anderen. Ich selbst war bislang zu feige gewesen, mir eines stechen zu lassen. Außerdem fehlte mir noch das ultimative Motiv. Irgendwann würde es mich finden. Denn ich war mir sicher, dass nicht ich krampfhaft nach einer Tattoo-Idee suchen musste, sondern dass die Idee irgendwann von alleine kommen würde.

Nachdem mir die Bedienung meinen Whiskey gebracht hatte, nippte ich einmal daran und genoss die Wärme, die sich in mir ausbreitete. Dann schnappte ich mir mein Smartphone. Keine Antwort von Jo. Gut so. Oder? Ich konnte nichts gegen das Gefühl der Enttäuschung tun.

Ich hatte eine Antwort erwartet. Ich hatte mich auf eine Antwort gefreut. Dass Jo überhaupt noch die Macht hatte, mich zu enttäuschen, war lächerlich. Ich seufzte. Ich war ein hoffnungsloser Fall und sollte in Sachen Selbstwertgefühl echt mal an mir arbeiten.

Ich öffnete WhatsApp und schrieb Christopher. Mein Leben war schon seltsam und durchzogen von Zufällen. Als ich vor zwei Jahren komplett pleite in einer Kneipe an einem Glas Leitungswasser nippte, traf ich auf Anna, die mir kurzerhand ein Bier ausgab und mir danach nicht nur einem Job besorgte, sondern auch die wichtigste Person in meinem Leben wurde. Bei einem arrangierten Blind Date lernte ich Christopher kennen, der innerhalb von kürzester Zeit zu einem richtig guten Freund geworden war. Und durch eine falsche Ziffer in Annas Telefonnummer schrieb ich plötzlich mit Jo, der … naja, lassen wir das.

Jos Bruder ist aufgetaucht, ich hab Anna im Club sitzen lassen, bin nun alleine in nem Pub und trinke Whiskey.

Schnell hatte ich den Abend in wenigen Zeichen zusammengefasst. Keine Minute später vibrierte mein Handy auf dem Tisch.

Schick mal deinen Standort!

Ich klickte mich durch das WhatsApp-Menü und drückte auf *Standort senden*.

Ich bin in fünfzehn Minuten da.

Ich machte große Augen.

Chris, es ist doch schon spät, du musst nicht extra wegen mir noch raus.

Bin schon unterwegs.

Als Christopher plötzlich vor mir stand, trank ich gerade meinen dritten Whiskey aus und bestellte dann einen einfachen Bushmills Black. Er sah kurz zu den leeren Gläsern, dann wieder zu mir. Dann setzte er sich ohne einen Kommentar neben mich, legte mir eine Hand aufs Knie und tätschelte es. Diese Geste hatte etwas so Vertrautes und Tröstendes an sich, dass mir direkt zum Heulen zumute war. Ich legte meinen Kopf an seine Schulter, und wir schwiegen.

Und dann, nach einigen Minuten des stummen Beisammenseins, orderte Christopher zwei riesige Cocktails. Wir tranken und lachten viel. Kein einziges Wort sprachen wir über Jo oder Mike. Das Thema hatten wir ohne Worte abgehakt und machten nun das Beste aus dem angefangenen Abend. Solche Freunde brauchte man. Irgendwie war ich Pechvogel und Glückspilz in einer Person.

Als ich am nächsten Tag erwachte, brummte mir das erste Mal in meinem Leben nach einer durchzechten Nacht der Schädel. Was wahrscheinlich nicht nur an der Menge des Alkohols lag, sondern auch daran, dass ich so ziemlich alles durcheinandergetrunken hatte, was sich auf der Karte des Irish Pubs befand. Ich seufzte und bemerkte dann, dass ich nur noch Unterwäsche trug und neben dem Bett ein Mülleimer stand. Christopher schien mich nicht nur nach Hause gebracht zu haben, sondern er hatte auch Vorkehrungen für die Nacht getroffen.

»Chris?«, rief ich und hielt mir dabei mit schmerzverzerrtem Gesicht meine Schläfen. Ich sollte schleunigst eine Aspirin nehmen. Aus dem Wohnzimmer vernahm ich ein heiseres Brummen.

»Alles okay?«, erkundigte ich mich.

»Lass mich noch schlafen. Bitte! Ich glaube, ich sterbe gerade«, kam es als Antwort zurück. Ich kicherte.

»Geht klar.«

Ich griff mit geschlossenen Augen nach rechts und ertastete mein Handy sowie eine Packung Kopfschmerztabletten auf meinem Nachttisch. Zuerst schluckte ich eine Tablette mit ein bisschen abgestandenem Wasser, was noch von voriger Nacht neben mir stand. Dann sah ich auf dem Handy-Display vier Nachrichten aufblinken. Sofort hatte ich ein schreckliches Gefühl in der Magengegend und befürchtete, dass der Mülleimer wohl doch noch Verwendung finden würde. Als ich mein Handy jedoch entriegelte, fand ich lediglich vier Nachrichten von Eric. Seltsam. Was wollte der denn?

Hast du getrunken?

Alles okay bei dir?

Melde dich doch mal

???

Die Nachrichten, die mir Eric zwischen drei und vier Uhr nachts geschrieben hatte, ließen eine schreckliche Vermutung in mir aufkommen. Ich hatte doch nicht etwa ... Langsam scrollte ich nach oben und spürte, wie meine Wangen immer röter wurden. Ich hatte Eric, meinem lieben, süßen, schüchternen Arbeitskollegen, Unmengen an Nachrichten geschickt. Eine peinlicher als die andere. Warum zur Hölle hatte ich das getan?

Sing betrungen.

Party im Kneifen.

Cocktails bedeutet Schwanzschwanz, schon mal darüber nachgedacht? Das ist doch sinnvoll.

Sinnlos.

Doofe Autokorrektur.

Schlägst du etwas?

Mit f

Wir machen durch, bis die Wolken wieder lokal sind

lila

Mein Handy hasst mich

Danach folgten unzählige Selfies von Christopher und mir mit den hässlichsten Grimassen, die die Menschheit je zu Gesicht bekommen hatte. Meine Wangen glühten mittlerweile, und ich schloss für einige Sekunden peinlich berührt die Augen.

Oh. Mein. Gott.

Eric. Mein Arbeitskollege und guter Freund. Was musste er Schlimmes von mir denken? Das war so unbeschreiblich peinlich, dass mir tatsächlich die Worte fehlten. Wie hatte ich es dazu kommen lassen können? Wie hatte ich so die Kontrolle verlieren können? Und warum hatte mich Christopher nicht davon abgehalten, verdammt?

Eric, ich weiß gar nicht, was ich sagen soll außer: ES TUT MIR SO LEID.

Beschämt sendete ich die Nachricht an ihn und hätte mich dann am liebsten irgendwo verkrochen. In Alaska oder so.

Nicht so schlimm, solange dir nichts passiert ist.

Oh nein. Er wird sich doch nicht auch noch Sorgen um mich gemacht haben.

Ich war unvernünftig und ... verzeih mir bitte.

Da gibt es nichts zu verzeihen. Jeder hat doch schon mal solche Abende gehabt.

Ich versuchte mir Eric betrunken vorzustellen und gab es schnell auf. Niemals. Er war ein Mensch, der immer die Kontrolle behielt und sich niemals so blamieren würde.

Ich möchte es gerne wieder gut machen ...

Dann geh heute Abend mit mir essen und wir reden darüber.

Verdammt. Genau so weit hatte ich es eigentlich nie kommen lassen wollen. Ich war jeder seiner Einladungen aus dem Weg gegangen. Andererseits hatte ich mich letzte Nacht wie eine Wahnsinnige verhalten, und vielleicht war ich ihm ja tatsächlich eine Erklärung schuldig. Nein! Ich war ihm mit Sicherheit eine Erklärung schuldig.

Okay, wann treffen wir uns?

Es war ja nur ein Essen. Kein Date oder so. Nur ein unschuldiges, gemeinsames Abendessen ohne Hintergedanken. Es würde bestimmt nett werden.

Ich war schon immer gut darin, mir selbst einen Bären aufzubinden.

Kapitel 14

RUBY

Ich erwachte ein zweites Mal, und mein Blick auf die Uhr verriet mir, dass es bereits nach 14 Uhr war. Mühsam erhob ich mich und zog mir eine Jogginghose und irgendein T-Shirt an, was ich auf dem Boden fand. Dann watschelte ich mit kleinen, erschöpften Schritten Richtung Wohnzimmer. Christopher lag in Boxershorts und Shirt auf der Couch, ein Bein hing an der Seite herunter und bremste womöglich das Alkohol-Karussell. Er schnarchte leise. Ich ging an ihm vorbei in meine offene Küche und begann Kaffee zu kochen. Das laute Rattern der Kapselmaschine sorgte dafür, dass Chris erst unruhig wurde, etwas Unverständliches murmelte und sich dann plötzlich hinsetzte. Er kratzte sich am Hinterkopf, streckte sich und sah sich dann um. Als er mich erblickte, begann er zu kichern.

»Spice up your life? Sag bloß, du warst Spice Girls-Fan?«

»Ich BIN Spice Girls-Fan!« Mit einem fetten Grinsen im Gesicht brachte ich ihm eine Tasse duftenden Kaffee. »Milch oder Zucker?«

»Einfach nur schwarz und heiß bitte«, antwortete er.

»Sprichst du von deinem Männergeschmack?« Mein schlechter Scherz ließ ihn losprusten. Er wischte sich ein paar Kaffeetropfen vom Kinn und schüttelte gespielt entrüstet den Kopf.

»Ob du es glaubst oder nicht, ich bin momentan gar nicht auf der Suche.«

»Sag bloß, das mit diesem Christian wird ernst?«

»Es ist zumindest nicht unernst.« Er nippte kurz an seinem Kaffee und fuhr dann fort. »Ich war auch gestern bei ihm, zumindest bis deine Nachricht kam.«

»Was? Und ich hab dich von ihm weggeholt?« Jetzt brandete mein schlechtes Gewissen wieder auf. Als ob es nicht schon schlimm genug gewesen wäre, wenn ich ihn aus seinem eigenen Bett geholt hätte.

»Das war schon gut so. Das geht mir eh etwas zu schnell mit ihm. Ich hatte gestern die Befürchtung, dass ich, wenn nicht schnell etwas passiert, die Nacht bei ihm verbringen werde. Und dann hast du mir geschrieben, und ich sah es als ein Zeichen.«

»Was wäre denn so schlimm daran gewesen, einfach bei ihm zu bleiben und ne heiße Nacht zu verbringen?«

»Ich will keine heiße Nacht. Ich bin aus dem Alter raus. Ich möchte eine Beziehung. Etwas Festes. Ich habe Angst, dass ich das versaue, wenn wir zu schnell in die Kiste springen.« Ich spürte einen leichten Stich und seufzte.

»Du bist schlauer als ich.«

Christopher sah mich neugierig an.

»Naja, ich war sofort mit Jo im Bett. Wenn wir etwas gewartet hätten, dann wäre vielleicht auch alles gut geworden. Aber stattdessen habe ich mich ihm ja regelrecht an den Hals geworfen und …«

»Bringt doch nichts, darüber weiter zu grübeln.« Er winkte ab.

»Du hast ja recht. Es ist nur so, dass …« In dem Moment klingelte mein Handy und unterbrach mich.

Ich erhob mich ächzend und ging zur Küchenzeile, wo ich es hatte liegenlassen. Auf dem Display sah ich Anna, die eine Grimasse zog. Ein wunderbarer Schnappschuss von einer unserer Partynächte, der natürlich sofort in meinen Kontakten abgespeichert werden musste. Ich drückte auf den grünen Hörer.

»Ja?«

»Alles okay?« Anna hörte sich besorgt an.

»Jup. So langsam. Bin gestern noch ziemlich mit Christopher versackt. Wir sind noch nicht lange wach.«

»Oh.« Schweigen. »Bist du mir böse?« Ihre Stimme war ungewohnt leise.

»Ach was. Ich habe überreagiert. Das ganze Hin und Her mit Jo macht mich langsam verrückt. Ich muss den echt vergessen und mal wieder klarkommen.«

»Ist ja auch verständlich.«

»Findest du? Ich hätte kein Verständnis, wenn mich meine Freundin grundlos anschnauzen würde.« Wenn ich über den gestrigen Abend so nachdachte, war mein Gehabe wirklich extrem überzogen gewesen. Was konnte denn bitteschön Mike dafür, dass sein Bruder ein Affenarsch war?

»Ja, ähm ... was machst du heute noch?«

»Ich muss dringend duschen und wach werden. Heute Abend gehe ich mit Eric was essen.«

»Bitte was?«, spie sie mir entsetzt entgegen. Christopher lieferte den passenden Gesichtsausdruck, als er mit seiner Kaffeetasse kurz in der Luft verweilte. Er musterte mich mit hochgezogenen Augenbrauen vom Sofa aus.

»Ja, nur ein Essen. Nicht der Rede wert.«

»Aha.«

»Deshalb sollte ich aber wenigstens wie ein Mensch aussehen, und das bedarf noch etwas Vorbereitungen.« Chris nickte wie verrückt zur Bestätigung, und ich warf den Salzstreuer nach ihm. Er kringelte sich vor Lachen.

»Wer ist denn da gerade bei dir?«

»Immer noch Christopher. Der macht sich aber gleich auf den Weg nach Hause.« Daraufhin streckte er mir die Zunge heraus, wühlte dann aber nach seiner Jeans, die vor dem Sofa auf dem Boden lag. Er schien den Wink verstanden zu haben.

»Kannst du vorher bei mir vorbeischauen? Ich muss dir noch was erzählen.« Sie seufzte lange und gedehnt. Auch sie wirkte erschöpft. »Ich habe auch Kaffee und Kuchen da!«

»Lockst du mich gerade mit Kuchen?«

»Russischer Zupfkuchen.«

»Ich bin in einer Stunde da!«

Okay, ich hatte etwas länger als eine Stunde gebraucht. Aber mein Kopf war einfach noch nicht voll da. Erst hatte ich Christopher rauswerfen müssen und war dann ausgiebig unter die Dusche gesprungen. Das Anziehen war auch nicht ganz so einfach gewesen wie erwartet. Immerhin würde ich mich ja danach direkt mit Eric treffen und wusste nicht genau, in was für eine Art von Schuppen er mich ausführen würde. Ich entschied mich für eine dunkelblaue Jeans und eine schwarze Bluse, auf der viele kleine, weiße Schmetterlinge gedruckt waren. Meine schrecklichen Haare bändigte ich in einem einfachen Zopf. Zu mehr fehlte mir die Energie.

Jetzt stand ich vor Annas Wohnungstür und klingelte. Nichts tat sich. Ich stöhnte auf. Okay, ich hatte mich verspätet, aber deshalb musste sie mich doch jetzt nicht mit Nichtachtung strafen. Leicht genervt klingelte ich ein weiteres Mal und lauschte dann mit dem Ohr an der Tür. Ich vernahm ein Knallen, dann Schritte und erschrak, als sich plötzlich die Tür von meinem Ohr entfernte.

»Huch«, entwich es mir. Anna stand vor mir, nur mit einem Bademantel bekleidet, und kicherte.

»Ähm, ist heute Waschtag?«, kommentierte ich ihr Outfit belustigt.

»Nein, ich hab mich mit der Zeit vertan.«

»Aha.« So richtig abkaufen konnte ich ihr die Ausrede nicht. Immerhin war ich sogar um einiges später hier aufgetaucht als verabredet. Ich ging an ihr vorbei in den Flur. Irgendetwas kam mir sofort seltsam vor. Ich kniff die Augen zusammen und sah mich um. Männerschuhe. Eine Jeansjacke, die ich zuvor noch nie an Anna gesehen hatte. Ein Rucksack mit der Aufschrift *Universität Mannheim*.

»Anna? Ist hier noch je…« Ich kam nicht dazu, den Satz zu Ende zu sprechen. In dem Moment öffnete sich nämlich Annas Schlafzimmertür und ein nackter, ein wirklich komplett nackter Mike kam herausgelaufen. Als wäre es das Normalste der Welt, dass wir uns hier begegneten und er mit entblößtem Intimbereich vor mir stand, verharrte er in seiner Bewegung und hob grüßend die Hand.

»Hi Ruby.« Er trank aus einer Wasserflasche, die er anscheinend schon die ganze Zeit in der Hand gehalten hatte. Was mir garantiert aufgefallen wäre, würde er nicht vollkommen nackt und mit schwingendem Ding vor mir stehen.

»Mike, was …?« Ich wandte den Blick ab und starrte an die Wand neben mir. Weiße Raufasertapete. Schon besser. Ich hatte ihn viel zu lange angestarrt. »Mike, warum bist du nackt?«, war das Erste, was mir über die Lippen kam. War die Frage dumm? Irgendwie schon. Ihm würden die Klamotten wohl nicht zufällig abhandengekommen sein.

»Hab gerade Nebenkosten bezahlt.« Ich blickte fragend nach links und sah noch, wie Mike Anna zuzwinkerte und dann, mit nichts an seinem Körper außer einer Wasserflasche, in das Gästezimmer ging, das mir schon so oft nach Partys als Quartier gedient hatte.

»Nenn das nicht so«, rief Anna ihm hinterher. Erntete aber nur ein schallendes Lachen hinter geschlossener Tür. Ich war zu perplex, um das alles zu verstehen. Mein Hirn ratterte und versuchte die Flut an Bildern zu verarbeiten.

Mike hatte einen perfekten Körper. Das musste man ihm lassen. Geradezu makellos, bis auf eine Narbe seitlich an seinem Körper, und einem recht großen Tattoo, das seinen Rücken zierte. Er hatte kein einziges Brusthaar, und auch untenrum schien er kein Haar zu dulden. Ich schüttelte den Kopf. Ich hatte ihn wirklich viel zu lange angesehen. Ich könnte wohl jetzt ohne Probleme ein Phantombild von seinem Penis anfertigen lassen.

»Süß, dass du beim Anblick von einem nackten Kerl immer noch rot wirst«, kicherte Anna neben mir.

»Ich ...« Ich zupfte verlegen an meinem Pony, damit mir einige Haarsträhnen in die Stirn fielen und zumindest ein wenig mein knallrotes Gesicht verbargen. »Seid ihr jetzt ein Paar oder was?«, konterte ich angriffslustig.

»Ne, man muss doch nicht auf alles ein Label setzen. Wir verstehen uns gut und haben grandiosen Sex, that's it.« Ich seufzte. Die Brüder schienen ein paar Gemeinsamkeiten zu haben, zum Beispiel ihr Talent im Bett. Wahrscheinlich trainierten sie schon von klein auf und gaben sich gegenseitig Tipps. Bäh.

»Außerdem ...« Anna richtete ihren Morgenmantel und fuhr sich verlegen durchs Haar. Sie stockte und vermied es, mir in die Augen zu sehen. Irgendetwas stimmte da nicht. Schüchternheit war so gar nicht ihr Ding. »Außerdem wohnt er vorübergehend hier.«

»Bitte, was?«, brach es aus mir heraus. »Er wohnt hier? Jos Bruder wohnt hier in deiner Wohnung?«

»Ja, er macht gerade einiges durch. Ist in so einer seltsamen Selbstfindungsphase. Er hat das Studium geschmissen und konnte deshalb auch nicht mehr länger im Studentenwohnheim bleiben. Ich hab ihm angeboten, erst mal hier zu bleiben. Er hilft mir dafür etwas aus.«

»So nennst du das also?«

Anna rollte mit den Augen.

»Die Lampen müssen noch angebracht werden, die Steckdose in der Küche funktioniert nicht, der Wasserhahn im Bad tropft ... er scheint handwerklich nicht der Unbegabteste zu sein. Zumindest ist seine Handarbeit, wie ich sie kenne, exquisit.« Sie grinste und zwinkerte mir zu.

»Du hast dir deinen persönlichen Callboy angeschafft und der macht hier zudem auch noch einen auf Handwerker.«

»So kann man es auch nennen.« Sie lachte, wurde dann aber plötzlich doch wieder ernst. »Ich hoffe, das ist okay für dich. Er bekommt einen Maulkorb und darf seinen Bruder nicht erwähnen. Er selbst ist ganz korrekt. Ich glaube, du würdest ihn mögen.«

»Vielleicht.« Ich seufzte. »Schauen wir mal.«

»Und jetzt komm wenigstens kurz rein, trink nen Kaffee und erzähl mir von deinem Date mit Eric.«

»Das ist kein Date, wir gehen nur essen.»

»Ja, Mike und ich essen auch ab und an etwas miteinander, aber zwischen den Mahlzeiten ...«

Ich boxte sie gegen die Schulter. »So ist das nicht. Eric ist einfach nur ein Freund.«

»Sieht er das genauso?«

Ich zuckte mit den Schultern. Ich hoffte es sehr.

Eric und ich trafen uns um 18 Uhr in einem italienischen Lokal in der Altstadt. »Ristorante Vito« war der wenig einfallsreiche Name. Ich betrat den Laden und musste mich nicht lange umschauen, da Eric mir schon von einem der hinteren Tische zuwinkte. Er erhob sich und kam mir in einer dunkelgrauen, enganliegenden Jeans und einem weißen Hemd lässig entgegen. Er sah gut aus.

»Hi Ruby, schön, dass es geklappt hat.« Er begrüßte mich mit einem angedeuteten Kuss auf beide Wangen und führte mich dann zu unserem Tisch. Er selbst ließ sich gegenüber von mir nieder und grinste.

Sein Lächeln war ansteckend.

»Warum freust du dich denn so?«

»Ist das nicht offensichtlich? Ich lade dich seit einem Jahr in regelmäßigen Abständen ein, und jetzt endlich hat es geklappt.«

»Nach der peinlichen Aktion gestern Nacht war ich dir ja wohl was schuldig.«

»So schlimm war es doch gar nicht.« Eric winkte ab und lehnte sich in seinem Stuhl zurück.

»Finde ich schon. Ich wäre heute Morgen am liebsten im Boden versunken und nie mehr aufgetaucht.«

»Aber so hatte das Ganze doch für mich auch was Gutes. Da könnte ich dir ja nie böse sein.«

»Ich hätte mir die Blamage doch lieber erspart.«

»Der Typ bei dir, den ich auf den Fotos gesehen habe, der hätte dich ja auch vor dieser Blamage bewahren können. Zumindest würde das ein Gentleman so tun.« Eric musterte mich interessiert. Ich seufzte und hatte den Drang, Chris zu verteidigen.

»Christopher ist ein richtig guter Freund. Er war nur mindestens genauso besoffen wie ich. Ich bezweifle, dass er von den vielen Selfies überhaupt noch etwas weiß.«

»Ein Freund, also nicht dein Freund?« Eric sah mich mit hochgezogenen Augenbrauen hoffnungsvoll an.

»Ja, nur ein Freund.«

»Die Weinkarte bitte.« Mit einem dicken Grinsen rief Eric den Kellner zu uns und ging nicht weiter auf das Thema ein. Eins musste man ihm lassen. Er war heute anders als im Büro. Er wirkte selbstbewusster. Irgendwie imponierte er mir.

»Warum wolltest du unbedingt hierher gehen? Warum gerade dieses Restaurant?«

»Das ist mein Lieblings-Restaurant. Hier fühle ich mich fast wie zu Hause. Schon seltsam, immerhin stamme ich zur Hälfte aus Korea, und trotzdem liebe ich die italienische Küche. Vor allem hier. Der Koch war früher mit mir auf der Schule.«

»Das ist ja nett, bekommst du das Essen dann wenigstens günstiger?« Ich zwinkerte ihm verschwörerisch zu.

»Das nicht, aber wenn etwas Neues auf der Karte steht, darf ich es als einer der Ersten testen. Und es ist einfach jedes Mal lecker.«

Wir schwiegen kurz und sahen beide in die Speisekarte, die wirklich keine Wünsche offenließ. Das Angebot war wirklich gut.

»Schön, dass du mir dein Lieblings-Restaurant zeigst«, durchbrach ich die Stille und lächelte ihn an. Es hatte irgendwie etwas sehr Persönliches. Fast so, als würde er mir sein Wohnzimmer zeigen.

»Ist ein kleiner Heimvorteil für mich. Dann bin ich nicht ganz so schüchtern.« Sowas hatte ich mir bereits gedacht. Denn im Büro fühlte er sich alles andere als wohl, wenn er mit mir sprach.

»Wenn du hier so oft bist und die ganze Speisekarte kennst, dann kannst du mir mit Sicherheit auch etwas empfehlen«

»Alles! Aber egal, für was du dich entscheidest, am Ende musst du das Tiramisu essen. Das ist göttlich.«

Darum musste er mich nicht zweimal bitten. Ich liebte Süßes und freute mich jetzt schon auf das Dessert. Und das meinte ich kein bisschen zweideutig.

Gegen 22 Uhr brachte mich Eric nach Hause. Ich hatte mich so kugelrund gegessen, dass ich meinen Hosenknopf bereits nach der Hauptspeise öffnen musste.

Nach dem Tiramisu kam der Koch aus seiner Küche und begrüßte uns. Er stellte sich mir als Angelo vor, und er und Eric umarmten sich zur Begrüßung und schlugen sich, wie man das unter Männern so tat, freundschaftlich auf die Schultern. Angelo hatte dann noch sein neues Zitronensorbet angepriesen und uns regelrecht dazu gezwungen, auch davon noch eine Portion zu probieren. Es war so unglaublich lecker, aber jetzt hatte ich das Gefühl, zu platzen oder den nächsten Hügel hinunter zu kullern. Wenn die Masse mal in Bewegung kam, würde ich schwer zu stoppen sein.

»Eric, das war echt ein toller Abend, und das Restaurant werde ich mit Sicherheit jedem weiterempfehlen.«

»Mach das lieber nicht, sonst bekomme ich keinen Platz mehr.« Wir lächelten uns an und schwiegen. Ich war mir sicher, dass auch er darüber nachdachte, wie er sich nun von mir verabschieden sollte. Oder erhoffte er sich womöglich noch mehr? Dachte er vielleicht sogar daran, den Abend noch nicht enden zu lassen und noch mit zu mir zu kommen? Ich hoffte nicht, denn dazu war ich noch lange nicht bereit.

»Tschüss, Eric.« Ich stand schon auf der ersten von drei Stufen vor meiner Eingangstür, beugte mich zu ihm herüber und gab ihm einen schnellen Kuss auf die Wange. »Und danke für die Einladung. Ich werde mich beizeiten revanchieren.«

»Ich nehme dich beim Wort.«

»Kannst du«

Daraufhin öffnete ich die Tür, murmelte ein »Ciao« und verschwand in meiner Wohnung. Eigentlich war Eric ein netter Kerl. Er war hübsch auf eine exotische Art und Weise. Er hatte Mandelaugen, die an seine koreanische Mutter erinnerten, und war groß mit breiten Schultern wie sein deutscher Vater, der, wie er mir heute erzählt hatte, als Polizist arbeitete. Er hatte Manieren, schmatzte nicht, er hatte sogar seine Pizza mit Besteck gegessen. Er war intelligent und hatte während unserer vielen Gesprächsthemen mit sehr viel Wissen und Charme geglänzt. Er war irgendwie perfekt. Aber trotzdem nicht genug.

Ich seufzte und ließ mich erschöpft auf mein Sofa fallen. Ich war noch nicht bereit für etwas Neues, aber das war nicht Erics Schuld.

Kapitel 15

JO

Das Brandenburger Tor war für mich immer noch eine beeindruckende Kulisse, und das, obwohl ich bereits einige Jahre in Berlin lebte. Der Anblick würde niemals Routine werden. Um mich herum tummelten sich hunderte Touristen, schossen Selfies oder ließen sich mit verkleideten Schauspielern ablichten. Ich erkannte eine Art russischen Offizier und das Maskottchen eines Sportvereins, der mir aber nichts sagte. Ich atmete die lebhafte Atmosphäre ein und tankte so neue Energie.

Ich hatte soeben einen schier endlos langen Termin mit einem meiner Kunden hinter mich gebracht. Dabei handelte es sich um einen Künstler, der schon weit über achtzig Jahre alt war und nun eine Homepage benötigte. Er persönlich war ja eher der Meinung, dass er auf diesen ganzen neumodischen Kram durchaus verzichten konnte. Immerhin hatten sich seine Gemälde ja auch bisher ohne Probleme verkauft. Aber seine Enkelin hatte ihn ermutigt, sich mal etwas für die neuen Medien zu öffnen. Ich hatte ihm ein paar grafische Vorschläge gezeigt und ihm die Funktionen der Website erklärt. Wenn ich ehrlich war, bezweifelte ich, dass er auch nur die Hälfte davon verstanden hatte. Was ihn im Übrigen nicht davon abhielt, trotzdem an allem herumzunörgeln und Verbesserungsvorschläge zu geben, die schlichtweg nicht machbar waren. Zumindest nicht zu dem Budget, das ihm vorschwebte. Ich fuhr mir erschöpft mit der Hand durchs Haar. Der Kunde war nun mal König, und er war bei Weitem nicht der Komplizierteste oder Anspruchsvollste. Einen gigantischen Kaffee hatte ich mir aber trotzdem mehr als verdient.

Ich ging die paar Meter zu Starbucks und genehmigte mir einen großen Caffè Latte. Die Preise von Kaffee in dem Laden waren kriminell, aber ab und an konnte man sich so etwas ja mal gönnen. Zumal es Nathalie und mir seit einiger Zeit finanziell echt nicht schlecht ging.

Ich hatte mir in den letzten Jahren einen großen Kundenstamm aufgebaut und mir in der Branche einen guten Namen gemacht. Alles hatte mit einigen Broschüren für Immobilienfirmen begonnen. Diese wollten dann meist auch noch Flyer oder manche sogar eine komplett neudesignte Website. Qualität spricht sich rum, vor allem in Berlin. Mittlerweile hatte ich sogar bekannte Musikbands als Kunden, deren Booklets, Tourplakate, Tickets, Websites und Social-Media-Präsenzen von mir kreiert wurden. Nathalie arbeitete seit Kurzem als Anwaltsgehilfin in einer größeren Kanzlei und konnte sich über ihr Gehalt auch nicht beklagen. Ja, uns ging es gut. Zumindest finanziell.

Mit meinem heißen Pappbecher in der Hand lief ich die Straße *Unter den Linden* Richtung S-Bahn-Haltestelle. Ich wollte mir gerade die Kopfhörer in die Ohren stecken und etwas Musik hören, als mein Handy klingelte. Mein Bruder.

»Hi, Michael.«

»Servus, Johannes.« Wir nannten uns gerne bei unseren richtigen Namen, weil wir wussten, wie sehr es den anderen aufregte. Ich persönlich konnte an Michael gar nichts Schlimmes finden und verstand nicht, warum mein Bruder auf die Abkürzung Mike bestand. Johannes war ja wohl der weitaus schlimmere Spießername. Beide Namen waren biblischen Ursprungs und alleine das war schon lustig, wenn man uns so betrachtete. Wir trugen beide Tattoos und hatten so gar nichts Heiliges an uns.

»Boar ey, ich bekomme Gänsehaut, wenn du mich Johannes nennst, und zwar keine von der angenehmen Sorte.«

»Stimmt, irgendwie gruselig.« Wir lachten.

»Was gibt's, Mike?«

»Einiges. Sitzt du?«

»Ich laufe, um genau zu sein. Hatte gerade einen Termin und bin jetzt auf dem Weg nach Hause.«

»Okay, dann setz dich zumindest mental.«

»Sitze mental.« Mike atmete einmal hörbar durch und ließ dann die Bombe platzen.

»Ich hab mein Studium geschmissen.«

»DU HAST WAS?«, brach es lautstark aus mir heraus. Eine asiatische Familie, die gerade vor Madame Tussauds anstand, schaute sich erschrocken nach mir um.

»BWL war nichts für mich. Ich hab mich zu Tode gelangweilt.«

»Hättest du nicht einfach erst mal deine Seminare überdenken können, bevor du alles hinwirfst?«

»Ne, das war alles kacke.« Ich seufzte.

»Da warst du aber vor zwei Jahren noch ganz anderer Meinung.«

»Was interessiert mich der Scheiß von gestern?«

Ich trank den letzten Schluck Kaffee, warf den Pappbecher in einen Mülleimer und fuhr mir wild mit der nun freien Hand durchs Haar. Ein Blick nach links in das Schaufenster des riesigen Nivea-Hauses zeigte einen gestressten Kerl Ende zwanzig, dessen Haare wild zu Berge standen.

»Aber Mike, die werfen dich aus dem Studentenwohnheim. Wo willst du denn jetzt wohnen? Was hast du denn jetzt vor?«

»Ich bin erst mal bei Anna untergekommen.«

»Bei wem?« Rica, Katja, Kim, Julia, Sina ... Ich ging gedanklich Mikes letzte Frauengeschichten durch und konnte mich partout an keine Anna erinnern.

»Naja ...« Er räusperte sich. »Die Freundin von Ruby, die Verrückte mit den Piercings.«

Ich schluckte und bekam nervöse Bauchschmerzen.

»Aha.« Mehr konnte ich nicht sagen. Mein Mund war urplötzlich wie ausgedörrt und der Kaffee leider schon leer.

»Ja, sie hat noch ein Gästezimmer, und ich mache nur ab und an die Einkäufe und so ...«

»Ich will's gar nicht so genau wissen.«

Schweigen in der Leitung.

»Jo?«

»Mmmh.«

»Das geht schon klar. Ich muss nur erst mal herausfinden, wo ich hinwill. Du hast mich in einer seltsamen Phase meines Lebens getroffen«, zitierte Mike eine Szene aus unserem Lieblingsfilm *Fight Club*. Ich musste lachen und verstand trotzdem, was er meinte. Er brauchte nur etwas Zeit für sich.

»Wie geht es dir denn sonst so? Nimmst du deine Medikamente?«

»Klar. Ich bin doch nicht doof.« Ich hörte ihn am anderen Ende der Leitung rascheln und erkannte dann das Geräusch eines zuknallenden Kühlschranks.

»Ich mache mir nur Sorgen. Du bist doch mein kleiner Bruder und so weit weg.«

»Ich pass auf mich auf. Wirklich.«

»Das will ich hoffen.« Seit ich denken konnte, machte ich mir um meinen Bruder Sorgen, und so wie es aussah, würde das wohl niemals enden. Wir hatten unsere Eltern früh verloren. Erst starb unsere Mutter an Krebs, und kurz darauf unser Vater. Es war ein Herzinfarkt gewesen, aber wir waren der festen Überzeugung, dass er an Kummer gestorben war. Er hatte es nicht verkraftet, seine große Liebe verloren zu haben.

Ich war fünfzehn, wir kamen bei unseren Großeltern unter, und seitdem kümmerte ich mich um Mike. Aber er hätte mehr als mich gebraucht.

Als er sechs war, wurde bei ihm Diabetes diagnostiziert. Zuerst war es ein Schock, aber wir lernten alle sehr schnell, damit zu leben. Mum hatte sogar eine Schulung besucht, um mehr über die Krankheit zu erfahren. Doch als sie dann weg war, ging alles schief. In der Pubertät war Mike ständig abgestürzt und hatte seine Gesundheit und sein Leben aufs Spiel gesetzt. Er war jahrelang kein einziges Mal zu seinem Diabetologen gegangen und egal, wie oft ich ihn daran erinnerte, seinen Blutzuckerspiegel zu kontrollieren oder ihm mit vorwurfsvollem Blick seine Insulinspritze neben seine Frühstücksflocken legte, er ignorierte meine Ratschläge. Er ignorierte mich und all die Zeichen, die sein Körper ihm sendete. Mit weitreichenden Folgen.

»Hast du eigentlich noch Kontakt mit der rothaarigen Schönheit?«

»Mit Ruby?«

»Wie viele kennst du denn noch?«

»Haha ...« Ich blieb stehen und sah mich um. Ich war viel zu weit gelaufen und stand schon fast auf der Museumsinsel. »Ne, Mike. Wir haben keinen Kontakt mehr«, seufzte ich erschöpft.

»Das ist schade.«

»Ja«, antwortete ich sehr leise. Ich war sicher, Mike konnte Reue und das Bedauern heraushören.

»Hey Jo ... ich muss auflegen. Ich habe heute den ersten Arbeitstag in einer Kneipe und möchte da nur ungern zu spät kommen.«

»In was denn für einer Kneipe?« Ich hörte mich schon wieder wie eine Glucke an.

»In einer Kneipe eben. Keine Sorge, Alkohol nur für Gäste … außer, mir gibt ein hübsches Mädel was aus. Dann muss ich natürlich mitmachen.« Er lachte und wusste genau, dass er mich damit nervös machte.

»Haha, na dann, viel Erfolg und könntest du eventuell …«

»Ich werd ein Auge auf sie haben. Ruby ist okay, sie scheint mich nur nicht besonders zu mögen.«

»Wahrscheinlich, weil du mit mir verwandt bist.« Ich lehnte mich an das Geländer der Schlossbrücke, die über die Spree führte, und betrachtete gedankenverloren den Berliner Dom, eines der prachtvollsten Gebäude in der ganzen Hauptstadt. Dann lief ich weiter. »Hab einfach ein Auge auf sie, mit mir will sie ja nichts mehr zu tun haben. Ich will nicht, dass es ihr schlecht geht.«

»Geht klar.«

»Danke.«

Als ich auflegte, stand ich bereits fast auf dem Alexanderplatz. So ein Spaziergang tat ja eigentlich ganz gut, und wenn ich das öfter tun würde, könnte ich mir glatt das Fitnessstudio sparen. Ich kaufte in einem kleinen Laden am Alexanderplatz ein paar Stücke Pizza mit verschiedenen Belägen und stieg dann in die S7.

Zu Hause angekommen, warf ich meine Tasche auf das Bett und stellte den Karton mit den Pizzastücken in die Küche auf das Cerankochfeld.

»Ui, was hast du da denn mitgebracht?« Nathalie begrüßte mich, stellte sich auf Zehenspitzen und gab mir einen schnellen Kuss auf die Wange.

»Pizza, sind verschiedene Sorten. Such dir was aus.« Nathalie rümpfte daraufhin die Nase und blickte gequält auf den Karton. Ich beobachtete sie dabei, wie sie sich ein Stück Margherita-Pizza aus dem Karton nahm und zuerst damit begann, mit einer Serviette das Fett abzutupfen. Als sie bemerkte, dass sie das stundenlang ohne den gewünschten Erfolg würde tun können, kratzte sie den kompletten Käse herunter. Ich sah ihr mit erhobenen Augenbrauen dabei zu und war ziemlich fassungslos. Ohne ein weiteres Wort verließ ich die Küche und entschloss mich, später zu essen. Das konnte man sich ja nicht mit ansehen. Ich ging an meinen

Computer und tippte das Passwort ein. Kurz öffnete ich Facebook, beantwortete zwei Nachrichten und kommentierte ein Bild, das Mike vor ein paar Minuten hochgeladen hatte. Dabei zapfte er gerade ein Bier und grinste in die Kamera. Solange er Spaß dabei hatte und sich nicht schadete, konnte er machen, was er wollte. Sein Glück lag mir mehr am Herzen als mein eigenes. Schon immer. Mir war es egal, ob er BWL studierte, Getränke ausschenkte oder irgendwo als Callboy arbeitete. Ich wollte nur, dass er gesund und glücklich war. Ich scrollte weiter über meine Timeline und tat dann etwas, was ich eigentlich bleiben lassen sollte. Aber ich konnte es nicht sein lassen. Es war wie eine Sucht.

Ich klickte das Profil von Ruby an, das zum Glück öffentlich war, und schaute, was sie in den letzten Stunden so getrieben hatte. Nicht viel. Sie hatte einen Artikel über eine Ausstellung in einem Heidelberger Museum geteilt sowie den Song aus einem Monty-Python-Film. Ich grinste. Humor hatte sie. Ihr Profilbild war seit Wochen das gleiche. Trotzdem klickte ich es an und betrachtete ihr Gesicht. Ich konnte nichts dagegen tun, dass mich Wehmut erfasste.

Ihr rotes Haar umrandete ihr süßes Gesicht wie ein flammender Heiligenschein, und ihr Lächeln ließ mein Herz einmal mehr stolpern. Diese Frau war der absolute Wahnsinn, und ich konnte sie nur aus der Ferne beobachten wie ein verdammter Stalker. Unter diesen Umständen wäre es besser gewesen, ich hätte sie niemals kennengelernt. Was man nicht kennt, kann man nicht vermissen.

Ich schloss das Browserfenster und widmete mich meiner Arbeit. Ablenkung war wohl die beste Medizin. Mehr konnte ich momentan leider nicht tun.

Eine knappe Stunde später ging ich in die Küche und nahm mir endlich meine Pizza. Gierig aß ich zwei Stück kalt und im Stehen und spülte großzügig mit Kaffee nach. Dann nahm ich mir einen Schokoriegel als Nachtisch. Das leere Verpackungspapier warf ich in den Müll und entdeckte darin das missbrauchte, käselose Pizzastück von Nathalie. Sie hatte genau einmal abgebissen. Ich musste unbedingt mit ihr darüber reden.

Genau so hatte es schon mal begonnen. Vor einigen Jahren hatte die Magersucht ihr Leben bestimmt und für sonst nichts Platz gelassen.

Ich dachte, sie hätte das überstanden. Aber wenn ich so an die letzten Tage zurückdachte, gab es eigentlich nichts schönzureden. Nathalie hielt Abstand zu mir. Auch das war früher schon so gewesen. Ich nahm mir noch einen Schokoriegel und ging zurück in mein Büro, das direkt neben unserem Schlafzimmer lag. Wahrscheinlich lag Nathalie schon im Bett und schaute noch etwas fern. Ich hoffte nur, dass sie heute überhaupt schon etwas gegessen hatte.

Die Arbeit half mir, mich auch von diesem Problem abzulenken.

Nachdem ich noch einen Entwurf abgeändert hatte, schaute ich auf die Uhr. Es war schon fast Mitternacht. Ich nahm meine Brille ab, die ich nur zu Hause beim Arbeiten oder im Auto trug. Ansonsten war ich zu eitel dafür. Mir tränten die Augen vom konzentrierten Auf-den-Bildschirm-Starren. Ich rieb mir über das Gesicht und gähnte. Es wurde wohl langsam Zeit fürs Bett. Ich betrat das Badezimmer, duschte mir noch schnell den Dreck des Tages ab und stieg in frische Boxershorts.

Als ich auf leisen Sohlen unser gemeinsames Schlafzimmer betrat, lag Nathalie mit dem Rücken zu mir gekehrt und schien zu schlafen. Zumindest gab sie keinen Mucks von sich. Ich atmete lange ein und spürte den riesigen Kloß, der sich seit einiger Zeit in meiner Brust befand und nicht kleiner zu werden schien. Einerseits musste ich ihr helfen, mit ihr reden, mich irgendwie kümmern. Andererseits würde ich am liebsten meine Koffer packen und ganz weit weg fahren, ohne auch nur einmal zurückzublicken. Einfach neu anfangen. Ohne schlechtes Gewissen. Ohne Reue.

Ich konnte nichts dagegen tun, dass meine Gedanken zu Ruby wanderten, und mit ihnen kam die Scham, die mich seit Wochen verfolgte und nicht mehr losließ. Irgendwann würde ich daran ersticken.

Den nächsten Tag nutzte ich für etwas Sport. Ich aß gerne und hatte einen Job, bei dem ich zu neunundneunzig Prozent auf meinem Hintern saß. Wenn daraus kein riesiger, fetter Arsch werden sollte, der links und rechts über den Stuhl lappte, musste ich etwas tun. Nach dem Studium hatte ich in einem rasanten Tempo fünfzehn Kilo zugelegt. Als ich den Knopf meiner Jeans nicht mehr zu bekam und sich langsam Männerbrüste bildeten, wusste ich, dass etwas passieren musste. Seitdem versuchte ich, zumindest ein- bis zweimal die Woche ins Fitnessstudio zu gehen, um etwas für den Körper zu tun. Ich strampelte mich also eine halbe Stunde auf dem Laufband ab und stemmte dann noch ein paar Hanteln. Ich hatte nichts gemein mit den Muskelbergen, die um mich herum trainierten. Ich wollte hauptsächlich meiner Schokoladensucht mit einem reinen Gewissen frönen. Dass ich durch das regelmäßige Training mittlerweile auch eine ordentliche Oberarmmuskulatur und ein Sixpack bekommen hatte, nahm ich gerne in Kauf.

Nach meiner Trainingseinheit duschte ich und ging dann mit einem Handtuch um die Hüfte in die Umkleidekabine. Als ich meinen Spind öffnete, fiel mein erster Blick auf mein Handy. Ein Anruf in Abwesenheit von einer mir unbekannten Nummer. Die Vorwahl kam mir bekannt vor, ich kam aber nicht darauf, woher. Ich zuckte mit den Schultern und legte das Handy wieder zurück. Wenn es etwas Wichtiges war, würde sich die Person garantiert wieder melden.

Ich verließ das Studio und warf mir meine Sporttasche über die Schulter. Dann zog ich meine Sonnenbrille auf und lief nach Hause. Das Fitnessstudio war nicht weit von unserer Wohnung entfernt. So konnte ich auch spät abends noch spontan ein paar Gewichte stemmen, wenn mir danach war. Bei meinem Job hatte ich keine geregelten Arbeitszeiten, also musste sich das Studio ebenso flexibel erweisen. Dieses hier hatte vierundzwanzig Stunden geöffnet. Ich nutzte den Heimweg, um noch ein paar Einkäufe zu erledigen. In der Gegend, in der wir lebten, gab es viele kleinere und größere Fachgeschäfte und Feinkostläden, in denen ich gerne stöberte, und die ich großen Supermarktketten vorzog. Bei Dogan, einem super ausgestatteten Obst- und Gemüseladen direkt bei mir um die Ecke, kaufte ich noch Äpfel, Bananen, Trauben, Erdbeeren und ein paar Kiwis. Vielleicht würde ich Nathalie ja dazu bewegen können, zumindest einen Apfel zu essen. Das war besser als nichts.

Als ich zu Hause ankam, war die Wohnung dunkel und ruhig. Auf der Kommode lag ein Zettel mit der Nachricht, dass Nathalie sich mit ihrer Freundin Claudet traf. Claudet war mit irgendeinem Bundesligaspieler liiert und deshalb ständig auf allen möglichen Promi-Veranstaltungen. Nathalie sprach immer voller Bewunderung von ihr. Schon seit geraumer Zeit hatte meine Freundin diesen seltsamen Faible für rote Teppiche und VIPs. Sie bewundert die IT-Girls in den Klatschblättern, die absolut nichts in der Birne hatten, aber mit der neuesten vollkommen überteuerten Designertasche herumstolzierten. Keine Ahnung, woher diese Faszination kam. Wahrscheinlich war aber das einer der Gründe, warum sie wieder diesem Magerwahn verfallen war. Wenn sie wüsste, dass die meisten Männer es gar nicht so knochig wollten …

Aber das hatte ich ihr schon tausendmal gesagt, und sie wollte mir einfach nicht glauben. Anscheinend waren die Plakate und Kataloge von zahllosen Modelinien glaubwürdiger als meine Meinung.

Ich begann Obst klein zu schneiden und hörte dabei das neue Album der Band *Burning Bottoms*, für die ich das komplette Corporate Design entworfen hatte, vom Logo bis zur Website. Den Namen der Band fand ich ja immer noch mehr als befremdlich, dabei machten die echt gute Musik und waren gerade dabei, so richtig durchzustarten. Und nett waren die auch. Ich hatte mich öfter mit Band und Management getroffen und die Website genau nach deren Wünschen gestaltet.

Mein Handy vibrierte auf der Küchenfläche und bewegte sich ratternd hin und her. Hektisch wischte ich mir die Hände an einem Geschirrtuch trocken und schaute auf das Display. Wieder die gleiche unbekannte Nummer. Achselzuckend nahm ich den Anruf entgegen.

»Ja?« Ich meldete mich mal lieber nicht mit meinem Namen. Man weiß ja nie …

»Spreche ich mit Johannes Hoffmann?«

»Wer will das wissen?«

»Entschuldigung, ich bin Kay Smithers von der KSMU. Wir arbeiten seit einiger Zeit zusammen.« Er lachte.

Ich räusperte mich nervös, versuchte mich zu sammeln und lachte dann auch etwas aufgesetzt. In Wirklichkeit wurde mir ganz heiß. Warum rief mich denn bitteschön einer der obersten Bosse der Plattenfirma an? Das war wie früher in der Schule. Es war nie ein gutes Zeichen gewesen, wenn dich der Direktor in sein Büro rief!

»Ich wollte es mir nicht nehmen lassen, es Ihnen persönlich mitzuteilen. Wir sind noch eine sehr junge Plattenfirma und uns ist sehr bewusst, dass jeder Mitarbeiter, jeder noch so kleine Praktikant, Lieferant und jedes externe Unternehmen einen großen Teil zu unserem Erfolg oder Misserfolg beiträgt.« Ich schluckte und wusste so gar nicht, auf was ich mich nun gefasst machen sollte. »Daher ist unser Erfolg auch Ihrer.

Wir sind nominiert für das beste Webdesign in der Kategorie Bester Online-Auftritt beim Young Music Award. Also eigentlich sind Sie nominiert, um genau zu sein. Herzlichen Glückwunsch, Herr Hoffmann.«

Ich war sprachlos und sackte rückwärts auf den Barhocker, der zum Glück direkt hinter mir an der Kücheninsel stand. Ansonsten wäre ich wohl schmerzhaft auf dem Boden geplumpst. »Seit wann gibt es denn bitteschön diese Kategorie?«, fragte ich vollkommen perplex.

»Seit vergangenem Jahr.« Herr Smithers räusperte sich und fuhr dann fort. »Die Band *Burning Bottoms* ist auch als bester Newcomer nominiert und hat somit gleich Aussicht auf zwei Awards. Richtig coole Werbung, und die mediale Aufmerksamkeit wird die Verkaufszahlen hoffentlich auch noch mal pushen. Das Ganze wird natürlich von uns auch crossmedial begleitet und unsere Presseabteilung ...« Ich konnte ihm kaum mehr folgen. Ich war mit meiner Arbeit für einen Preis nominiert. Wie verdammt geil war das denn bitteschön? Ich wusste, dass ich einen guten Job machte. Immerhin hatte ich einen Heidenspaß dabei, und ich konnte mich so richtig kreativ ausleben. Ich hatte schon früher gemerkt, dass man in den Dingen am besten war, die einem Freude bereiteten. »... und deshalb würden wir uns freuen, wenn wir Sie auf der Verleihung auch begrüßen dürfen.«

»Wow, ja! Es wäre mir eine Ehre. Wo ist die Verleihung denn genau?«

»In Edinburgh.«

»Bitte wo?« Mr Smithers lachte.

»Sie haben richtig gehört. In Edinburgh. Dem Edinburgh in Schottland. Das ist eine internationale Veranstaltung und findet jedes Jahr in einer anderen Metropole Europas statt. Natürlich kommen wir für Ihre Reisekosten auf.«

»Ich bin sprachlos, danke. Ich muss das erstmal verarbeiten.«

»Sie haben das verdient. Regeln Sie alles Weitere mit meinem Vorzimmer. Die Mädels wissen Bescheid und erwarten Ihren Anruf. Ich wünsche Ihnen nun noch einen schönen Abend, und wir sehen uns dann spätestens nächsten Monat in Schottland. Bügeln Sie schon mal Ihren Kilt.« Ich hoffte inständig, das war ein Scherz. Zumindest lachte er, und ich stimmte unsicher mit ein, bevor wir auflegten.

Einen Moment verharrte ich, dann sprang ich auf und stieß die Faust mit einem animalischen Jubelschrei in die Luft. Wie endgeil! Endlich wurde die ganze Arbeit belohnt. Die lange Durststrecke nach dem Studium. Die Ackerei bis tief in die Nacht. Ich konnte es gar nicht glauben. Ich musste es sofort ... ich sollte ... Schnell griff ich wieder nach meinem Handy und ging die Kontakte durch.

Verdammt. Natürlich war mein erster Gedanke, es Ruby zu schreiben. Ich hatte ihr in den vergangenen Wochen einiges über meinen Job erzählt, und nun würde sie diese Nominierung womöglich nicht mal mehr interessieren. Ich setzte mich wieder auf den Barhocker und fuhr mir durchs Haar. Irgendwie würde ich mich mehr freuen, wenn ich den Erfolg mit ihr teilen könnte. So war er gleich viel weniger wert.

Genauso niedergeschlagen saß ich noch immer in der Küche, als ich den Schlüssel in der Tür hörte und Nathalie unsere Wohnung betrat.

»Jo?«

»Bin in der Küche«, erwiderte ich leise.

»Hi, was treibst du denn da?« Sie betrat die Wohnung mit zwei Einkaufstüten beladen und linste skeptisch auf die Kücheninsel.

»Ich hatte gerade begonnen, einen Obstsalat für uns zu machen. Ich hoffe, du magst ein wenig.«

Nathalie lächelte gequält.

»Ja gerne, ich bring das nur schon mal weg.«

»Warte mal, Nat, ich hab was Tolles erfahren.«

»Was denn?« Sie blieb stehen und legte den Kopf schräg.

»Ich bin für einen Award nominiert, für die Website von *Burning Bottoms*.«

»Echt? Glückwunsch! Das ist ja toll!« Nathalie klatschte in die Hände und schien sich ehrlich für mich zu freuen.

»Und weißt du, was das Krasseste ist? Die Verleihung ist in Edinburgh!«

»Wir fliegen nach Schottland zu einer Preisverleihung? Wow! Wie genial. Ich hab genau das richtige Kleid dafür gekauft. Als hätte ich es geahnt. Warte, ich ziehe es direkt an und zeige es dir. Oh, wie toll.« Dann rauschte sie wie ein Wirbelwind aus der Küche und ich hörte es im Schlafzimmer knallen und rascheln.

Ich stand immer noch da und wusste nicht so recht, was ich mit mir anfangen sollte.

Ich war irgendwie ... enttäuscht. Ja, das traf es am ehesten. Ruby hätte anders reagiert. Dessen war ich mir sicher. Ruby war herzlicher, und ihr ganzes Wesen strahlte eine solche Wärme aus, dass man sie einfach mögen musste. Ich hatte sie die ganze Zeit nur angelächelt. Genau diese Wirkung hatte Ruby auf andere. Sie war ein unglaublich liebenswerter Mensch.

Prompt meldete sich das schlechte Gewissen, weil ich Ruby mit Nathalie verglich. Das war nicht fair, und das hatten beide nicht verdient. Aber es geschah ganz automatisch. Ich war mir sicher, dass sich Ruby gar keine Gedanken über ihr Outfit gemacht hätte. Das war nicht ihre Art. Wahrscheinlich hätte sie sogar zuerst dafür gesorgt, dass ich etwas Ordentliches zum Anziehen gehabt hätte.

Sollte ich ihr doch schreiben?

Vor ein paar Tagen meinte sie, dass sie meine Nummer löschen und sich einen anderen Kerl suchen würde. Mir war klar, dass sie mir das hauptsächlich geschrieben hatte, um mir eins auszuwischen. Aber es hatte funktioniert. Ich war in dem Moment fuchsteufelswild gewesen. Denn ich wusste, dass es tatsächlich nicht lange dauern würde, bis sie mit einem anderen Mann zusammen sein würde. Ruby war wunderschön und klug. Jeder andere Kerl wäre dumm, wenn er sie sich nicht schnappen würde. Sollte ich sie in Ruhe lassen? Ihr den Freiraum und eine neue Beziehung gönnen? Immerhin hatte ich Nathalie, und solange das so war, wäre es falsch, weiter mit Ruby zu schreiben und ihr Hoffnungen zu machen. Aber tief in mir meldete sich mein böses, egoistisches Ich, das Ruby um nichts auf der Welt verlieren wollte.

Ich konnte sie nicht einfach aufgeben.

Am späten Abend entschloss ich mich wenigstens dazu, meinem Bruder zu schreiben. Er freute sich mit mir und schickte gefühlt tausend Luftballon-Emoticons. Das entlockte mir zumindest ein kleines Lächeln. Mike musste auch echt immer übertreiben.

WIE GEHT ES DIR SONST SO?

Ich seufzte und fuhr mir mit der flachen Hand über die Augen.

KEINE AHNUNG, ICH HABE EIN GEBROCHENES HERZ, SO WIE ES SCHEINT.

IHR GEHT'S AUCH NICHT BOMBE, IST SO MEIN EINDRUCK. ABER UM EHRLICH ZU SEIN, SPRICHT SIE KAUM MIT MIR. SIE SCHEINT MICH GENAUSO ZU HASSEN WIE DICH. ZIEMLICH UNFAIR. ICH HABE IHR JA NICHTS GETAN.

Im Gegensatz zu mir, vollendete ich den Satz im Kopf und griff gleichzeitig nach einer Bierflasche im Kühlschrank. Genau der richtige

Zeitpunkt für Alkohol. Es war zum Verrücktwerden. Da machte man einmal einen Fehler und bereute es ewig. Würde das jetzt so weiterlaufen? War das jetzt mein verdammtes Schicksal? Der Ton einer weiteren eingegangenen Nachricht ließ mich aufhorchen. Ich klickte sie an und konnte ein hoffnungsloses Aufstöhnen nicht unterdrücken.

SIE TRIFFT SICH MIT NEM TYPEN ... WOLLTE NUR, DASS DU DAS WEISST.

Ich wusste, dass ich kein Recht dazu hatte, eifersüchtig zu sein. Aber richtig dagegen tun konnte ich auch nichts. Seit ich Ruby kannte, stand mein Leben Kopf. Und selbst, wenn sie anscheinend beschlossen hatte, mit mir abzuschließen, war für mich noch kein Ende in Sicht. Nicht mal in weiter Ferne.

Kapitel 16

RUBY

Wochenende hieß bei mir normalerweise Faulenzen! Meist schlief ich aus, erhob mich irgendwann wie ein Zombie und verbrachte den restlichen Tag mit Netflix auf der Couch. Das war eine exakte Beschreibung eines durchschnittlichen Sonntags. Heute war das jedoch anders. Mein Wecker hatte mich um acht Uhr geweckt. Das alleine war schon ein kleines Wunder. Normalerweise wurde freitags der Wecker ausgemacht und erst Sonntagabend wieder eingeschaltet. Aber heute hatte ich mir einiges vorgenommen.

Seit heute Morgen sprang ich durch die Wohnung und putzte und räumte auf. Es wurde auch wirklich Zeit. Eigens dafür hatte ich sogar eine Playlist mit dem Namen *Mucke zum Putzen* erstellt. Das Badezimmer war bereits sauber und blitzte. Alleine die Duschkabine hatte mich einiges an Zeit gekostet, und die meisten Kalkflecken waren trotz giftig riechender Chemikalien nicht gewichen.

Danach hatte ich mir die Küche vorgenommen und zuallererst das Geschirr, das sich die Woche über angesammelt hatte, in die Spülmaschine geräumt. Es waren drei Durchläufe notwendig, bevor alles sauber und in den dafür vorgesehenen Schränken verstaut war. Nun wuselte ich durch das Wohnzimmer, staubte Regale ab, säuberte sämtliche Flächen und wischte das Laminat. Am Ende ließ ich mich erschöpft an meinem Schreibtisch nieder und öffnete meinen Laptop. Ich klickte auf das Skype-Symbol auf meinem Desktop und wartete. Das Bild, das mir meine Webcam von mir zeigte war, naja, interessant. Meine Haare standen in alle Richtungen ab, und ich war natürlich ungeschminkt, was meine Sommersprossen noch mehr betonte als sonst. Außerdem trug ich ein AC/

DC T-Shirt, das mir circa drei Nummern zu groß war. Aber das würde meinen Dad nicht stören.

»Ruby, Beauty, ich habe schon auf dich gewartet«, meldete sich mein Dad und saß mal wieder viel zu nah vor seinem Laptop. Ich sah lediglich seinen Nasenrücken und die Stirn.

»Dad!«, lachte ich und setzte mich in den Schneidersitz, um es mir auf meinem Schreibtischstuhl etwas bequemer zu machen. »Entspann dich mal und setz dich normal hin. Ich seh dich ja kaum.«

»Oh, sorry.« Sein Gesicht entfernte sich etwas, und so konnte ich ihn endlich sehen.

»Happy Birthday, Dad! Ist mein Paket angekommen?«

»Ja! Gestern schon. Soll ich es öffnen? Ich habe extra auf dich gewartet.«

»Ja«, antwortete ich voll Vorfreude. Aufgeregt umfasste ich meine Knie und schaute zu, wie er das Paket zuerst mit einem Cuttermesser bearbeitete und dann andächtig öffnete. Er schlug das Papier zurück, mit dem der Inhalt geschützt werden sollte, und begann zu strahlen.

»Du bist die Beste«, freute er sich und kramte gleich mehrere Pakete Brot heraus. »Schwarzbrot, Kürbiskernbrot und Vollkornbrot. Genial. Du weißt eben, was ich an Deutschland am meisten vermisse ... also neben dir natürlich.« Er zwinkerte mir zu.

»Ich hab dir von jeder Sorte gleich zwei eingepackt. Die kannst du einfrieren. Damit solltest du für die nächsten Wochen erst mal versorgt sein.«

»Wirklich eine super Idee. Die Beste.«

Ich lächelte und war stolz darauf, dass mir die Idee mit den Broten eingefallen war.

»Hat dir Mum auch was geschickt?«

Dad schaute mit einer hochgezogenen Augenbraue in die Kamera und lachte.

»Klar, du weißt doch, sie ist mein größter Fan!« Ich rollte mit den Augen, und er fischte ein Stück Papier neben sich hervor. »Die Karte ist von ihr. Immerhin.«

»Immerhin, da hast du recht.« Wir lachten beide. Das Verhältnis meiner Eltern war schwierig, aber sie respektierten sich. Wahrscheinlich mir zuliebe.

»Und was hast du heute schon so getrieben?«, fragte ich ihn neugierig.

»Zuerst einmal habe ich ausgeschlafen. Richtig lange. Und dann habe ich mir einen morgendlichen Kaffee im Bett gegönnt. Leider musste ich aufstehen, und ihn mir selbst kochen. Da muss ich mir für nächstes Jahr etwas Besseres einfallen lassen. Vielleicht eine Kaffeemaschine auf dem Nachttisch oder so.« Er grinste und dachte wohl ernsthaft über diese Idee nach.

»Dann wird es vielleicht tatsächlich Zeit für eine neue Frau in deinem Leben, die dich an deinem Geburtstag verwöhnen kann.«

»Um Gottes Willen. Du weißt doch, wie Frauen sind. Kaum frühstückst du mit ihnen, wollen sie schon einen Ring. Nein, danke. Dieser Mann hier kann super auf sich alleine aufpassen.« Er zeigte mit dem Daumen auf sich und entlockte mir ein Kichern. »Du bist die einzige Frau in meinem Leben, von der ich nicht direkt das Gefühl habe, dass sie etwas von mir erwartet. Komm du mich doch mal wieder besuchen.«

»Damit ich dir Frühstück ans Bett bringen kann? Niemals!« Ich lachte und erntete ein Augenrollen von meinem Dad.

»Nein, im Ernst. Du warst schon lange nicht mehr hier.«

Ich überlegte kurz und stellte fest, dass er recht hatte. Ich war schon eine Ewigkeit nicht mehr in Schottland gewesen. Dabei liebte ich das Land. Mein Dad lebte in einem kleinen Ort in der Nähe von Edinburgh, und die Stadt hatte es in sich. Man verliebte sich sofort in die urigen Gebäude der Altstadt und in die vielen kleinen, verwinkelten Gassen. Es gab nicht viele Städte, in denen sogar die Friedhöfe einen Besuch wert waren.

»Weißt du was, vielleicht sollte ich wirklich mal wieder vorbeischauen.«

»Frag doch Anna, ob sie mitkommt, dann bist du nicht alleine unterwegs, und ich mache mir weniger Sorgen, dass du am Flughafen verloren gehst.«

»Dad«, rief ich empört. »Ich bin schon öfter alleine geflogen und noch nie verloren gegangen.«

»Ich weiß, trotzdem mache ich mir immer Sorgen.« Dad schaute auf seine Armbanduhr und dann wieder in die Kamera. »Ich muss mich dann mal langsam fertigmachen. Werde gleich von ein paar Kumpels abgeholt. Wir gehen in einen Pub, etwas essen. Bestimmt gehen sie davon aus, dass ich sie einlade.« Er lachte wieder und schüttelte den Kopf.

»Übertreib's nicht«, ermahnte ich ihn und kam mir direkt vor wie meine Mutter.

»Niemals!« Er zwinkerte mir zu und unterstrich damit die Ironie dieses Wortes.

»Du bist jetzt fünfzig, also alt. Vergiss das nicht.« Ich grinste ihn herausfordernd an.

»Seh ich aus wie fünfzig?« Dad stemmte die Fäuste übertrieben entrüstet an seine Hüfte und musterte mich durch die Webcam mit fragendem Blick. Ich überlegte kurz. Eigentlich nicht. Er hatte zwar mittlerweile leicht ergraute Schläfen, aber mit seinem rötlichen Dreitagebart und den breiten Schultern sah er eigentlich ziemlich gut aus. Zumindest für einen 50-jährigen Schotten. Ich nickte anerkennend.

»Du siehst gut aus, also ran an den Speck!«

Er lachte ein weiteres Mal und kam dann der Kamera wieder sehr nahe.

»Du weißt, dass ich dich liebhabe?«

»Jap!«

»Gut.«

Er küsste die Spitze seiner Finger und tippte dann mit diesen Fingern gegen die Kamera. Ich wiederholte die liebevolle Geste mit einem Lächeln auf den Lippen.

»Tschüss, Dad, viel Spaß!«

»Bye bye, Süße.«

Daraufhin verschwand sein Bild, und ich lehnte mich in meinem Schreibtischstuhl zurück.

Vielleicht sollte ich ihn wirklich mal wieder besuchen gehen. Ich vermisste meinen Dad manchmal sehr. Wir hatten nie so eine klassische Vater-Tochter Beziehung gehabt. Er war vielmehr einer meiner besten Freunde, und das war ja auch irgendwie wichtig. Mum und Dad hatten sich bereits getrennt, als ich noch ein Kind war. Keine Ahnung, warum die beiden überhaupt zusammen waren. Sie passten kein bisschen zueinander.

Dad war ein Draufgänger und Lebemann. Er war ständig auf Achse und konnte keine Minute ruhig sitzen. Meine Mum war hingegen schon fast spießig konservativ. Kurz nach der Trennung ging mein Dad wieder zurück in seine Heimat. Er war nur wegen seines Jobs in Deutschland gewesen. Zu der Zeit wurde hier in der Region ein großes Stadion gebaut, und er begleitete den Bau als Projektmanager. Viele internationale Firmen siedelten sich zeitweise hier an, um dieses immens große Bauvorhaben zu realisieren. So auch eine große Beratungsfirma aus Schottland, für die mein Vater arbeitete. Ursprünglich war geplant gewesen, dass er für vier Jahre hier bleiben würde. Er hatte es uns zuliebe zwar auf acht Jahre verlängert, war dann aber froh, wieder nach Schottland gehen zu können. Er hatte anfangs ein schlechtes Gewissen mir gegenüber gehabt, das hat er mir später einmal gestanden.

Aber ganz ehrlich: Unser Verhältnis war cool. Klar vermisste ich ihn manchmal, und gerade an Feiertagen war es als Teenie für mich nicht einfach gewesen. Aber viele hatten mich auch um ihn beneidet, vor allem um die vielen Briefe und Postkarten aus den unterschiedlichsten Ländern dieser Welt. Während sich meine Freundinnen zu Schulzeiten darüber beschwerten, wie unheimlich uncool ihre Eltern waren, zeigte ich stolz Bilder von meinem Vater beim Rafting in Australien. Das hatte doch was.

Nach dem Gespräch mit meinem Dad raffte ich mich noch mal auf, bezog mein Bett neu und schmiss eine Ladung Wäsche in die Waschmaschine. Dann schaute ich mich in meiner kleinen Wohnung um und war zufrieden. Ich verstand nie, warum ich es mit der Hausarbeit jedes Mal wochenlang schleifen ließ, nur um dann einen ganzen Sonntag mit Putzen zu verbringen. Ich war in sowas echt faul und schlampig. Irgendwie war mir unter der Woche meine Zeit zu schade, und ich setzte meine Prioritäten einfach anders. Ich ging meinem Job nach, und wenn ich angenervt zu Hause ankam, hatte ich einfach keine Lust auf dreckige Wäsche oder schmutziges Geschirr.

Da war ich im Übrigen das komplette Gegenteil von meiner Mutter. Bei ihr konnte man vom Boden essen! Wahrscheinlich sogar von der Klobrille. Ich traute mich manchmal in meinen eigenen vier Wänden nicht barfuß zu laufen. Aber nun war alles picobello.

Ich zog mir mein Bandshirt über den Kopf und stieg unter die Dusche. Meine Haare bekamen die Kur, die sie verdienten, und meine Beine die Rasur, die sie benötigten. Ich war mit Anna und Chris heute Abend in einer Cocktailbar verabredet und wollte mich etwas herausputzen. Ich war zwar nicht auf Männerfang, aber deshalb musste ich ja trotzdem nicht aussehen wie gerade erst aus der Höhle gekrochen.

Ich cremte mich mit einer duftenden Bodylotion großzügig ein, schminkte mich und versuchte meine Haare ein wenig zu frisieren. Mit ordentlich Schaumfestiger knetete ich mir meine Locken in Form und war mit dem Ergebnis ziemlich zufrieden. Ich zwängte mich in meine schwarze Skinny Jeans und probierte danach einige Tops an. Am Ende entschied ich mich für ein graues Oberteil mit U-Boot-Ausschnitt. Ich betrachtete mich im Spiegel und nickte mir zu. So konnte ich mich blicken lassen. Selten legte ich großen Wert auf mein Äußeres. Meine Kleidung war immer gepflegt, und ohne Wimperntusche verließ ich das Haus nie. Alles andere war meines Erachtens übertrieben und hob ich mir für Partys oder Feierlichkeiten jeglicher Art auf. Das, was ich jetzt und hier veranstaltete, war einfach nur, um mein Ego zu stärken. Wenn ich schon keinen Freund hatte, der mir Komplimente machte, dann wollte ich zumindest, dass Anna und Chris mich lobten. Das wäre doch schon mal was. Wenn auch nur ein Tropfen auf dem heißen Stein.

Die Cocktailbar *Caribian Night* betrat ich um kurz nach acht. Lateinamerikanische Rhythmen tönten mir entgegen, das Licht war gedimmt, und es roch nach Menschen, Alkohol und einem viel zu starken Vanilleparfüm.

»Kann ich Ihnen helfen?« Eine Schönheit mit Kaffeehaut kam auf mich zu und lächelte mich an. Sie war gut und gerne einen Kopf größer als ich und verströmte Vanille aus jeder Pore ihres Körpers. Zumindest die Herkunft dieses Geruchs wäre somit geklärt.

»Ich bin mit Freunden hier verab...« In dem Moment entdeckte ich die beiden. »Da sind sie schon«. Ich zeigte auf Christopher, der Bewegungen machte wie eine eins fünfundachtzig große Windmühle.

»Ich bringe Ihnen gleich die Karte«, entgegnete die Vanille-Frau nach einem Schulterblick in seine Richtung und lächelte mich dann wieder an.

Ich lief nach hinten und erntete bewundernde Blicke von Anna und Chris.

»Wow, was hast du denn mit deinen Haaren gemacht?«, rief Chris und verzog den Mund anerkennend.

»Sag mal, trägst du Rouge?«, fragte Anna vollkommen perplex. Sie bombardierten mich gleichzeitig mit ihren Fragen und brachten mich so zum Lachen.

»Schaumfestiger, und ja« beantwortete ich alles auf einmal und ließ mich neben Anna und gegenüber von Chris nieder. »So, womit beginnen wir?«

»Chris trinkt einen Erdbeer-Caipi. Das war mir etwas zu schwul, sorry, Kumpel«, entschuldigte sie sich grinsend. Er zuckte nur mit den Achseln und knabberte an einer einzelnen Erdbeere, die er sich mit spitzen Fingern aus dem Glas gefischt hatte. »Was du hier siehst, ist ein Mai Tai. Mal probieren?« Sie hielt mir den Strohhalm hin. Ich zog einmal kräftig daran und machte große Augen.

»Etwas stark?«, röchelte ich und fächerte mir Luft zu. Mir schoss bei Hochprozentigem direkt die Hitze ins Gesicht.

»Etwas.«

»Sehr.«

»Mmmhh!« Anna winkte ab. »Wenn wir hätten nüchtern bleiben wollen, wären wir woanders hingegangen, oder?«

»Die Karte?« Vanilla-Lady stand neben mir und reichte mir ein in Leder gebundenes Büchlein.

»Brauche ich nicht. Ich starte mit einem Mai Tai.«

»Das ist mein Mädel«, kommentierte Anna und erhob ihr Glas.

»Jetzt erzähl uns doch mal von diesem Eric«, forderte Chris, nachdem wir alle einen Tequila Shot getrunken hatten.

»Was soll ich groß erzählen? Er ist ein Arbeitskollege, und wir verstehen uns recht gut.« Anna rollte mit den Augen.

»Er ist total verschossen in dich und macht vermutlich gerade Luftsprünge, weil er endlich ein Date mit dir hatte.«

»Das war kein Date«, verteidigte ich mich und schüttelte den Kopf. »Da waren lediglich zwei Freunde etwas essen. Chris, wir waren doch auch schon zusammen essen, und da hatte auch niemand Hintergedanken.«

»Natürlich. Unsere Mütter.« Er lachte und trank seinen *Lady Killer* aus. »Das kannst du doch nicht vergleichen. Bei uns sind die Fronten ja geklärt. Aber wie sieht es bei diesem Eric aus?«

»Leute, können wir nicht das Thema wechseln?« Ich schaute zu Anna, die sich sichtlich freute, loslegen zu können.

»Mike und ich waren da in diesem Sexshop und haben uns …«

»Chris, was geht bei dir so?«, unterbrach ich Anna und erntete einen Schlag gegen den Oberarm.

»Das mit Christian wird ernst. Er ist auf eine Hochzeit eingeladen und hat mich gefragt, ob ich ihn dorthin begleiten will. Das Krasseste: Die Hochzeit ist im Dezember. Das sind noch locker sechs Monate. Wer plant denn schon so weit?« Er riss die Augen schockiert auf und blickte zuerst zu mir, dann zu Anna.

»Ich kann dir sagen, wer so weit plant. Jemand, der es ernst meint. Pass auf ihn auf und lass ihn nicht mehr gehen«, sagte ich und wunderte mich gleichzeitig, dass ich so etwas sagen konnte, ohne Verbitterung zu spüren.

Vielleicht lag es daran, dass ich mich wirklich für Chris freute.

»Ja, Mann, am besten kettest du ihn irgendwo an die Heizung, dass er nicht fliehen kann. Dazu hätte ich übrigens einen Tipp. Mike und ich waren doch in diesem Sexshop und …« Wir brachen in schallendes Gelächter aus, das zu einem lauten Johlen wurde, als die Bedienung mit einem Tablett voll Tequila an unseren Tisch kam.

»Der geht aufs Haus!« Der Barbesitzer wollte uns wohl bei Laune halten. Ein kluger Schachzug!

Wir tranken viel, lachten noch mehr und ich konnte für ein paar Stunden vollkommen entspannen. Was würde ich bloß ohne meine Freunde tun?

Kapitel 17

RUBY

Bislang war der Tag erträglich verlaufen. Also dafür, dass es ein Montag war, und jeder Montag an sich schon nichts Gutes verhieß. Mein Chef hatte Urlaub. Dadurch hatte ich zwar mehr Arbeit, da sein Telefon auf meines umgeleitet war, aber das nahm ich gerne in Kauf. Es konnte richtig entspannend sein, einfach seiner Arbeit nachzugehen, ohne ständig die Angst im Nacken zu spüren, angeschrien zu werden, weil man mal wieder etwas falsch gemacht hat oder - weil man schlicht existierte. Manchmal kam ich mir nämlich vor wie eine Art Boxsack, an dem der Chef seine Aggressionen und seinen Frust auslassen konnte.

Es war kurz vor zwölf und somit gleich Zeit für die Mittagspause. So wie ich Anna kannte, würde sie gleich ins Büro stürmen und mich abholen. Dieses Mal wollte ich ihr zuvorkommen. Ich stand auf und stellte mich neben die Tür. Ich hoffte inständig, dass ich mich hier nicht zum Affen machte und Anna es sich am Ende anders überlegt hatte oder noch in einem Termin feststeckte. Doch zum Glück musste ich keine zwei Minuten warten, da hörte ich auch schon leise Schritte. Kurz darauf wurde die Tür so ruckartig aufgerissen, dass es mich wunderte, dass Anna sie nicht gleich aus der Verankerung gerissen hatte. Sie sprang in mein Büro und rief »Mittagspause« an meinen leeren Schreibtisch gewandt. Ich sah, wie sie die Fäuste in die Hüfte stemmte und den Kopf schräg legte. Das war mein Moment.

»Buh«, rief ich hinter ihr und konnte keine Sekunde dabei ernst bleiben. Sofort begann ich wie verrückt zu kichern.

Anna, die sich kein bisschen erschreckt hatte und mich mitleidig musterte, prustete los.

»Ernsthaft? Das war schon alles?«

»Anna, du bist gemein. Ich hab echt alles gegeben.«

»Da braucht jemand mal richtig Nachhilfe im Erschrecken«, konterte sie und schüttelte den Kopf. Ich winkte ab.

»Lass mal stecken, das ist dein Hobby. Ich bin eher die, die panisch schreit.«

»Deshalb liebe ich dich. Wir haben die perfekte Rollenverteilung in unserer Beziehung.« Sie gab mir einen Klaps auf den Po und hakte sich dann bei mir unter. »So, und jetzt lass uns was essen!«

Wir liefen zu unserem Lieblingscafé, in dem wir mittlerweile schon Stammgäste waren. Ich bestellte mir einen Bagel mit Frischkäse und Putenbrust, Anna nahm die Variante mit Tomaten und Mozzarella. Wir setzten uns an einen der kleinen Bistrotische, und ich zupfte erst einmal die Tomate von meinem Bagel herunter und reichte sie ihr.

»Tomaten sind sowas Leckeres. Dass du die nicht magst ...«

»Das Glibberige widert mich an.« Ich verzog den Mund angeekelt und erntete Gelächter.

Sie steckte sich daraufhin die komplette Tomatenscheibe auf einmal in den Mund. »Mir soll's recht sein. Auch beim Essen ergänzen wir uns eben perfekt«, murmelte sie mit vollem Mund.

Wir aßen, nippten an unseren Latte Macchiatos und unterhielten uns über unseren Arbeitstag. Um uns herum herrschte ein reges Kommen und Gehen. Man merkte, dass Mittagszeit war. Viele holten sich schnell einen Snack oder einen Kaffee für unterwegs. Nicht viele nahmen sich die Zeit und ließen sich hier nieder.

»Wusste ich's doch, dass ich euch hier finden würde!« Ich sah mich um und entdeckte Mike, der mit einem Pappbecher in der Hand hinter uns stand und Anna anstrahlte.

»Hi Mike«, sagten wir gleichzeitig. Ich erntete einen entschuldigenden Blick von Anna, den ich mit einem Augenrollen abtat. Ich hatte mich damit abgefunden, dass Mike wohl ab sofort wie eine Art Schoßhündchen dazugehörte. Ich wusste nur nicht, dass er jetzt immer und überall dabei sein würde. Mike schien irgendwie okay zu sein, und er mochte Anna. Andererseits erinnerte mich seine schiere Existenz an Jo.

Und darauf konnte ich eigentlich gut und gerne verzichten. Aber das war leider nicht Grund genug, etwas gegen Mike zu haben. Ich konnte zwar nichts gegen die instinktive Ablehnung tun, hoffte aber inständig, dass ich mich irgendwann an ihn gewöhnen würde.

»Kann ich mich zu euch setzen?« Anna sah mich mit einem Hundeblick an.

»Klar, Mike.« Ich entfernte meine Handtasche vom Stuhl neben mir. »Mein rechter, rechter Platz ist frei ...« Mike lächelte und setzte sich neben mich.

»Anna hatte mir erzählt, dass ihr öfter mal hier seid. Da ich eben zufällig in der Gegend war, dachte ich, ich schau mal vorbei und gönne mir einen Kaffee. Glück gehabt.«

Wer's glaubt ... Er war natürlich nur zufällig in der Gegend. Keinesfalls war er Anna hinterhergedackelt. Redete er sich das selbst ein oder versuchte er nur, uns für blöd zu verkaufen?

»Übrigens, Anna, Grüße von meinem Dad, ich hab am Wochenende mit ihm geskyped.« Anna freute sich so sehr, dass ihr fast ein Stück ihres Bagels wieder aus dem Mund fiel.

»Oh wow! Dein heißer Highlander-Dad.« Sie legte ihre Hände auf ihr Herz und atmete einmal lange ein und seufzend aus. »Wie gerne würde ich den mal wiedersehen!« Ich rollte mit den Augen. Diese Faszination, die Anna für meinen Dad hegte, war mir schon immer rätselhaft und gruselte mich ein wenig.

»Er ist fünfzig Jahre alt geworden. Also echt eklig alt.«

»Kein bisschen, als ich ihn das letzte Mal gesehen habe, war er richtig heiß ... das ist doch höchstens zwei Jahre her. Er wird doch nicht plötzlich krumm und bucklig geworden sein.«

»Ne, das nicht, aber ...« Ich schüttelte den Kopf. »Er ist mein Dad. Das ist so ... bäääh.«

Mike lachte und hörte uns interessiert zu.

»Du hast einen Dad in den Highlands?«

»Nein, das stimmt noch nicht mal! Er lebt in der Nähe von Edinburgh. Also total low. Nix High.«

»Papperlapapp, wenn ich ihn mir so in einem Kilt vorstelle ...«

»Mein Dad trägt so gut wie immer Jeans!«

»Du bist eine Spielverderberin!« Anna kreuzte ihre Arme vor der

Brust und schaute mich vorwurfsvoll an. »Lass mir doch meine Fantasie. Es gibt viel zu wenig richtige Kerle auf dieser Welt. Die meisten, die mir begegnen, sind Pussys mit mehr Make-up im Schrank als ich.«

»Und das will was heißen«, murmelte ich in meine Tasse und trank einen Schluck Kaffee.

»Es macht echt Spaß, euch zuzuhören. Hat was von *Sex and the City.* Nur statt in New York sitzen wir in Heidelberg und reden über Schottland.«

»Ich vermisse Schottland. Anna, hast du nicht Lust, irgendwann dieses Jahr mit mir nach Edinburgh zu fliegen? Vielleicht vor Weihnachten oder so?«

»Total gerne!« Anna strahlte und klatschte in die Hände. »Weihnachtsshopping in Edinburgh, und abends gehen wir mit deinem Daddy aus!«

»Ich will auch mit!« Mike zog einen Schmollmund. Anna nickte ihm ekstatisch zu, und ich unterdrückte ein Stöhnen. Anna will mit meinem Dad ausgehen? Mike will mit nach Schottland? Irgendwie hatte ich mir das anders vorgestellt.

»Und warum wollt ihr überhaupt so lange warten? Wer weiß, was bis Weihnachten alles passiert? Ich habe momentan ziemlich viel Freizeit und wäre sofort dabei.«

»Aber es gibt auch noch Leute, die arbeiten müssen, um ihre Miete zu bezahlen, Mike.« Ich rollte mit den Augen. Es konnte ja nicht jeder seine Vermieterin flachlegen.

»Aber Ruby«, konterte nun Anna. »Du hast doch auch noch fast deinen kompletten Jahresurlaub. Zumindest ein verlängertes Wochenende ist doch locker drin.«

»Locker!«, wiederholte Mike und strahlte Anna dabei an. Irgendwie gefiel mir diese Idee. Ich war zwar eigentlich nicht gerade eine spontane Person. Aber wir müssten ja auch nicht gleich heute fliegen.

»Okay, Leute, Nägel mit Köpfen: Lasst uns nach Schottland fliegen. Wir haben eh alle Urlaub nötig. Also außer Mike, der hat ja quasi die ganze Zeit Urlaub.«

»Du glaubst gar nicht, wie stressig meine Mitbewohnerin ist. Ich bin urlaubsreif!« Mike grinste und lehnte sich auf seinem Stuhl zurück. Anna versuchte ihm als Rache für seinen Spruch gegen die Schulter zu boxen, verfehlte ihn aber und brachte ihn so nur noch mehr zum Lachen. »Aber jetzt mal im Ernst«, setzte Mike an. »Ich war noch nie in Schottland und hab noch ein paar Euro auf dem Sparkonto, notfalls pump ich mir was von meinem Bruder.« Sofort begann mein rechtes Auge zu zucken, aber ich versuchte seine Bemerkung zu ignorieren. »Also ist das gesetzt? Wir versuchen das für nächsten Monat einzuplanen, okay?«

»Yes!« Anna erhob ihren Kaffee. »Ich würde gerne mit Schampus anstoßen, aber es muss so gehen.« Zwei Tassen und ein Pappbecher stießen in der Luft zusammen.

»Schottland, wir kommen!«

Kapitel 18

JO

»Bitte was?« Meine Stimme überschlug sich mehrfach und hörte sich wenig männlich an. Hatte ich gerade richtig gehört?

»Kein Plan, wie es dazu gekommen ist!« Mike lachte sich auf der anderen Seite der Leitung schier kaputt. »Aber bei euch ist ja alles irgendwie von seltsamen Zufällen durchtränkt.«

»Ihr seid nächsten Monat alle in Edinburgh, genau dann, wenn ich mit Nathalie dort bin?«

»Wir fliegen donnerstags hin und sonntags zurück. Die Preisverleihung ist doch am 17. Juni, oder? Den Samstag? Also … ja!«

Meine Hände zitterten, und ich ließ mich kraftlos in meinen Schreibtischstuhl fallen.

»Wie hast du das hinbekommen?«

»Alter, ich musste echt nicht viel machen. Die haben mich nicht mal gefragt, wann ich Zeit habe. Die beiden haben die Flüge und das Hotel gebucht und mich darüber in Kenntnis gesetzt. Ach übrigens, kannst du mir ein bisschen Geld leihen?«

Ich atmete durch und seufzte gedehnt.

»Wie viel?«

»Zweihundertfünfzig Euro oder so.«

»Ich überweise es dir.«

»Danke, du bist echt der Beste. Das bekommst du alles zurück, sobald ich wieder etwas flüssiger bin.« Ich hörte ihn schmatzen.

»Ich hoffe, du isst gerade und ich hör dir nicht bei irgendwelchen sexuellen Aktivitäten zu.«

»Nein, nein«, antwortete er mit vollem Mund. »Ist nur ein Käsebrot. Pussy gabs heute Morgen schon.«

»Was ein Glück.« Ich schnaubte, konnte mir aber ein kleines Grinsen nicht verkneifen. Nach einer kurzen Pause, in der Mike wahrscheinlich mit Kauen beschäftigt war, ergriff er wieder das Wort.

»Wie geht es dir sonst so, Jo?«

»Ich komm durch. Und du? Alles okay? Heute schon Blutzucker gemessen?«

»Bin keine siebzehn mehr.« Er schmatzte. »Ich hab alles unter Kontrolle. Hör auf, dir ständig Gedanken zu machen.«

»Jo, schau mal«, hörte ich Nathalie aus dem Nebenzimmer kreischen.

»Dein Typ wird verlangt«, kommentierte Mike kichernd.

»Jap, ich leg dann mal auf. Halte mich weiter auf dem Laufenden. Okay?«

»Klar! Wir sehen uns, Bro.« Daraufhin legte er auf und ich hörte nur noch ein Tuten. Ich fuhr mir mit der Hand erschöpft übers Gesicht. Ich liebte meinen Bruder, aber er war anstrengend. Wahrscheinlich lag es an mir. Momentan empfand ich nämlich so ziemlich alles als unglaublich anstrengend. Mein Liebesleben, Nathalie, meinen Bruder, den Job, das morgendliche Aufstehen und Duschen. Manchmal fragte ich mich, warum ich nicht einfach im Bett blieb. Wirklich viel erwartete mich den Tag über ja nicht. Zumindest nicht viel Erfreuliches.

Ich ging nach nebenan in unser Schlafzimmer und betrachtete Nathalie, die sich wiederum selbst im Spiegel musterte.

»Wie findest du das?« Sie trug ein silberfarbenes, kurzes Kleid mit dazu passenden High-Heels.

»Funkelnd.«

Sie wandte sich zu mir um und rollte mit den Augen.

»Na, toll!« Ruppig riss sie sich das Kleid über den Kopf und hatte keine zehn Sekunden später ein feuerwehrrotes Kleid mit Spitzenbesatz an den Ärmeln an.

»Und das?«

»Leuchtend.«

»Du bist furchtbar«, fauchte sie mich an.

»Was erwartest du von mir?«, stöhnte ich. »Ich hab doch keine Ahnung von Mode.«

Das Einzige, für das ich gerade Augen hatte, waren ihre Hüftknochen, die sich deutlich unter dem Kleid abzeichneten, und ihre Schulterblätter, die spitz unter der Haut hervorragten. Das hatte nichts mehr mit einer gesunden Figur zu tun. Ihr Drang, dürr zu sein und zu irgendeiner It-Girl-Clique zu gehören, wurde ja mittlerweile zu einem Wahn. Deshalb war sie auch so verdammt versessen darauf, mich zu dieser Preisverleihung zu begleiten. Sie sah sich garantiert schon über den roten Teppich schweben. Das war ihre Welt. Meine nicht.

»Iss mal wieder etwas mehr. Du verlierst die Kontrolle«, sprudelte es aus mir heraus. Wegsehen brachte doch nichts. Ich musste etwas sagen. Sie war doch so lange in Behandlung gewesen. Wir hatten monatelang um ihre Gesundheit gekämpft. Doch sie hatte nur ein Schnauben für mich übrig und drehte sich ein weiteres Mal vor dem Spiegel.

»Sieht so jemand aus, der die Kontrolle verloren hat?« Sie zog voll Stolz und mit einem Hauch Arroganz eine ihrer gezupften Augenbrauen in die Höhe und erwartete wohl eine Antwort.

Ich hatte keine erfreuliche. Denn um ehrlich zu sein, sah genau so jemand aus, der sein Essverhalten nicht mehr im Griff hatte. Aber sie war ja lieber abgemagert, als auch nur ein Pfund zu viel auf den Knochen zu haben. Kurz dachte ich an Ruby, an ihre Rundungen, an ihren großen Busen, die weichen Hüften, den sinnlichen Mund in ihrem süßen Gesicht.

Sofort überflutete mich die Scham und drohte mich zu ersticken.

Wie können zwei Frauen so grundlegend unterschiedlich sein? Nathalie mit ihrem blonden, glatten Bobschnitt, der so akkurat war wie sie selbst. Ruby mit ihrer wilden, feuerroten Mähne und ihren Kurven, die mich fast um den Verstand gebracht hatten. Ihr lautes, aufgewecktes Lachen. Ihre roten Wangen, nachdem wir ...

Ich blickte wieder zu Nathalie, die sich mir nun in einem kurzen schwarzen Kleid zeigte. Ich nickte anerkennend.

»Was wirst du eigentlich anziehen?«, fragte sie mich und erwischte mich kalt.

»Einen Anzug, was denn sonst? Vielleicht den, den ich zur Hochzeit von Ben anhatte.« Ben war ein ehemaliger Kommilitone von mir, der vor einiger Zeit geheiratet hatte.

»Das ist drei Jahre her ... Pass auf, dass du ja nicht zu modisch bist«, keifte sie mich an. Ich winkte ab und verdrehte die Augen.

»Anzug ist Anzug.« Jetzt mal im Ernst, da konnte sich doch

innerhalb von ein paar Jahren nicht allzu viel in der Modewelt verändert haben. Oder?

»Du bist echt unmöglich.« Sie zog ihre High-Heels aus. »Ich weiß gar nicht, warum ich mir überhaupt so viel Mühe gebe.« Daraufhin warf sie mir einen ihrer Schuhe entgegen, den ich gerade noch auffangen konnte, bevor er mich im Gesicht traf.

»Das weiß ich allerdings auch nicht«, konterte ich und zuckte mit den Achseln.

»Ist dir vielleicht schon mal in den Sinn gekommen, dass der Abend auch für mich wichtig sein könnte? Dass ich Kontakte knüpfen könnte?« Aha, daher wehte also der Wind.

»Du weißt aber schon, dass ich für einen Preis nominiert bin und nicht du?«

»Du bist so egoistisch«, zickte sie mich an und warf mir dann noch den zweiten Schuh entgegen, der mich an der Schulter traf. Ich atmete einmal durch und versuchte mich zu sammeln. Nathalie funkelte mich herausfordernd an und stürmte, nachdem ich nicht konterte, wutentbrannt an mir vorbei. Im Flur hörte ich etwas krachen, dann schlug eine Tür zu.

Als ich das Zimmer verließ, sah ich, dass eine Truhe, in der sie ihre vielen Tücher und Schals aufbewahrte, auf dem Boden lag und ihr Inhalt überall verstreut war. Nathalie schien gegangen zu sein. Wer wusste schon, wohin.

Ich dachte über unseren Streit nach und musste ihr bei einer Sache recht geben. Momentan empfand ich kein bisschen Vorfreude, wenn ich an die Preisverleihung dachte und hatte somit auch einfach keine Lust, etwas vorzubereiten oder mich um meine Garderobe zu kümmern. Bald würde ich nach Schottland fliegen und eventuell einen Preis entgegennehmen, und das Einzige, an das ich dachte, war: Werde ich sie sehen? Edinburgh war groß. Die Wahrscheinlichkeit, dass man sich zufällig über den Weg lief, war gering. Welches Hotel hatte Mike noch mal erwähnt? Vielleicht sollte ich ja dort auch ein Zimmer buchen, oder zumindest in der Nähe. War das sinnvoll? Nein. Mit Sicherheit nicht! Es war extrem unvernünftig, aber vielleicht auch meine einzige und letzte Chance. Es war zum Haare raufen.

Herz und Hirn bekriegten sich, und ich hatte keine Ahnung mehr, was richtig und falsch war. Ich war ein verwirrtes Wrack.

Kurzerhand ging ich an meinen Schreibtisch, schnappte mir mein Handy und tippte eine Nachricht an sie. Was hatte ich schon zu verlieren? Sie konnte mich bestimmt nicht noch mehr hassen.

Ich denke sehr oft an dich.

Simple Worte, die mir aus dem Herzen sprachen. Genau so war es. Ich dachte ununterbrochen an sie, und Ruby sollte das wissen. Sie war für mich nicht abgehakt, sondern noch so präsent wie am Tag ihrer ersten SMS. Ich benahm mich unvernünftig und gemein und verhielt mich wie ein gottverdammter Trottel. Aber ich sah keinen Ausweg. Ich war nicht in der Lage, Nathalie einfach so alleine zu lassen. Ich brachte es nicht übers Herz. Sie würde daran zerbrechen. Oder? Vielleicht auch nicht. Die jetzige Nathalie war unberechenbar. Warum waren wir überhaupt noch zusammen? Gewohnheit? Der alten Zeiten wegen? Alles keine Gründe für eine Beziehung. Wir hatten ja noch nicht mal mehr Sex.

Auch jetzt konnte ich mein verräterisches Hirn nicht davon abhalten, mir Bilder von Ruby zu zeigen. Nackt. Unter mir.

Ich war so ein riesiges Arschloch.

Kapitel 19

RUBY

Seine SMS machte mich rasend. Ich saß im Büro, blickte auf mein Handy, rechnete mit einer Nachricht von Christopher oder wer weiß von wem, und sah den Namen *James Dean* aufleuchten.

Ich denke sehr oft an dich.

War das sein verfluchter Ernst? Am liebsten würde ich nach Berlin fahren und ihm sein Handy mit voller Wucht in seine verlogene Fresse rammen. Stattdessen tippte ich los und hämmerte dabei so fest auf mein Smartphone, dass es mich nicht gewundert hätte, wenn das Display in tausend Teile zersprungen wäre.

Bevor oder nachdem du mit deiner Freundin schläfst?

Ha! Das hatte gesessen. Einen kurzen Moment war ich stolz auf meinen schlagfertigen Konter. Doch die Glückshormone verließen mich zu schnell. Zurück blieb nur Leere. Ich vermisste seine Nachrichten so sehr. Jetzt hatte er mir geschrieben, und ich konnte nur unbändige Wut und Traurigkeit empfinden. Für eine Millisekunde war ich glücklich, als ich seinen Namen auf meinem Handy gesehen hatte. Die Erkenntnis traf mich wie ein Baseballschläger und hinterließ Verzweiflung und stechende Kopfschmerzen.

Ich hatte den Urlaub in meiner zweiten Heimat tatsächlich mehr als verdient.

Ich brauchte eine Auszeit. Ich war in letzter Zeit viel zu schnell gereizt. Aber bis dahin musste ich noch einiges hier erledigen und wegarbeiten.

Ich durfte mich jetzt nicht zu sehr ablenken lassen, nur weil *James Dean* sich ausnahmsweise mal wieder an meine Existenz erinnert hatte. Ich hatte zu tun.

In den nächsten Stunden legte ich einige neue Ordner an, sortierte den Posteingang und aktualisierte den Presseverteiler. Als ich auf die Uhr schaute, war es bereits Mittag. Anna hatte mir heute Morgen schon mittgeteilt, dass sie ihre Mittagspause mit Mike verbringen würde. Ich schüttelte nur den Kopf. Keine Beziehung haben wollen, aber ständig aufeinander kleben. Richtig verstehen konnte ich die beiden ja nicht. Trotz allem empfand ich ein wenig Neid. Wenn man sich auf nichts Festes einließ, ging auch nichts in die Brüche. Eigentlich eine ganz einfache Gleichung. Eigentlich. Wäre da nicht mein Herz, das mich immer wieder viel zu schnell verriet und sich Männern allzu gerne vor die Füße warf. Am liebsten solchen, die dann ohne Rücksicht darauf herumsprangen.

Ich schnappte mir meine Handtasche und verließ das Bürogebäude. Ich sah mich um und überlegte, wie ich meine Mittagspause verbringen wollte. Richtigen Hunger hatte ich eigentlich nicht. Jos Nachricht hatte mir eher Magenschmerzen bereitet.

Ich entschied mich für einen großen Caffè Latte von Starbucks. Ich musste eh noch mit meiner Mum telefonieren und ihr schonend beibringen, dass ich in wenigen Wochen nach Schottland fliegen würde, um meinen Dad zu besuchen. Sie war kein großer Fan von ihm, und ich wusste, dass sie nicht davon begeistert sein würde. Sie würde aber auch nicht daran denken, es mir auszureden. Nach der Scheidung war das Verhältnis der beiden mehr als unterkühlt. Ich konnte zwar nicht behaupten, dass mein Dad ein Vorzeigevater war, aber ich hatte ihn lieb, und ich kam gut mit ihm aus. Manchmal sogar besser als mit Mum, was wohl daran lag, dass sie hier war. Würde ich meinen Vater ständig sehen, wäre unser Verhältnis vielleicht auch ein anderes.

Nachdem ich eine viertel Stunde bei Starbucks angestanden hatte, ging ich mit meinem Kaffeebecher in der Hand und meiner Sonnenbrille auf der Nase die Fußgängerzone entlang. Es war ein wunderbar sonniger Tag, und nicht wenige Frauen liefen hier schon im Sommerkleidchen herum. Ich war leider gezwungen, einen Hosenanzug zu tragen. Röcke waren nur erlaubt, wenn sie die Knie bedeckten. Solche Röcke standen

Anna. Sie hatte dann direkt die Aura einer Domina. Ich sah damit einfach nur unförmig aus, weil sie meine Beine noch um einiges kürzer wirken ließen.

Ich setzte mich auf eine Parkbank und genoss die Sonne auf meinem Gesicht. Hier herrschte ein hektisches Treiben. Die Leute hatten alle nicht viel Zeit, machten schnelle Besorgungen in ihrer Mittagspause oder hetzten schon wieder zurück ins Büro. Ich hatte noch ein paar Minuten und kramte in meiner Tasche nach meinem Handy, um die Nummer meiner Mutter zu wählen. Ich sollte es einfach schnell hinter mich bringen.

Das Telefonat ging schneller, als ich erwartet hatte. Nachdem ich meiner Mum eröffnet hatte, dass ich nach Edinburgh fliegen würde, war sie ziemlich wortkarg und würgte mich einige Minuten später ab. Sie müsse noch einkaufen. Ja, klar. Mir sollte es recht sein. Ich hatte ja eh nicht viel Zeit und ging dann auch zurück ins Büro.

Als ich kurz nach vierzehn Uhr am Vorzimmer meines Chefs vorbeiging, spürte ich den Blick von ihm im Rücken. Ich hasste das Gefühl, jederzeit auf ein Donnerwetter gefasst sein zu müssen. Man wusste nie, wann er seinen nächsten cholerischen Ausraster haben würde. Meist konnte ich meine Maske wahren, wenn er mich grundlos anschrie. Aber momentan wusste ich nicht, wie ich reagieren würde. Ich wollte um nichts in der Welt vor ihm in Tränen ausbrechen. Er hatte so schon kaum Respekt vor mir.

Schnell lief ich in mein Büro und schloss die Tür hinter mir. Zwar war das kein Hindernis für meinen Boss, aber trotzdem fühlte ich mich in diesen vier Wänden und hinter einer geschlossenen Tür gleich etwas wohler und konnte durchatmen.

Als ich meine Handtasche auf meinen Schreibtisch legte, fiel mir ein Briefumschlag auf. Kein normaler. Einer mit goldenem Rand. Okay ... das würde wohl kaum eine Abmahnung sein. So viel Stil traute ich dieser scheiß Firma kein bisschen zu.

Ich nahm den Umschlag in die Hand und erblickte die Worte *Für Ruby* darauf. Ich bekam rote Wangen. Das würde doch nicht etwa ein Liebesbrief oder sowas in der Art sein? Nein. Bestimmt war das nur wieder ein übler Scherz von Anna. Wahrscheinlich war Juckpulver drin oder so. Ich öffnete den Umschlag vorsichtig. Als es weder knallte noch juckte und ich auch von keinen Insekten angesprungen wurde, schaute ich hinein und erblickte eine Karte. Ich holte sie heraus und öffnete sie. Darin lagen zwei Eintrittskarten. Um genau zu sein: zwei Karten für die Ägypten-Ausstellung im Historischen Museum Speyer, und dazu noch ein Schlüsselanhänger mit vielen ägyptischen Hieroglyphen.

Wow. Ich war sprachlos. Während meines Studiums in alter Geschichte und Archäologie hatte mich die Zeit der Ägypter und Pharaonen am meisten fasziniert. Leider war ich noch nie in Ägypten gewesen. Aber irgendwann würde ich das schaffen. Das war auf meiner Liste der Dinge, die ich noch dringend tun musste, bevor ich alt und runzlig war, ganz weit oben. Aber wer war denn so unglaublich aufmerksam und nett zu mir? Und warum? Ich schob die Eintrittskarten zur Seite und las.

Hallo Ruby,
ich dachte mir, dass du dich bestimmt dafür interessieren könntest. Du kannst natürlich hingehen, mit wem du willst, aber ich würde mich sehr gerne als Begleitung anbieten.
Eric

Ich lächelte breit. Es gab wohl kaum einen Mann auf dieser Welt, der weniger aufdringlich war. Er würde wahrscheinlich wirklich nichts sagen, wenn ich mit Anna die Ausstellung besuchen würde. Aber das wäre schon sehr unverschämt. Es war ja wohl eindeutig, dass er mit mir in das Museum gehen wollte. War das dann ein Date? Unser gemeinsames Essen vor ein paar Tagen konnte ich mir noch schönreden. Das war spontan gewesen, und ich hatte etwas zu erklären und wiedergutzumachen gehabt. Das hier roch aber schon sehr offiziell.

Was sprach eigentlich dagegen?

Okay, Eric war kein tätowierter Hipster mit Dreitagebart, aber irgendwie hatte ich langsam das Gefühl, dass ich mit der Sorte Mann auch nicht wirklich viel Glück bisher hatte. Eric war nett und sehr aufmerksam. Ich kannte niemanden, der sich selbst so sehr zurücknahm und für den mein Wohl an erster Stelle stand. Vielleicht hatte er eine Chance verdient.

KAPITEL 20

RUBY

Die Zeit war so unglaublich schnell vergangen, und ehe ich mich versah, würde es am nächsten Tag schon losgehen. Der Flieger nach Edinburgh sollte um kurz nach neun mit uns abheben. Somit hatten wir noch fast den kompletten Donnerstag, um die Stadt zu genießen.

Wir hatten uns zwei Zimmer in einem netten und vor allem recht günstigen Hotel gebucht, das sehr zentral lag. Anna und Mike würden zusammen in einem Zimmer schlafen. Natürlich nicht als Paar. Ich konnte über die beiden echt nur noch lachen. Aber solange sie mich mit ihrer seltsamen Beziehung in Ruhe ließen und ich nicht Zeuge eines Dramas zwischen den beiden wurde, sollten sie tun und lassen, was sie wollten. Ich packte meinen Koffer und zusätzlich einen Rucksack mit dem Nötigsten für den Flug. Dazu zählte vor allem mein Geldbeutel, meine Powerbank fürs Handy, Kopfhörer und ein Buch. So lange würde der Flug ja nicht dauern, also würde ich nicht viel mehr benötigen.

Mein Handy vibrierte. Immer noch spürte ich einen Stich in der Brust, wenn mein Handy eine SMS ankündigte. Jos Nachrichten hatten mich konditioniert. Ich musste meinen Körper jetzt erst mal umtrainieren.

WIR HOLEN DICH MORGEN UM SECHS AB, OKAY?

Anna würde uns zum Flughafen fahren und ihr Auto dort für die paar Tage stehen lassen. Die Parkgebühr würden wir uns teilen.

GEHT KLAR.

Ich schob gleich noch eine weitere Nachricht hinterher: *VERGISS NICHT WIEDER DEINE ZAHNBÜRSTE WIE IN JEDEM DEINER BISHERIGEN URLAUBE.*

IST SCHON EINGEPACKT :-)

Fahrt, Wartezeit und Check-in liefen wie geschmiert, was mich etwas wunderte. Ich erwartete bei so etwas immer, dass meine Kleidung beim Sicherheitscheck anfing zu piepen und ich mich vor allen Leuten ausziehen musste oder dass in meinem Gepäck Drogen gefunden wurden, die mir jemand untergejubelt hatte. Im Zweifel Mike, den ich nun wirklich nicht gut genug kannte, um meine Hand für ihn ins Feuer zu legen. Aber nichts davon trat ein. Wir drei wurden ohne Probleme durchgewunken und saßen nun im Flieger. Ich am Fenster, Anna in der Mitte und Mike am Gang. Er wollte eh die Beine ausstrecken und hatte damit kein Problem. Ich freute mich über den Fensterplatz und war aufgeregt ohne Ende. Ich war zwar schon öfter geflogen, trotzdem war es jedes Mal wieder etwas Besonderes. Ich hatte keine Flugangst, aber ordentlich Respekt vor dem tonnenschweren Vogel, der auf magische Art und Weise mit uns in der Luft bleiben musste. Dieser Respekt, gepaart mit der Vorfreude auf den Start, sorgte schon Tage im Voraus für Schmetterlinge in meinem Bauch.

Nach dem Start brauchte ich ein paar Minuten, um mir das doofe Grinsen aus dem Gesicht zu wischen. Ich liebte dieses Gefühl, wenn das Flugzeug immer mehr beschleunigte, man kräftig durchgerüttelt wurde und sich dann plötzlich die Schnauze in die Luft reckte und wir abhoben. Das Gefühl war besser als jede Achterbahn.

Mike und Anna schienen von dem Start nicht so überwältigt zu sein wie ich. Sie unterhielten sich flüsternd und tranken beide eine Tasse Kaffee, die ihnen von der Stewardess soeben gebracht worden war. Ich hingegen steckte mir meine Kopfhörer in die Ohren und entschied mich für die Band *Muse*. Ich genoss den Blick aus dem Fenster, zählte die Wolken und bemerkte gar nicht, dass mir langsam die Augen zufielen und mich das Flugzeug in den Schlaf wiegte.

Erst das Pling des Anschnallzeichens über uns weckte mich. Wir waren im Landeanflug. Anna und Mike knutschten neben mir, und erst mein extra lautes Räuspern ließ die beiden hochschrecken.

»Ihr müsst euch anschnallen«, sagte ich etwas angenervt. Wenn das jetzt die nächsten drei Tage ständig so laufen würde, dass ich das fünfte Rad am Wagen war, dann würde ich demnächst ausrasten und laut schreien. Wie aus einer Trance erwacht, starrten mich die beiden an und bemerkten dann selbst, dass wir bereits im Sinkflug waren und demnächst landen würden.

»Ups«, kam es von Anna kichernd. Sie schaute mich entschuldigend an und tätschelte dabei Mikes Knie. Ich rollte nur mit den Augen.

Die Landung lief einwandfrei, und unser Gepäck kam als eines der Ersten auf dem Laufband an. Da wir auf Anhieb die richtige Bushaltestelle fanden, um mit dem Bus in die Innenstadt von Edinburgh zu fahren, erreichten wir unser Hotel recht zügig.

Der Kurzurlaub stand unter einem guten Stern. Soviel war jetzt schon mal klar. Auch in Schottland war es Sommer, und hingegen aller Gerüchte konnte es auch auf der britischen Insel richtig schön sein. Keine einzige Regenwolke war zu sehen. Der Himmel leuchtete in einem wunderschönen Blau, die Sonne strahlte, und lediglich ein angenehmes Lüftchen vom Meer fuhr uns ab und an durch die Haare und brachte Abkühlung.

Wir hielten uns nicht lange in unseren Hotelzimmern auf. Ich lud mein Gepäck ab und vergeudete keine Minute mit auspacken. Die nächsten Tage würde ich aus dem Koffer leben, und das war okay. Ich holte meine Handtasche aus dem Koffer und packte alles Nötige um. Geldbeutel, Schlüsselkarte fürs Hotelzimmer, Handy, Powerbank, mehr brauchte ich nicht, um die Stadt unsicher zu machen. Ich hatte gerade die Schuhe gewechselt, als es auch schon an der Tür klopfte.

»Bist du fertig?« hörte ich Mikes Stimme und öffnete daraufhin sofort die Tür.

»Fertig und bereit!«

Mike lächelte und ließ mir mit einer eleganten Geste den Vortritt. Anna stand bereits im Foyer und wartete.

»Ich hoffe, du hast einen Plan, immerhin kennst du dich hier als Einzige ein wenig aus.«

»Klar habe ich einen Plan. Ich zeige euch dann wohl erst mal das Standard-Touristenprogramm. Das kenne ich zwar alles schon, aber das ist so toll, dass ich mir das alles auch gerne nochmal gebe.«

»Dann los!«

Zuerst besorgten wir uns Tickets für die Edinburgher Sightseeing-Busse. Die würden uns in jede Ecke der Stadt bringen, und man konnte sich einen tollen Überblick verschaffen. Wir stiegen in den ersten Bus, und Mike und Anna lauschten der Stadtführerin gespannt, die uns einiges über die Geschichte der schottischen Hauptstadt erzählte. Vor allem die Geschichte über den Hund Bobby, der nach dem Tod seines Herrchens John Gray die restlichen vierzehn Jahre seines Lebens am Grab verbracht haben soll. Er verließ den Friedhof nur, um zu essen. Als der Hund dann mit sechzehn Jahren starb, wurde er natürlich auf dem gleichen Friedhof, direkt bei seinem Herrchen, begraben. Der Grabstein ist heute eine kleine Pilgerstätte, und es wurde sogar eine Statue für Bobby errichtet. Mike und Anna drückten sich ihre Nasen an der Scheibe platt, als wir daran vorbeifuhren, und waren sichtbar begeistert von dem Flair und der Schönheit Edinburghs.

»Lasst uns demnächst mal aussteigen«, flüsterte ich den beiden zu, um den Redefluss der Stadtführerin nicht zu stören. »Wir fahren gleich an der Burg vorbei. Die schauen wir uns natürlich auch an.«

Mike und Anna waren Feuer und Flamme.

Nach einer schnellen Burgbesichtigung, einem verrückten Selfie mit einem echten Kilt-Träger mit Dudelsack sowie einer weiteren Busfahrt durch die Stadt mit Halt vor dem Café, in dem *J.K. Rowling* den ersten *Harry Potter* geschrieben hat, begaben wir uns in das hiesige Hard Rock Café, um uns traditionell mit einem Edinburgh T-Shirt auszustatten und die Bäuche mit Burger und Fritten vollzuschlagen.

»Und was treiben wir morgen?«, fragte Mike schmatzend und mit vollem Mund.

»Morgen könnt ihr schauen, wie ihr euren Tag verplant, ich treffe mich morgens erst mal mit meinem Dad.«

»Mit Jamie? Ohne mich?« Anna zog einen herzergreifenden Schmollmund. »Ich wollte Daddy doch auch sehen.« Jamie? Daddy? Ich wusste nicht, was ich schlimmer fand.

»Boar, nenn ihn nicht Daddy. Das hat was von Fetisch.« Mich schüttelte es. »Ich treffe mich morgen mit ihm zum Brunch. Keine Ahnung, was er den Tag sonst noch vorhat.«

»Sag ihm liebe Grüße von mir.«

»Vielleicht.«

Wir mampften alle unsere Burger, und danach verschlang jeder von uns noch ein riesiges Eis mit viel Sahne. Der Tag war extrem anstrengend gewesen, und mit vollem Magen überkam mich auch direkt die Müdigkeit.

Als wir wieder in unserem Hotel waren, murmelte jeder nur ein halbherziges »Gute Nacht«, bevor wir in unseren Zimmern verschwanden. Auch Mike und Anna wirkten ziemlich platt. So würde ich zumindest um ein Stöhn-Konzert aus dem Nebenzimmer herumkommen. Vorerst. Ich hatte da sowas von keinen Bock drauf.

Am nächsten Morgen schlief ich aus. Als ich erwachte, hatten Anna und Mike das Hotel bereits verlassen. Zumindest hatte mir Anna einen Zettel unter der Tür durchgeschoben, auf dem stand, dass sie nun die Stadt unsicher machen würden. Da ich mit meinem Dad erst um zehn Uhr verabredet war, konnte ich es etwas gemütlicher angehen lassen. Ich duschte, brachte meine Haare in Form und zog mir ein luftiges Sommerkleid an. Auch heute würde es wieder warm werden, für schottische Verhältnisse sogar richtig heiß. Mit dem Bus fuhr ich fünf Haltestellen bis zu dem Café, das mein Dad vorgeschlagen hatte.

Das *Tea & Sympathy* war klein und könnte genauso gut das Wohnzimmer einer alten Dame sein. Überall lagen kleine gehäkelte Untersetzer und Deckchen, und die Einrichtung war auch ansonsten eher rustikal. Als ich mir aber die Auslage am Tresen ansah mit all den Kuchen, den mit Puderzucker bestäubten Plätzchen, den schokoladigen Muffins und Scones, konnte ich meinen Vater verstehen. Mir lief das Wasser im Mund zusammen.

Noch bevor ich es mir auf einem der bunten Stühle bequem machen konnte, betrat mein Dad den Laden und wirbelte mich zur Begrüßung einmal um sich herum. Wir lachten, und ich hatte sogar ein paar kleine Tränchen in den Augen, so sehr freute ich mich, ihn wiederzusehen. Mir war gar nicht bewusst gewesen, wie sehr ich ihn in den letzten Monaten vermisst hatte.

Wir gönnten uns ein paar Muffins und jeweils eine große Tasse Milchkaffee.

»Erzähl. Was treibst du hier in Edinburgh?« Er sprach die Stadt so aus, wie es nur Einheimische konnten: *Edinborough*.

»Ich bin mit Freunden hier. Es hat sich einfach spontan ergeben. Hatte noch Urlaubstage übrig und vermisste Schottland einfach zu sehr. Und dich natürlich.« Dad lächelte und nahm kurz meine Hand.

»Ich freue mich auch, dich zu sehen. Du wirst von Jahr zu Jahr hübscher.«

»Nur weil ich dir immer ähnlicher sehe«, lachte ich und das brachte ihn noch mehr zum Grinsen.

»So ist es!«

Wir redeten über Nichtigkeiten, brachten uns auf einen aktuellen Stand. Sprachen über meine Mutter, unsere Jobs, Freunde, über ein kaputtes Teil in seinem Auto. Alles war locker und leicht. Bis er die Frage stellte, vor der ich insgeheim Angst gehabt hatte.

»Und wie sieht es mit der Liebe aus? Du bist nicht zufällig mit deinem Freund hier?«

Ich schüttelte den Kopf.

»Ich bin Single, Dad.«

»Aber warum? Sind in Deutschland alle Männer blind und dumm?«

»Vielleicht bin ich ja die, die blind ist und einfach viel zu hohe Ansprüche hat.«

»An zu hohen Ansprüchen ist nichts falsch. Du hast nur den Besten verdient.«

»Weißt du, Dad, ich habe mir schon ein paarmal die Finger verbrannt und bin jetzt einfach vorsichtiger. Ich will nicht wieder einen Fehler machen und mein Herz zu schnell verlieren, nur um es dann beschädigt wiederzubekommen.«

Dad hörte sich meine Ausführungen an, bevor er seine Kaffeetasse abstellte und mich musterte.

»Mädchen, du bist so jung. Mach Fehler. Bereue viel, lerne daraus, mache es besser. Das nennt man Leben.« Er breitete die Arme zur Seite aus, als wolle er mir nochmal demonstrieren, dass das alles hier nun mal dazugehörte. »Was willst du denn irgendwann mal deinen Kindern und Enkeln erzählen? Dass du dein Leben lang fucking vernünftig warst? Langweilig. Zu der Oma kommt niemand an Weihnachten, um sich ihre Geschichten anzuhören. Es liegt in deiner Hand. Erschaffe Geschichten, die es wert sind, immer wieder und wieder erzählt zu werden.«

Ich nickte und verstand, was er meinte. Aber es war nicht so einfach. Es gab ja keinen Schalter irgendwo bei mir im Kopf, den man von ›vorsichtig‹ auf ›mutig‹ umschalten konnte.

»Sobald ich mich auf jemanden einlasse, werde ich enttäuscht, und es stellt sich heraus, dass ich nichts weiter als eine Affäre war. Etwas, das man geheim hält und im Nachhinein bereut. Das ist verletzender als jeder Korb, den man bekommen kann.«

»Verstehe mich nicht falsch. Du sollst Fehler machen, aber niemals selbst der Fehler eines Mannes sein. Dafür bist du zu gut. Vergiss das nicht. Sollte dich doch jemand so böse ausnutzen, dann sag mir Bescheid. Ich kenne Leute, die können ihm das Leben zur Hölle machen.« Dad grinste daraufhin so teuflisch, dass ich mir für einen kurzen Moment nicht sicher war, ob er es ernst oder ironisch meinte.

»Hast du Kontakte zur schottischen Mafia? Sie kommen vorbei, getarnt in Schottenrock ohne Schlüpfer und dafür mit Dudelsack?« Ich schnaubte.

»Besser. Meine besten Kumpels kenne ich alle vom Rugby. Jemand, der fast alle zwei Wochen die Nase gebrochen bekommt und andere Leute aus Spaß umnietet und in den Rasen rammt, wirkt ziemlich angsteinflößend, glaub mir.«

Wir lachten und verfielen sofort in ein Gespräch über verschiedene Sportarten und deren Brutalität. Ich hatte es vermisst, mit meinem Vater zu reden. Er war witzig und verstand es, mich aufzubauen. Als ich einige Zeit später das Café verließ, hatte ich das Gefühl, endlich wieder richtig durchatmen zu können, als hätte er mir eine Last abgenommen, die bis dahin auf meinen Schultern gelegen hatte. Ich sollte öfter mit meinem Dad sprechen, und vielleicht sollte ich auch meine Mutter nicht immer so außen vor lassen. Okay, sie war manchmal echt anstrengend, aber eigentlich wollte auch sie immer nur das Beste für mich. Und genau solche Leute sollte ich verstärkt um mich sammeln. Menschen, die mich mochten, mich unterstützten und im Leben weiterbrachten.

Alle anderen konnten mir doch gestohlen bleiben!

Den Samstag nutzten wir ausgiebig zum Shoppen. Wir liefen die Princes Street auf und ab und hatten schnell zahlreiche Einkaufstüten zu schleppen. Mike fungierte dabei eher als eine Art Lastenesel. Anna und ich eskalierten und befürchteten irgendwann, dass wir das alles niemals in unsere Koffer unterbringen könnten. Wie um alles in der Welt sollten wir das ganze Zeug nach Deutschland schaffen?

»Notfalls kaufen wir einfach auch noch nen neuen Koffer«, versuchte mich Anna zu beruhigen. Irgendwie ging der Versuch aber nach hinten los.

»Ich hab noch massig Platz«, sagte Mike zuversichtlich. »Ich verstehe eh nicht, was ihr für drei Tage alles eingepackt habt. Immerhin sind wir doch nicht nackt hier angekommen. Ein bisschen Unterwäsche zum Wechseln reicht doch. Und vielleicht noch ein bis zwei andere T-Shirts, falls man sich komplett mit Schokoladeneis einsaut.« Mike grinste in meine Richtung und zwinkerte mir zu.

»Haha«, gab ich zurück. Ich hatte den Wink verstanden. Immerhin war ich gestern diejenige gewesen, die abends im Restaurant ein Lätzchen gebraucht hätte. Bei meiner Pasta hatte ich angestrengt und akribisch darauf geachtet, dass die Tomatensoße nicht alles vollspritzte, nur um dann beim Nachtisch mal eben kurz die Kontrolle über meinen Körper zu verlieren. Mir war der komplette Löffel, auf dem sich ein Berg cremiges Schokoeis befand, aus der Hand gerutscht, und über mein komplettes Outfit geschliddert.

»Heute Abend gehen wir aber in einen Club, oder?«, fragte Anna und schaute uns hoffnungsvoll an.

»Klar, die Frau an der Rezeption hat uns einen guten Tipp gegeben. *The Citrus Club* soll gut sein. Hauptsächlich mit Livebands und Indiemusik. Ich glaube, das könnte uns allen gefallen.«

»Egal, wir machen so oder so das Beste draus.« Mike erhob die Hand und zuerst klatschte Anna ein und, nachdem er mich auffordernd angeschaut hatte, gab auch ich ihm ein High-Five. Eigentlich war er ja ziemlich korrekt.

Gegen Abend gingen wir in eine kleine Pizzeria. Wir brauchten die Stärkung für die nächsten Stunden, die garantiert sehr alkohollastig werden würden. Immer wieder erwischte ich Mike dabei, wie er auf sein Handy schielte oder etwas tippte und das Handy dann schnell wieder in der Hosentasche verschwinden ließ. Ich wusste ja, dass die beiden keine Beziehung im klassischen Sinne führten, und trotzdem war ich mir sicher, dass Anna verletzt sein würde, wenn Mike nebenher noch etwas am Start hätte. Mike war kein schlechter Kerl, aber er schien es mit den Frauen doch eher locker zu nehmen. Ich hoffte inständig, dass er Anna nicht betrog und mit anderen Frauen schrieb. Ich wünschte den beiden eher, dass sie die Kurve kriegten und irgendwann vielleicht doch eine altmodische feste Bindung eingingen. Im Endeffekt fehlte ja nur noch das offizielle Label. Alles andere zwischen ihnen schien ja zu funktionieren.

Als wir uns sattgegessen hatten, kramte Mike zwei Gerätschaften aus Annas Handtasche. Mit dem einen piekte er sich in den Finger und fing den herausquellenden Blutstropfen auf. Er wartete kurz und betrachtete das Ergebnis. Dann schob er sein T-Shirt etwas hoch, klemmte es sich unter das Kinn und spritzte sich mit dem anderen Gerät, das aussah wie ein großer Kugelschreiber, in den unteren Bauch.

»Ähm, was war das?« Ich beobachtete ihn interessiert, wurde aber aus seinem Verhalten nicht schlau.

»Mike hat Diabetes, ab und an muss er seinen Blutzucker kontrollieren und sich, wenn nötig, Insulin spritzen.«

»Oh wow. Das ist mir noch gar nicht aufgefallen«, gab ich zu und überlegte gleichzeitig, wie ignorant ich eigentlich sein konnte.

»Ich mach daraus kein großes Ding.« Mike winkte ab. »Ich lebe damit ja nicht erst seit gestern.«

»Auf jeden Fall habe ich jetzt immer Traubenzucker dabei.« Anna klopfte sich auf ihre Handtasche. »Nur für den Notfall.« Mike lächelte sie an und wirkte dabei so verliebt, dass ich am liebsten ihre Köpfe aneinandergeschlagen hätte.

Gemeinsam gingen wir zurück zu unserem Hotel, um uns umzuziehen. Anna und ich hatten für diesen Anlass natürlich heute extra neue Kleider gekauft. Ich entschied mich für ein dunkelgrünes Kleid ohne Träger. Der Schnitt war sehr vorteilhaft, schmeichelte meiner Figur und hob meinen Busen ordentlich nach oben, so dass er einem schon fast obszön ins Gesicht sprang. Aber wofür hatte ich die beiden, wenn ich sie nicht stolz zeigen konnte? Bestimmt nicht nur, um überteuerte BHs zu kaufen, ohne die ich schon längst einen Haltungsschaden haben würde.

Meine Haare ließ ich offen, so dass mir meine Locken luftig über die Schulter fielen. Smokey Eyes, etwas Rouge und Lipgloss ... fertig. Ich betrachtete mich zufrieden im Spiegel. So gefiel ich mir. Ich sah aus wie ein Vamp, obwohl ich nicht gerade viel Schminkerfahrung hatte. Mal schauen, ob es mir gelingen würde, in diesem Outfit ein paar Männern den Kopf zu verdrehen. Ich war zwar in keinster Weise bereit für etwas Ernstes, aber ich war in einem anderen Land, in einer wunderbaren Stadt und hätte nichts gegen eine nette Bekanntschaft für heute Abend. Und eine kleine Fummelei wäre auch nicht schlecht.

Als ich mein Zimmer verließ, traf ich auf Mike und Anna, die vor meiner Tür standen und heftig knutschten. Ich verdrehte die Augen und räusperte mich gut hörbar.

»Sorry, dass ich störe, aber wollen wir dann mal ...«

Beide fuhren auseinander wie vom Blitz getroffen und grinsten beschämt.

»Sorry, ich hab dich gar nicht gehört«, gab Anna zu.

»Komisch, dabei war seine Zunge in deinem Hals und nicht in deinen Ohren.«

Mike prustete los und klopfte mir auf die Schulter.

»Ruby, du bist klasse und echt witzig! Jo hat echt die Arschkarte gezogen. Du bist viel cooler als Nat...« Mike verstummte mitten im Satz, als er meine versteinerte Visage bemerkte. Anna sah ihn wütend an und gab ihm einen Klaps auf den Oberarm.

»Taktloser Idiot«, fuhr sie ihn an.

»Sorry, ich ... man, das ist mir einfach so rausgerutscht, ich ... es ist nun mal so. Du bist wirklich ...« Er schüttelte seinen Kopf und seufzte. »Ich bin ruhig, okay?« Er versuchte sich in einem versöhnlichen Lächeln, das ich erwiderte. Zumindest gab ich mein Bestes, um meinem verkrampften Gesicht etwas Nettigkeit einzuhauchen. In Wirklichkeit war mir kotzübel. Jo hatte es mal wieder geschafft. Er hatte mir den Abend versaut. Und das, ohne auch nur anwesend zu sein. Ich war in einem anderen Land, und er verfolgte mich trotzdem wie ein Gespenst und saugte mir hinterrücks die Lebensfreude aus der Seele.

»Ruby?« Anna sah mich mitleidig an. Ich winkte ab.

»Was soll's, lasst uns gehen.« Es brachte ja nichts. Was war die Alternative? Mich wieder im Bett verkriechen? Einem Typen nachweinen, der mit einer anderen zusammen war? Nichts da! Ich schulterte meine kleine Handtasche und ging schnurstracks an den beiden vorbei. Im

Augenwinkel bemerkte ich, dass sie mir folgten. Ich würde mir heute Trost suchen, mich ablenken. Spaß haben, Edinburgh und die Partynacht genießen. Koste es, was es wolle!

The Citrus Club war genau das, was uns die Hotel-Rezeptionistin versprochen hatte. Ein cooler Club mit zwei unterschiedlichen Floors. In dem einen lief eine Mischung aus Indie- und Rockmusik, in dem anderen spielten diverse Livebands. Als wir den Live-Raum betraten, war gerade eine Band auf der Bühne, die uns sofort begeisterte. Zuerst holten wir uns aber alle ein Bier und stürmten dann die Tanzfläche. Die Band hieß *The Wizards* und war, wie wir im Laufe des Abends von anderen Gästen erfuhren, ein Edinburgher Original. Sie traten wohl schon seit mehreren Jahren jedes Wochenende in irgendeinem Club oder einer Bar in der Stadt auf. Ich nahm mir vor, mit meinem Dad über *The Wizards* zu sprechen. Bestimmt kannte er sie bereits. Sie spielten abwechselnd eigene Songs und Cover-Versionen, so zum Beispiel eine rockige Version von Coldplays bekanntem Song *Clocks* und ein paar meiner Lieblingslieder von *Linkin Park*. Mike, Anna und ich tanzten, bis uns der Schweiß auf der Stirn stand. Zudem schmerzten mir so langsam echt die Füße. Ich hatte mich zwar gegen hohe Absätze entschieden, aber meine Füße waren von der langen Shoppingtour heute Mittag noch ramponiert.

»Ich setze mich mal an die Bar«, schrie ich über die Musik hinweg in Annas Richtung. Sie nickte mir zu und legte daraufhin Mike die Arme um den Hals, um etwas enger mit ihm zu tanzen. Naja, dann würde ich ihnen mal ein bisschen Zweisamkeit gönnen.

Ich setzte mich auf einen freien Barhocker und orderte ein Bier. Als der Barkeeper mir die Flasche reichte, nahm ich gierig einen Schluck und stöhnte auf. Das kalte Bier war ein Segen für meine ausgedörrte Kehle und meinen erhitzten Körper. Außerdem schmeckte es einfach wunderbar. Neben mir hörte ich es kichern. Ich wandte meinen Blick nach rechts und bemerkte einen hübschen Kerl mit braunen, kurzen Haaren, der mich anlächelte.

»Was ist denn so lustig?«, fragte ich ihn auf Englisch. Er grinste über das ganze Gesicht.

»Ich habe noch nie jemanden gesehen, der sein Bier so genießt. Das war inspirierend und irgendwie ziemlich geil.« Die Tatsache, dass er auf

Deutsch antwortete, lenkte mich einen Moment von dem Inhalt seiner Aussage ab. Einige Sekunden verstrichen, bevor ich rot anlief. »Was trinkst du? Ich will das Gleiche. Ich will genauso glückselig aussehen.« Er winkte hektisch den Barkeeper zu uns und zeigte auf meine Bierflasche. Ich nutzte die Gelegenheit und musterte den Kerl etwas genauer. Er sah gut aus. Er trug ein Hemd, bei dem er die obersten Knöpfe geöffnet hatte und eine Anzughose. Eine Fliege lag ihm locker um den Nacken.

»Bist du von deiner eigenen Hochzeit geflohen?« Er zog eine Augenbraue hoch und verstand erst, was ich meinte, als ich mit dem Finger auf sein Outfit zeigte. Daraufhin lachte er schallend und hielt sich dabei den Bauch.

»Du bist verdammt lustig. Das mag ich.« Ich musste ein verdammter Scherzkeks sein, wenn man mir das gleich zweimal innerhalb weniger Stunden an den Kopf warf. »Obwohl du deutsch bist«, fügte er noch grinsend hinzu.

»Du ja anscheinend auch. Und woher wusstest du überhaupt, dass ich Deutsch spreche?«

»Akzent! Den deutschen Akzent hört man immer heraus. Glaub mir. Ich komme rum.« Wir tranken beide von unserem Bier und sahen uns dabei an.

»Und was machst du hier, schöne Frau?«, fragte er mich interessiert. Eigentlich hatte ich ja damit gerechnet, dass er mich nach meinem Namen fragen würde, aber vielleicht mochte er es ja anonym. Mir sollte es recht sein.

»Urlaub.« Ich zuckte mit den Achseln. »Also eigentlich eher ein verlängertes Wochenende. Morgen geht es schon wieder zurück.« Er nickte. »Und du?«

»Ich war hier auf einer Preisverleihung. Meine Band war für zwei Awards nominiert, und wir haben keinen gewonnen.« Er lachte auf. »Was soll's ...« Er schüttelte den Kopf, wie um einige finstere Gedanken zu verscheuchen und trank einen großen Schluck Bier. Dann zeigte er dem Barkeeper mit zwei erhobenen Fingern, dass er dringend Nachschub brauchte. Doppelten.

»Ist das dein Ernst? Du bist Musiker?« Er nickte und schob eine der beiden neuen Bierflaschen auf dem Tresen in meine Richtung.

»Jap, mein Ernst. Und wir warten schon ewig auf den Durchbruch, aber irgendwie …« Er fuhr sich mit der rechten Hand durchs Haar. »Das nächste Mal.« Mit einem sehr künstlich aussehenden Lächeln stieß er mit mir an und wollte das Thema wohl damit jetzt beenden.

»Und jetzt bist du hier und willst deinen Kummer ertränken?«, fragte ich ihn mit erhobener Augenbraue. »Ich gebe dir einen Tipp von jemandem, der Erfahrung hat: Es bringt nichts. Morgen ist alles wieder da, und wenn du Pech hast, zusätzlich noch ein paar peinliche SMS, die du erklären musst.«

»Die Geschichte hört sich interessant an.« Er grunzte belustigt und beugte sich weiter zu mir. »Erzähl mir mehr!«

»Lieber nicht.«

»Aber du musst etwas erzählen. Von mir kommt heute nichts mehr. Sogar meine Bandkollegen haben sich verzogen, weil ich sie runterziehe.« Er zeigte in eine unbestimmte Richtung. »Irgendwo dahinten sitzen die anderen.«

»Das ist aber gemein. Immerhin habt ihr doch alle heute eine Enttäuschung eingesteckt.«

Er winkte ab.

»Mich zieht es einfach ein wenig mehr runter, und deshalb suche ich jetzt Ablenkung.« Er senkte den Kopf und ließ seinen Blick dann anzüglich von unten nach oben wandern. Aus Reflex richtete ich mein Kleid und zog es etwas weiter nach unten. »Du bist nicht zufällig das typische Mädel für eine Nacht, oder? Ich könnte echt Trost gebrauchen. Am liebsten zwischen zwei weichen Schenkeln. Deine gefallen mir.« Ich errötete, konnte aber ein Kichern nicht unterdrücken. Er war zwar für meinen Geschmack etwas zu direkt, aber trotzdem ziemlich süß.

»Ist schon jemals eine nach dem Spruch mit dir nach Hause gegangen?« prustete ich los.

»Du hast ja keine Ahnung«, murmelte er mehr zu sich selbst. Ich seufzte und blickte über die Tanzfläche.

»Manchmal wünschte ich, ich wäre ein Mädel für eine Nacht. Aber ich stecke immer gleich so viel Herz hinein und verliebe mich viel zu schnell. Meist in die komplett falschen Kerle. So jemanden willst du dir bestimmt nicht ans Bein binden.«

»Oh Süße, wer hat dir denn das Herz gebrochen?«

Ich schüttelte den Kopf und trank mein Bier.

»Willst du es mir erzählen und danach trösten wir uns gegenseitig?« Er ließ seine Augenbrauen anzüglich hüpfen und grinste.

»Lass mal stecken.« Ich trank aus und erhob mich.

»Warte, ich wollte dich nicht vergraulen.«

»Hast du nicht. Der Abend hat schon scheiße angefangen. Das war nicht deine Schuld. Du warst, glaube ich, sogar mein Highlight heute.« Ich schaute mich nach Anna und Mike um, konnte sie aber auf die Schnelle nicht finden. Dann würde ich ihr eben eine SMS schreiben, dass ich schon mal zurück ins Hotel ging. Ich kramte mein Handy aus der Tasche und begann zu tippen, als ich mich noch einmal nach meinem Gesprächspartner umsah.

»Eins noch ...« Ich ging einen Schritt auf ihn zu. »Wie heißt deine Band? Vielleicht höre ich mal in euer Album rein und helfe euch so, die Chartspitze zu erklimmen.« Er griff unter sich. Erst jetzt bemerkte ich, dass eine schwarze Lederjacke unter ihm auf dem Hocker lag. Aus der Innentasche kramte er eine CD hervor.

»Bitteschön. Sieh es als Wiedergutmachung an, weil ich dir hier auf die Nerven gegangen bin.«

Ich nahm die CD entgegen und bedankte mich. »Dann mach's mal gut, Mr Rockstar. Und noch viel Erfolg. Ihr schafft das!« Er nickte und zeigte mir einen erhobenen Daumen.

Als ich den Club verließ, sah ich mich nach einem Taxi um und war dankbar, eins direkt einige Meter entfernt parken zu sehen. Ich setzte mich auf die Rückbank und nannte dem Fahrer den Namen des Hotels. Vielleicht würde ich noch einen schnellen Drink an der Hotelbar zu mir nehmen, bevor ich ins Bett ging. Ich sah nach unten auf die CD, die ich noch immer in den Händen hielt und konnte mein Lachen beim Blick auf das Cover nicht unterdrücken.

Burning Bottoms? Wer nannte sich denn bitteschön so?

Kapitel 21

JO

Die Preisverleihung war ganz interessant, und obwohl ich auch nicht damit gerechnet hatte, bei so einer starken Konkurrenz zu gewinnen, war ich dann doch etwas enttäuscht, als ein anderer Name aufgerufen wurde. Sowas ließ sich nicht vermeiden. Insgeheim machte man sich wohl doch Hoffnung. Die Stimmung bei Band und Management war gedrückt. Die Musiker verabschiedeten sich relativ schnell, um die Stadt noch ein wenig unsicher zu machen, und das Management der Plattenfirma hatte sich wohl vorgenommen, auf der Aftershowparty mit Champagner zu versacken.

Alle Menschen um mich herum waren am Trinken. Ich war der Einzige, der nach einem kleinen Gläschen Mousse au Chocolat gegriffen hatte und es gierig auslöffelte. Aber ich war nun mal am Verhungern. Die anderen schienen ihren Hunger zuerst mit Alkohol zu ertränken und danach mit Nikotin zu ersticken. Ich stand zwischen teuren Anzügen, viel Tüll und einem riesigen Schwan aus Eis. Um diesen Schwan herum waren Gläser getürmt, allesamt gefüllt mit Champagner. Auf einem anderen Tisch gab es Fingerfood.

Mich nervte Nathalies schrilles Gelächter, das sie jedem C-Promi entgegenschmetterte, und langsam bekam ich Kopfschmerzen.

Ich trank mein Glas Champagner aus und unterdrückte ein Rülpsen.

»Nathalie«, flüsterte ich ihr ins Ohr und zog sie dabei etwas in meine Richtung. »Ist es okay, wenn ich schon gehe?«

»Ich will aber noch nicht weg. Ich habe Spaß hier.« Sie grinste erst den Musiker an, mit dem sie schon seit einer Dreiviertelstunde flirtete, und blickte dann wieder zu mir.

»Ist okay, dann nimm dir später einfach ein Taxi.« Ich kramte einen Fünfzig-Pfund-Schein aus meiner Hosentasche und steckte ihn ihr zu. »Wir sehen uns im Hotel.« Oder auch nicht. War mir auch egal. Sie konnte ja auch mit zu ihm gehen.

»Okay, Schatzi.« Sie winkte mit spitzen Fingern und war schneller wieder in ihr Gespräch vertieft, als ich den Raum verlassen konnte. Eigentlich könnte sie sich diesem Musiker auch direkt an den Hals werfen. Also nicht nur im übertragenen Sinn, sondern wortwörtlich. Das würde weniger lächerlich wirken.

Ich verhielt mich unfair. Ich wusste das. Aber ich war nun mal einfach schlecht drauf. Das hier hätte mein großer Abend werden können, und sie machte eine Nathalie-Show daraus. Das war nicht meine Welt.

Ich sehnte mich nach meiner Jogginghose und meinem Bett. Ich hasste Champagner und hätte für ein gutes Bier jemanden da drin ermorden können.

Mit einem Taxi fuhr ich zu unserem Hotel, einem riesigen 5-Sterne-Palast - der direkt gegenüber von dem kleinen 3-Sterne Hotel lag, in dem Mike, Anna und Ruby womöglich schon schliefen. Was hatte ich mir dabei gedacht? Die ganze Aktion war doch einfach nur dumm. Innerlich verfluchte ich Mike, von dem ich wusste, dass auch sie hier in Edinburgh waren, und Ruby verfluchte ich einfach nur, weil sie existierte. Was hatte sie mit mir angestellt? Warum war ich so verdammt vernarrt in sie? Warum konnte ich sie nicht vergessen? Warum betrog ich Nathalie? Und das nicht nur in der einen schicksalhaften Nacht, nein. Ich betrog sie seitdem immer wieder, jeden Tag aufs Neue. Meine Gedanken gingen fremd.

Das Taxi hielt zwanzig Minuten später vor dem Hotel, und ich drückte dem Fahrer achtlos einen Schein in die Hand.

Da stand ich nun. Alleine. Mitten in Edinburgh. Eine der schönsten Städte auf diesem gottverdammten Planeten, und ich war noch nie so unglücklich wie in diesem Moment.

Ich ließ meinen Blick zu dem Hotel gegenüber wandern und erstarrte. Das durfte doch nun wirklich nicht wahr sein.

Das war sie. Unverkennbar.

Durch die große Glasfassade im Erdgeschoss sah ich ihr rotes, leuchtendes Haar. Sie saß an der Hotelbar. Alleine.

Wir waren beide alleine.

Wir waren beide in Edinburgh. Alleine.

Herr im Himmel, steh mir bei!

War es Schicksal, war es Zufall, oder war es irgendetwas dazwischen? Ich dachte nicht weiter darüber nach, sondern überquerte die Straße und betrat das Hotel.

Die kleine Bar lag im hinteren Bereich des Erdgeschosses. Ich durchquerte die Lobby, ohne Augen für die Menschen um mich herum zu haben. Ich hatte nur Augen für sie.

Sie war es.

Ruby.

So schön.

Sie trug ein grünes Kleid. Ihre Haut leuchtete im fahlen Neonlicht. So weiß. So rein. Ich grinste, als sie von der bernsteinfarbenen Flüssigkeit in ihrem Glas nippte. Bestimmt trank sie einen Whiskey, meine kleine, schottische Prinzessin. Ich konnte nicht sagen, wie lange ich nur so dastand und sie betrachtete, wie ich ihre komplette Erscheinung in mich aufsog. Jede Bewegung, jedes Seufzen, jeden Wimpernaufschlag. All das speicherte ich ab. Ich würde es für einsame Stunden brauchen.

»Kann ich Ihnen helfen?« Ein Kellner in weißem Hemd und mit einem Tablett in der Hand stand vor mir und holte mich aus meiner Trance.

»Ich, ähm …« Kurz überlegte ich, was klug wäre. Was die richtige Entscheidung wäre, die ein weiser Mann nun treffen würde. Ich kam leider nicht drauf. Ich war leider schon immer ein sturer Hohlkopf gewesen.

»Ich setze mich an die Bar«, antwortete ich dem Mann und lief an ihm vorbei. Ich wusste, dass es falsch war. So verdammt falsch. Aber ich hatte Angst vor den Nächten, in denen ich wieder wach und unglücklich im Bett lag und mich immer und immer wieder fragen würde: Was wäre gewesen, wenn …

Ich setzte mich neben sie auf einen freien Barhocker und atmete einmal durch. Ich hatte Angst. Mein Herz raste so wild, dass sie es hören musste. Jeder hier in diesem Raum musste doch hören können, dass mein Herz kurz davor war zu explodieren. Aber als ich mich umsah, schenkte mir keiner seine Aufmerksamkeit. Nicht einmal Ruby, die in ihr Glas blickte und es so schwenkte, dass die Eiswürfel immer wieder klackernd an den Rand stießen.

Erst nach einer schier endlos langen Zeit drehte sie ihren Kopf in meine Richtung. Fast schon teilnahmslos sah sie sich um, dann erstarrte sie. Das Glas, das sie eben noch in der Hand hielt, rutschte ihr aus den Fingern und knallte auf die Holztheke. Flüssigkeit spritzte, Eiswürfel fielen zu Boden.

Aber ich sah nur sie. Und sie sah nur mich.

Kapitel 22

RUBY

»Was zur Hölle?« Ich sprang auf, ohne meinem verschütteten Fünfzehn-Pfund-Whiskey auch nur einen Moment Aufmerksamkeit zu schenken. Das war unwichtig. Alles war in diesem Moment unwichtig. Ich hatte gut und gerne Lust, Jo zu schlagen, ihm das Gesicht zu zerkratzen. Irgendetwas musste ich tun, sonst würde ich platzen. Wie konnte er es wagen? Wie konnte er mich hintergehen, mit mir spielen, mich wie ein Flittchen behandeln und dann einfach hier seelenruhig neben mir sitzen, als wäre nichts geschehen? Das war zu viel. Ich zitterte am ganzen Körper und wusste nichts anzufangen mit diesem Orkan an Gefühlen, der in mir tobte. Alles sprudelte auf einmal über mich. Die Traurigkeit, der Zorn, diese unbändige Wut, die Enttäuschung und der Verlust.

Doch als ich Jo ansah, konnte ich etwas Ähnliches in seinem Gesicht erkennen. Da war kein Verrat, kein Spiel, kein Hohn. Da war nur etwas, was auch ich in den letzten Wochen immer wieder im Spiegel hatte sehen müssen.

Jo war unglücklich.

Ich seufzte, schloss die Augen und versuchte irgendwie, Herr der Lage zu werden.

Was war nur verkehrt mit mir? Ich hatte doch einen psychischen Vollschaden. Warum sonst war meine Wut auf einmal wie weggeblasen, und statt ihm eine zu scheuern und das Weite zu suchen, ließ ich mich wieder auf meinen Barhocker nieder.

Schweigend saßen wir nebeneinander.

Am Rande nahm ich wahr, dass der Whiskeyfleck auf der Theke weggewischt wurde. Tonlos wurde mir ein neues Glas hingestellt. Jo nickte dem Barkeeper zu und bekam das Gleiche.

Wir tranken beide einen Schluck und schwiegen weiter. Ich wusste beim besten Willen nicht, was ich sagen sollte. Ich war in diesem Moment zum ersten Mal in meinem Leben vollkommen sprachlos.

Gefühlte Stunden später durchbrach er die Stille.

»Wie geht es dir?« Seine Stimme war leise. Nur ein Flüstern und kaum mit dem Mann zu vergleichen, mit dem ich einige Wochen zuvor ausgelassen getanzt und gevögelt hatte.

Er wirkte gebrochen. Warum spiegelte sich in seinen Augen der gleiche Kummer, der auch mich quälte? Was taten wir hier? Das war doch alles Wahnsinn.

»Was tust du hier?« Ich ging nicht auf seine Frage ein. Die Antwort war eh klar.

»Ich war auf einer Preisverleihung hier in der Stadt, und von Mike hab ich erfahren, dass ihr hier seid.«

Ich nickte und vermied es, ihn dabei direkt anzusehen. War ja klar, dass sein Bruder etwas damit zu tun haben musste. Deshalb war der auch in letzter Zeit so komisch gewesen. Der Spion in unseren eigenen Reihen. Plötzlich erinnerte ich mich an die CD, die in meiner Handtasche lag. Ich kramte sie heraus und legte sie auf den Tresen.

»Die Preisverleihung, auf der auch diese Band nominiert war?« Jo betrachtete das Cover und lächelte.

»Du kennst *Burning Bottoms*?«

»Kennen ist übertrieben. Einer aus der Band hat mich vorhin in einem Club angegraben und mir zum Abschied die CD geschenkt.« Jo sah mich mit großen Augen an und schüttelte den Kopf. Dann fuhr er sich mit beiden Händen durchs Haar und trank seinen Whiskey aus.

»Ich frage mich, wie viel Zufälle noch geschehen müssen, bevor wir von Vorhersehung sprechen können.« Er seufzte und ließ den Kopf hängen. »Was ist das nur mit uns?« Der Blick, den er mir daraufhin schenkte, raubte mir den Atem. Er drückte so viel Emotionen aus. Traurigkeit, gepaart mit einem Funken Hoffnung.

»Ich weiß es nicht«, gab ich ehrlich zu. »Vielleicht bilden wir uns das alles auch nur ein?«

»Das Cover dieser Band.« Er tippte auf die CD. »Genau das hier habe ich entworfen. *Burning Bottoms* war als bester Newcomer nominiert und für die beste Website, die ich ebenfalls programmiert habe.«

Ich sah ihn vollkommen vor den Kopf gestoßen an.

»Glückwunsch«, war das Erste, was mir einfiel.

Aber er winkte ab.

»Ich habe nicht gewonnen.«

»Ich weiß, das hat mir der Typ auch gesagt.«

Jo lachte kurz auf und orderte ein weiteres Getränk. Dieses Mal ein Bier.

»Willst du auch noch was?«

»Ich habe nicht vor, noch lange hier sitzen zu bleiben«, konterte ich und war stolz darauf, wieder einen Ticken meiner Würde gefunden zu haben.

»Sei bitte nicht so grausam zu mir.«

»Oh, Entschuldigung, Johannes. Es lag mir fern, dich zu verletzen. Dieses Vorrecht hast natürlich nur du.« Ich spuckte ihm die Worte geradezu entgegen und fühlte mich dabei unbeschreiblich gut.

»Was verlangst du von mir? Soll ich kriechen, denn Herrgott, wenn du das von mir verlangst, werde ich mich jetzt sofort hier auf den Boden werfen.«

Ich legte den Kopf in den Nacken und schloss die Augen. Womit hatte ich das alles eigentlich verdient? Ich war nie ein Fan von Drama gewesen. Ich hatte die Streitereien meiner Eltern gehasst und war über die Trennung wirklich froh gewesen, weil endlich Ruhe einkehrte. Was sollte dann dieses Theater hier?

»Sag es mir. Was kann ich tun, damit du mich nicht mehr hasst?«

»Jo, ich hasse dich nicht. Hass haben die Wenigsten verdient. Dennoch: Du hast mich belogen. Du hast mich hintergangen. Ich möchte eigentlich nur über dich hinwegkommen und neu anfangen. Mit einem netten, soliden Kerl, der mich zu schätzen weiß.«

Jo nickte, als verstünde er genau, was ich meinte. Dann rückte er etwas näher an mich heran und nahm meine Hand.

Aus einem Reflex heraus wollte ich sie ihm sofort entziehen, doch der flehende Blick, den er mir schenkte, bewirkte, dass ich reglos sitzen blieb.

»Ich möchte nicht, dass du über mich hinwegkommst. Ich weiß, es ist egoistisch, und ich bin ein riesiger Arsch, dass ich mir das wünsche, aber du bedeutest mir zu viel, als dass ich dich aus meinem Leben verschwinden lassen will.«

Ich spürte das Prickeln hinter meinen Augen und atmete tief ein. Nein. Ich wollte mir keine Schwäche anmerken lassen. Jo würde mich nicht mit süßen Worten rumkriegen. So dumm war ich nicht.

»Bitte, Ruby ...« Er suchte meinen Blick. »Das zwischen uns, das ist besonders. Ich habe noch nie so für jemanden empfunden wie für dich. Du gehst mir nicht aus meinem Kopf.«

»Vielleicht bin ich ja eine Hexe«, gab ich sarkastisch zurück und erntete ein kleines Grinsen, das meinen Bauch schon wieder Purzelbäume schlagen ließ. Oh Mann ... mein Körper war so ein Verräter.

»Mit deinen roten Haaren und den leuchtenden grünen Augen könnte das schon sein, dass du mich verhext hast.« Er schnappte sich eine Locke meines Haars und wickelte sie sich um seinen Finger. Er betrachtete sie gedankenverloren, bevor er mir wieder tief in die Augen sah. »Ich habe jemanden wie dich noch nie kennengelernt. Der Gedanke, dich nicht mehr sehen zu dürfen, macht mich wahnsinnig.«

Ich schluckte und war nicht fähig, etwas darauf zu kontern.

»Bitte beantworte mir nur eine Frage.« Er holte Luft und sein Blick verfestigte sich. »Wie sieht es in dir aus? Was ist es, das du für mich fühlst? Wenn du sagst, dass du genauso für mich empfindest wie ich für dich, dann finden wir einen Weg, und ich werde alles dafür geben, dass du mir wieder vertraust. Wenn du sagst, dass meine Gefühle komplett einseitig sind, dann wird mich das zwar zerstören, aber ich werde es verstehen und dich in Ruhe lassen. Also? Was ist es?«

Ich war noch immer nicht fähig zu antworten. Es war nicht möglich, Worte in meinem Mund zu formen. Ich sah ihn einfach nur an, diesen hübschen Mann im Anzug, der mich aus großen Augen hoffnungsvoll anschaute. Ganz automatisch wanderte mein Blick von seinen Augen über seinen Dreitagebart bis hin zu seinem Mund, der genauso verlockend aussah wie vor einigen Wochen, als ich ihn das erste Mal getroffen und geküsst hatte.

Seine Lippen verzogen sich zu einem Lächeln, und ehe ich mich versah, überbrückte er die letzten Zentimeter und küsste mich. Sein Mund nahm mit solch einer Heftigkeit Besitz von mir, dass ich beinahe von meinem Barhocker gefallen wäre. In letzter Sekunde hielten mich seine starken Arme an Ort und Stelle und gaben mir Halt. Erst war ich überrumpelt und etwas in mir wehrte sich gegen die Gefühle, die mich zu überrollen drohten. Doch dann erinnerte ich mich. Sein Geschmack, sein Geruch, der Kuss. All das war in mir abgespeichert und ließ mich urplötzlich Dinge fühlen, die ich schon längst vergessen geglaubt hatte. Die starken Gefühle für Jo, die ich in den vergangenen Wochen versucht hatte, zu unterdrücken und zu vergessen, überfluteten mich nun mit einer Wucht, die mich umzuhauen drohte.

Zu viel. Zu schnell.

Ich zwang mich dazu, von dem willenlosen Mädchen wieder zu einer denkenden, vernünftigen Frau zu werden.

Mit meinen Händen, die ich auf seine Brust legte, drückte ich ihn sacht von mir und sah ihn ernst an.

»Bist du noch mit ihr zusammen?« Da war es. Die Frage, die mir die ganze Zeit schon auf dem Herzen und auf der Zunge lag. Sein Gesicht verzog sich, und es bildete sich eine Sorgenfalte zwischen seinen Augenbrauen. Der Griff um meine Hand verstärkte sich, als wolle er so verhindern, dass ich verschwinde.

»Wahrheit oder Pflicht?«, fragte ich ihn und erntete den Anflug eines Schmunzelns.

»Wahrheit«, seufzte er, lehnte sich etwas zurück und schien sich für die Frage zu wappnen.

»Bist du momentan Single, Jo?«

»Nein, das bin ich nicht«, gab er zu, und schüttelte resignierend den Kopf. »Aber ich möchte es sein. Für dich. Also bitte versteh mich richtig. Es ist nicht so, wie du dir eine Beziehung vielleicht klassisch vorstellen würdest. Wir leben mehr zusammen wie in einer WG. Wie gute Freunde. Vielleicht sogar eher wie Geschwister ...«

»Du redest dich um Kopf und Kragen.«

»Ich weiß! Es ist nicht einfach zu erklären.« Er sammelte sich kurz und streichelte dabei unentwegt mit seinem Daumen über meine Finger und meinen Handrücken. Ganz so, als wolle er sich damit selbst beruhigen. »Egal wie die Umstände sind, glaube mir bitte zumindest das eine: Ich möchte mit dir zusammen sein. Ich muss das nur in Ordnung bringen.«

»Du hattest reichlich Zeit, Ordnung in dein Leben zu bringen«, konterte ich schonungslos, entriss ihm meine Hand und trank von seinem Bier. Mein Getränk war bereits leer.

»Ich musste wissen, ob das zwischen uns noch immer so ist. Ob ich wieder dieses Kribbeln in deiner Gegenwart spüre. Ich musste erst sichergehen, dass ich mir die Magie zwischen uns nicht nur eingebildet hatte.«

»Und?«

»Es ist noch schlimmer.« Er schüttelte den Kopf und kam mir mit seinem Gesicht dann ganz nahe. So nahe, dass ich seinen Atem auf meinen Lippen spürte. »Du machst mich wahnsinnig. Ich weiß nicht, wie ich mit dem Gedanken leben soll, dich nicht haben zu können. Also bitte, bitte sag mir, dass es noch eine Chance für mich gibt. Dass ich es nicht komplett versaut habe.«

Ich zögerte. Was sollte ich antworten? Natürlich habe ich gelitten, natürlich habe ich unentwegt an ihn gedacht, und natürlich habe ich ihn vermisst. Aber andererseits: hatte dieser Mann meine Liebe, mein Vertrauen und meine Zuneigung überhaupt verdient?

Jo spürte den Konflikt, der in mir tobte, und brachte ihn mit einem Kuss zum Schweigen. Dieser Kuss war nicht so besitzergreifend und fordernd wie der davor. Er war sanft und voller Gefühl, eine einzige Liebesbekundung. Seine großen Hände umfassten mein Gesicht und streichelten über meine Wangen, als wäre ich das schönste und kostbarste Geschenk, das man ihm hätte machen können. Seine Zunge leckte zärtlich über meine Unterlippe und ließ mich erzittern. Ich seufzte wohlig auf und sah ihm dann tief in die Augen.

»Wahrheit oder Pflicht?« Die Frage war so schnell aus meinem Mund gekommen, dass es mich fast selbst überraschte.

»Pflicht«, gab Jo grinsend zur Antwort.

»Mach mit ihr Schluss. Komm zu mir zurück, wenn du Single bist. Dann werden wir sehen, ob das mit uns eine Zukunft hat.«

Jo nickte. Sein Gesicht verzog sich vor Freude, dass es schon fast etwas Albernes an sich hatte.

Ich kicherte und stieß ihn mit dem Ellenbogen an. »Enttäusche mich nicht«, flüsterte ich ihm nahe seiner Lippen zu und endete den Satz mit einem kleinen Zungenschlag über seine volle Unterlippe.

»Ich schwöre es, bei allem, was mir heilig ist. Ich werde mit ihr Schluss machen. Ich möchte mit dir zusammen sein, Ruby. Mehr als alles andere auf der Welt möchte ich, dass du zu mir gehörst.«

Er lehnte seine Stirn gegen meine und umarmte mich. Eine Hand lag an meinem Hinterkopf, die andere strich mir über den Rücken.

»Du sieht übrigens wie die Sünde in Person in diesem Kleid aus«, raunte er mir zu, und der Unterton seiner Stimme machte mich ganz hibbelig. Das Kribbeln zwischen meinen Beinen war Beweis genug dafür, dass dieser Mann alleine mit ein paar Worten eine unglaubliche Wirkung auf mich hatte. »Du glaubst nicht, wie gerne ich dich jetzt ausziehen würde, um jeden Zentimeter deines Körpers zu schmecken.«

Ich schob ihn sacht von mir. Ich vertraute mir selbst nicht. Er würde nicht mehr viel tun müssen, bevor ich ihm willentlich auf den Schoß stieg.

»Noch gehöre ich nicht dir. Also keine schmutzigen Gedanken. Dieses Mal machen wir alles in der richtigen Reihenfolge. Erst dann darfst du mich haben.«

Jo erhob sich urplötzlich und kramte ein paar Scheine aus seiner Hosentasche, die er auf den Tresen legte.

»Du hast recht. Ich habe etwas zu erledigen. Ich melde mich heute noch bei dir. Bitte warte auf mich, und schlaf nicht ein, bevor ich bei dir bin.« Ich nickte und grinste in mich hinein.

Ich hätte eh nicht schlafen können.

Ich war viel zu aufgewühlt, um auch nur ein Auge zuzutun.

Kapitel 23

RUBY

Ich betrat atemlos mein Hotelzimmer und schloss die Tür hinter mir. Ich lehnte mich mit dem Rücken gegen das kühle Holz und versuchte mein Herz und meine hektische Atmung zu beruhigen. Es gelang mir nicht. Zu viel war passiert. Mein Puls raste durch meinen Körper, dass mir die Ohren rauschten.

Jo war hier.

Hier in Edinburgh.

Ich wollte mir nicht allzu viele Hoffnungen machen. Zu groß war die Angst, wieder auf die Nase zu fallen. Aber eines war sicher: Er hatte mich so sehr vermisst wie ich ihn. Das zwischen uns war besonders. Irgendetwas verband uns, und ich war nicht alleine mit diesem Gedanken. Auch er war dieser Ansicht.

Hatten wir eine zweite Chance verdient? Immerhin trennten uns, auch wenn wir wieder in Deutschland waren, knapp fünfhundert Kilometer. Vorerst würden mir sogar seine SMS genügen. Seine regelmäßigen Nachrichten hatten mir immer über den Tag geholfen. Sie hatten mir Halt gegeben. Ich wollte wieder dieses aufgeregte Kribbeln spüren, wenn ich eine Nachricht bekam. Ich wollte wieder so verliebt sein in Jo, wie ich es nach unserem ersten Treffen war. Ich wollte dieses Gefühl wieder spüren ohne den fahlen Beigeschmack der Reue.

Ich bewegte mich Richtung Badezimmer und versuchte den Reißverschluss meines Kleides im Nacken zu öffnen. Doch dann hielt ich inne. Jo hatte mich gebeten, auf ihn zu warten. Genau das würde ich tun. Immerhin wollte er mir ja das Kleid ausziehen, und ich sehnte mich so sehr nach seinen großen Händen auf meinem Körper, dass ich ihm diesen Gefallen nur allzu gerne tat.

Ob ich Anna schreiben sollte? Ich könnte auch einfach nebenan klopfen und nachsehen, ob sie schon wieder zurück waren. Diesen Gedanken schüttelte ich allerdings gleich wieder ab. Wenn sie wirklich drüben waren, dann wollte ich lieber nicht stören. Die beiden waren garantiert beschäftigt. Also was sollte ich tun? Ich sah mich im Zimmer um. Dann schaltete ich den Fernseher ein und zog zumindest mal meine Schuhe aus.

Vollständig geschminkt, noch immer in meinem schicken Kleid und mit unzähligen, wild umherschwirrenden Schmetterlingen im Bauch legte ich mich ins Bett und schaute mir die Wiederholung irgendeiner Talkshow an.

Ich würde einfach warten. Mehr blieb mir ja auch nicht übrig.

Kapitel 24

JO

Ich sprintete zu meinem Hotel, lief durch das Foyer zum Aufzug, hielt die Zimmerkarte gegen das dafür vorgesehene Feld und tippte dann auf das achte Stockwerk. Ich hatte einen Entschluss gefasst!

Endgültig! Es hatte lange genug gedauert, bis ich wachgerüttelt worden war.

Ich hatte mir auf dem kurzen Weg hierher alles durch den Kopf gehen lassen. Ich würde direkt meine Sachen packen und auf Nathalie warten. Dann würde ich ihr alles, so gut es eben ging, erklären. Das war der schlimmste Part. Egal wie ich es drehte und wendete, es würde sie verletzen.

Es mochte sein, dass wir nicht die gleiche Verbundenheit hatten, wie sie zwischen Ruby und mir herrschte, aber trotzdem wollte ich ihr nicht wehtun. Sie liebte mich … oder zumindest hatte sie mich mal geliebt. Was das momentan noch zwischen uns war, wusste ich nicht. Nathalie würde immer ein besonderer Mensch in meinem Herzen sein. Ich hatte ihr verdammt viel zu verdanken und sie mir auch. Wir hatten uns beide schon aus der Patsche geholfen. Sie würde immer zu mir kommen können, wenn sie jemanden zum Reden brauchte. Aber mehr war es eben nicht mehr. Vielleicht sah sie das ja ähnlich. Vielleicht wartete sie ja nur darauf, dass ich den Schlussstrich zog.

Oben angekommen, lief ich den Flur entlang bis zu Zimmer 813. Entschlossen und voller Tatendrang öffnete ich die Tür und … musste wohl meinen Plan ändern. Vor mir auf dem Rand des großen Kingsize-Bettes saß Nathalie und sah mich an. Sie hatte die Beine übereinandergeschlagen und die Arme vor der Brust verschränkt. Es sah so aus, als hätte sie auf mich gewartet.

»Nathalie, du bist ja schon da. War es nicht gut? Ich hab noch gar nicht mit dir gerechnet«

»Tja, ich habe mir Sorgen um dich gemacht, weil du so schnell weg wolltest, aber siehe da ... Der Herr vergnügt sich einfach noch anderswo.« Vor Aufregung wurde mir ganz heiß, und ich spürte bereits einen Tropfen Schweiß den Rücken hinunterlaufen. Langsam zog ich mein Sakko aus.

»So ist das nicht, ich war nur noch kur...«

»Nein, Jo«, schrie sie plötzlich. Ich hielt in meiner Bewegung inne. »Überlege genau, was du jetzt sagst. Und bevor du dich noch weiter hineinreitest, gebe ich dir einen Tipp: Ich habe dich da drüben gesehen.«

Ich zog schweigend mein Sakko wieder an. Zu meiner Schande musste ich gestehen, ich war nicht mal besonders schockiert. Ich war vielleicht sogar etwas erleichtert. Es war raus. Keine Heimlichkeiten mehr.

»Warum, Jo? Warum?«

»Nathalie, es war nicht geplant, okay?«

»Es war also nicht geplant, dass du sie hier in Edinburgh rein zufällig triffst?«

»Es ist nicht ...« Ich suchte nach den richtigen Worten und begann gleichzeitig, ein paar Dinge einzusammeln und in meinen Koffer zu werfen.

»Das ist doch die gleiche Tussi, die du auch ständig auf Facebook gestalked hast. Jo, ich bin doch keine Idiotin. Ich habe doch gesehen, dass du dauernd auf ihrem Profil warst. Sie ist mit ihren roten Haaren wahrlich keine unauffällige Person, und ich habe zwei funktionierende Augen im Kopf.«

Ich nickte einfach nur. Was sollte ich auch sonst tun? Ich hatte mich anscheinend nicht gerade unauffällig verhalten und war trotz all meiner Bemühungen ein noch schlechterer Schauspieler, als ich gedacht hatte. Ich warf meine Pyjamahose und zwei T-Shirts in den Koffer, bevor ich ins Bad ging, um meine Kosmetikartikel zu holen.

»Und nun? Wie soll es jetzt weitergehen? Sag doch etwas. Und was verdammt nochmal tust du da eigentlich?« Nathalie war außer sich, und ihre Stimme begann sich hysterisch zu überschlagen.

»Ich packe und gehe zu ihr. Ich will mit ihr zusammen sein«, gab ich ehrlich zu, und es tat verdammt gut, es endlich laut auszusprechen - vor Nathalie, und auch vor mir selbst.

»Das glaubst du doch wohl nicht wirklich.« Sie lachte und zeigte mir allen Ernstes den Vogel.

»Nathalie, das mit uns hat doch keinen Wert mehr. Wir leben zusammen wie Geschwister. Du hast genau wie ich etwas anderes verdient. Willst du nicht lieber ...«

»Stopp!« Ich verstummte. »Sag mir nicht, was ich zu wollen habe.«

»Es ist nun mal einfach so, dass ich mich in Ruby verliebt habe. Das ist der Fakt. Ich kann dagegen nichts tun. Und es tut mir leid, wirklich. Es tut mir von Herzen um uns leid. Aber es ist so. Ich möchte mit Ruby zusammen sein.«

»Nein!«

»Wie, nein?« Ich konnte mir ein amüsiertes Schnauben nicht verkneifen. Was meinte sie mit *Nein*? Sie würde mich ja wohl kaum aufhalten können. Sie wog vielleicht fünfundvierzig Kilo, und ich war bestimmt zwanzig Zentimeter größer als sie.

»Ich akzeptiere das nicht.«

»Aber du kannst nicht ...«

»NEIN«, schrie sie und brach dann in Tränen aus. »Du bist so verdammt unfair!«

Das überraschte mich nun doch. Ich hätte nie gedacht, dass ihr doch noch so viel an uns lag.

»Aber Nathalie.« Ich ging zu ihr und wollte sie in die Arme nehmen, aber sie stieß mich von sich. »Nathalie, ich werde immer für dich da sein.«

»Das möchte ich nicht. Ganz oder gar nicht.«

»Ich kann dir nicht mehr geben«, brach es aus mir heraus. »Alles andere hat bereits sie.« Mit ausgebreiteten Armen stand ich vor ihr, um ihr zu demonstrieren, dass das alles war. Mehr war nicht von mir übrig. »Es war nicht geplant. Es tut mir wirklich leid.«

Nathalie schnaubte und wischte sich eine Träne von der Wange. Dann kam sie einige Schritte auf mich zu und sah mich direkt an. Von ihrer Verzweiflung war nichts mehr zu spüren. Was ich nun sah, war Trotz und eine Menge verletzter Stolz.

»Du bist mir was schuldig!«

Bäm. Treffer. Versenkt.

»Nathalie, das kannst du nicht tun. Die Karte darfst du nicht ausspielen.« Ich schüttelte einfach nur fassungslos den Kopf.

»Das ist doch das einzige Druckmittel, was ich anscheinend noch habe.« Ihr Gesicht war komplett emotionslos.

Mir würde hingegen gleich der Kopf platzen, so viel Verzweiflung, wie sich gerade in ihm breitmachte. Ich raufte mir die Haare.

»Was erwartest du denn von mir, verdammt? Soll ich weiter Theater spielen? So ein guter Schauspieler bin ich nicht, das wirst du vielleicht schon bemerkt haben.« Meine Stimme troff vor Sarkasmus.

»Du sollst uns nicht wegen der erstbesten Schlampe, die sich dir an den Hals wirft, aufgeben und mich einfach wegwerfen. Das erwarte ich, und das ist bei Weitem nicht zu viel verlangt, wenn man bedenkt, was ich schon für die werte Familie Hoffmann getan habe.«

Mir entfuhr ein leises »Sie ist keine Schlampe.«, dem sie keine Aufmerksamkeit schenkte. Mit verschränkten Armen stand sie vor mir und strahlte plötzlich eine Selbstsicherheit aus, die ich selten an ihr sah.

»Du bist mir was schuldig«, wiederholte sie. »Vergiss das niemals!«

Wie sollte ich?

Wie konnte ich jemals im Leben vergessen, was ich ihr zu verdanken hatte? Welches Opfer sie zu geben bereit gewesen war …

»Das ist nicht fair«, entgegnete ich leise und spürte die Panik in mir aufsteigen.

»Nichts ist fair. Du warst auch nicht fair zu mir, als du dich mit ihr eingelassen hast. Also erwarte auch keine Fairness von mir.«

Karma.

Karma war das erste Wort, das mir durch den Kopf ging. Ich hatte sie betrogen. Und nun rächte sich das Schicksal an mir.

Es gab einfach keinen Ausweg.

Was sollte ich nur tun?

TEIL 3

Kapitel 25

Sechs Monate später

Ich war mal wieder spät dran. Dieses Mal war es nicht mal direkt meine Schuld. Okay, ich hatte den Wecker noch ganze dreimal ausgeschaltet, bevor ich mich aus dem Bett gequält hatte. Dafür hatte ich mich dann aber im Badezimmer besonders geputet.

Es war unglaublich kalt, und ich musste mich konzentrieren, meinen Starbucks-Kaffeebecher trotz dicker Handschuhe nicht fallen zu lassen. Durch den Wollstoff spürte ich ihn nämlich eigentlich gar nicht, und sehen konnte ich ihn auch kaum. Mein Schal war so dick und voluminös, dass ich den Becher schon auf Augenhöhe anheben musste, um ihn zu sehen.

Der Winter war zwar klamottentechnisch grundsätzlich kompliziert, aber ich konnte endlich wieder meine Lieblingsstiefel tragen. Auf die freute ich mich schon das ganze Jahr über. Sie waren flach, dunkelbraun und dick gefüttert. An den Seiten hingen jeweils kleine, blaue Bommel, die die Schuhe irgendwie kindlich erscheinen ließen. Die Stiefel waren also alles andere als sexy, aber ich mochte sie und hatte sie schon im Schaufenster extrem süß gefunden.

Ich sollte nach Skandinavien ziehen, dann könnte ich die Stiefel öfter tragen. Und ganz ehrlich? Ansonsten hielt mich hier auch nicht viel. Einzig Anna und meine Mum vielleicht noch. Aber garantiert nicht dieser Job.

Ich betrat viel zu spät das Bürogebäude und stellte meinen Pappbecher auf dem Tresen im Eingangsbereich ab. Die dicke Winterjacke zog ich aus und stopfte Schal und Handschuhe in den Ärmel. Ich hängte alles an einen freien Kleiderbügel und griff dann wieder nach meinem Kaffee.

Ich begrüßte Emma, eine junge Praktikantin, die erst seit zwei Wochen da war, und dann passierte es. Jemand rempelte brutal gegen meinen Ellenbogen, und ich schüttete mir fast den kompletten Inhalt meines Bechers über die Bluse.

»Was zum …?«, flüsterte ich und stierte entsetzt auf den immer größer werdenden braunen Fleck auf meinem hellgrauen Oberteil. Der Stoff begann sich wie ein Schwamm vollzusaugen. Neben mir stand Frau Müller und sah mitleidig an mir herab.

»Ich bin untröstlich!« Sie hielt sich in einer geschockten Geste die Hand vor den Mund, doch ihr Mitleid kaufte ich ihr nicht ab. Denn das Grinsen konnte sie trotzdem kaum verbergen. Ich sah es in ihren Augen. Die Erkenntnis traf mich tief. Geschockt riss ich die Augen auf. Diese Schlampe.

Das war Absicht gewesen. Sie hatte mich mit purer Absicht gerammt, damit ich mir den Kaffee überschüttete. Aber warum?

»Sie haben übrigens um elf einen Termin mit Herrn Peters im Besprechungszimmer. Sie sollen bei einer Sitzung Protokoll schreiben. Vielleicht …« Sie zeigte mit dem Finger auf den Fleck. »Vielleicht sollten Sie sich lieber umziehen.«

Ich konnte nichts sagen. Ich kochte innerlich vor Wut und zitterte am ganzen Körper. Wenn ich nicht direkt umgedreht wäre, um in mein Büro zu fliehen, hätte ich sie verprügelt. Es hätte nicht mehr viel gefehlt, und meine Faust wäre mitten in ihr verlogenes Gesicht geknallt.

Ich schloss die Tür hinter mir, lehnte mich gegen das Holz und versuchte mich zu beruhigen. Es ging nicht. Mein Puls raste, und mir wurde schwindelig. Ich versuchte mir einzureden, dass es doch gar nicht so schlimm war. Der Kaffee war durch die Temperaturen draußen schon fast kalt. Aber das hatte Frau Müller nicht gewusst und eine Verbrühung meinerseits billigend in Kauf genommen.

Was geschah hier gerade? Ich wusste, dass wir keine Freundinnen waren. Aber das … ich verstand es nicht. Wie konnte ein Mensch so sein? Wurde man in dieser verdammten Firma so? Lag das an unserem strengen Chef, an den manchmal echt doofen Arbeitszeiten? Ging denn hier nichts mehr ohne Ellenbogen und ohne den Kollegen auszubooten, um vielleicht selbst in einem besseren Licht dazustehen?

Das war nicht meine Welt. So war ich nicht. Ich wünschte mir Harmonie. Immer. In jeder verdammten Lebenslage wollte ich doch einfach nur glücklich sein und mich wohlfühlen. Fakt war aber, dass mir das in keiner gelang.

Ich schluchzte auf und spürte, dass ich die Tränen nicht mehr zurückhalten konnte, ich stürzte auf das Telefon zu und wählte Annas Nummer. Es tutete nur zweimal.

»So früh schon Sehnsucht, Süße?«, meldete sich Anna direkt ohne eine Begrüßung. Sie kannte meine Nummer und wusste daher genau, dass ich es war.

»Ich kann das nicht mehr!« Ich schluchzte auf. »Ich hasse es hier, und jeder hier hasst mich.«

»Ich bin sofort da.« Sie legte auf, und dann war es still. Zu still für meinen Geschmack.

Ich setzte mich heulend auf meinen Bürostuhl und starrte auf die Tastatur. Was sollte ich nur tun? Ich musste dringend etwas an meinem Leben ändern, sonst halfen nur noch Antidepressiva.

Wann war ich eigentlich zu so einem verheulten Wrack geworden?

Vielleicht war es gemein, einem Mann, der nicht in der Nähe war, die Schuld an meinem seelischen Zustand zu geben. Aber Jo war schuld. Sein Korb vor ein paar Monaten hatte mir den Rest gegeben. Nachdem mich Jo in jener Nacht das zweite Mal bitter enttäuscht hatte, hatte ich mein Handy mit voller Wucht gegen die Wand geworfen, so dass das Display in tausend Teile zersprungen war. Er hatte mir tatsächlich einen Korb gegeben. Per SMS! Naja, warum wunderte es mich? Es passte ja zu unserer Kommunikation.

Wieder in Deutschland angekommen, hatte ich mir zuallererst ein neues Handy mitsamt SIM-Karte besorgt und ihn auf Facebook blockiert. Er hatte somit weder eine Handynummer von mir noch konnte er mich via Facebook kontaktieren.

Ich wollte nichts mehr von ihm wissen! Ich brauchte ihn nicht. Ich wollte ihn nicht brauchen. Er hatte mich so unendlich tief verletzt, dass ich einfach nur noch vergessen wollte. Aber das war so verdammt schwer. Er war wie ein Virus, das sich langsam in jede Zelle meines Körpers hineingefressen hatte und nun einfach nicht mehr weggehen wollte.

Zum Trost hatte ich mich Eric mehr oder weniger an den Hals geworfen. Seit einiger Zeit trafen wir uns nun, und langsam schien es ernster zu werden. Zumindest von ihm aus. Ich ließ es geschehen. Ich wusste, um ehrlich zu sein, auch nicht, was die Alternative hätte sein sollen. Ich wollte nicht alleine sein. Ich wollte nicht trauern.

Nach einigen Minuten, in denen ich auf meinen schwarzen Computerbildschirm starrte und trübe Gedanken immer mehr von mir Besitz ergriffen, betrat Anna mein Büro. Ohne viel Worte zu machen, nahm sie mir den halbvollen Kaffeebecher aus der Hand und stellte ihn zur Seite. Ich hatte kaum realisiert, dass ich ihn noch immer mit mir herumgetragen hatte. Dann half sie mir mit dem Fleck auf meiner Bluse. Sie tupfte mit einem Taschentuch darauf herum, zog dann kurzerhand ihren Blazer aus und warf ihn mir über die Schulter. Sie rückte ihn zurecht und war halbwegs zufrieden.

»So sollte es doch zumindest für heute funktionieren.« Sie wischte mir ein paar Tränen von der Wange und lächelte mich zuversichtlich an. »Ruby, es wird nicht immer so sein. Du bewirbst dich einfach weiter, und schon bald sind deine Tage hier gezählt.«

Ich nickte und schüttelte dann den Kopf. Ich war mir unsicher. War das tatsächlich der richtige Weg? Ich war schon viel zu lange hier. Diese Notlösung kam mir vor wie eine Sackgasse. Ich wollte hier nicht versauern. Das hier war Lebenszeit! Kostbare Lebenszeit, die ich hier verschwendete, und ich verachtete jede einzelne Sekunde davon. Vielleicht war das rücksichtslose Arschloch Verhalten von Frau Müller ja genau der Weckruf, den ich gebraucht hatte.

Doch bevor ich weiter darüber nachdenken konnte, knallte die Tür auf. Herr Peters kam mit hochgezogenen Augenbrauen herein. Sein Hemd war wie immer eine Nummer zu klein gewählt. Die Knöpfe spannten sich und drohten jeden Moment von seinem riesigen Bierbauch aufzuplatzen.

»Frau Bauer.« Er nickte Anna zu. »Soweit ich mich erinnere, arbeiten Sie nicht hier in dieser Abteilung.«

»Ich war gerade auf dem Weg …« Herr Peters ließ sie nicht ausreden, sondern richtete bereits sein Wort an mich.

»Und Sie, Frau McAllister, Sie werden nicht für Ihre Kaffeekränzchen bezahlt«, herrschte er mich an und kam bedrohlich einige Schritte auf mich zu. Dieser Mann war locker eins neunzig groß und wog mit Sicherheit das Dreifache von mir. Seine ganze Gestalt war furchteinflößend. Vor allem, wenn er mich so ansah. So wütend.

»Der Haushaltsbericht wäre gestern fällig gewesen«, sagte er in erstaunlich ruhigem Ton. Die Ruhe vor dem Sturm.

»Ich hatte Ihnen den Bericht …«

»Einen Scheiß haben Sie. Nennen Sie das einen Bericht? Ich hoffe nicht, denn dann hätte ich mich noch mehr in Ihnen getäuscht. Ich möchte heute Abend das Ganze komplett überarbeitet auf meinem Schreibtisch sehen. Haben wir uns verstanden?« brüllte er und spuckte mir die letzten Worte geradezu ins Gesicht. Sonst hatte ich Angst vor diesem Mann und zitterte fast vor Respekt. Aber die Aktion von Frau Müller vorhin hatte etwas in mir bewirkt. Irgendwie hatte es Klick gemacht, und plötzlich war die Angst weg und machte einem anderen Gefühl Platz. Wut!

Ich schnappte mir meinen halbvollen Pappbecher und schleuderte ihn Herrn Peters entgegen. Der war zu überrascht, um auszuweichen und bekam den kalten Kaffee ins Gesicht. Wie ein Fisch auf dem Trockenen öffnete sich sein Mund immer wieder. Doch es kam kein Ton heraus. Herr Peters schien tatsächlich zum ersten Mal komplett sprachlos. Dafür war meine Stimme wieder da, und zwar wortgewaltiger als je zuvor.

»Was erlauben Sie sich?« Ich ging nun einen bedrohlichen Schritt auf ihn zu. »Meine Arbeit ist stets tadellos. Haben Sie sich auch nur einen meiner Berichte angesehen, bevor Sie hergekommen sind, um mich zur Sau zu machen? Das bezweifle ich stark. Aber jetzt reicht es mir.«

Mit einer verächtlichen Bewegung wischte ich einen Stapel Dokumente von meinem Schreibtisch. Zahllose Papiere segelten wie Laub im Herbst durch den Raum.

»Sie sind bemitleidenswert.« Ich schaute ihn mit dem verächtlichsten Blick an, den ich aufbringen konnte.

»Müssen Sie tatsächlich auf mir herumhacken, um sich selbst gut zu fühlen? Ich gebe Ihnen einen Tipp: Nehmen Sie mal fünfzig Kilo ab, besorgen Sie sich eine Frau und lassen Sie sich mal wieder so richtig durchvögeln. Soll gut fürs seelische Gleichgewicht sein. Dann müssen

Sie Ihren Frust auch nicht mehr an unterbezahlten Sekretärinnen auslassen.«

Meine Stimme wurde zum Ende hin immer aggressiver und überschlug sich fast. Zu guter Letzt schnappte ich mir noch meine arme Topfpflanze und warf sie mit Karacho gegen die Wand. Das war dann auch der Moment, als sich die Tür ein weiteres Mal öffnete, und drei Männer vom Sicherheitsdienst den Raum betraten, um mich hinauszubegleiten. Es hätte ein würdevoller Abgang werden können, hätte ich nicht weiter wie eine geisteskranke Furie herumgeschrien, geflucht und wild um mich getreten.

Zu ihrer Verteidigung musste ich sagen, die Herren vom Sicherheitsdienst waren sehr nett. Einer tätschelte mir vor der Tür sogar die Schulter und schenkte mir einen mitleidigen Blick, der mich aufschluchzen ließ. Ein anderer reichte mir meinen Mantel, den er wohl noch schnell geholt hatte, und lächelte mich aufmunternd an.

Ich war nun offiziell arbeitslos.

Und gedemütigt.

Und alleine.

Anna war mir nicht gefolgt. Wir waren ja auch nicht in einem verdammten Hollywoodstreifen. Anna wollte ihren Job behalten. Auch sie musste Miete zahlen, momentan sogar für zwei.

Vollkommen aufgelöst schwankte ich die Fußgängerzone entlang. Ich weinte nun hemmungslos, und die Blicke der Passanten um mich herum kümmerten mich einen Dreck. Mir ging es nicht gut. Ganz einfach. Ich wollte am liebsten schreien und mich auf den Boden werfen. Nur die Vernunft hielt mich davon ab und ließ mich weiter einen Schritt vor den anderen setzen.

Ich sollte Eric anrufen. Immerhin lag ihm etwas an mir, und er war ja quasi sowas wie mein Freund. Irgendwie. Ich schüttelte den Kopf. Er würde wahrscheinlich sofort aus dem Büro gerannt kommen, mich abholen und trösten. Vielleicht würde er sich sogar Urlaub nehmen und sich um mich kümmern. Mir Mut zureden und sagen, dass ich den Kopf nicht hängen lassen sollte. Dass ich bald schon etwas Neues, viel Besseres finden würde. Klar sollte ich ihn anrufen. Das wäre richtig. Aber ich wollte ihn eigentlich weder sehen noch hören. Ich wollte mich von ihm nicht trösten lassen. Denn er war mit einer der Gründe, warum es mir nicht gut ging. Ich nutzte ihn aus, und das schlechte Gewissen plagte mich deshalb schon zu lange.

Ich griff nach meinem Smartphone und klickte mich durch meine Kontaktliste. Bei Christopher machte ich halt und drückte auf den grünen Hörer. Nach einigen Tut-Geräuschen nahm er ab.

»Hallo?« Er klang verschlafen.

»Chris? Ich ... » Mir entwich ein Schluchzen, und ich wusste nicht so recht, wie ich den Satz beenden sollte.

»Ruby, ist alles okay?«

»Nein.« Ich atmete einmal durch und versuchte mich zu sammeln. »Mir geht's nicht gut, und ich weiß gerade nicht, wo ich hinsoll.«

»Warte!« Er hatte wohl die Hand auf das Handy gelegt und dämpfte so das Gespräch im Hintergrund. Ich hörte es lediglich rascheln und leise murmelnde Stimmen. Dann knisterte es. »Wo bist du? Schick mir mal deinen Standort per WhatsApp.«

»Mach ich!«

»Ich bin gleich da.«

»Danke«, flüsterte ich schwach und voll Dankbarkeit. Dann legte ich auf und öffnete die App, um Chris meinen Aufenthaltsort zuzusenden.

Als ich aufblickte, rieselten ein paar einzelne Schneeflocken vor meiner Nase nieder. Leider hatte ich momentan so gar nicht den Blick, um die Schönheit, die sich mir bot, wertzuschätzen. Ich lehnte mich an die Hauswand hinter mir, schloss die Augen und richtete mein Gesicht gen Himmel. Die kleinen kühlen Eiskristalle, die auf meiner Haut schmolzen, beruhigten mich und ließen mich langsam, aber sicher wieder frei atmen.

Nach einiger Zeit riss mich ein Hupen aus meiner Lethargie. Am Straßenrand stand ein blauer VW, und aus dem Fahrerfenster winkte mir Christopher zu. Ich war selten so froh gewesen, ihn als Freund gewonnen zu haben, und nahm mir in diesem Moment fest vor, meiner Mutter zu danken, dass sie mich zu dem Blind Date gezwungen hatte.

Als Christopher mich im Wagen fragte, was denn passiert war, und ich daraufhin in Tränen ausbrach und nichts weiter als lautes Schluchzen und unkoordinierte Laute von mir geben konnte, nahm er mich kurzerhand einfach mit zu sich nach Hause. Ich gab keine Widerworte. Was hätte ich denn jetzt auch alleine in meiner Wohnung machen sollen?

Er schloss seine Wohnungstür auf, hängte den Schlüssel an ein Schlüsselbrett und half mir aus meinem Mantel. Während er unsere beiden Jacken an die Garderobe hing, rief er ein »*wir sind da*« in die Wohnung.

»Bin in der Küche«, kam prompt als Antwort. Christopher schob mich daraufhin weiter in seine Wohnung, bis wir in der Küche standen.

»Ich hoffe, ihr habt Hunger mitgebracht.«

»Und wie!«

Dort am Herd stand ein junger Mann in weißem T-Shirt, rot-blau-karierter Flanellhose und Schürze gekleidet und wendete gerade Pfannkuchen. Beim Geruch und Anblick der süßen Fladen lief mir das Wasser im Mund zusammen. Das war auch so eine Eigenart von mir. Es war egal, wie es mir ging ... Essen konnte ich immer!

»Hi, Ruby.« Der Mann drehte sich zu mir um und reichte mir seine rechte Hand. In der linken hielt er noch immer den Pfannenwender. »Ich bin Christian. Ich freue mich, dich endlich kennenzulernen.« Ich rang mir ein Lächeln ab und schüttelte seine Hand kräftig.

»Hi, Christian. Ich hab schon viel von dir gehört.« Daraufhin hob er seinen Blick und zwinkerte Christopher zu.

»Sag mal, wie soll ich euch denn jetzt nennen? Ich kann doch nicht Chris zu euch beiden sagen. Das ist mega verwirrend.« Christian lachte schallend und nickte dann.

»Nenn mich Kiki, wenn du magst. So nennen mich meine Freunde. Meine Schwester hat den Namen für mich erfunden, als ich zwei war.«

»Einverstanden, Kiki.« Ich kicherte. Kiki passte so gar nicht zu diesem hübschen Mann. Er war zwar etwas schmaler als Christopher, aber trotzdem groß und sehr maskulin. Ihn Kiki zu nennen, war irgendwie seltsam, aber durchaus lustig.

Kiki-Christian schenkte nun wieder den Pfannkuchen seine volle Aufmerksamkeit, und Chris-Christopher und ich gingen ins Wohnzimmer. Erschöpft ließ ich mich auf dem Sofa nieder.

»So, und jetzt erzähl mir mal im Detail, was dich so früh am Morgen schon so fertiggemacht hat.«

Ich schnappte mir eines der hübschen Samtkissen, die neben mir lagen, und klammerte mich daran fest. Dann atmete ich einmal durch und erzählte Christopher alles. Nach den ersten paar Sätzen gesellte sich Kiki (ich würde wohl noch ein paar Wochen brauchen, bis ich mich daran gewöhnt hatte) dazu, er hatte einen Teller in der Hand, auf dem gefühlt hundert Pfannkuchen gestapelt waren, und deckte den Wohnzimmertisch zwischen uns mit einer Kaffeekanne, Tassen, Besteck, Zucker und Zimt, Marmelade und vielen anderen Leckereien. Mir fiel auf, dass er sich hier bewegte, als würde er öfter hier sein. Fast so, als würde er hier bereits wohnen. Die beiden schienen sich wirklich sehr nahe zu stehen. Nachdem der Frühstückstisch gedeckt war, setzte er sich neben Christopher und lauschte mir ebenso gespannt wie sein Freund. Unser Freund.

»Das ist doch nicht zu fassen.« Beide schüttelten entsetzt ihre Köpfe. »Sei froh, dass du da weg bist«, fügte Kiki noch hinzu und stapelte zwei Pfannkuchen auf meinem Teller. Ich beugte mich nach vorne und bestrich einen davon mit Erdbeermarmelade, rollte ihn zu einer Zigarre und aß ihn direkt aus der Hand.

»Aber was mache ich denn jetzt?«, murmelte ich mit vollem Mund. »Ich habe keine Rücklagen. Ich muss doch Miete zahlen und Essen und Versicherungen und meine Handyrechnung und die GEZ und ...«

»Jetzt beruhige dich doch erst mal.« Christopher rückte etwas näher zu mir und legte den Arm um meine Schulter. »Meinst du ernsthaft, wir lassen dich verhungern? Du hast uns, Anna, deine Eltern ... das wird schon.« Kiki nickte bestätigend.

»Wir saßen doch alle schon mal irgendwie fest und kamen ohne Hilfe nicht mehr weiter.« ergänzte dieser noch und zwinkerte mir zu.

Ich schniefte einmal und sah ihn fragend an.

»Ja?«

»Na klar.« Er bestreute einen seiner Pfannkuchen großzügig mit Puderzucker, schnitt sich ein Stück ab und aß es genüsslich.

»Bei mir war das so mit sechzehn oder siebzehn Jahren. Ich hatte gerade eine Beziehung mit meiner ersten Freundin hinter mir und wusste, dass irgendetwas mit mir nicht stimmte. Ich ahnte bereits, dass ich schwul sein könnte, aber so richtig glauben wollte ich es nicht. Ich kam mir sehr einsam und verlassen vor. Dabei war ich das gar nicht.« Er schüttelte den Kopf und grinste. Man merkte, dass er mit seinen Gedanken einige Jahre von hier entfernt war. »Meine Eltern waren großartig. Also, das sind sie heute noch, aber ohne sie und meine große Schwester hätte ich nicht weitergewusst.«

Christopher und ich lauschten seinen Erzählungen sehr gespannt. Anscheinend war das auch für Chris ganz neu.

»Kiki, du bist echt ein Glückspilz. Meine Mum will davon bis heute nichts wissen.« Christopher winkte ab. »Für sie gibt es sowas wie uns gar nicht. Ihres Erachtens ist das ein eigens gewählter Lebensstil, vergleichbar mit dem eines Kriminellen.« Wir schüttelten alle drei den Kopf, und jeder knabberte gedankenverloren an seinem Pfannkuchen.

»Und was mache ich jetzt?« Ich seufzte und kniff mir mit Daumen und Zeigefinger in die Nasenwurzel. Ich bekam Kopfschmerzen.

»Zuallererst gehst du morgen zum Arbeitsamt und meldest dich arbeitssuchend. Die werden dir alles Weitere erklären. Und dann wirst du beginnen, Bewerbungen zu schreiben, und zwar bundesweit! Nicht nur auf ausgeschriebene Stellen, auch initiativ. Du wirst verdammt noch mal jedem Museum in der gesamten Republik deine Bewerbung zukommen lassen.«

Bundesweit? Zuerst verkrampfte sich etwas in mir. Was sollte ich denn alleine in einer anderen Stadt? Aber dann kam ich ins Grübeln. Warum eigentlich nicht? War es nicht genau das, was ich wollte, was ich unbedingt brauchte?

Einen Neustart. Zurück auf Start. Neue Stadt, neue Wohnung, neuer Job. Mit meinem Leben hier in Heidelberg war ich unzufrieden, und das nicht erst seit heute Morgen. Das war nicht die Schuld der Stadt. Nein. Heidelberg war wunderbar. Es war eher eine schreckliche Kombination aus allem, was sich hier befand und mein Leben langsam, aber sicher zur Hölle machte.

Ein Neustart! Das war es, was ich brauchte! Chris und Chris hatten recht!

Kapitel 26

Es klingelte schon seit Minuten an meiner Tür, aber ich weigerte mich, das Bett zu verlassen. Das nervige Geräusch schepperte durch die Wohnung und brachte mich dazu, die Decke noch weiter über meinen Kopf zu ziehen. Vielleicht hatte das ja dann den positiven Nebeneffekt, dass ich einfach ersticken würde.

Wer war denn bitteschön dieser Irre, der zu dieser unmenschlichen Stunde Sturm klingelte? Ich linste an meine Zimmerwand. Die Uhr zeigte 15:36 Uhr an. Okay, ich musste zugeben: Das war nur für Schichtarbeiter unmenschlich, nicht für mich arbeitsloses, faules Miststück.

Ich setzte mich seufzend auf den Rand des Bettes und schlüpfte in meine Birkenstock-Hausschuhe.

Wieder klingelte es, und nun wurde auch noch frenetisch gegen die Haustür geklopft.

»Ich komme ja schon«, schrie ich meiner Wohnungstür entgegen und erhob mich langsam und stöhnend, als wäre ich mindestens achtzig Jahre alt.

Vor der Tür stand Anna und sah mich verärgert an. Ohne ein Wort zu sagen, betrat sie meine Wohnung. Mike, der hinter ihr gewartet hatte, folgte ihr.

»Das hat genau jetzt ein Ende«, blaffte sie mich an und fuchtelte mit ihrem Zeigefinger bedrohlich vor meinem Gesicht herum. Ich rollte mit den Augen. Ein anderes Argument hatte ich gerade nicht parat. »Du wirst dich duschen, dir etwas anziehen und das Haus verlassen. Das ist keine Bitte!«

»Wie hältst du es mit ihr aus? Kommandiert sie dich auch so rum?«, raunte ich gut hörbar in Mikes Richtung und erntete ein dunkles Kichern von ihm und ein ärgerliches Schnauben von ihr.

»Ich steh da voll drauf. Im Bett sagt sie mir auch immer genau, wann ich was wie zu tun habe. Das ist heiß!« Er ließ seine Augenbrauen hüpfen und schnalzte mit der Zunge.

Ich ließ mich aufs Sofa fallen und schloss die Augen. Vielleicht würden die beiden ja einfach verschwinden und mich in Ruhe lassen. Ich hatte keinen Nerv für Annas herrische Art und Mikes anzügliche Sprüche.

Ich wollte meine Ruhe und einsam vor mich hin leiden. Das wird man doch wohl noch tun dürfen.

»Ich werde nicht zusehen, wie du dich mal wieder in ein Loch verkriechst. Das hatten wir jetzt zweimal wegen Jo, und ich werde das jetzt nicht ein drittes Mal wegen dieses verdammten Jobs mitmachen.«

»Lass mir doch zumindest eine Depri-Woche. Mike, leg doch mal ein gutes Wort für mich ein.«

»Sorry Ruby, aber da steh ich auf Annas Seite. Ich finde auch, du solltest dir was anziehen, das du nicht schon die letzten drei Tage getragen hast.«

Ich sah an mir herunter und ... naja ... okay, sie hatten recht. Anhand der unterschiedlichen Flecken auf meinem viel zu großen *Rock am Ring*-Shirt konnte man die Mahlzeiten der letzten Tage nachkonstruieren.

»Okay, okay, aber ich habe noch etwas vor. Ich werde also nicht mit euch ausgehen.«

»Was hast du denn vor?« Anna platzierte sich direkt vor mir und stemmte ihre Fäuste in die Hüfte.

»Zuallererst wollte ich Bewerbungen schreiben.« Als Beweis zeigte ich auf meinen Laptop, neben dem bereits ein paar ausgedruckte Dokumente lagen. »Ich muss meinen Lebenslauf aktualisieren und etwas aufpimpen. Außerdem kommt Eric später vorbei.«

Anna nickte und aus ihrer gerade noch ärgerlichen Miene wurde eine besorgte.

»Das mit Eric ist ...«

»... ein Thema, über das ich gerade nicht sprechen möchte«, wiegelte ich ab und erhob mich. »Ihr solltet jetzt gehen.« Anna blickte mich traurig an und wechselte dann einen schnellen Blick mit Mike.

»Mach dir keine Gedanken. Ich werde mich jetzt sofort duschen, umziehen und dann Bewerbungen schreiben. Ich schicke sie dir sogar vorher zu, damit du noch mal drüberliest, okay? Nicht, dass es am Ende wegen des einen oder anderen doofen Rechtschreibfehlers scheitert.«

Sie nickte und umarmte mich dann.

»Wenn du mich brauchst, dann melde dich bitte. Bitte!«

»Geht klar.«

Ich hatte sie nicht belogen. Keine Ahnung, ob mich der Besuch der beiden wachgerüttelt hatte oder ob die knapp sechzehn Stunden Schlaf einfach so viel waren, dass ich mit dem Energieüberschuss irgendetwas tun musste. Aber ich sprang tatsächlich unter die Dusche und holte die Pflege nach, die ich die letzten Tage nach meiner Entlassung versäumt hatte. Ich wusch meine Haare, pflegte sie mit einer teuren und wunderbar duftenden Kur, rasierte mir Beine, Achseln und Intimbereich und cremte mich nach der Dusche noch sorgfältig ein. Passend dazu zog ich ein langärmliges Wollkleid mit buntem Blumenmuster und eine Leggings an. Ich betrachtete mich im Spiegel und stellte fest, dass ich endlich wieder wie ein Mensch aussah und nicht wie ein Neandertaler nach dem Verzehr eines Mammuts. Und ich duftete wie ein Blumenbeet.

Dann öffnete ich meinen Laptop und schrieb sage und schreibe elf Bewerbungen an die unterschiedlichsten Museen in Speyer, Stuttgart, Potsdam, Berlin, Frankfurt, Bayreuth, München, Köln und Düsseldorf. In Frankfurt hatte ich mich gleich bei drei Museen beworben. Ausgeschrieben waren leider nur insgesamt vier Stellen bundesweit, die für mich interessant klangen. Nicht gerade viel. Alle anderen Bewerbungen, die ich verschickte, waren auf gut Glück. Aber vielleicht würde ja jemand meine Bewerbung lesen und denken: »Jetzt erst fällt mir auf, dass ich diese Person unbedingt brauche.« Man durfte ja wohl noch träumen. Immerhin wollte ich schon immer in einem Museum arbeiten, denn genau dafür hatte ich studiert.

Als ich den Laptop zuklappte und auf die Uhr schaute, war es bereits kurz vor 20 Uhr, und mein Magen knurrte. Eric würde gleich auf der Matte stehen, und so wie ich ihn kannte, würde er etwas Essbares dabeihaben. Er brachte meistens etwas mit, und wenn ich viel Glück hatte, dachte er sogar noch an eine Flasche Wein. Ganz so, als müsse er mich mit Essen und Alkohol gefügig machen - was nur teilweise der Wahrheit entsprach.

Keine zwei Minuten später klingelte es. Eric war immer pünktlich. Manchmal war er sogar so pünktlich, dass ich mich fragte, ob er bereits zehn Minuten vorher vor der Tür stand und auf die Uhr starrte, um dann genau zum verabredeten Zeitpunkt zu klingeln.

Ich war gemein. Das wusste ich. Pünktlichkeit war nichts Schlimmes, sondern eigentlich eine unglaublich positive Sache. Aber es war auch eine weitere perfekte Charaktereigenschaft an ihm, die mich nervte. Ich war ein schrecklicher Mensch.

Ich öffnete die Tür und begrüßte einen Eric, der mit zwei Papiertüten lächelnd vor der Tür stand.

»Chinesisch?«, fragte er und hob die beiden Tüten grinsend an.

»Oh ja!« Und schon wieder hatte er mit Essen meine Laune gehoben. Eric hatte mich schlichtweg durchschaut.

Zwei Stunden später lagen wir nackt im Bett und aßen ein paar kalte Minifrühlingsrollen, die vom Abendessen noch übrig waren. Der Sex war gut gewesen. Wie immer. Solide. Es hatte Spaß gemacht. Warum mir jetzt gerade trotzdem zum Heulen zumute war, konnte ich mir beim besten Willen nicht erklären. Meine Trübseligkeit versuchte ich mit einem Schluck Weißwein und zwei weiteren Frühlingsrollen hinunterzuspülen. Eric streckte sich und seufzte. Dann strahlte er mich an.

»Es macht Spaß mit dir«, sagte er und streichelte über meinen Arm.

»Was genau?«, fragte ich mit vollem Mund.

»Alles. Vor allem der Sex. Mit dir ist das immer so leidenschaftlich.« Für eine Millisekunde wanderten meine Gedanken zu der Nacht, in der ich den mit Abstand besten und leidenschaftlichsten Sex meines Lebens gehabt hatte, und zu dem Mann, der mich so gevögelt hatte, dass die Geräusche des quietschenden Bettes noch die Nachbarn zwei Häuser weiter aus dem Schlaf gerissen haben mussten. Der Mann, der mir Orgasmen verschafft hatte, bei denen mir fast der Schädel explodiert wäre.

Dann griff ich noch mal in die Papiertüte und verdrängte sämtliche Erinnerungen an einen gewissen Jo Hoffmann mit noch mehr frittiertem Asia-Food. Oh Gott … hoffentlich würde ich jetzt nicht auch noch fett werden.

Eric blieb noch lange bei mir, streichelte mich, machte Witze, verteilte großzügig Komplimente. Dann ging er nach Hause. So wie jedes Mal, wenn wir uns bei mir trafen. Morgens neben ihm aufzuwachen wäre nicht richtig. Ich verhielt mich jetzt schon falsch ihm gegenüber, und ich hatte eine Heidenangst davor, dass er mir demnächst das L-Wort sagen würde. Wenn die drei Worte aus seinem Mund kamen, würde mir nichts anderes übrigbleiben, als zu rennen. Weit, weit weg. Mittlerweile wünschte ich mir fast, ich hätte mich nicht nur bundesweit, sondern auch weltweit beworben. Aber egal, wie weit weg ich gehen würde, ich konnte nicht vor mir selbst fliehen. Und Ruby war momentan die Person, die ich am meisten verachtete.

Kapitel 27

In den letzten Stunden störte mich eine Sache gewaltig: Warum sah mich Mike ständig so komisch an? Hatte ich irgendwo was im Gesicht hängen? Tropfte meine Nase? Hatte ich Vogelkacke im Haar? Ich schaltete die Selfie-Funktion meines Handys an und betrachtete mich. Mir sah ein blasses Gesicht entgegen, dessen zahllose Sommersprossen mittlerweile ziemlich verblasst waren. Im Sommer waren es manchmal so viele, dass man mich gut und gerne mit Pippi Langstrumpf verwechseln konnte. Ich begutachtete noch meine Haare, aber es war definitiv nichts seltsam an mir. Also, nicht seltsamer als sonst.

Als ich wieder aufsah, schlidderten Mike, Anna und Christopher gerade auf Schlittschuhen an mir vorbei. Ich hatte mich mit einem Glühwein auf eine Bank gesetzt, von wo aus ich einen schönen Blick auf die drei hatte. Große Lautsprecher hüllten uns in weihnachtliche Klänge und erinnerten mich daran, dass ich noch ganz schön viele Besorgungen vor den Feiertagen machen musste. Um nicht zu sagen: Noch alle.

Plötzlich sah ich, wie Chris mit einem Affenzahn auf mich zufuhr, kurz vor mir abbremste und sich mit Karacho neben mich fallen ließ.

»Das hätte auch ins Auge gehen können«, sagte ich und sah ihn mit hochgezogener Augenbraue an.

»Ja. Ich hab meine Geschwindigkeit irgendwie falsch eingeschätzt. Mein Herz rast wie wild.« Ich lachte ihn liebevoll an und reichte ihm die Tasse mit dem dampfenden Glühwein. Er nahm sie dankend mit seinen behandschuhten Händen entgegen und nippte langsam an der heißen Flüssigkeit.

»Warum starrt Mike eigentlich ständig zu dir?«

»Du meinst, wenn er nicht gerade mit der Zunge Annas Füllungen kontrolliert?« Er prustete und verschluckte sich am Glühwein. Als wir dann nach rechts blickten, um nach den beiden Ausschau zu halten, blieb uns glatt die Spucke weg. Mike hatte Anna gegen die Bande gepresst, und die beiden knutschen, als ob es kein Morgen gäbe.

»Holla, er frisst sie«, stellte ich fest.

»Sollen wir einschreiten?«

»Lass mal.« Ich winkte ab. »Ich befürchte, Anna steht drauf.« Dann seufzte ich. »Dir ist es also auch aufgefallen? Also das mit Mike. Ich habe keine Ahnung, was in seinem Kopf abgeht, und ich habe Angst zu fragen.«

»Hat er Kontakt mit Jo?« Das war der springende Punkt. Genau das war es, was ich nicht wissen wollte. Noch immer bekam ich sofort Magenschmerzen, wenn der Name Jo fiel. Aber vielleicht war das ja der Grund für Mikes Blicke. Vielleicht hatte Jo nach mir gefragt. Vielleicht hatten sie telefoniert und über mich gesprochen. Wusste Anna mehr? Sollte ich vielleicht das Gespräch mit ihr suchen? Oder würde ich alles damit nur noch schlimmer machen? Eigentlich mochte ich das Thema ja endgültig abhaken und vergessen. Ich wollte verdammt noch mal nichts mehr von Jo wissen. Aber es war nicht so einfach. Wie oft musste Jo mir eigentlich das Herz brechen, bevor er darin keinen Platz mehr hatte? Wie masochistisch musste ich sein, dass ich selbst jetzt noch Zuneigung empfand, obwohl er nichts als Hass verdient hatte?

Als ich am späten Nachmittag nach Hause kam, war es schon stockdunkel. Mittlerweile merkte man nicht nur an den Temperaturen, dass es Winter war, sondern auch daran, dass die Sonne immer früher unterging. Ich betrat den Hausflur und fand drei Briefe im Briefkasten. Einen von meiner Versicherung und zwei, die aussahen wie Antworten auf zwei meiner Bewerbungen. Ich machte große Augen und sprintete in meine Wohnung. Ich ließ meine Handtasche achtlos auf den Boden fallen und hängte meinen dicken Wintermantel an den Haken an der Tür. Dann öffnete ich den ersten Brief. Der Absender war das Städel Museum in Frankfurt.

»Leider müssen wir …«

Ich las nicht weiter, sondern öffnete den nächsten Brief, der vom Historischen Museum in Speyer kam.

»Wir bedauern Ihnen mitteilen zu müssen, dass ...«

Ich seufzte. Natürlich wusste ich, dass zwei Absagen nichts Unübliches waren, und dass ich beim aktuellen Arbeitsmarkt und meinen Vorstellungen von einem Traumjob mit Absagen rechnen musste. Trotzdem machte sich das bittere Gefühl der Enttäuschung in mir breit. Es wäre auch zu schön gewesen, wenn einfach mal etwas reibungslos geklappt hätte. Aber das war mir wohl einfach nicht vergönnt.

Deprimiert sah ich mich in meiner Wohnung um und betrachtete zuerst die weißen Fronten meiner Küche, dann den grünen, kleinen Teppich vor meiner Couch und zu guter Letzt die weiße Raufasertapete mit der bordeauxfarbenen Bordüre. Ich fasste einen spontanen Entschluss. Wenn ich es schon nicht in der Hand hatte, etwas an meiner beruflichen Situation zu verbessern und mir schlichtweg die Energie fehlte, um in meinem Liebesleben aufzuräumen, dann wollte ich zumindest an meiner Wohnung etwas verändern. Ich würde renovieren! Ich grinste. Endlich hatte ich ein Ziel vor Augen. Wenn auch nur ein kleines Etappenziel.

Am nächsten Tag fuhr ich mit Eric in den nächsten Baumarkt. Ich kaufte Wandfarbe, Pinsel, Kreppband und Folien zum Abdecken sowie einen neuen Bettvorleger und einen schönen und besonders weichen Flokati-Teppich für das Wohnzimmer. Der Teppich hatte einen knallroten Farbton und würde bestimmt klasse unter meinem weißen Couchtisch ausschauen. An der Kasse stellte ich fest, dass ich kaum Weihnachtsdeko zu Hause hatte. Also legte ich schnell noch ein paar Lichterketten und einen kleinen Weihnachtsbaum aus Plastik aufs Band. Ich war mit meiner Ausbeute zufrieden, auch wenn mir der Betrag, den mir die Kassiererin nannte, ein wenig Kopfschmerzen bereitete. Viel hatte ich nun nicht mehr auf dem Konto und ich hoffte inständig, dass mir meine Eltern zu Weihnachten hauptsächlich Geld schenken würden. Von meiner hoffentlich nur temporären Arbeitslosigkeit hatte ich ihnen nämlich noch nichts erzählt.

Eric wollte mir natürlich bei meinem Vorhaben und der Renovierung helfen. Er hatte alles mit mir hochgetragen und krempelte bereits die Ärmel hoch. Aber ich wollte das nicht.

»Das ist ein Mädchending. Ich hab Anna schon versprochen, dass wir das zu zweit machen.« Das war nicht ganz die Wahrheit. Ja, ich wollte das lieber mit Anna und Mike als mit ihm machen. Aber vor allem deshalb, weil das für mich einen Neuanfang darstellen sollte und ich Eric darin nicht sah.

Eric war gerade mal fünf Minuten verschwunden, da klingelte es an der Tür. Mike und Anna standen mit einer Flasche Sekt davor und grinsten.

»Hier wird renoviert?«, fragte Mike grinsend. Ich lachte und nahm die Flasche entgegen.

»Aber wir müssen uns auch ein wenig Mühe geben. Immerhin muss ich hier wohnen. Also bitte kein Besäufnis.«

»Eine Flasche Sekt zu dritt ... wo ist das ein Besäufnis?« Mike schnaubte und widmete sich bereits den Farbeimern. Er hatte eine verschlissene Jeans und einen verwaschenen Pullover an. Sogar Anna war sehr leger gekleidet. Beide waren tatsächlich bereit, mir zu helfen und sich, wenn nötig, kräftig mit Farbe einzusauen. Gerade als auch ich loslegen wollte, klingelte es ein weiteres Mal, und ich zog verwundert die Augenbrauen zusammen.

»Das müsste Chris sein. Ich hab ihn angerufen und gesagt, dass hier eine Renovierungsparty stattfindet.« Ich lachte laut auf, als ich die Tür öffnete und Christopher und Kiki davorstanden: beide im Blaumann und mit einer Flasche Jack Daniels in der Hand.

Diese Menschen schafften es, mir ein Lächeln ins Gesicht zu zaubern. Egal, wie schlimm mein Leben momentan auch aussah und wie hoffnungslos ich mich manchmal fühlte. Der Abend würde garantiert einen Höllenspaß machen ...

... und eventuell vollkommen ausarten.

Kapitel 28

Als ich erwachte, hatte ich noch immer einen Pinsel in der Hand und lag auf der Couch. Mein Kopf war dabei so seltsam angewinkelt, dass ich ihn erst gar nicht richtig bewegen konnte. Ich war ein einziger Krampf. Zaghaft massierte ich mir den Nacken und konnte ein schmerzerfülltes Stöhnen kaum zurückhalten. Langsam und mit knackenden Knochen erhob ich mich und sah mich um.

Anna und Mike lagen auf meinem neuen, roten Teppich, wo Mike Anna so laut ins Ohr schnarchte, dass ich mich fragte, wie man überhaupt direkt neben ihm schlafen konnte. Doch sie schien es nicht mal zu bemerken. Chris und Kiki entdeckte ich hinter mir. Chris schlief doch tatsächlich im Sitzen, mit dem Rücken an die Wand gelehnt. Der würde wahrscheinlich noch schlimmere Rückenschmerzen haben als ich, wenn er erwachte. Kiki hatte es sich mit seinem Kopf auf dem Oberschenkel seines Freundes bequem gemacht, soweit man es auf dem Laminat hier überhaupt bequem haben konnte.

Erst nachdem ich diesen Gedanken zu Ende gedacht hatte, entdeckte ich, was wir angerichtet hatten. Anstatt die Wände gleichmäßig in einem satten Apfelgrün zu streichen, lachten mir nur überall grüne Smilies und versaute Sprüche in allen möglichen Sprachen dieser Erde entgegen. Deutsch, Englisch und ...

»Ist das Latein?«, brach es aus mir heraus. Mike kicherte am Boden. Er gähnte laut, dann streckte er sich und kratzte sich am Hinterkopf. Erst dann erhob er sich langsam und stöhnend. Dabei rutschte Annas Kopf von seinem Arm. Er setzte sich in den Schneidersitz, und sie drehte sich ganz einfach um und schlief weiter, als wäre nichts gewesen.

»Das ist Latein, ja.« Ich wusste gerade nicht, ob ich Hochachtung empfinden oder ihn doch eher verprügeln sollte.

»Will ich wissen, was *Mentula* bedeutet?«

»Vielleicht.« Mike zwinkerte mir auf seine typische Mike-Art zu.

»Ich muss pinkeln, dringend Blutzucker messen und dann heim.« Er gähnte. »Ich habe heute noch eine Schicht im Pub.«

»Na, dann los. Und danke dafür!« Ich streckte die Arme aus und zeigte auf meine vollgesauten Wände um mich herum. Mein Dank war eindeutig sarkastischer Natur.

»Bitteschön!« Mike lachte und verschwand im Bad.

In der darauffolgenden halben Stunde erwachten auch die anderen nach und nach und bewegten sich stöhnend und fluchend durch die Wohnung.

»Ich bin heute Nacht um fünfzig Jahre gealtert«, jammerte Chris und hielt sich seine Kehrseite.

»Wer im Sitzen auf dem harten Boden schläft, braucht sich nicht zu wundern«, konterte ich und verteilte großzügig Aspirin an meine Übernachtungsgäste.

»Du hättest mich ja auch wecken können. Oder du.« Er wandte sich an Mike, der erstaunlich fit war und sich gerade seine Sneaker anzog. »Nächstes Mal trägst du mich einfach auf die Couch oder so. Mit deinen Oberarmen müsstest du mich doch schaffen.« Ich lachte laut auf und betrachtete die beiden Männer. Egal wie muskulös Mike war, Chris war größer und wog mindestens genau so viel wie Mike.

»Alter, wer bin ich denn? Ich trag doch deinen fetten Arsch nicht durch die Gegend.« Mike schnaubte, zog sich die Jacke über und kramte dann eine Rolle Traubenzucker aus der Jackentasche. »Ich hau ab. Chris, Kiki ...« Er nickte den beiden zu. »Danke für den wunderbaren Abend, Ruby. Anna, bis später.« Weg war er.

»Hat er mich gerade fett genannt?« Chris erwachte aus seiner Schockstarre und sah abwechselnd zu seinem Freund, mir und Anna.

»Nein, nur deinen Arsch.« Anna streckte sich und sah sich um. »Na, dann mal an die Arbeit. Bringen wir das am besten Mal in Ordnung, oder?« Ich nickte und war dankbar, dass Anna nicht auch einfach verschwand und mich in dem Chaos zurückließ.

»Fett ... als ob ich einen fetten ...« Chris beleidigtes Gemurmel wurde von einem heftigen Klopfen an der Wohnungstür unterbrochen.

»Hat Mike was vergessen?« Ich öffnete die Tür, doch davor stand Eric und lächelte mich an. Dann blickte er über meine Schulter hinweg in die Wohnung und riss plötzlich die Augen auf.

»Was zum Teufel ist denn hier passiert?« Chris, der gerade irgendwelche gymnastischen Übungen hinlegte, um seinen verkrampften Rücken wieder auf Vordermann zu bringen, lachte auf.

»Wir sind passiert. Und eine Flasche Jacky.«

»Vergiss den Sekt nicht«, ergänzte Anna und stand plötzlich neben mir. »Auch wenn Mike und ich den fast alleine getrunken haben.«

»Ich dachte, du wolltest einen Mädelsabend mit Anna machen. Stattdessen war hier eine Party im Gange, auf der ich anscheinend nicht erwünscht war. Sehe ich das richtig?« Eric sah nur mich an und ignorierte Anna, die neben mir scharf die Luft einzog. »Was soll das denn? Sag mir doch ehrlich, wenn du keinen Bock auf mich hast.«

»Sorry Eric, das war echt nicht geplant. Du weißt doch, wie das mit Anna und Mike ist. Er klebt an ihrem Arsch wie Kaugummi an einer Schuhsohle. Und Chris und Kiki wurden von Anna angerufen. Die haben mich überrascht. Ich wusste davon nichts.«

Eric atmete genervt ein und schüttelte dann den Kopf.

»Weißt du, Ruby, das war ja nicht das erste Mal. Meinst du, mir fällt das nicht auf? Meinst du im Ernst, ich wäre so blöd, nicht zu merken, dass du mich nur bei dir haben willst, wenn du gerade keine bessere Alternative hast? Aber ich dachte mir die ganze Zeit, dass das okay ist, dass ich dir Zeit geben muss. Aber irgendwie habe ich das Gefühl, dass du dir nicht mal Mühe gibst, sondern nur ich immer wieder investiere und von dir so gar nichts zurückkommt.« Das hatte gesessen. Eric hatte zu meiner Schande leider ins Schwarze getroffen. Einerseits schämte ich mich, andererseits kam aber auch der Trotz in mir hoch. Ich hatte ihn ja nicht dazu gezwungen, mit mir ins Bett zu gehen. Ich hatte ihm gar nichts versprochen. Ihm nicht meine Liebe gestanden oder sonst etwas. Ich hatte es nur irgendwann aufgegeben, ihm immer und immer wieder einen Korb zu geben.

Ich wusste, dass das nicht richtig war. Dass ich ihn hinhielt und seine Nähe und Aufmerksamkeit genau dann genoss, wenn ich sie brauchte. Aber musste er mich jetzt vor versammelter Mannschaft so anpflaumen?

»Ruby, niemand wird gerne ausgenutzt. Ich auch nicht.« Ein Schlag ins Gesicht hätte mir nicht mehr wehtun können. Oh Gott ... ich war genauso ein Arsch wie die Männer, die mich hintergangen hatten.

»Eric, ich ...« Was sollte ich sagen? Ich hatte keine Worte. Keine Entschuldigungsfloskel wollte so recht passen und hätte womöglich eh alles noch schlimmer gemacht.

»Melde dich einfach bei mir, wenn du weißt, was du willst.«

Daraufhin drehte er sich um und ging mit wehendem Mantel und ohne ein weiteres Wort davon. Ich schloss die Tür und ging, ohne auf die anderen zu achten, in die Küche, um mir einen Kaffee zu machen. Erst nach einigen Minuten bemerkte ich ihre besorgten Blicke.

»Was?«, brüllte ich einen Hauch zu aggressiv. Ich sah sie an und wartete auf eine Reaktion. Einen Anschiss, eine Ohrfeige, irgendwas.

»Alles okay?« Chris kam einen Schritt auf mich zu und machte Anstalten, mich in den Arm zu nehmen. Ich wich seiner Berührung aus und zeigte auf das lateinische Wort an meiner Wand.

»Erst, wenn hier alles gut aussieht und nicht wie in einer verdammten Crackhöhle. Also: Chris, du sammelst jetzt mal die Pappbecher und leeren Flaschen auf. Anna, los, schwing den Pinsel! Und Kiki, du machst uns am besten ein paar deiner genialen Pfannkuchen.«

»Zu Befehl!« Kiki salutierte vor mir und verschwand dann in der Küche.

Es war bereits früher Abend, als wir endlich fertig waren. Ich sah mich um und war begeistert. Was so ein bisschen Farbe ausmachen konnte. Alles wirkte frisch und sah bereits nach Frühling aus. Der Blick nach draußen war trüb und grau. Aber hier drinnen tobte das Leben in frischen Grün- und Rottönen. Ich musste grinsen.

»Zufrieden?« Anna wischte sich etwas Schweiß von der Stirn und warf den Pinsel in den Eimer.

»Es ist der Hammer!« Ich klatschte in die Hände und umarmte Anna, Chris und Kiki. Ich war ihnen so unsagbar dankbar für ihre Hilfe. Ohne sie hätte ich das niemals an einem Tag geschafft. Nicht nach dem Chaos, welches der gestrige Abend hinterlassen hatte.

»Ruby, du bist schon eigen.« Chris lachte und wirbelte mich herum.

»Mmh? Was meinst du?«

»Andere schneiden sich die Haare, du renovierst gleich mal die ganze Wohnung. Halbe Sachen gibt's bei dir nicht, oder?«

»Das ist nur der Anfang.« Ich sah mich zufrieden in meinen vier Wänden um. »Der Anfang meines Neustarts! Nur eine Sache fehlt noch!«

Ich ging ins Schlafzimmer, und die drei folgten mir.

»Ich möchte, dass das Bett in Zukunft da drüben steht, und die beiden Kommoden dafür hier am Fenster. Damit bringe ich mein sexuelles Karma bestimmt auch wieder in Ordnung.«

»Sexuelles Karma?« Anna, Kiki und Chris brachen in schallendes Gelächter aus.

»Wartet's nur ab. Das und die neu gekaufte Bettwäsche, und ich bin ein neuer Mensch!«

Als auch das erledigt war, verabschiedeten sich Chris und Kiki, da die beiden heute noch andere Pläne hatten. Anscheinend würde das süße Paar heute noch ein Date haben, für das sie sich vorbereiten wollten.

Anna und ich überlegten nun, etwas zu kochen, Pizza liefern zu lassen oder doch noch auszugehen. Fakt war, wir waren beide hungrig ohne Ende.

»Ich hab kaum was im Haus.« Ich blickte in den Kühlschrank und überlegte, was man aus Senf, einem halben Kopfsalat, drei Tafeln Milka Alpenmilch Schokolade und einem angebrochenen Maracuja-Joghurt denn so zaubern konnte. »Ich müsste auch noch eine Dose Ravioli irgendwo haben«, überlegte ich laut und setzte meine Suche in einer Schublade fort.

»Wie wäre es denn, wenn wir uns auf dem Weihnachtsmarkt einfach eine Bratwurst oder so holen?«

»Das Haus verlassen?« Ich sah an mir hinunter und dann in den Spiegel, der im Flur hing. Ach du Scheiße ...

»Du musst dich ja nicht schick machen. Ich behalte die hier auch an. Irgendwie finde ich die richtig stylisch.« Anna hatte eine hellblaue, ausgewaschene Latzhose an, die über und über mit Farbe bekleckert war. Ja, es sah irgendwie cool aus und stand ihr. Allerdings trug ich eine Jogginghose, deren Gummi so ausgeleiert war, dass ich ständig Gefahr lief, meinen blanken Hintern zu präsentieren. Anna reichte mir meinen Wintermantel und die Wollmütze. Ich zuckte mir den Achseln. Was soll's?

Wir zogen uns warm an und marschierten los. In Heidelberg gab es einen großen Weihnachtsmarkt in der touristendurchfluteten Innenstadt, aber auch ein paar kleine im Stadtgebiet verteilt. So war ein ganz winziger direkt bei mir um die Ecke. Organisiert wurden die paar wenigen Buden von der Kirchengemeinde. Es gab lediglich einen Stand mit süßen Waffeln, einen mit fettigen Würstchen und Steaks, einen, der Glühwein verkaufte und noch ein paar mit gebastelten Waren. Gestrickte Mützen, geschnitzte Krippen, bemalte Christbaumkugeln und vieles mehr.

Ich mochte diese gemütliche Atmosphäre viel lieber als das überfüllte und laute Gewühl von tausenden Menschen auf dem großen Weihnachtsmarkt in der City. Hier konnte man sich tatsächlich Zeit lassen und die vielen Kunsthandwerke betrachten. Bei den anderen Märkten wurde man ja nur von der Menschenmasse von einem zum nächsten Stand geschoben. Nein, danke.

Beide mit je einer Bratwurst in der Hand standen wir an einem Bistrotisch und bemühten uns, unsere Jacken nicht mit Ketchup zu bekleckern.

»Boar, ist die lecker. Zum Glück hast du mich dazu überredet«, schwärmte ich und biss genüsslich in die Wurst.

»Mmmh …« Wir schwiegen beide kurz und aßen unser leckeres und mehr als verdientes Abendessen.

»Mike hat schon ewig nichts mehr von Jo gehört.«

Gerade hatte ich mir Gedanken darüber gemacht, ob ich mir als Nachtisch noch eine Waffel mit dick Puderzucker gönnen sollte, da ließ Anna auf einmal diese Bombe platzen. Ich erstickte fast an einem Stück Brötchen, hustete und boxte mir selbst auf die Brust, was Anna nicht zu stören schien. »Keine Ahnung, was mit ihm ist. Mike hat ihm sogar gestern geschrieben, dass wir bei dir renovieren. Die Nachricht wurde zwar gelesen, aber er hat nicht geantwortet.«

»Anna, warum erzählst du mir das?« Ich blickte etwas angesäuert an ihr vorbei und betrachtete die Lichterketten an der Bude hinter ihr.

»Weil sich Jo plötzlich komplett zurückgezogen hat und Mike sich Gedanken um ihn macht.« Ich hatte leider nur ein Schulterzucken für sie übrig. Was erwartete sie denn von mir?

»Ja, und trotzdem: Warum erzählst du gerade MIR das alles? Das mit Jo ist vorbei. Ich möchte nichts mehr über ihn wissen. Er hat mir einen

Korb gegeben und ist damit endgültig für mich gestorben. Also warum jetzt diese Leier?«

»Jo mag vielleicht nicht mehr zu deinem Leben gehören. Aber Mike gehört zu meinem, und er macht sich eben furchtbare Sorgen um seinen Bruder.«

»Das wird schon wieder. Vielleicht hat er gerade Stress im Job oder so.«

»Vielleicht ...«

Damit war das Thema erstmal erledigt, was mich sehr erleichterte. Ich sprach nicht gerne über Jo. Das weckte Gefühle in mir, die nicht da sein durften und die ich meistens ziemlich gut verdrängen konnte. Aber die Enttäuschung war noch da und lauerte unter der Oberfläche. Wir lauschten noch einem Kinderchor, der ‚Stille Nacht' trällerte, und besorgten uns dann noch beide eine heiße Schokolade mit Schuss für den Weg nach Hause.

Die melancholische Stimmung, die der Chor verbreitet hatte sowie unser Gespräch zuvor hatten uns nachdenklich gestimmt. Wir liefen eine Zeit lang nebeneinander her und sagten nichts. Wenn man eine beste Freundin wie Anna hatte, dann ging das. Dann konnte man auch einfach einmal schweigend nebeneinander herlaufen, ohne dass es unangenehm oder peinlich wurde.

Fast schon automatisch bogen wir beide in einen Spielplatz ein. Auch das mussten wir nicht kommunizieren. Wir taten es einfach wie schon die vielen Male zuvor in den letzten Jahren. Wir nippten beide an unserem süßen Schokodrink und setzten uns auf die Schaukeln, die einsam auf dem verlassenen Spielplatz im Wind hin und her schwangen. Um die Uhrzeit und bei diesen kalten Temperaturen war natürlich sonst niemand hier. Schon früher hatten wir uns ab und an hier verabredet. Im Sommer mit einem kühlen Bier in der Hand, im Winter gerne auch mal mit einem Glühwein. Wir saßen einfach nur da, schaukelten ein wenig hin und her und erzählten.

Manchmal fiel es uns hier leichter zu reden. Keine Ahnung, warum das so war. Vielleicht, weil man sich so vorkam, als wäre man für kurze Zeit der einzige Mensch auf diesem Planeten und alle Geständnisse und Geheimnisse spielten keine Rolle. Es war ja niemand da außer uns beiden.

Wir schaukelten zaghaft hin und her. Nicht zu sehr, beide hatten wir ja noch einen Becher in der Hand.

Es war mittlerweile so kalt, dass ich mein Gesicht kaum mehr spürte. So genoss ich den warmen Dampf meines Getränks auf meiner Haut noch mehr.

»Vermisst du ihn?« Ich wusste sofort, von wem sie sprach. Dennoch ließ ich mir Zeit mit meiner Antwort. Es war nicht so leicht. Wie sollte ich ihr das am besten erklären?

»Ich vermisse das Gefühl, das ich durch ihn und bei ihm hatte. Er war einer der wenigen Menschen, der es geschafft hat, mich richtig glücklich zu machen. Wenn auch nur für ein paar kurze Augenblicke.«

Ich trank von meinem Kakao und war etwas traurig, dass nun nur noch ein kleiner Schluck übrig war.

»Leider hat er eben auch die Macht, mich verdammt unglücklich zu machen. Auch darin ist er besonders gut. Das gefällt mir nicht. Außerdem habe ich Angst, dass ich mich auf keinen anderen Menschen mehr einlassen kann, weil mir immer die Angst im Nacken steckt, wieder enttäuscht zu werden.«

Ich schüttelte den Kopf und sah in den grauen Himmel. Es war Vollmond und dadurch gar nicht so duster. Ich atmete tief durch und fuhr dann fort.

»Jo hat mich in zweierlei Hinsicht zerstört. Zum einen hat er meine Ansprüche in die Höhe geschraubt, zum anderen hat er mich noch misstrauischer gemacht, als ich eh schon war. Wahrscheinlich bleibe ich nun für immer alleine.«

Ein verzweifeltes Kichern kroch aus meiner Kehle. Ich meinte es ironisch, aber ein Fünkchen Wahrheit steckte in meiner Befürchtung. Verdammt. So ein Mensch wollte ich nie werden. So verbittert.

»Was ist mit Eric?« Anna stellte ihren leeren Becher neben sich ab und nahm etwas mehr Schwung auf der Schaukel.

»Er hatte von Anfang an keine Chance. In der Hinsicht bin ich genauso schlimm wie Jo. Ich spiele mit ihm. Er hat es geschafft, mich ab und an abzulenken und zum Lachen zu bringen. Mehr nicht«, gab ich zu, trank dann auch aus und tat es Anna gleich. Ich stieß mich ab und begann durch die Luft zu fliegen. Hoch und immer höher.

»Lass uns die Tage mal etwas zu zweit unternehmen. Einen ganzen Tag nur wir beide. Ohne Männer«, rief mir Anna zu und versuchte den Wind zu übertönen, der an meinen Ohren vorbeisauste.

»Gerne. Wie wäre es mit ein bisschen Wellness. Massage, Maniküre ... der ganze Kram.« Anna lachte laut auf.

»Nein, bitte nicht. Wir sind doch keine Rentner. Vielleicht was Verrücktes! Ich lass mir etwas einfallen. Wenn ich so recht darüber nachdenke, habe ich eventuell sogar schon eine Idee.« Anna klang besonders geheimnisvoll und kicherte dabei wie verrückt.

»Ich habe Angst«, gab ich zu, freute mich aber auch ungemein auf ein paar Stunden mit meiner besten Freundin.

»Solltest du auch haben!«

Kapitel 29

Ich fahre jetzt los und bin dann in zehn Minuten bei dir.

Ich stand vor meiner Wohnung am Straßenrand und wartete auf Anna. Irgendetwas hatte sie geplant, und ich wusste nicht so recht, ob ich mich darauf freuen sollte. Anna war alles zuzutrauen. Ich hatte zwar keine schlimmen Phobien oder so etwas wie Höhenangst, dennoch würde ich zum Beispiel gerne auf einen Sprung aus einem Flugzeug oder auf Bungee-Jumping verzichten. Dafür hatte ich einfach nicht die Nerven und hing dann doch noch zu sehr an meinem Leben.

Es hupte auf der anderen Straßenseite, und Anna winkte mir durch das geschlossene Seitenfenster ekstatisch zu. Ich grinste und lief zu ihr hinüber. Als ich mich auf dem Beifahrersitz niederließ und meine Handtasche im Fußraum verstaute, betrachtete mich Anna mit einem teuflischen Grinsen.

»Und? Hast du deine Bergsteigerschuhe dabei?«

»Haha!« Mit solchen seltsamen Andeutungen brachte sie mich schon den ganzen Tag komplett aus dem Konzept. Heute Morgen hatte sie mich gefragt, ob ich Bluter sei, und die nächste SMS war ein: *Habe gerade noch ein paar Einkäufe im Baumarkt erledigt. Jetzt kann es bald losgehen.* Sie wollte mich nervös machen und war damit ziemlich erfolgreich.

Wir fuhren auf die Autobahn, und spätestens in dem Moment, als Anna das Navigationssystem einschaltete, wusste ich: Sie schien etwas Größeres vorzuhaben als eine kleine Shoppingtour im Einkaufszentrum um die Ecke.

Neunzig Minuten später hielt Anna auf einem Parkplatz, der alles andere als vertrauenserweckend aussah. Sie schnallte sich ab, schnappte sich ihren Rucksack von der Rückbank und stieg aus. Als ich mich noch zierte und erstmal unsicher umsah, klopfte sie schon neben mir gegen das Fenster.

»Aussteigen!«

Ich seufzte und öffnete dann die Tür. Noch ehe ich meinen Schal etwas enger um mich wickeln konnte, lief Anna bereits schnurstracks in eine Richtung und schien genau zu wissen, wohin wir mussten.

»Was genau …«, begann ich meine Frage. Doch sie winkte schnell ab.

»Lass dich überraschen! Das wird hammermäßig! Betonung liegt auf Hammer.« Dabei ließ sie ihre Augenbrauen aufgeregt hoch und runter sausen. Was genau sollte ich denn bitteschön von diesem anscheinend zweideutigen Kommentar halten? Ich hatte keinen blassen Schimmer, was mich erwartete, als wir ein großes Tor passierten und uns auf einer Art Schrottplatz wiederfanden. Ein Kerl, der ein bisschen wie der typische BWL Student aussah, kam uns entgegen und schüttelte uns zur Begrüßung die Hand.

»Hi, ich bin Frank. Wir haben hier heute eine Verabredung?« Er grinste uns wissend an.

»Hi. Genau. Ich habe für heute eine Stunde gebucht. Ich bin Anna, und das ist Ruby.« Ich machte große Augen. Ich traute Anna ja so einiges zu, aber sie würde mir doch wohl keinen Callboy engagiert haben? Nein das konnte nicht sein. Das würde sie nicht tun. Außerdem, warum sollte sie denn dann einen vollgepackten Rucksack dabeihaben? Als ich auch darüber näher nachdachte, geriet ich ins Schwitzen.

»Ja, dann folgt mir erst mal in die Umkleidekabine.«

Oh mein Gott.

Besagte Umkleidekabine war nicht gerade sauber, überall lag Staub, und auch einige Glassplitter sah ich auf dem Fußboden.

Frank reichte uns Sicherheitsschuhe und Blaumänner sowie Schutzbrillen und Helme. Ich stand mit dem Zeug da wie bestellt und nicht abgeholt. Ein riesiges Fragezeichen schwebte über mir und ließ mich ziemlich dumm aus der Wäsche gucken.

»Wir sehen uns dann draußen«, sagte Frank lachend und verließ den Raum.

»Anna, was zum Teufel ist das hier?«

»Sei doch nicht so misstrauisch. Ich verkaufe dich schon nicht an die russische Mafia. Vor allem nicht mit Blaumann und Helm.« Anna lachte und klopfte mit dem Zeigefinger auf das Plastik meiner Kopfbedeckung. »Los jetzt. Umziehen!«

Gesagt, getan. Anna ließ keine weiteren Diskussionen zu. Ich solle mich entspannen, sagte sie immerzu. Dabei mochte ich solche Aktionen einfach nicht besonders. Ich plante meinen Tag gerne durch. Zumindest grob. Hier komplett im Dunkeln gelassen zu werden machte mich nervös.

Wir verließen die Umkleidekabine und sahen aus wie Bauarbeiter, die nun gleich ein Gebäude abreißen würden. Und so wie es aussah, lag ich mit dieser Vermutung gar nicht mal so falsch.

»Bitteschön!« Frank reichte jedem von uns einen riesigen Vorschlaghammer und zeigte auf einen schon ziemlich übel aussehenden, alten blauen Opel Corsa. »Viel Spaß damit.«

Langsam ahnte ich, was da auf mich zukam.

»Nicht wahr, oder?« Ich starrte Anna mit offenem Mund an.

»Doch!«, brüllte sie plötzlich überschwänglich, schwang ihren Hammer und schlug den Seitenspiegel des Autos mit Karacho ab. »Wir reagieren uns jetzt mal so richtig ab. Los geht's!«

Ich musste zugeben, dass ich etwas brauchte, bis ich mit der Idee warm wurde. Sehr zaghaft klopfte ich den Wagen ab und hinterließ nichts weiter als ein paar kaum sichtbare Dellen. Doch nach und nach begann es, Spaß zu machen, und nach knapp zehn Minuten gab es kein Halten mehr. Anna stand auf der Motorhaube und hämmerte immer wieder auf das Dach und die Frontscheibe ein, während ich hinter dem Auto stand und das Gleiche mit dem Kofferraumdeckel tat. Metall kreischte, Glas splitterte, doch diese Geräusche wurden von unserem Gebrüll und unseren Anfeuerungsrufen übertönt.

Es war der helle Wahnsinn. Adrenalin rauschte durch meine Venen und ließ Bärenkräfte in mir wachsen. Ich sprang zeitgleich mit Anna auf das Dach des Autos. Wir grinsten uns an und schlugen dann von dieser noch besseren Position aus auf alles, was noch ansatzweise heile aussah. Irgendwann standen wir vollkommen außer Atem vor unserem Meisterwerk. Ich hatte ein monströses Grinsen im Gesicht, was ich mir nicht so recht erklären konnte. Anscheinend hatte ich krankhaften Spaß am Zerstören und Niederknüppeln.

»Und jetzt?«, fragte ich atemlos und stützte mich auf meinen Knien ab.

»Jetzt basteln wir uns ein Andenken an dieses geile Erlebnis!« Daraufhin holte sie den Rucksack, den sie hinter dem Wagen platziert hatte, und kramte vier Spraydosen hervor. Die schwarze Dose begann sie direkt zu schütteln. Mit einem fiesen Grinsen im Gesicht schrieb sie auf die Fahrertür das Wort »Unabhängigkeit«. Mir drückte sie eine silberne Spraydose in die Hand und gab mir mit einer Kopfbewegung zu verstehen, dass nun ich an der Reihe war.

Ohne lange zu überlegen, schüttelte ich kräftig und sprayte das Wort »Freiheit«. Es folgte der Satz »Frauen an die Macht« und »Nieder mit dem Patriarchat«. Ich malte derweil noch Blumen in Pink, und Anna war kunstvoll mit gelben Sternchen. Am Ende hatten wir die Fahrertür und die Beifahrertür zu wahren Kunstwerken gestaltet. Wir betrachteten sie stolz, und Anna legte zufrieden den Arm um mich. Mit dem anderen winkte sie Frank heran.

»Könntest du veranlassen, dass uns die Türen abmontiert werden? Die würden wir gerne mitnehmen. Ein kleines Andenken für uns.«

»Kein Problem. Wird erledigt. Die Karre wird ja eh verschrottet.«

Mit Mikes Hilfe schafften wir es später, erst bei mir in der Wohnung und dann auch noch bei Anna im Wohnzimmer die Fahrzeugtüren an die Wand zu bringen. Wir brauchten dafür auch nur vier echt lange Schrauben und Dübel. Aber dann hingen die Kunstwerke und machten echt was her.

»Wir nennen es *Trash-Art*!«, rief Anna aus und schien sehr stolz auf ihre Idee zu sein.

»Sowas gibt es bestimmt schon. Glaube nicht, dass wir das heute erfunden haben.«

»Wir sind bei uns in der Stadt garantiert die Einzigen, die sowas in der Bude hängen haben. Ich finde schon, dass wir extrem innovativ sind.«

»Ich find's stark«, bestätigte nun auch Mike. Wir nickten uns anerkennend zu und belohnten uns dann je mit einer Flasche Bier. Wir ließen uns auf der Couch in Annas Wohnzimmer nieder, blickten stolz auf unsere *Trash-Art* und ließen den Tag Revue passieren. Mike amüsierte sich köstlich über unsere Ausführungen und schwor sich, so etwas auch mal zu machen. Auch wir wollten das mit Sicherheit irgendwann wiederholen.

Ich spürte eine angenehme Leere in meinem Kopf. Meine Muskeln schmerzten und fühlten sich schwer an. Ich hatte ein gutes Gefühl. Heute würde ich das erste Mal seit Monaten ohne Probleme einschlafen.

Kapitel 30

Als ich erwachte, fühlte sich die Welt ganz anders an. Es war, als wäre ein Knoten geplatzt, der mich die ganze Zeit in meinem Dasein gehemmt hatte. Ich stand auf und war so voller Lebensmut und Tatendrang wie schon lange nicht mehr. Meine Zehen kuschelten sich in meinen neuen, sehr weichen Bettvorleger, und das Gefühl ließ mich grinsen. Ich schwor mir, heute genauso weiterzumachen wie gestern. Veränderungen taten gut, und ich wollte, dass sich etwas veränderte. Bloß kein Stillstand. Ich hasste dieses verheulte Etwas, das ich die letzten Wochen dargestellt hatte. Das sollte nie mehr zurückkommen. Ich ging beschwingt in die Küche und machte mir einen Kaffee. Mit dem duftenden Gebräu setzte ich mich an meinen Laptop und checkte die aktuellen Stellenausschreibungen. Drei Jobs notierte ich mir, die eventuell interessant waren und die ich mir später etwas genauer ansehen wollte. Dann klappte ich den Laptop zu und ging duschen.

Vierzig Minuten spater betrachtete ich mich im Spiegel und war zufrieden. Ich gefiel mir. Eine Tatsache, die nicht oft zutraf. Ich fand mich oft okay oder interessant oder irgendwie besonders. Aber heute empfand ich mich als schön.

Als ich vor dem Kleiderschrank stand, schnaufte ich erst einmal durch. Was für ein Chaos! Die Hälfte der Stoffberge waren Bürokleider, auf die ich keinen Bock mehr hatte und deren Anblick mich an die scheiß Firma erinnerte. Weg damit! Die Devise war Neustart. Ich holte mir zwei große blaue Mülltüten aus der Küche und begann auszusortieren. In die eine stopfte ich alles, was in den Müll konnte, da es löchrig oder vollkommen verwaschen war. In die andere legte ich fein und sauber zusammengelegt all die Kleidungsstücke, über die sich vielleicht noch jemand anderes freuen würde. Müllsack Nummer eins warf ich kurzerhand unten in den großen Müllcontainer, und Müllsack Nummer zwei schleppte ich ein paar Straßen weiter zur Kleiderkammer der Caritas. Dort würden sich noch ein paar Bedürftige und Flüchtlinge darüber freuen. Ich war zufrieden. Ich war heute schon ordentlich produktiv gewesen und hatte sogar schon etwas für mein Karma getan. Eine gute Tat war nie schlecht, um in den Tag zu starten, und vielleicht würde mich das Universum ja belohnen.

Auf dem Weg in die Innenstadt checkte ich mein Sparkonto mit meiner Bank-App und atmete erleichtert durch. Alles noch im grünen Bereich. Mein letztes Gehalt wurde mir überwiesen, und etwas Erspartes war auch noch da. Ich gönnte mir eine kleine Shoppingtour. Wirklich nur ganz klein. Direkt im ersten Laden wurden zwei Jeans zum Preis von einer angepriesen. Da konnte man ja wohl schlecht nein sagen. Ich ergatterte eine schwarze und eine graue Jeans, die beide eng saßen und meinem Hintern schmeichelten.

Es war heute sehr sonnig, und so konnte man trotz kalter Temperaturen Sonnenbrille tragen. Ich stolzierte durch die Fußgängerzone mit einer Einkaufstüte und einem heißen Latte Macchiato im Pappbecher, betrachtete die Schaufenster und tankte Lebensenergie.

Das war ein Leben. Um mich herum hetzten die Menschen von A nach B und machten ihre Weihnachtsbesorgungen. Auch ich musste mir langsam Gedanken über Geschenke machen. Viel Zeit war nicht mehr. Vor einem Laden mit Spirituosen betrachtete ich die vielen kunstvollen kleinen Fläschchen mit winterlichen Likören und Schnäpsen. Im nächsten Schaufenster gab es zahlreiche Leckereien von Lebkuchen über Mohrenköpfe bis hin zu mehrstöckigen Torten. Trotz meines Kaffees mit Karamellsirup lief mir das Wasser im Mund zusammen. Vielleicht würde ich mir auf dem Rückweg noch etwas davon gönnen.

Der nächste Laden war ein Tattoo-Studio. Für einen kurzen Moment dachte ich an die Ornamente von Jo, die seinen Oberarm und seine Schulter zierten. Dann fiel mir ein, dass auch Mike ein Tattoo auf dem Rücken hatte. Ich könnte Anna ja mal fragen, was es darstellte. Jos Tattoo hatte ich mir nie genau betrachten können. Vielleicht hatten sie es sich ja sogar gemeinsam stechen lassen …

Im Schaufenster sah ich einige eindrucksvolle Bilder, frisch gestochene Tattoos auf meist noch geröteter Haut. Alle Darstellungen hatten was und strahlten eine besondere Ästhetik aus. Selbst die Totenköpfe und Vogelspinnen waren gut gestochen und wirkten keinesfalls stümperhaft oder plump. Auch viele filigrane Muster sah man auf meist weiblich aussehenden Armen und Beinen.

Plötzlich war es da, in meinem Kopf: Mein Tattoo. Ich hatte immer gewusst, dass ich eins haben würde, nur war ich mir bei dem Motiv nie ganz sicher gewesen. Jetzt sah ich es bildlich vor mir. Ich lächelte in mich hinein und stellte mir das Motiv vor. Es passte, hatte gleich mehrere Bedeutungen für mich und wäre auch noch schön anzusehen.

»Kann ich helfen?«

Erst jetzt fiel mir die Frau neben dem Eingang auf, die mich musterte und wohl gerade eine Zigarettenpause einlegte. Sie war bestimmt einen Kopf größer als ich und sehr schlank. Ihr schwarzes Haar hatte sie zu einem unordentlichen Dutt hochgesteckt. Sie trug einen grauen Pullover, dessen Ärmel gekrempelt waren und die Tattoos auf ihren Armen freiließen. Ein Nasenring zierte ihr Gesicht, aus dem mich nun leuchtend blaue Augen neugierig anstarrten.

»Du scheinst interessiert zu sein. Lust?«

Ich machte große Augen.

»Ähm? Was?« Zweifelnd sah ich erst sie, dann das Schaufenster und dann wieder sie an.

»Naja, du sahst gerade so aus, als hättest du eine Eingebung gehabt. Ich hätte jetzt eigentlich einen Termin, aber der wurde kurzfristig abgesagt. Und jetzt steh ich hier, hab drei Stunden Freizeit und mich eigentlich auf eine Tattoo-Session gefreut. Aber vielleicht habe ich ja hier gerade einen würdigen Ersatz gefunden.« Sie lächelte mich an.

Wieder schaute ich etwas sehnsuchtsvoll auf das Schaufenster.

»Ich hätte da ja schon eine Idee, aber …«

Sie ließ mich nicht ausreden. Sie schnipste ihre Zigarette weg, hakte sich bei mir ein und zog mich in den Laden.

»Komm erst mal rein. Du erzählst mir von deiner Idee, und wir schauen einmal, was sich machen lässt.« Ich konnte nicht anders als laut loszulachen. Was war das heute? Irgendwie war das mein Tag. Ich sollte mir den 5. Dezember rot im Kalender markieren: der Ruby Day.

Tätowiert werden tat gar nicht so schlimm weh, wie ich es befürchtet hatte. Das war nicht gut. Denn ich spürte, dass man danach süchtig werden konnte. Schon jetzt stahlen sich Überlegungen und weitere Ideen über mögliche nächste Motive in meine Gedanken. Dabei spürte ich noch das Brennen auf der Innenseite meines rechten Oberarms. Die Folie knisterte unter Pullover und Jacke und erinnerte mich daran, wie vollkommen verrückt ich war. Aber es hatte Spaß gemacht. Yvonne, die Tätowiererin, war lustig und tatsächlich dankbar, dass sie sich nicht drei Stunden langweilen musste. Wir hatten über Gott und die Welt geredet, und sie hatte mir dabei ein wahres Kunstwerk unter die Haut gestochen.

Auf dem Heimweg ergatterte ich noch ein paar schnelle Weihnachtsgeschenke. Für Anna gab es Karten für einen Kurs in Hawaiianischem Hula-Tanz im hiesigen Sportverein. Ich fand die Idee so genial, und dass der Flyer im Tattoo-Studio neben der Kasse lag, sah ich als Zeichen an. Ich würde den Kurs mit ihr belegen, und wir würden uns köstlich amüsieren. Dessen war ich mir sicher!

Für Christopher besorgte ich ein Starterset zum Cocktails mixen. Mit Shaker, Ice-Crusher und Rezeptbuch. Er durfte Anna und mich auch gerne als Versuchskaninchen missbrauchen. Da würde ich mich definitiv nicht gegen wehren. Für Mum würde ich vielleicht noch ein Buch besorgen, und Dad bekam wie jedes Jahr eine Box mit selbstgebackenen Plätzchen zugeschickt.

Plötzlich blieb ich stehen und seufzte. Und Eric? Was sollte ich Eric schenken? Sollte ich ihm überhaupt etwas besorgen? Immerhin war ich mir momentan nicht mal richtig sicher, ob und wie lange wir noch so befreundet sein konnten. Wenn ich kein kompletter Arsch sein wollte, müsste ich Klartext mit ihm reden. Ich hasste solche Gespräche. Ich wusste, dass ich ihn verletzen würde. Egal wie ich es drehte und wendete, am Ende würde ich ihm sein Herz brechen.

Ich hielt kurz inne und schloss die Augen, als mich eine Erkenntnis überkam. Jo war in einer ähnlichen Situation gewesen. Ein wenig konnte ich verstehen, dass es für ihn nicht einfach gewesen sein musste und er sich davor gedrückt hatte.

Ich konnte es verstehen, aber nicht verzeihen.

Kapitel 31

In meinem Aufräumwahn, den ich seit einigen Tagen hatte, waren einige Dinge wiederaufgetaucht, die ich schon lange vermisst hatte. Der Regenschirm mit den roten Punkten, von dem ich sicher gewesen war, ihn in der Straßenbahn vergessen zu haben. Zahlreiche Haargummis und Kugelschreiber hatten sich angesammelt, was schon ziemlich lustig war, da ich niemals welche fand, wenn ich sie brauchte. Nun hatte ich gleich zwei Hände voll.

Jedoch war ein Fund besonders erfreulich. Die Karten für die Ägyptenausstellung hatten sich erfolgreich unter zwei Schals in meiner Kommode versteckt, und nun stellte ich fest, dass die Ausstellung nur noch bis Ende des Jahres ging, also nur noch rund zwei Wochen. Was sollte ich tun? Um ehrlich zu sein, drückte ich mich davor, mich mit Eric auseinanderzusetzen. Und Anna interessierte sich einfach nicht für sowas. Hieroglyphen, alte Pharaonen, die Kultur früher. Das war nicht ihre Welt. Es war meine.

Aber das war nicht schlimm. Ich war unabhängig, unglaublich motiviert und konnte mich auch durchaus alleine amüsieren.

Ich würde das Museum ganz einfach ohne Begleitung besuchen. Dafür brauchte ich keine Freundin und definitiv keinen Mann. Das tat ich für mich. Genau wie meine neu dekorierte Wohnung und mein Tattoo: die blühende Distel, die nun die Innenseite meines Oberarms zierte.

Die Distel war nicht nur die Nationalblume Schottlands. Das alleine hätte schon ausgereicht, um einen persönlichen Bezug herzustellen. Die Distel stand noch für mehr.

Mit ihren Dornen war sie unnahbar und symbolisierte dadurch Unabhängigkeit.

Das Historische Museum war schon von Weitem sichtbar. Ein riesiges Plakat mit der Totenmaske von Tutanchamun zierte die Fassade und warb für die Ausstellung. Ein großer roter Aufkleber mit der Aufschrift »Nur noch bis zum 31. Dezember« prangte auf dem Poster. Ich atmete einmal durch. Zum Glück hatte ich die Karten noch rechtzeitig gefunden. Ich freute mich. Mal sehen, was es in der Ausstellung alles zu sehen gab.

Nicht nur die Pharaonen wurden thematisiert, auch allgemein die Gesellschaft zu dieser Zeit. Wie haben die Menschen früher in Ägypten gelebt? Welche Berufe übten sie aus? Wie waren sie gekleidet, was hatten sie gegessen? Viele Ausgrabungsfunde wurden anschaulich präsentiert, zum Beispiel Stoffe und Werkzeuge, die halfen, die Menschen aus dieser Epoche besser zu verstehen.

Aber was mich mit am meisten interessierte, war die Architektur. Allen voran natürlich die Pyramiden, die ja meist als Grabstätte genutzt wurden. Der Kult um die Gräber und die Riten rund um Tod und Begräbnis hatten mich schon immer fasziniert und durften natürlich auch in dieser Ausstellung nicht fehlen. Immerhin war das eine der bekanntesten Errungenschaften und Eigenarten der Ägypter. Das Einbalsamieren ihrer Verstorbenen war faszinierend und gruselig zugleich. Ich war Feuer und Flamme.

Viel Neues hatte die Ausstellung für mich zwar nicht zu bieten. Aber sie war interessant und gut strukturiert. Am Merchandising-Stand direkt am Ausgang des Museums kaufte ich mir noch den Katalog zur Ausstellung und ein Plakat. Das würde neben der bunten Autotür allerdings nicht so recht zur Geltung kommen, aber vielleicht war es ja was für mein Schlafzimmer. Mal sehen.

Als ich auf dem Rückweg wieder im Zug saß, checkte ich mein Handy. Ich hatte eine SMS von Anna, die mich nachdenklich stimmte.

SEI NICHT BÖSE UND TICK NICHT AUS. NUR EIN SIMPLE FRAGE: DU HAST IN LETZTER ZEIT NICHTS VON JO GEHÖRT, ODER?

Ich war nicht böse. Ich war sogar erstaunlich ruhig.

NEIN, KOMPLETTE FUNKSTILLE.

OKAY.

Mehr kam nicht von ihr. Auch wenn ich definitiv nicht über Jo sprechen wollte und jeder Unterhaltung über ihn aus dem Weg ging, konnte sie mich doch jetzt nicht so in der Luft hängen lassen. Dafür war ich zu neugierig, und das wusste sie genau!

Hat Mike immer noch nichts von ihm gehört?

Ich wartete gespannt auf die Antwort.

Nein. Und wenn Jo sich diese Woche nicht meldet, wird er nach Berlin fahren und nach dem Rechten sehen.

Ich las ihre SMS und nickte zustimmend. Mike und Jo hatten ein sehr inniges Verhältnis. Das war selbst mir bewusst, obwohl ich die beiden nicht oft zusammen gesehen hatte. Nun nichts von Jo zu hören und nicht zu wissen, ob es ihm gut oder schlecht ging, musste die Hölle für Mike sein. Wieder vibrierte mein Handy, und ich erhielt eine weitere Nachricht von Anna.

Jo hat sich wohl von seiner Freundin getrennt. Es scheint sehr dramatisch gewesen zu sein. Mit Wohnung kurz und klein schlagen und Klamotten, die aus dem Fenster flogen.

Ich machte große Augen.

Und das erfahre ich jetzt? Einfach per SMS. Man könnte meinen, wir sehen uns nie!

Ich weiss doch auch nichts Genaues, Mike erzählt nicht viel darüber. Ausserdem habe ich immer den Eindruck, dass du dich übergeben musst, wenn ich den Namen Jo erwähne.

Mir ist ja auch jedes Mal kotzübel.

Dann mach mir jetzt bloss keinen Vorwurf, nur weil ich Wert auf kotzfreies Schuhwerk lege.

Ich musste grinsen, auch wenn mir ihre Nachricht Sorgen machte. Sie hatte recht. Ich wollte mich mit Jo noch weniger auseinandersetzen als mit Eric. Und trotzdem war er mir leider alles andere als egal. Ich wollte nicht, dass es ihm schlecht ging. So ein Mensch war ich nicht. Aber mich jetzt bei ihm zu melden, war auch keine gute Idee. Und wahrscheinlich wollte er eh nichts von mir hören. Wenn er selbst mit seinem Bruder nicht schrieb, wären Nachrichten von mir wahrscheinlich vollkommen fehl am Platz.

Kapitel 32

Heiligabend.

Für andere ein Fest der Familie. Für meine Mum Stress von morgens bis abends. Aber genau so wollte sie es. Alles sollte perfekt sein. Weihnachten war für sie heilig, und so war es schon, seit ich mich erinnern konnte. Den ganzen Tag räumte sie auf, putzte, schmückte den Baum, dekorierte die komplette Wohnung und kochte ein Mahl, das leckerer war als in jedem Restaurant. Das tat sie auch, seit ich an Heiligabend ihr einziger Gast war. Ich hatte ihr einmal vorgeschlagen, einfach halblang zu machen und etwas zu entspannen. Immerhin war ich kein Kind mehr und würde die Feiertage trotzdem mit ihr genießen, auch wenn die Krippe nicht perfekt ausgeleuchtet auf dem Wohnzimmertisch stand und es einfache Nudeln mit Tomatensoße geben würde. Das hatte sie mir dann übelgenommen und mich gescholten, dass man an Weihnachten sowas einfach tut und dass ich so einen Aufwand für meine Kinder auch irgendwann mal gerne machen würde.

Das bezweifelte ich jedoch stark.

Auch heute sah die Wohnung wieder so aus, als sollte ein Hollywoodstreifen hier gedreht werden. Alles war perfekt.

Auf dem Tisch standen bereits der Braten, Rotkohl und eine Soße mit Maronen. Alles duftete und dampfte. Meine Mutter sah nicht so aus, als habe sie den halben Tag in der Küche gestanden. Sie war hübsch zurechtgemacht und lächelte mir mit einer Schüssel voll Klößen in der Hand entgegen.

»Du kommst genau rechtzeitig. Essen ist fertig.«

»Mum, ich glaube, du hast dich mal wieder selbst übertroffen!« Ich spürte, wie mir das Wasser im Mund zusammenlief. »Das sieht verdammt lecker aus.«

Als meine Mum dann noch mit zwei Gläsern Mousse au Chocolat und Lebkuchen ins Esszimmer kam, stöhnte ich auf. Ich wusste aber schon in dem Moment, dass ich auch das alles essen würde, und dann würde ich ganz einfach platzen. Mit einem fetten, zufriedenen Grinsen im Gesicht.

»Sag mal, hast du dich eigentlich nochmal mit Christopher verabredet? Christhilde und ich sind unglaublich neugierig, wie es mit euch beiden läuft.«

Ich konnte mir mein Lachen gerade noch so verkneifen. Wenn die wüssten ...

»Ja, wir treffen uns eigentlich regelmäßig. Er ist ein toller Kerl. Witzig, intelligent, gutaussehend.« Mum klebte an meinen Lippen und war sichtlich begeistert von meinen Ausführungen. »Aber weißt du, Mum, das mit uns wird wohl nichts Festes werden.«

Nun sah sie enttäuscht aus. Ihre Augenbrauen zogen sich ernst zusammen, und sie seufzte.

»Aber warum denn nicht? So wie du ihn beschrieben hast, scheint er doch echt toll zu sein.«

»Er ist mir nur leider in einer Sache einen Schritt voraus.« Mum beugte sich interessiert weiter über den Tisch und stützte den Kopf mit der Hand auf.

»Welche Sache?«

»Er hat im Gegensatz zu mir schon einen Freund.« Meine Mum brauchte ein paar Sekunden, um das Gesagte zu verstehen. Dann sah ich die Erkenntnis in ihren Augen, und im gleichen Moment begann sie zu kichern.

»Nicht dein Ernst.« Sie lachte los.

»Oh doch!«

»Schwul?«

»Stockschwul.« Nun lachten wir beide.

»Aber Mum, behalte das bitte für dich. Christhilde scheint nicht die aufgeschlossenste Person zu sein, und Chris hat echt Schiss vor seinem Outing.« Mum nickte und wirkte dabei sehr nachdenklich. »Und bitte, Mum. Bitte versuch mich nie wieder mit dem Sohn irgendeiner deiner Freundinnen zu verkuppeln. Das war peinlich.«

»Ich konnte ja nicht ahnen, dass ...«

»Nein, konntest du nicht. Genauso wenig hättest du wissen können, ob er ein kompletter Vollpfosten ist, der nachts mit offenem Mantel im Park steht. Überlass die Männersuche lieber mir. Ich bin zwar auch nicht sonderlich erfolgreich damit, aber … egal. Halte dich da einfach raus.«

Mum lächelte und rührte gedankenverloren in ihrem Glas Schokoladenmousse.

»Okay, mache ich. Und es tut mir leid. Ich dachte wirklich, ich würde dir damit einen Gefallen tun.

»Naja, dank dir habe ich einen neuen besten Freund. Also danke dafür.« Ich schnappte mir einen Lebkuchen und biss genüsslich hinein. Eine kurze Zeit lang aßen wir unser Dessert schweigend. Dann durchbrach meine Mum wieder die Stille.

»Erzähl mal, was sind deine Pläne fürs neue Jahr?« Mum sah mich interessiert an.

»Ich habe einiges vor. Aber konkret kann ich noch nichts sagen.« Ich zuckte mit den Schultern. »Ich möchte einen neuen Job, der mir Spaß macht. Das ist erst mal Priorität Nummer eins.« Mum nickte und schenkte uns beiden noch Rotwein nach.

»Und in der Liebe?«

»Da nehme ich mir erst mal nichts vor. Wenn sich was ergibt, okay. Aber ich erzwinge nichts mehr. Und wenn ich alleine bleibe, dann ist das nun einmal so. Bei dir ist doch auch alles okay!«

Mum musterte mich mit hochgezogener Augenbraue.

»Ähm. Du bist noch nicht mal dreißig und gibst bereits auf?«

»Ich gebe nicht auf. Ich gebe mich aber nicht mehr mit Halbherzigkeiten zufrieden. Ich habe doch bei euch gesehen, wie unzufrieden man in einer Beziehung sein kann.« Ich trank einen Schluck und fuhr dann fort. »Ich möchte nicht nach einigen Jahren Ehe und einem Kind alleine zurückbleiben. Ich finde ja, dass du das alles super gemeistert hast, aber ich wünsche mir eben einfach mehr. Alles oder nichts.«

»Ein schöner Wunsch«, kommentierte Mum mein Gesagtes.

»Ich wünsche mir einfach …« Ich schaute an die Decke und suchte nach den richtigen Worten. »Herzchen und Blümchen, Leidenschaft. Ewige Treue. Das komplette Paket. Einfach die große und ewige Liebe. Doch irgendwie habe ich den Eindruck, dass es sowas nicht gibt oder nur ganz, ganz wenige das Glück haben, sowas zu finden. Bei Dad und dir wars doch auch eher ein Griff ins Klo.« Mum lachte auf und trank einen Schluck Rotwein. Sie schüttelte den Kopf und wirkte durchaus amüsiert.

»Du hast eine interessante Sichtweise. Aber eines siehst du komplett falsch. Dein Dad und ich, wir waren sehr glücklich. Wir waren so verliebt ineinander, dass es schon filmreif war. Er hat mir einen Antrag gemacht mit Kniefall und allem Drum und Dran. Wir hatten ein paar wunderbare Jahre.« Sie sah an mir vorbei in die Ferne, als würde all das, was sie gerade beschrieb, hinter mir auf einer großen Leinwand abgespielt werden. »Aber es war eben nicht für die Ewigkeit. So ist das manchmal.« Sie zuckte mit den Schultern. »Aber ich möchte die Zeit nicht missen. Es war schön, wir haben dich bekommen. Wer bin ich, das alles in Frage zu stellen?«

»Aber ist das nicht umso grausamer? Etwas zu investieren und dann am Ende doch alleine zu sein?«

Mum überlegte kurz und wählte ihre Worte mit Bedacht.

»Ruby, nichts ist perfekt. Wenn man die ganze Zeit nach Perfektionismus sucht, verpasst man vielleicht etwas Wundervolles.«

Sofort dachte ich an Eric. Das zwischen uns war nicht perfekt. Aber immerhin schien er ehrliche Gefühle für mich zu hegen.

»Außerdem ist perfekt doch langweilig. Es sind doch die kleinen Fehler, die eine Person liebenswert machen und eine Beziehung spannend«, ergänzte Mum und wirkte plötzlich so viel jünger.

Meine Gedanken wanderten zu Jo. Jo, der alles andere als langweilig war.

Unser Start war wirklich nicht perfekt gewesen, leider hatte er mich aber auch danach verletzt. Sein größter Fehler war, mir verheimlicht zu haben, dass er bereits in einer Beziehung war. Zudem hatte er nur kurz den Eindruck vermittelt, als wäre ihm das mit mir ernst. War es aber dann ja doch nicht. Auf so einen Mann konnte man sich weder verlassen noch einlassen. Jo bedeutete Ärger und sehr viel Tränen. Aber auch von einer Beziehung mit Eric hatte ich nicht viel zu erwarten.

Ich sollte dringend in meinem Kopf aufräumen. Und in meinem Herzen.

Kapitel 33

Der zweite Weihnachtsfeiertag bedeutete erst einmal Entspannung. Keine familiären Verpflichtungen, sondern einfach nur ein Tag, an dem man ausschlafen und Kraft tanken konnte. Ich hatte lange geschlafen und im Bett noch ein Buch zu Ende gelesen. Jetzt war es kurz nach zwölf Uhr mittags, und ich aß die Reste vom großen Heiligabend-Mahl, das mir meine Mum natürlich eingetuppert hatte. Der Braten war sogar noch leckerer als vor zwei Tagen. Im Fernseher lief irgendwie nur Müll, und so zappte ich mich mit vollem Mund und warmem Teller auf dem Bauch wild durch die Kanäle. Bei einer alten Folge von Astrid Lindgrens *Michel aus Lönneberga* blieb ich hängen und legte die Fernbedienung zur Seite. Ich kannte bereits alle Folgen, aber ich schaute sie mir schon seit meinen Kindheitstagen immer wieder gerne an. Michel war zum gefühlt hundertsten Mal im Schuppen und schnitzte an seinen Holzfiguren, als mein Handy sich vibrierend bemerkbar machte. Ich zog es aus meiner Jogginghose und erblickte Annas Grimasse auf dem Display.

»Hi Anna, was geht?«

»Ich wollte mich für dein Geschenk bedanken! Den Hula-Kurs belegen wir aber zusammen, oder?« Anna und ich hatten uns gestern zwischen Tür und Angel schnell getroffen, Geschenke ausgetauscht, uns kräftig geknuddelt und waren dann wieder zu unseren Familienveranstaltungen abgedüst. Ich war mit meiner Mum zu einer Tante ins Altenheim gefahren, die wir viel zu selten besuchten. Dabei mochte ich Tante Rosi eigentlich sehr. Aber ich hasste die Atmosphäre in diesem Heim, außerdem roch es unangenehm nach Mottenkugeln und Desinfektionsmittel. Anna war zu ihren Großeltern gefahren, die einige Kilometer entfernt wohnten.

»Klar geh ich mit dir Hula lernen. Uns blüht da vielleicht eine zweite Karriere. Auf Hawaii oder so«.

Anna lachte und stimmte mir zu.

»Wir beide im Bastrock, heiß!«

»Danke für die Karten für die große 90er Party. Ich hoffe doch sehr stark, dass auch du mich begleiten wirst.«

»Wer sonst kann bitte schön noch alle Texte der Spice Girls, S Club Seven und der Kelly Family mitsingen, außer mir?«

»Mir fällt da nur eine weitere Person ein, nämlich ich.«

»Eben! Was hast du heute noch so vor?«

Ich seufzte.

»Eric kommt später vorbei, und ich werde das mit ihm dann wohl beenden. Mir steht also Drama bevor.«

»Oh.«

»Ja. Ich kann mir auch Schöneres vorstellen.«

»Wie wird er es wegstecken?«

»Ich kann's schlecht einschätzen. Er wird wohl nicht mit Geschirr um sich werfen ...«

»Ruf mich danach gleich an oder komm noch vorbei, wenn du magst. Mike und ich haben heute Abend nichts vor außer Pizza und *Stirb Langsam 1-4.*«

»Hört sich verlockend an, ich sag Bescheid.«

Damit legten wir auf, und ich stöhnte laut auf. Ich hatte keine Lust. Aber noch weniger mochte ich jetzt noch ewig lang Theater spielen. Der Blick auf die Uhr verriet, dass ich noch etwas Zeit hatte. Eric hatte sich für 16 Uhr angekündigt, um mir mein Geschenk zu überreichen. Alleine der Gedanke daran machte mir Bauchschmerzen.

Als es klingelte, war ich ein Nervenbündel. Ich war noch nie gut in solchen Sachen gewesen. Auf eine schräge Art und Weise war ich im Nachhinein jedem Kerl dankbar, der mit mir Schluss gemacht hatte. So hatte ich es nicht tun müssen. Kurz wanderten meine Gedanken zu Jo, der es ja auch nicht fertiggebracht hatte, die Beziehung mit seiner Freundin zu beenden. Ich schüttelte den Kopf, um Jo aus ihm zu verscheuchen. Mein krankes Hirn suchte mal wieder Entschuldigungen, um ihn irgendwie in ein besonderes Licht zu rücken.

Was war nur los mit mir? Seit ich erfahren hatte, dass Jo wieder Single war, versuchte mich mein Gehirn auszutricksen. Es suchte ständig schöne Erinnerungen heraus, um sie mir in Flashbacks oder in meinen Träumen auf Dauerschleife vorzuspielen. Dabei dachte ich, ich wäre langsam über ihn hinweg. Ich hatte doch so viel für meinen Neustart getan. Warum brachte mich dann die Nachricht über seine Trennung so durcheinander? Ich war echt ein Idiot.

Eric stand vor der Tür und sah so blendend aus wie immer. Er hatte einen großen Weihnachtsstern in einem rot-glitzernden Blumentopf unter dem Arm geklemmt, den er mir grinsend überreichte.

»Frohe Weihnachten«, wünschte er mir und gab mir einen Kuss.

»Danke!« Ich nahm die Pflanze entgegen und fühlte mich schrecklich. Ich würde wohl für immer mit ihm zusammenbleiben müssen. Wie sollte ich denn bitteschön mit ihm Schluss machen, wenn er so zu mir war? So … so … ericmäßig eben. Einfach zu gut für mich. Er hatte etwas Besseres verdient.

Ich setzte mich auf die Couch, und Eric ließ sich neben mir nieder. Den Weihnachtsstern hatte ich kurzerhand auf den Wohnzimmertisch gestellt. Er sah schön aus.

»Magst du einen Kaffee?«, fragte ich, als ich mich meiner Verpflichtungen als Gastgeberin erinnerte, und sprang wieder auf. Eric grinste.

»Gerne.«

Ich lief in meine offene Küche und schaltete meine Kapselmaschine an. Während der Kaffee in zwei Tassen lief, richtete ich ein paar Lebkuchen auf einem Teller an.

»Milch und Zucker?«

»Schwarz bitte.«

Warum konnte ich mir einfach nicht merken, wie er seinen Kaffee trank? Jo hatte sofort gewusst, dass mein Kaffee so süß sein musste, dass es jedem anderen an den Zähnen schmerzte, und ich wusste, dass er seinen mit Milch trank, dafür ohne Zucker. Von Eric wusste ich so gut wie nichts. Womöglich, weil es mich nie so recht interessiert hatte. Scheiße.

Als ich mich mit einem Tablett voll Leckereien wieder ins Wohnzimmer begab, strahlte mich Eric an und hatte ein Päckchen in der Hand.

»Bitte schön.«

»Eric, ich …«

»Mach schon auf!« Eric ging nicht auf meinen Einwand ein, auch wenn er langsam etwas nervös zu werden schien. Ich atmete einmal durch und löste dann den Streifen Tesa vom bunten Geschenkpapier. Zum Vorschein kam allerhand Zeug, aus dem ich erst mal nicht schlau wurde. Ein paar Papiere, Zugtickets, Eintrittskarten ... als ich verstand, machte ich große Augen und starrte ihn an.

»Ich dachte, das würde uns vielleicht guttun, so ein kleiner Städtetrip. Ich weiß, dass du momentan ein wenig knapp bei Kasse bist. Aber ich habe alles schon gebucht. Trier wird dir gefallen. Das ist die älteste Stadt Deutschlands. Wir machen dort eine Stadtführung, und ich habe schon Karten für das *Rheinische Landesmuseum* besorgt. Ich bin mir sicher, dass dich die Bauten und die archäologischen Funde aus der Antike begeistern werden.«

Ich starrte ihn noch immer an, dann schlug ich die Hände vors Gesicht. Immer wieder schüttelte ich den Kopf und wusste nicht, was ich sagen sollte. Dieser Mann machte mich fertig. Einfach, weil er zu nett war. Ich hasste mich, dass ich ihn nicht einfach lieben konnte.

»Eric ...« Meine Stimme hatte einen verzweifelten Ton angenommen.

»Ja?« Seine Augenbrauen zogen sich zusammen, und er sah nun doch besorgt aus. Vielleicht hatte er damit gerechnet, dass ich ihm dankbar um den Hals fallen würde.

»Ich weiß nicht, was ich sagen soll.«

»Ist es zu viel? Mach dir keine Gedanken, ich weiß, dass du dir momentan nicht so viel leisten kannst. Ich habe kein großes Geschenk erwartet.«

»Ich hab dir verdammte Pralinen gekauft.« Ich knallte ihm das Paket auf den Tisch und schüttelte immer wieder den Kopf. »Ich finde, das zeigt doch ziemlich eindrucksvoll, wie das zwischen uns beiden läuft.«

Eric sah auf das quadratische Päckchen, das in rotes Papier verpackt und mit einer goldenen Schleife verziert vor ihm lag. Nicht mal das Einpacken hatte ich übernommen. Das war die Dame in der Chocolaterie gewesen.

»Es tut mir leid, Eric, wirklich. Ich wünschte, ich könnte dir so viele Gefühle entgegenbringen wie du mir. Aber anscheinend ...« Ich zeigte auf die Geschenke. »Ich möchte dir nichts mehr vorspielen. Das ist dir gegenüber unfair. Ich mag dich wirklich sehr. Du bist der netteste Mensch, den ich kenne. Aber ich ...« Seufzend hob ich meinen Blick und sah ihn an, er lauschte meinen Erklärungen ganz still und sah dabei todunglücklich aus. Ich hasste es, dass ich diesem herzensguten Menschen wehtun musste. »Du hast mehr verdient als das. Mehr als jemanden, der dich nur nett findet.«

»Aber sowas kann sich doch entwickeln«, erwiderte Eric hoffnungsvoll, auch wenn sein Gesichtsausdruck eine andere Sprache sprach. Er versuchte zu lächeln. Es sah gequält aus.

»Bitte, Eric. Bitte! Du bist zu gut dafür.«

»Aber warum? Du sagst, ich bin zu gut, und dass ich nett bin und alles, aber warum klappt es dann nicht? Warum kannst du mich nicht lieben?«

»Vielleicht bin ich nicht bereit für einen so guten Kerl. Vielleicht mag ich das Chaos. Oder ich bin so masochistisch veranlagt, dass ich immer wieder bei Arschlöchern lande. Vielleicht bist du zu perfekt für mein krankes Herz?« Ich zuckte mit den Schultern. »Ich habe keine Ahnung. Ich wünschte, ich könnte es ändern. Glaub mir. Ich weiß, dass du gut für mich wärst, dass du mich nicht verletzen würdest. Aber ich kann es nicht erzwingen. In einer anderen Zeit, in einem anderen Universum ... Es tut mir leid.«

Eric nickte und atmete bebend ein. Sein Gesicht verzog sich schmerzverzerrt, als hätte ich ihm in die Magengrube geboxt. Dann erhob er sich und schnappte sich seinen Mantel, den er neben sich auf die Lehne abgelegt hatte.

»Dann werde ich mal gehen.«

Auch ich erhob mich und wischte mir meine verschwitzten Hände an meiner Jeans ab.

»Bitte nimm dein Geschenk wieder mit. Ich habe das nicht verdient. Du kannst vielleicht mit jemand anderem ...«

Er zog eine Augenbraue verächtlich in die Höhe und schüttelte den Kopf.

»Ernsthaft? Meinst du tatsächlich, ich würde da ohne dich hingehen? Das war für dich, und ich hätte mir das mit dir angesehen. Aber mich interessiert das im Grunde einen Scheiß.«

Daraufhin stürmte er aus der Wohnung und ließ die Tür hinter sich ins Schloss fallen. Ich stand da wie vom Blitz getroffen. Solche Worte war ich von ihm nicht gewohnt. Das war ein ungewöhnlich emotionaler Ausbruch von ihm. Fast musste ich lachen. Das war mir definitiv lieber, als wenn er in Tränen ausgebrochen wäre. Außerdem musste ich mir eines eingestehen: Ich hatte mich schon seit Wochen nicht mehr so gut gefühlt.

Jetzt war ich wirklich frei.

Ich hatte in letzter Zeit schon einiges erreicht, um mich von meinem vergangenen Ich zu verabschieden und Grundlegendes in meinem Leben geändert. Ich hatte meinen Job geschmissen, meine Wohnung renoviert und umdekoriert. Ich hatte mich tätowieren lassen und mich nun von Eric getrennt.

Ich grinste und sah mich um. Ich war alleine und verdammt happy!

Schnell griff ich zu meinem Handy und schrieb Anna eine schnelle SMS.

Freiheit, du hast mich wieder!

Wohoooo! Dann komm noch zum Stirb Langsam-Marathon vorbei! Der Eintritt ist ein Sixpack Bier und Traubenzucker für den Diabetiker neben mir.

Ich lachte auf und sagte zu.

Wie konnte man die Feiertage besser ausklingen lassen als mit viel Action und Alkohol?

Kapitel 34

Ich konnte nicht behaupten, dass ich meine Entscheidung bereute. In einigen Tagen würde ein neues Jahr anbrechen, und ich blickte positiv in die Zukunft. Ich hatte das Gefühl, dass sich alles einrenken würde. Gestern hatte ich zwar eine weitere Absage im Briefkasten gefunden, aber selbst das konnte mich gerade nicht runterziehen. Notfalls würde ich wieder für ein paar Monate kellnern. Das hatte ich schon während des Studiums ab und an getan. Nichts konnte mich entmutigen. Und wenn mich kein Museum in Deutschland haben wollte, würde ich meinen Bewerbungsradius noch weiter ausdehnen. Irgendwo auf dieser Welt würde ich meinen Traumjob bekommen. Und wenn das in Barcelona oder Paris war, dann würde ich mich auch in dieses Abenteuer stürzen.

Mit einem Lächeln auf dem Gesicht, einer Wollmütze auf dem Kopf und einem dicken Schal um den Hals klingelte ich an Annas Haustür. Heute war einer unserer traditionellen Videoabende. Dafür hatte sie sogar Mike ausgeschlossen. Wir hatten Lust auf Schnulzen und viel heulendes Drama, aber einfach keinen Bock auf seine doofen Kommentare dazu. Er hatte geschworen, sich in seinem Zimmer anderweitig zu beschäftigen und uns in Ruhe zu lassen. Ich wollte nicht so recht wissen, mit was er sich die Zeit vertreiben würde. Immerhin hatte er uns dabei so seltsam zugezwinkert. Mike traute ich so ziemlich alles zu. Auch wenn ich gestehen musste, dass ich ihn mochte. Er war eigentlich ganz cool, und meistens amüsierte ich mich mit ihm oder zumindest über ihn. Er erinnerte mich immer noch oft an seinen Bruder, aber ich kam mittlerweile besser damit klar.

Anna öffnete die Tür und hatte bereits eine Tasse in der Hand. Der Duft, der mir entgegenkam, war eindeutig. Glühwein!

»Hast du den selbstgemacht?«, fragte ich und versank mit meiner Nase fast in ihrer Tasse. Sie nickte.

»Jap. Nach einem Rezept meiner Oma. Das schmeckt so geil, dass ich mich langsam echt bremsen muss. Sonst bekomme ich gar nichts mehr von den Filmen mit. Was hast du denn dabei?«

Ich trat ein, schlüpfte aus meinen Lieblingsstiefeln und reichte Anna meine Jacke, meinen Schal und meine Mütze. Sie hängte alles an ihre Garderobe, und ich kramte drei DVDs aus meiner Tasche.

»Heute gibt es Kitsch-Classics mit Julia Roberts. *Notting Hill*, *Pretty Woman* und *Die Hochzeit meines besten Freundes.*«

»Wow, grandiose Auswahl. Wenn ich an *Notting Hill* denke, könnte ich glatt schon losheulen.«

»Dann sollten wir mehr Glühwein trinken!« Wir lachten und liefen in die Küche. Dort richteten wir Getränke und Süßkram, den wir nach und nach ins Wohnzimmer trugen. Auch das war Tradition. Während des Films wurde sich nur noch erhoben, um die Toilette aufzusuchen. Alles andere wurde vorher schon vorbereitet. Mit zahlreichen unterschiedlichen Süßigkeiten, die von Weihnachten noch übrig waren, Glühwein in einer Kanne und Tassen machten wir es uns bequem und begannen mit dem ersten Film.

Mike ließ sich tatsächlich nur einmal kurz blicken. Er sagte »Hallo«, holte sich ein Bier aus dem Kühlschrank und schmierte sich ein Brot. Natürlich konnte er sich einen Kommentar nicht verkneifen, als er sah, wie wir mit Julia Roberts ein paar Tränchen verdrückten. Wir bewarfen ihn so lange mit Sofakissen, bis er wieder in sein Zimmer floh. Der Knallkopf.

Als wir gerade unsere erste Toilettenpause einlegten und Film Nummer zwei bereits bereitlag, klingelte es an der Tür. Wir schauten beide auf die Uhr. Es war bereits kurz nach halb acht.

»Erwartest du noch jemanden?«, fragte ich und erntete ein Kopfschütteln von Anna.

»Öhm, nein.« Sie zuckte mit den Achseln.

Zuerst sah sie durch den Türspion und öffnete dann mit einem weiteren Achselzucken die Tür.

»Hallo? Kann ich Ihnen helfen?«

»Guten Abend. Sagen Sie, ich würde gerne zu Mike. Ist er da?« Ich hörte eine Frauenstimme und streckte mich, um etwas sehen zu können.

»Ja.« Anna ging einen Schritt zur Seite und ließ die Frau eintreten. »Er ist in seinem Zimmer.« Sie zeigte auf die geschlossene Tür. Von der Couch aus sah ich, wie eine blonde, sehr schlanke Frau in Overknees und Trenchcoat durch die Wohnung lief. Ihre Absätze knallten auf das Laminat. Sie klopfte an Mikes Tür und ging dann, ohne auf eine Antwort zu warten, hinein.

»Ähm?« Mehr brachte ich gerade nicht heraus. Auch Anna starrte der Unbekannten einfach hinterher und bewegte sich nicht vom Fleck.

»Ruby, das war doch eben keine Nutte, oder?«

»Ich habe keine Ahnung. Sehen Nutten so aus?«

»Ich habe keine Ahnung.«

Schweigend sahen wir auf Mikes Tür. Als nichts geschah, schnaubte Anna verächtlich und stampfte zu mir herüber. Sie ließ sich aufs Sofa fallen und kippte ihren nun schon kalten Glühweinrest hinunter, nur um sich direkt nachzuschenken.

»Was fällt ihm ein?« Anna war sauer und biss sich nervös auf ihrer Unterlippe herum. Eine Angewohnheit von ihr, wenn sie überfordert oder einfach nur wütend war.

»Naja ... ich möchte ihn ja nicht in Schutz nehmen. Aber ihr betont doch immer, dass ihr keine Beziehung habt.« Anna entglitten die Gesichtszüge, und sie versank noch tiefer im Polster des Sofas.

»Aber wir haben uns geschworen, dass es was Exklusives ist. Keine anderen Sexpartner! Das hat was mit Anstand zu tun.«

»Aha.« Ich hatte ihre Art von Beziehung ja noch nie verstanden. Aber die beiden schienen sich genaue Gedanken gemacht zu haben und hatten auch in gewisser Weise Regeln festgelegt. Mike verstieß nun wohl gegen eine davon, und Anna gefiel das ganz und gar nicht.

»Reagiere ich gerade über?«, fragte sie mich mit Augenbrauen, die sorgenvoll zusammengezogen waren. Ich zuckte mit den Achseln.

»Ich weiß nicht. Wir wissen ja gar nicht, was da drin gerade passiert. Vielleicht ist das eine ehemalige Kommilitonin, die ein Buch abholt, oder eine Cousine?« Anna schnaubte.

»Klar, oder seine Oma« Sie erhob sich und begann hin und her zu laufen. Sie hatte die Arme vor der Brust verschränkt und schüttelte immer wieder den Kopf.

»Das wird Konsequenzen haben müssen.

Ich dachte, Mike und ich wären uns einig. Aber anscheinend ...«

Wir hörten einen Knall und starrten beide wieder zur geschlossenen Zimmertür von Mike. »Das ist jetzt nicht sein verdammter Ernst. Ich schwöre dir, wenn ich den beiden jetzt beim Vögeln zuhören muss, dann werde ich ...«

Es knallte wieder. Dieses Mal lauter. Dann hörten wir einen Schrei, der so gar nichts Sexuelles an sich hatte. Wir waren sofort in Alarmbereitschaft und sprinteten los. Anna riss die Tür zu Mikes Zimmer auf, und wir stürmten hinein.

Was wir dort erblickten, war zu verrückt, um es sofort zu verstehen. Ein Stuhl war umgefallen, und ein Blumentopf lag zerbrochen auf dem Boden. Daneben lag Mike, der stark blutete. Über ihm stand die blonde Frau mit einem Messer in der Hand.

Was zur Hölle?

Wir überlegten nicht eine Sekunde. Als hätten wir nie etwas anderes getan, sprang Anna die Blondine von hinten an und rang sie zu Boden. Die war viel zu überrascht, um sich ernsthaft zu wehren. Ich entwendete ihr die Waffe und warf sie in die entlegenste Zimmerecke. Die Frau schlug um sich, fluchte und fauchte wie eine Wildkatze. Doch Anna hielt sie fest auf den Boden gedrückt. Die Fremde brüllte immer wieder dieselben Worte, die für uns keinen Sinn ergaben.

»Gib sie her!« und »Sie gehört mir!«

Was war das für ein Wahnsinn, und was verdammt noch mal wollte sie hier von Mike?

Ich kniete mich neben ihm nieder und versuchte mit einer Hand, die Blutung zu stillen. Mike war noch bei Bewusstsein, driftete aber immer mehr weg.

Ich wusste nicht, ob es an seiner Verletzung lag oder ob er unter Schock stand. Ich wusste nur, dass er dringend ins Krankenhaus und diese Irre schleunigst in den Knast oder in die Psychiatrie musste. Mit einer Hand presste ich ein T-Shirt, das neben ihm auf dem Boden lag, auf seine Wunde, und mit der anderen angelte ich in meiner Hosentasche nach meinem Smartphone und wählte die 110.

Es dauerte eine gefühlte Ewigkeit, bis wir lautes Sirenengeheul hörten. Ich wusste in dem Moment nicht, wen ich mir mehr wünschen sollte. Polizei oder Krankenwagen. Mittlerweile wehrte sich die Verrückte nur noch halb so wild. Aber Anna hatte sie eh weiterhin fest im Griff. Die Sorge um Mike verlieh ihr wütende Kräfte.

Erst als die Polizei sich gewaltsam Eintritt in die Wohnung verschaffte und bei uns im Zimmer stand, ließ Anna langsam von ihr ab. Die Polizisten legten die Frau in Handschellen und führen sie ab. Sie fluchte noch etwas Unverständliches, ging aber bereitwillig mit. Dann stürmten Sanitäter mit einer Trage und Koffern zu uns und kümmerten sich sofort um Mike.

»Das muss vielleicht genäht werden«, sagte plötzlich einer der Sanitäter hinter mir und nahm meinen Arm ebenfalls näher in Augenschein.

Erst jetzt bemerkte ich, dass mein Handgelenk schmerzte. Ich betrachtete den Schnitt genauer. Das war bestimmt beim Entreißen des Messers passiert.

»Ich verbinde das schnell, und sie lassen das im Krankenhaus noch mal checken, okay?«

»Er ist wichtiger.« Ich zeigte auf Mike, der gerade auf die Trage gehievt wurde.

»Um den wird sich gekümmert. Keine Sorge.« In dem Moment wurde Mike hinausgetragen.« Ich nickte wie mechanisch und bemerkte da erst Anna, die neben mir stand und einen sehr verzweifelten Eindruck machte. Tränen liefen ihr stumm über das Gesicht, und sie begann zu zittern. Auch der nette Sanitäter, der sich eben noch um mich kümmern wollte, sah nun besorgt zu ihr.

»Verdammt.« Er stützte sie und sah sich nach einem seiner Kollegen um. »Wir nehmen die beiden auch mit. Sie scheint unter Schock zu stehen, und sie ist auch verwundet.«

Kapitel 35

Seit einigen Stunden saßen wir nun schon im Wartebereich der Notaufnahme. Die Leute kamen und gingen. Niemand wollte uns Infos geben, was verdammt noch mal echt frustrierend war. Wir waren ja nicht verwandt mit Mike und somit schlichtweg nicht befugt. Immer wieder war Anna zu irgendeiner herumeilenden Schwester gegangen oder hatte wahllos irgendwelche Ärzte angesprochen. Mal mehr, mal weniger nett. Sie erntete immer nur ein mitleidiges Kopfschütteln.

Meine Hand war verbunden. Es war nicht nötig gewesen, sie nähen zu lassen. Der Schnitt hatte tiefer ausgesehen, als er in Wirklichkeit war. Auch Anna ging es verhältnismäßig gut. Wir waren beide noch vollkommen durch den Wind, aber nachdem sie eine Infusion bekommen hatte und ein wenig Zeit vergangen war, konnte Anna schon wieder auf ihre gewohnte Art schimpfen. Und sie hatte direkt ein paar bissige Kommentare auf den Lippen gehabt, vor allem dieses Krankenhaus betreffend. Sie machte sich wohl wirklich heftige Sorgen.

Also saßen wir hier und warteten. Wir wussten nicht so recht, worauf. Vielleicht auf Mike, der pfeifend aus einer Tür herausspaziert kam und uns versicherte, dass alles halb so wild war. Als ich allerdings an das viele Blut dachte, das auf seinem Shirt und an meinen Händen geklebt hatte, bezweifelte ich das irgendwie.

Erst jetzt wurde mir so richtig bewusst, wie sehr ich mich an ihn gewöhnt hatte. An seine offene, manchmal schon fast aufdringliche Art. An sein fröhliches Gemüt. An die Selbstverständlichkeit, mit der er sich in Annas Wohnung bewegte. Manchmal etwas zu nackt, aber immer mit einem fröhlichen Grinsen im Gesicht. Hoffentlich ging es ihm gut. Ich hoffte es vor allem für Anna. Mike bedeutete ihr viel. Das wusste ich vielleicht sogar besser als sie selbst.

Ich blickte auf die Uhr. Mittlerweile war es bereits nach vier Uhr morgens, und ich spürte, wie mich die Müdigkeit zu übermannen drohte. Ich wollte allerdings unter keinen Umständen von Annas Seite weichen. Sie würde hier nicht eher verschwinden, bevor sie wusste, wie es um Mike stand.

Plötzlich schwang die Tür auf und krachte laut gegen die dahinterliegende Wand. Völlig außer Atem und mit zerzaustem Haar kam Jo hineingeeilt und sah sich hektisch um. Als er uns sah, zuckte er zusammen und wich meinem Blick direkt aus. Doch ich konnte meinen nicht von ihm nehmen. Wie eine Fata Morgana nach einem langem Wüstenmarsch erschien er plötzlich vor mir, und ich war wie erstarrt.

»Jo!« Anna sprang auf und lief ihm entgegen. Er nahm meine verzweifelte Freundin in den Arm und erkundigte sich nach seinem Bruder.

»Sie dürfen mir nichts sagen. Es ist zum Verrücktwerden. Bitte frag du schnell nach, sonst raste ich noch aus.«

Jo nickte und lief sofort zum ersten Arzt, der um die Ecke gebogen kam. Schnell waren die beiden ins Gespräch vertieft. Jo nickte immer wieder und fuhr sich mehrfach mit seinen Händen durchs Haar, was ihm ein noch chaotischeres Aussehen verschaffte. Wenn ich mich nicht täuschte, trug er nur eine Jogginghose unter der Jacke, und ich sah ihn das erste Mal mit einer Brille.

Auch wenn anderes momentan wichtiger war, konnte ich meinen Blick kaum von ihm abwenden und musterte sein Erscheinungsbild.

Ich hatte ihn so lange nicht gesehen. Erst jetzt, wo ich ihn genauer betrachtete, wurde mir klar, was er in den letzten Stunden durchgemacht haben musste. War er mit dem Auto hierhergefahren? Hatte ihn das Krankenhaus kontaktiert? Ich wusste, wie nah sich Jo und Mike standen. Wie wichtig sie sich waren. So unter Schock Auto zu fahren, war unglaublich riskant.

Der Arzt klopfte Jo noch einmal aufmunternd auf die Schulter, bevor er sich umdrehte und ging. Kaum war er weg, lehnte sich Jo an die Wand hinter ihm. Er vergrub das Gesicht in den Händen, und ich konnte sehen, dass seine gesamte Gestalt bebte. Anna ging einen Schritt auf ihn zu, doch da öffnete sich die Tür schon wieder, und es kamen zwei Polizeibeamte hinein, die Jo direkt wieder in Beschlag nahmen.

Anna und ich wechselten einen Blick. Wir wurden bereits vor ein paar Stunden befragt. Konnten sie Jo nicht erst mal ankommen lassen? Der Gute war vollkommen neben der Spur, das erkannte ich sogar aus der Entfernung. Anna gesellte sich zu ihm, stützte ihn ein wenig und strich ihm ab und an beruhigend mit der Hand über den Rücken.

Ich überlegte fieberhaft, was ich tun sollte. Eigentlich konnte ich jetzt genauso gut nach Hause gehen. Ich hatte das starke Gefühl, nicht dazuzugehören und eher im Weg zu stehen. Außerdem wusste ich nicht, wie ich Jo gegenübertreten sollte. Ich war noch immer verletzt, und seine Anwesenheit schüchterte mich ein. Egal wie fertig Jo aussah, er gefiel mir noch immer, sein Anblick brachte mein Herz auch jetzt aus dem Takt. Dieses dumme, dumme Herz hatte keine Ahnung, was es da tat!

Ich räumte all meine Habseligkeiten in meine Tasche, mein Handy, die Powerbank, die ich zum Glück immer mit mir rumtrug, meinen Geldbeutel und ...

»Ruby?« Ich erschrak und drehte mich zögernd um. Jo stand hinter mir und sah mich an. Seine Augen waren rot geändert, und seine Lippen waren zu einer feinen Linie zusammengepresst. Ich starrte ihn einfach nur an. Nicht fähig, ein Wort oder gar einen vollständigen Satz zu formen. Zum Glück war Anna noch da, die plötzlich mit zwei Kaffeebechern neben mir stand und mir einen davon reichte.

»Mike geht es den Umständen entsprechend gut«, sagte sie und ließ sich erschöpft auf einem Stuhl nieder.

»Keine lebenswichtigen Organe wurden verletzt. Er hat viel Blut verloren, war aber schon wieder bei Bewusstsein und konnte vor der Polizei aussagen.«

»Aha.« Ich nippte am Pappbecher und verbrannte mir prompt die Zungenspitze. »Und was sagt er? Was ist seine Version der Sache?«

»Die Polizei wollte noch nicht allzu viel verraten, außer ...« Sie wechselte einen Blick mit Jo.

»Es war meine Ex.« Die Worte spie Jo geradezu aus, bevor ihn wieder die Kräfte verließen und er sich auf den Boden setzte. Er legte seine Unterarme auf den Knien ab und vergrub sein Gesicht in den Händen. Ganz so, als wolle er vorerst von der Außenwelt nichts mehr mitbekommen. Ich sah Anna mit großen Augen an und formte ein stummes »Was?« mit meinen Lippen. Anna zuckte mit den Achseln und zog eine Augenbraue hoch. Sie war wohl genauso überrascht und wusste nicht, was das zu bedeuten hatte.

Wir saßen einige Minuten schweigend nebeneinander. Irgendwann erhob sich Jo wieder und bevorzugte es wohl, hin und her zu laufen. Anna nutzte die Zeit und erledigte einige Telefonate. Mittlerweile war es kurz nach sechs, und das Krankenhaus schien langsam zu erwachen. Mehr Menschen tummelten sich auf dem Flur, Ärzte und Pfleger kreuzten den Weg. In diesem Wirrwarr hatte ich Jo für einen Moment aus den Augen verloren, bis er sich plötzlich neben mir niederließ, auf den unbequemen Plastikstuhl, auf dem vor einigen Sekunden noch Anna gesessen hatte. Er schenkte mir ein scheues Lächeln und atmete einmal lange und gedehnt durch.

»Das ist schon ziemlich scheiße, oder?«

»Was genau?«, gab ich reserviert zurück. Irgendwie war ich nicht auf Konversation mit ihm aus.

»Ähm ... alles?« Er seufzte. Ehe ich mich versah, griff er zaghaft nach meinen Fingern. Ich schlug seine Hand weg. Jo sah mich schockiert an, und sofort bereute ich meine heftige Reaktion. Aber mal im Ernst? Was fiel ihm ein?

»Sorry, ich wollte nur ...«

»Ja ja, ist okay«, unterbrach ich ihn. Es konnte ja wohl nicht sein, dass er jetzt plötzlich bei mir angekrochen kam, nach allem, was zwischen uns geschehen war.

»Vielleicht könntest du mir ja eine Chance geben, alles zu erklären. Ich bin mir sicher, dass ...« Er brach seinen Satz ab, als er meinen Gesichtsausdruck sah, der wohl irgendwas zwischen angewidert und schockiert war. Dieser Typ hatte mir nicht einmal, nein, gleich zweimal das Herz gebrochen und mich wie Dreck behandelt. Und nun versuchte er sich tatsächlich in der Notaufnahme des Krankenhauses zu entschuldigen? Echt jetzt?

»Du bist echt ...« Ich schüttelte den Kopf und erhob mich, als Anna wieder zu uns gelaufen kam. Doch bevor ich ihr entgegengehen konnte, hielt mich Jo am Arm fest und hinderte mich daran.

»Ruby, bitte. Ich wollte nie ...« Dieses Mal ließ ich die Berührung zu und konnte auch nicht verhindern, dass sie etwas in mir auslöste. Dass mein Herz für den Bruchteil einer Sekunde aus dem Takt geriet, und dass ich auch Mitleid mit ihm empfand. Das alles hier musste für Jo die Hölle sein, und meine Anwesenheit machte es ihm bestimmt nicht leichter.

»Herr Hoffmann, Sie können zu Ihrem Bruder gehen.« Ein Arzt stand im Raum und zeigte in die Richtung, wo Mike liegen musste. Jo erhob sich schwerfällig und schwankte kurz. Wie aus Reflex stützte ich ihn und begegnete seinem Blick. Ein stummer Dank lag darin. Dann löste er sich von mir und folgte dem Arzt.

Ich verfluchte mich, dass ich es einfach nicht schaffte, ihm die kalte Schulter zu zeigen, sondern mich immer noch zu ihm hingezogen fühlte. Egal wie grausam er gewesen war, ich konnte ihm einfach nichts Schlechtes wünschen. Das, was er und Mike gerade durchmachten, wünschte ich niemandem.

Jo kam nach einer halben Stunde wieder aus Mikes Zimmer, winkte uns heran und ließ uns wissen, dass wir gerne auch kurz nach Mike sehen durften. Dann verzog er sich wieder in den Wartebereich, um einige Kundengespräche zu führen und Termine abzusagen.

Als wir das abgedunkelte Zimmer betraten, kam ein schwaches »Hey« aus dem Bett, und schon war Mikes unbezahlbares Lächeln zu sehen. Anna sprintete zu ihm und warf sich in seine Arme. Mikes eben noch recht fröhlicher Gesichtsausdruck wechselte zu einem schmerzverzerrten. Aber er stieß sie nicht von sich, sondern erwiderte ihre Umarmung. Erst als ich sie auf seine Verletzungen aufmerksam machte, bewegte sie sich schluchzend von ihm weg.

»Tut's schlimm weh?«, frage sie und begutachtete ihn etwas genauer. Mike war blass und hatte dunkle Schatten unter den Augen. Sein Arm war mit ein paar Schläuchen verbunden, und an seinem Finger hing eine Klammer.

»Die geben mir hier gutes Zeug. Im Moment geht's mir eigentlich ziemlich spitze. Ich bin nur müde.«

»Mike, was war das heute?«, nutzte ich die Gelegenheit und fragte ihn das, was mir schon seit Stunden durch den Kopf ging. Mike seufzte und versuchte sich etwas aufrechter hinzusetzen, gab dieses Vorhaben aber ziemlich schnell wieder auf.

»Um ehrlich zu sein, kann ich es mir auch nicht so recht erklären.«

Anna und ich schoben uns zwei Gästestühle nah an Mikes Bett und schwiegen. Er seufzte ein weiteres Mal, bevor er zu erzählen begann.

»Das heute, die Frau mit den blonden Haaren ...«

Mike blickte kurz zu mir, dann starrte er auf seine Bettdecke und fummelte an einem losen Faden herum. »Das war Nathalie, Jos Exfreundin.«

»Das haben wir schon mitbekommen«, antwortete Anna angenervt und fahrig. Ich konnte sie verstehen, wir waren alle gereizt und furchtbar übernächtigt. »Die Frage ist aber, warum sie das getan hat!«

»Dafür sollte ich etwas weiter ausholen.«

»Aber nur, wenn du nicht zu schwach bist. Wir verstehen, wenn du erst mal schlafen möchtest«, sagte ich. Um ehrlich zu sein, sah er nämlich alles andere als fit aus.

»Ich bin ziemlich müde, aber ich möchte auch noch nicht alleine sein.«

Anna nahm seine Hand, und ich lehnte mich in dem unbequemen Stuhl zurück.

Dann begann Mike mit ihrer Geschichte. Der Geschichte von ihm, Jo und Nathalie.

Kapitel 36

»Nathalie, Jo und ich, wir kennen uns schon ziemlich lange«, begann Mike seine Erzählung und blickte in die Ferne, ganz so, als würde vor seinem inneren Auge ein Film ablaufen. »Wir wuchsen in derselben Straße auf, in einem kleinen Dorf in Brandenburg, und gingen gemeinsam zur Schule. Im letzten Schuljahr kamen Jo und Nathalie zusammen. Zu der Zeit kämpfte Nathalie bereits gegen starke Depressionen und Magersucht. Sie standen das gemeinsam durch. Jo war schon immer der Beschützertyp. So wie er sich nach dem Tod unserer Eltern für mich verantwortlich gefühlt hatte, als herauskam, dass ich Diabetes habe, kümmerte er sich nun auch rührend um Nathalie. Er war ihr Halt, und sie seine erste große Liebe.«

Er stockte kurz und blickte erst zu Anna und dann zu mir. »Ihm zuliebe ging sie in eine Klinik und ließ sich behandeln. Kurz nach ihrer Entlassung, einige Monate später, zogen die beiden zusammen. Wir unternahmen viel zu dritt. Jo und ich waren schon immer nicht nur Brüder, sondern auch irgendwie beste Freunde. Aber ich hatte während meiner Teenie-Zeit nicht immer auf seinen Rat gehört. Leider.« Wieder stockte er und seufzte.

Ich war mir nicht sicher, ob es an seinem Monolog lag oder ob ihm seine Verletzung gerade zu schaffen machte. »Kurz nach meinem achtzehnten Geburtstag ging es mir gesundheitlich plötzlich immer schlechter. Auf einer Party brach ich schließlich zusammen. Im Krankenhaus kam heraus, dass aufgrund meiner jahrelangen Diabeteserkrankung und meinem nachlässigen Gebrauch von Insulin, kombiniert mit zu vielen Partys und Alkohol, meine Nieren nicht mehr richtig funktionierten. Ich war so ein Idiot. Ich hatte manchmal wochenlang meinen Blutzucker nicht gemessen. Hatte je nach Gefühl mal gespritzt, mal nicht. Ich hatte den Ernst der Lage nicht verstanden oder vielleicht war es mir auch einfach scheißegal. Keine Ahnung. Fakt war, dass es nun zu spät war. Ich hatte mit meiner Gesundheit gespielt und war plötzlich einer der Kandidaten auf der Organspendeliste. Kann man sich das vorstellen?«

Er schnaubte und schüttelte den Kopf.

»Das ging so schnell. Vom einen auf den anderen Moment war ich todkrank, und Jo war fertig mit den Nerven. Er ließ sich sofort testen und war natürlich bereit, mir eine Niere zu spenden. Ganz ehrlich? Er hätte mir wahrscheinlich sogar bereitwillig beide gegeben, wenn es nötig gewesen wäre.« Mike lachte kurz auf, und verzog dann sein Gesicht. Wahrscheinlich ließen die Schmerzmittel tatsächlich langsam nach.

»Aber es passte nicht. Zum ersten Mal in unserem Leben konnte Jo mir nicht helfen. Das zerstörte ihn. Wie konnte das sein? Er war doch mein Bruder. Wir waren blutsverwandt. Das musste doch passen. Tja, tat es aber einfach nicht. Er konnte mir keine Niere geben.«

Mike seufzte gedehnt.

»Aber Nathalie konnte.«

Er ließ den letzten Satz kurz zwischen uns stehen und sah zwischen Anna und mir hin und her. Wir waren wie gebannt, und Anna nickte ihm zu, damit er weitererzählte.

»Wie es der Zufall oder das Schicksal so wollte, hat Nathalie die Blutgruppe 0 und wusste, dass eine Kompatibilität recht wahrscheinlich war. Sie ließ sich testen und willigte nach einigen Gesprächen ein. Sie rettete mir damit das Leben.«

Anna war die Erste, die sprach. »Aber warum hat sie dir genau das Leben jetzt nehmen wollen, das sie dir zuerst gerettet hat? Das macht doch keinen Sinn.«

»Sie wollte mich nicht töten. Das ist ... nein, so ist Nathalie nicht. Und ich weiß ja auch nicht, was sie geritten hat. Aber so wie es scheint, wollte sie ihre Niere wieder zurück. Keine Ahnung. Sie ist momentan wohl wieder sehr labil.« Mike schüttelte den Kopf.

»Jo hatte mir schon vor einiger Zeit erzählt, dass sie ihre Antidepressiva abgesetzt hatte und wieder auf Diät war. Dass Jo mit ihr Schluss gemacht hat, dürfte ihr wohl irgendwie den Rest gegeben haben. Da muss wohl irgendeine Sicherung durchgeknallt sein.«

Mir lief es eiskalt den Rücken hinunter. Sofort hatte ich Mitleid mit Jo. Ich konnte mir kaum ausmalen, was er in den letzten Wochen und Monaten durchgemacht haben musste. Und noch eines wurde mir plötzlich bewusst. Nathalie hatte seinem Bruder das Leben gerettet. War es nicht irgendwie verständlich, dass Jo da an ihr hing? Dass er ihre Beziehung nicht einfach sang- und klanglos beenden konnte und wollte? War das der Grund? Oder suchte mein krankes Hirn nur wieder nach Entschuldigungen, um ihn in einem besseren Licht dastehen zu lassen?

»Hat er sie deshalb in Edinburgh nicht verlassen? Er hatte mir geschworen, dass er Schluss macht und zu mir zurückkommt. Aber stattdessen hat er mir einen Korb per SMS gegeben.«

Mike atmete einmal durch.

»Jo macht Fehler, und er denkt manchmal vollkommen irrational. Ich habe ihm nach unserem Schottland-Trip mehrfach den Kopf gewaschen, aber er wusste sich nicht zu helfen. Er steht sich manchmal irgendwie selbst im Weg. Aber eines ist sicher: Er ist Nathalie auf ewig dankbar, dass sie mir das Leben gerettet hat.«

»Verständlich.« Anna nickte. »Wie könnte er die Person verlassen, die seinem Bruder bereitwillig eine Niere geschenkt hatte? Da muss erst einmal eine Frau dagegen ankommen. Verständlich, aber nicht gerade besonders weitdenkend, oder?«

Mike nickte und atmete bebend ein.

»Jo ist ein guter Kerl.« Seine Stimme wurde leiser, und er hatte die Augen bereits geschlossen. »Er hat mehr verdient a...« Mike driftete immer mehr ab.

Anna sah mich mitleidig an, stand auf und zog mich dann am Arm aus dem Krankenzimmer.

»Wir sollten ihn schlafen lassen.« Ich nickte und konnte nichts dagegen tun, dass ich mich automatisch nach Jo umsah. »Und was gedenkst du jetzt zu tun?«

»Ich muss etwas zu Hause überprüfen.«

»Hat es mit Jo zu tun?«

Ich antworte ihr nicht.

»Hältst du hier die Stellung?«, fragte ich sie stattdessen und zog meine Jacke an.

»Ich versuche noch herauszufinden, wie lange Mike hierbleiben muss und werde dann auch nach Hause fahren und mich aufs Ohr hauen.« Sie beendete den Satz mit einem kräftigen Gähnen und streckte sich. Ich umarmte sie zum Abschied und tankte etwas Kraft in ihrer Berührung.

»Wir telefonieren später?«

»Jap!«

Kapitel 37

Konnte es sein? War Jo wegen dämlicher Schuldgefühle bei seiner Freundin geblieben? War das womöglich der einzige Grund gewesen? Warum hatte er sich dann aber plötzlich doch von ihr getrennt? Ich war hin- und hergerissen.

Einerseits war ich immer noch verletzt, und tief im Inneren verfluchte ich ihn, weil er nicht einfach ehrlich zu mir gewesen war. Andererseits konnte ich nichts dagegen tun, dass mein Herz schneller schlug, wenn ich ihn sah, wenn er mich berührte und wenn ich an ihn dachte - und dabei an die winzige Möglichkeit, dass es vielleicht Hoffnung für uns gab. Wenn es auch nur ein kleiner, minimaler Hoffnungsschimmer war.

Zu Hause angekommen durchsuchte ich in Hektik alle Schubladen. Stifte, Haarklammern, Visitenkarten und noch allerhand anderes Zeug flogen im hohen Bogen auf den Boden. Ich leerte zwei Kartons mit Rechnungen und Quittungen aus, die ich für die Steuererklärung sammelte, und durchwühlte sogar meine Sockenschublade. Ratlos stand ich in der Mitte meines Schlafzimmers und überlegte. Wo hatte ich sie hingetan? Hoffentlich hatte ich sie in meinem Aufräum- und Renovierwahn nicht weggeworfen.

Ich suchte weiter, und plötzlich hielt ich sie in der Hand. Ich konnte mich nicht erinnern, sie in die Kommode zu meinen Sonnenbrillen getan zu haben, aber egal. Da war sie: Meine alte SIM-Karte. Ich hatte sie, nachdem mir Jo eine Abfuhr erteilt hatte, aus dem kaputten Handy genommen und mir in Deutschland mit einem neuen Smartphone eine neue Karte und Nummer besorgt. Das war der erste Schritt gewesen, um mit ihm abzuschließen. Und nun stand ich hier und wollte genau das rückgängig machen. Was war danach geschehen? Ich musste es einfach wissen.

Würde ich gleich Klarheit haben?

Ich wechselte die SIM-Karte und schaltete das Handy an. Vorsichtshalber setzte ich mich auf das Sofa. Ich hatte Angst vor dem, was ich eventuell gleich sehen würde, und bevor es mir den Boden unter den Füßen wegzog, sorgte ich lieber für eine weiche Sitzfläche.

Sofort klingelte und vibrierte das Handy wie verrückt in meiner Hand. Auf dem Display gingen immer mehr Nachrichten ein, und wie auf einem Teleprompter wanderten die Worte über das Feld, ohne dass ich auch nur eines davon erfassen konnte.

Ich versuchte mich zu wappnen, aber ich wusste nicht, wofür, und das erschwerte mein Vorhaben gewaltig. Nach etwas Zögern gab ich die PIN ein und entriegelte die Tastatursperre. Danach öffnete ich den SMS-Eingang. Er zeigte über fünfzig eingegangene Nachrichten. Ich schloss die Augen und schüttelte vollkommen überfordert den Kopf.

Er hatte nicht aufgegeben.

Im Gegensatz zu mir hatte er nicht einfach mit uns abgeschlossen.

Bitte gib mich nicht auf, wir finden einen Weg, wenn auch nicht jetzt. Gib mir etwas Zeit.

Diese Nachricht war einige Stunden, nachdem ich Schottland verlassen hatte, bei mir eingegangen. Diese wenigen Worte ließen bereits die ersten Tränen aus meinen Augen quellen, und ich schluchzte auf. Verdammter Jo. Verdammter Idiot!

Ich öffnete die nächste SMS.

Ruby, bitte. Bitte ignoriere mich nicht. Ich weiss nicht, was ich ohne dich tun soll.

Und die dritte.

Ich weiss, dass ich dir wehtue, aber ich bin verzweifelt!

Und die nächste SMS.

Ruby? In der Hoffnung, dass du die Nachrichten wenigstens liest: Ich gebe nicht auf. Dafür bist du mir zu wichtig. Dafür ist das zwischen uns zu kostbar!

Ein Lebenszeichen. Bitte. Bitte gib wenigstens ein Piep von dir, damit ich weiss, dass du da bist. Damit ich weiss, dass es dir gut geht.

Bist du da?

Bin ich alleine?

Ich bin so alleine.

Ich schluchzte auf und wischte eine Träne, die auf mein Display gefallen war, mit dem Saum meines Pullovers weg. Jo hatte mich verletzt. Ja, das stand außer Frage. Jetzt aber diese verzweifelten Nachrichten von ihm zu lesen, tat noch viel mehr weh. Und das war nur ein Bruchteil derer gewesen, die noch auf mich warteten.

Ich habe einen riesigen Fehler gemacht. Ich würde dir so gerne alles erklären. Ich sehe erst jetzt langsam klar.

Geht es dir gut?

Ich habe mit Nathalie Schluss gemacht. Ja. Es ist zu spät. Ich wollte trotzdem, dass du das weisst.

Ich vermisse dich so sehr.

Du wunderst dich vielleicht, warum ich dir noch immer schreibe. Es hilft mir irgendwie. Es fühlt sich an, als ob da noch ein zartes Band zwischen uns wäre. Aber womöglich ist das nur eingebildet und ich bin tatsächlich so alleine, wie ich mich fühle.

Ich hoffe, es geht dir gut. Mike hat erwähnt, dass du deinen Job verloren hast. Falls du Hilfe brauchst, bitte zögere nicht, zu fragen.

Ich weiss, dass du sie von jedem eher annehmen würdest als von mir. Aber es war mir ein Bedürfnis, es zu schreiben.

Dann verstrichen wieder ein paar Tage bis zur nächsten Nachricht.

Oh Gott, Ruby, bitte quäle mich nicht weiter. Ich habe aus meinen Fehlern gelernt. Was kann ich tun?

Habe ich keine Chance mehr? Keine klitzekleine? Kann ich nichts mehr tun? Habe ich dich endgültig verloren und vergrault?

ICH VERZWEIFLE HIER.

WILLST DU MICH DENN GAR NICHT MEHR?

Ich legte das Handy neben mich und suchte nach einem Taschentuch, um mir die Nase zu putzen. Meine Augen waren so mit Tränen gefüllt, dass ich die letzten Worte nur noch verschwommen erkennen konnte.

Jo hatte mich über die letzten Monate niemals vergessen können. Ihm ging es so wie mir. Auch wenn ich sagen muss, dass ich mich dank Anna, Mike und Christopher besser geschlagen hatte als er. Jo hatte alleine durch die Zeit gemusst. Selbst sein bester Freund und Bruder war bei mir gewesen. Vielleicht hatte er sich deshalb nur noch sporadisch bei ihm gemeldet. Vielleicht hatte er nicht ertragen können, dass Mike mit mir Kontakt hatte, aber er nicht.

Hatte er gehofft, dass es mit uns klappen würde, sobald er sich von seiner Freundin trennen würde? War Nathalies Angriff auf Mike gar die Rache dafür gewesen, dass Jo sie verlassen hatte? War ich indirekt Schuld? Diesen Gedanken wischte ich schnell wieder aus meinem Bewusstsein. Das war Quatsch. Diese Frau war eindeutig krank und brauchte professionelle Hilfe.

Der einzige Mensch, der mir meine Fragen beantworten konnte, war Jo. Nur er konnte Licht ins Dunkel bringen. Ich atmete einmal durch. Ich hatte über Monate jeden Gedanken an ihn weggewischt, und jetzt war ich kurz davor, ihn direkt mit allem zu konfrontieren. Ich wusste nicht, ob ich bereit dafür war. Aber würde ich das jemals sein? Womöglich nicht.

Ich wählte Annas Nummer, bevor ich es mir anders überlegte. Es tutete sehr lange. Kurz bevor die Mailbox ansprang, hörte ich ein verschlafenes »Ja?«

»Anna, weißt du, wo Jo ist? In welchem Hotel checkt er ein?«

Ich hörte ein Rascheln von Laken und ein langes Gähnen.

»Was hast du denn vor?« Anna schmatzte, und ich konnte ihren verwirrten Gesichtsausdruck vor mir sehen.

»Ich muss mit ihm reden«, antwortete ich und hörte mich erstaunlich selbstsicher dabei an.

»Holla ... ähm ... er hatte das Holiday Inn erwähnt. Glaube ich. Ruby, bist du sicher, dass ...«

»Nein. Kein bisschen. Aber ich tue es einfach trotzdem.«

»Okay. Melde dich bei mir, wenn du was brauchst. Und wenn's nur ne Schulter zum Ausheulen ist.«

»Mach ich. Auch wenn ich hoffe, dass das nicht nötig sein wird.«

»Okay. Und Ruby?«

»Ja?«

»Zimmer 333. Habe ich vorhin am Rande mitbekommen. Schnapszahlen konnte ich mir schon immer gut merken.«

Ich schnaubte, bedankte mich und legte dann auf. Bevor ich doch noch einen Rückzieher machen konnte, zog ich meine Jacke an, schnappte meine Handtasche und verließ schon wieder das Haus. Langsam wurde es hell, und es fuhren sogar schon die ersten öffentlichen Verkehrsmittel. Ich stieg in den Bus, der einige Minuten später an der Haltestelle vor dem hiesigen Holiday Inn stoppte. Und nun? Ich konnte doch nicht einfach hochgehen und an seiner Tür klopfen. Aber was war die Alternative? Wieder gehen?

Ich war tatsächlich kurz davor, mir an der Hotelbar was Hochprozentiges einzuverleiben und wieder abzuhauen. Aber dann würde ich es womöglich bereuen und mich zu Hause furchtbar über meine Feigheit aufregen.

Also gab ich mir einen Ruck, ging zu den Aufzügen und fuhr einfach in den dritten Stock. Niemand schien es zu stören, dass ich nicht Gast dieses Hauses war. Umso besser. Im dritten Stockwerk angekommen, sah ich mich um und folgte dem Flur bis zu Zimmer 333. Ich schickte ein Stoßgebet gen Himmel, dass sich Anna nicht verhört hatte, und ich gleich nicht vor der Tür eines Wildfremden stehen würde. Dann klopfte ich.

Nichts geschah.

War ich doch umsonst hierhergekommen?

Als ich gerade umdrehen wollte, hörte ich plötzlich schlurfende Schritte.

»Ja?« Eine müde Stimme erklang durch die geschlossene Tür, die mein Herz sofort schneller schlagen ließ.

»Jo?«, flüsterte ich, um nicht noch irgendwelche anderen Gäste hier in den Nebenzimmern zu wecken. Jo riss die Tür auf und starrte mich perplex an.

»Ruby? Was zum ...?«

»Darf ich reinkommen?« Ich ließ ihn nicht ausreden. Er blinzelte verwirrt, nickte dann als Antwort und ließ mich an ihm vorbei ins Zimmer treten. Neugierig sah ich mich um. Alles sah noch aus, als wäre die Putzkolonne noch vor nicht allzu langer Zeit hier gewesen. Die Decke des Betts war zurückgeschlagen, und ein Rucksack lag auf dem Stuhl vor einem Tisch. Sonst zeugte nichts davon, dass hier eine Person schlief. Er musste tatsächlich Hals über Kopf aus Berlin aufgebrochen sein.

»Was machst du hier?«, durchbrach Jo meine Überlegungen. Ich drehte mich zu ihm um und sah in traurige Augen, die mich ein wenig an meine eigenen erinnerten. Konnte es sein, dass wir uns, ohne es zu wollen, den gleichen Schmerz zugefügt hatten?

»Ich habe vorhin meine alte SIM-Karte in mein Handy gelegt und deine ganzen Nachrichten bekommen.« Jo nickte und legte kurz den Kopf in den Nacken. Er presste seine Lippen hart zusammen, so dass sie kaum mehr zu erkennen waren. Ich ließ ihn nicht aus den Augen und beobachtete seine Reaktion auf meine Worte genau. »Ich habe mir nach der Sache in Schottland eine neue Nummer zugelegt.«

»Ich war also tatsächlich alleine«, flüsterte Jo leise zu sich selbst.

»Ich wollte mit dir abschließen und nichts mehr von dir wissen. Ich wollte nicht, dass du mir nochmal Hoffnungen machst, nur um mich dann erneut wegzuwerfen. Kannst du das verstehen? Kannst du verstehen, dass für mich die Grenze erreicht war? Die Grenze des Ertragbaren ...«

»Und was machst du jetzt hier?« Die Kälte in seiner Stimme erschreckte mich und stand im totalen Gegensatz zum Schmerz, der in seinen Augen stand.

»Ich möchte mit dir reden. Dir die Chance geben, dich zu erklären. Ich möchte ...«

Ein Schluchzen ging durch den Raum. Nur leise, kaum hörbar, und doch so stark, um den Kloß in meinem Hals ins Unermessliche wachsen zu lassen. Jo schlug die Hände vors Gesicht, ließ sich auf dem Rand der Matratze nieder und weinte. Schon liefen auch mir die ersten Tränen die Wangen hinunter. Ich hatte bereits vorhin, während ich seine SMS gelesen hatte, wie ein kleines Kind geflennt, aber anscheinend ging da noch mehr. Ich hatte noch Reserven. Monate angesammelt.

Ich setzte mich neben ihn und schloss ihn in die Arme.

»Es tut mir alles so leid.« Er schluchzte, und seine Worte waren kaum zu verstehen. »Ich habe so viel falsch gemacht und alle Menschen um mich herum verletzt. Dich, Nathalie, Mike ... ich bin so ein ...«

»Pssscht ...« Ich strich ihm über die Haare und versuchte ihn zu beruhigen, dabei heulte auch ich. Er zog mich enger an sich heran und vergrub seine Nase in meinen Haaren. Ich legte meine Wange auf seine Schulter und genoss es, ihn zu spüren, zu riechen. Seinen vertrauten Geruch zu atmen. Vielleicht würde ich es bereuen. Vielleicht war es ein Fehler, ihn so nahe an mich heranzulassen. Aber just in diesem Moment konnte ich nicht anders, und verdammt, ich wollte es auch nicht. Ich war vollkommen vernarrt in diesen schönen Mann, trotz roter Augen, zerzauster Haare und Brille.

»Seit wann trägst du eigentlich Brille?«, fragte ich, und versuchte ihn so etwas abzulenken. Er schluchzte auf und lachte gleichzeitig los, was sich wie ein Grunzen anhörte. Er wischte sich ein paar Tränen von der Wange und sah mich an.

»Im Auto brauche ich eine Brille. Sonst bin ich zu eitel.«

»Sie steht dir.« Ich versuchte mich in einem kleinen Lächeln, das hoffentlich nicht allzu verkrampft aussah.

»Ich habe dich so sehr vermisst. Ich hatte das Gefühl, als würde etwas ganz Wichtiges in meinem Leben fehlen. Etwas Essentielles. Ich konnte kaum atmen ohne dich.« Wieder zog er mich an sich heran und drückte mich fest. Ganz so, als wollte er mich heute nicht mehr gehen lassen. Langsam wurde er ruhiger.

»Geht's wieder?«, flüsterte ich und sah ihn besorgt an. Er nickte und atmete einmal tief durch.

»Also?« Ich stand auf, legte seinen Rucksack auf den Boden und setzte mich auf den Stuhl gegenüber des Bettes. So hatte ich ihn genau im Blick. »Reden wir!«

Jo blieb auf dem Bett. Zwischen uns lagen vielleicht ein oder zwei Meter. Es war gleichzeitig zu viel Abstand und zu wenig. Ich sehnte mich jetzt schon wieder nach seiner Nähe und hatte gleichzeitig Angst davor, ihm wieder mit Haut und Haaren zu verfallen. Wenn es nicht sogar schon zu spät war, denn auch der verheulte Jo war äußerst anziehend.

»Ich weiß nicht, wo ich anfangen soll.«

»In Schottland«, schlug ich vor. Jo nickte und begann zu erzählen, was vorgefallen war, nachdem er mich an der Hotelbar verlassen hatte, um eigentlich mit Nathalie Schluss zu machen.

»Verstehst du mich? Sie hat ihm eine Niere geschenkt. Ein verdammtes Organ! Sie verlangte nicht mehr von mir, als unsere Beziehung nicht sofort aufzugeben, uns noch eine Chance zu geben. Was wäre ich für ein Mensch, wenn ich gesagt hätte ›*mir doch egal, tschö*?‹«

Ich nickte und wollte gerade antworten, aber er ließ mich nicht zu Wort kommen.

»Wäre ich ehrlich zu ihr und mir gewesen, hätte ich meine Sachen gepackt und wäre zu dir gegangen. Denn in Wirklichkeit wusste ich, dass es keine Chance mehr für uns gab, dass mein Herz dir gehörte. Von Anfang an. Seit du mich per SMS um verdammte Tampons gebeten hast!«

Mir entfuhr ein unangebrachtes Kichern, aber die Anspannung in mir musste sich irgendwie Luft machen. Jo ließ sich davon nicht unterbrechen.

»Ich habe es doch nur noch weiter aufgeschoben. Die Beziehung von Nathalie und mir war bereits zu Ende. Aber stattdessen habe ich dich verloren und zugesehen, wie Nathalie immer mehr ...« Er schüttelte den Kopf. »Sie hat plötzlich ihre Antidepressiva abgesetzt. Sie sagte, dass sie durch die Nebenwirkungen zunehmen würde. Das war totaler Wahnsinn, da sie mehr und mehr abnahm. Ich war total hilflos. Ich habe sie darauf angesprochen, habe ihr gesagt, sie soll Dr. Feinstein anrufen, den Doc, der ihr schon früher einmal geholfen hatte. Aber sie hörte nicht auf mich, sondern zog ihr Ding durch. Ich fragte sie, für was sie mich denn noch brauchte, warum sie so an unserer Beziehung festhielt, wenn sie ja anscheinend andere Ziele hatte? Daraufhin folgte der Streit unseres Lebens. Sie hat mit Geschirr nach mir geworfen. Hat meine Klamotten, meinen Laptop und allen möglichen anderen Krempel aus dem Fenster geschmissen. Sie ist vollkommen ausgerastet. Ich habe in derselben Nacht meine Sachen gepackt, das Nötigste draußen auf der Straße aufgelesen und bin gegangen. Sie hat danach noch mal bei mir angerufen, aber ich bin nicht drangegangen.« Er seufzte und sah mir lange in die Augen. »Ich weiß nicht, was sie so kaputtgemacht hat. Unsere desaströse Beziehung oder die Trennung.«

Wir schwiegen beide. Ich wusste nicht, was ich sagen sollte. Ich kannte seine Ex nicht. Ich wusste nicht, wie ihre Beziehung war. Wie sollte ich darüber urteilen?

Wieder seufzte Jo, und ich hatte mehr und mehr den Eindruck, als würden alle Sorgen dieser Erde auf seinen breiten Schultern liegen. Genau diesen Eindruck machte er auf mich.

»Ich habe dir so oft geschrieben. Aber nachdem von dir nichts kam, wollte ich auch für mich damit abschließen. Neu anfangen. Ich habe sogar den Kontakt mit Mike kurzfristig abgebrochen. Einfach nur, um nichts mehr von dir zu hören.« Wieder kniff er sich in den Nasenrücken, wie er es schon vorhin im Krankenhaus getan hatte.

»Hast du Kopfschmerzen?«, fragte ich, da ich diese Geste von meiner Mutter kannte, wenn sie Migräne bekam.

»Ich habe seit Monaten Kopfschmerzen.« Er drückte die Augen fest zusammen. »Der Arzt meinte, das wäre psychosomatisch, weil ich zu viel Stress habe.« Er schnaubte, und ich brachte nur ein Nicken zustande.

»Was geschieht nun mit Nathalie?«, fragte ich ihn.

»Sie wurde jetzt erst einmal in eine psychiatrische Klinik gebracht. Sie wird wohl wegen gefährlicher Körperverletzung angeklagt werden. Mal sehen, wie zurechnungsfähig sie zum Tatzeitpunkt wirklich war.«

Eine Zeitlang saßen wir schweigend da, er auf dem Rand der Matratze, ich auf dem Stuhl gegenüber von ihm, und hingen unseren Gedanken nach.

»Und jetzt?«, fragten wir gleichzeitig und lachten beide über diesen Zufall.

»Ich habe dich vermisst und gehasst zugleich«, gab ich zu. »Vor allem habe ich mich dafür verachtet, dass ich dich noch immer wollte, obwohl du mir so schlimm wehgetan hast.«

Jo erhob sich, kam die wenigen Schritte zu mir gelaufen und kniete sich vor mir nieder. Er nahm meine Hand und sah zu mir auf. Dabei knetete er meine Finger, so wie er es schon früher getan hatte, und suchte meinen Blick.

»Ich will kein *Ja*. Nicht sofort. Ich möchte nur eines wissen: Gibt es eine Chance? Ich würde alles tun. Alles! Ich knie hier vor dir und bitte dich einfach um Vergebung. Bitte verzeih mir meine vielen dummen Fehler.«

Ich schwieg und sah ihm einfach nur in die Augen. Mein Puls raste, und mein Herz schlug mir bis zum Hals.

Das war der Moment. Der Moment, nach dem ich mich seit Monaten gesehnt hatte. Ich hatte es mir so sehr gewünscht und mich gleichzeitig dafür verachtet, noch immer an diesem Mann zu hängen. »Oder hast du bereits einen Freund? Ich könnte es verstehen. Also mich würde es wundern, wenn nicht. Ich wäre …«

Genug.

Ich beugte mich nach vorne und küsste ihn.

Unser erster Kuss nach all diesen Monaten war sanft, nicht fordernd. Zaghaft und vorsichtig berührten sich unsere Lippen, als wollten sie das bisschen, das noch zwischen uns existierte, nicht zerstören, als wäre es nur aus dünnem Glas und drohte jederzeit in tausend Teile zu zerspringen. Dieser Kuss sollte kein *Ja* sein. Aber auch kein *Nein*. Ich wusste nicht so recht, was genau ich ihm damit sagen wollte, außer, dass ich ihn vermisst hatte. Wie sehr ich seine Lippen vermisst hatte.

Eine gefühlte Ewigkeit später lösten sich unsere Lippen voneinander, Jos Hand lag an meiner Wange, und er sah mir tief in die Augen. Vielleicht versuchte er, etwas in ihnen zu lesen. Ein Willkommen, einen Abschied. Für beides war ich nicht bereit. Ich lebte gerade im Hier und Jetzt, und im Hier und Jetzt genoss ich einfach nur seine Anwesenheit.

»Ich bin froh, dass du da bist«, sagte ich und meinte es auch so. Ich war so froh, ihn zu sehen. Da war momentan kein Platz für andere Gefühle. Da war keine Wut, keine Eifersucht oder Enttäuschung. Ich sah ihn an und verspürte einfach nur das Gefühl, ihn nicht gehen lassen zu wollen.

»Und was bedeutet das? Also was bedeutet das für die Zukunft? Für uns?« Jo hörte sich unsicher an. Aber ich konnte ihm keine Antwort geben.

Ich schwieg einen Moment, wich seinem Blick aber nicht aus. Woher sollte ich wissen, was die Zukunft bringen würde? Nur weil ich keinen Groll mehr gegen ihn hegte, hieß das nicht, dass ich einfach alles vergessen konnte.

Ich war tief in meinem Vertrauen erschüttert, und ich wusste, dass es eine lange Zeit dauern würde, bis ich nicht mehr seine Gefühle und seine Ehrlichkeit in Frage stellen würde. Keine Ahnung, wann wir eine Chance hatten, ob wir überhaupt eine hatten. Vielleicht war das zwischen uns auch schon zu kaputt.

»Können wir nicht vielleicht von vorne beginnen? Ich kann das, was geschehen ist, nicht einfach so abhaken, und einfach so weitermachen, das fühlt sich falsch an. Lass uns doch erstmal als gute Freunde starten und uns richtig kennenlernen.«

Jo nickte und strahlte mich an. »Außerdem hast du noch einiges zu klären, und ich bezweifle, dass du momentan klar denken kannst.« Ich sah ihn prüfend an. Er seufzte.

»Das mit meinem Bruder und Nathalie setzt mir ziemlich zu.«

»Das ist doch klar«

»Wir werden alle gegen sie aussagen müssen. Gegen die Person, die ...« Er seufzte. »Ich kann ihr nicht mal jetzt richtig böse sein. Wir haben ihr so viel zu verdanken. Sie tut mir irgendwie leid, aber andererseits weiß ich nicht, ob ich ihr nach dieser Aktion noch mal in die Augen schauen kann.« Er bemerkte meine hochgezogene Augenbraue. »Nein, nein! Nicht dass du denkst, ich will zurück zu ihr oder so. Aber ohne sie wäre Mike wahrscheinlich schon lange nicht mehr am Leben und ...«

»Das gibt ihr nicht das Recht, nun Gott zu spielen und über Leben und Tod zu entscheiden. Mike hätte draufgehen können.«

»Du hast ja recht!« Jo sackte in sich zusammen und vergrub sein Gesicht in den Händen. »Oh Gott, stell dir vor, sie hätte ihn wirklich ...«

Seine Schultern begannen wieder zu beben, und seine Atmung beschleunigte sich. Mir wurde in diesem Moment richtig bewusst, dass Jo wirklich nicht in der Lage war, einen klaren Gedanken zu fassen. Auch er stand unter Schock. Bei ihm war die Erkenntnis über das Geschehene nur etwas später angekommen. Ich rutschte zu ihm auf den Boden und nahm ihn in den Arm. »Alles wird gut, Jo. Mike wird gesund, und Nathalie bekommt Hilfe. Du bist daran nicht schuld. Okay? Beruhige dich.«

Ich verließ das Hotelzimmer, als Jo endlich eingeschlafen war. Es hatte noch etwas Zeit gekostet, bis er zur Ruhe gekommen war. Mike bedeutete ihm so viel. Ihn verletzt im Krankenhausbett liegen zu sehen, hatte ihn tief erschüttert. Ich hatte keine Geschwister, aber wenn ich mir vorstellte, Anna wäre das passiert, konnte ich vage erahnen, wie es Jo gehen musste.

Ich lief zurück zur Haltestelle und überlegte, mich bei Anna zu melden. Immerhin machte auch sie sich Gedanken um mich. Aber ich musste mich erst einmal alleine ordnen. Ich hätte ihr keine Antworten auf die vielen Fragen geben können, die mit Sicherheit auf mich eingeprasselt wären.

Was war das zwischen Jo und mir? Ich hatte keine Ahnung. Irgendetwas verband uns. Irgendetwas, dass uns daran hinderte, den anderen zu vergessen und einfach gehen zu lassen.

Ich würde nichts überstürzen. Die Zeit würde zeigen, ob wir beide für mehr bestimmt waren oder ob wir nur zwei Menschen waren, die sich ab und an eine SMS schickten.

Epilog

»Wo zum Teufel sind die guten Gläser?«

Jo sah um die Ecke und hatte Zahnpastaschaum um den Mund verteilt. Die Zahnbürste ragte ihm wie eine Zigarre aus dem Mundwinkel. »Mmhhh?«

Ich rollte mit den Augen und öffnete den nächsten Schrank.

»Die mit dem Goldrand … ich hab doch extra Punsch gemacht. Die Gläser wären perfekt.«

»Vielleicht hast du sie ja in der Spülmaschine …«

»Hast du nen Knall?«, keifte ich ins Bad zurück. »Die dürfen doch nicht in die Spülmaschine!«

Jo kam nun ohne Zahnpastareste und Zahnbürste aus dem Badezimmer getrottet, ging ins Schlafzimmer und kam kurz danach mit einer Kiste zurück. Er stellte sie auf den Rand des Esstischs, öffnete sie und holte sechs Gläser heraus.

»Die Kiste hast du doch immer auf dem Kleiderschrank verstaut. Und jetzt atme mal durch und bewahre Ruhe. Was bist du denn so aufgeregt?«

»Das ist das erste Weihnachtsfest, das ich ausrichte. Da soll alles perfekt sein.«

»Du organisierst seit Monaten eine riesige Ausstellung und hantierst mit Millionensummen und uralten Gemälden herum. Da wird dich doch jetzt nicht ein kleines privates Essen nervös machen.«

»DOCH«, zickte ich ihn an und überprüfte zum zehnten Mal den Esstisch. Ich vervollständigte das perfekte Ensemble mit den Gläsern und war einigermaßen zufrieden. Jetzt musste nur noch das Essen schmecken.

»DER BRATEN!« Schon rannte ich wieder in die Küche und schaute in den Backofen. Alles gut. Der würde noch ein paar Minuten brauchen.

»Ich bin kurz im Schlafzimmer, auspacken«, sagte Jo und schnappte sich seine kleine Sporttasche, die er immer dabeihatte, wenn er das Wochenende bei mir verbrachte.

Ja, so war das jetzt bei uns.

Nach einer kurzen, befristeten Stelle in einem Museum in Frankfurt hatte tatsächlich etwas Großes geklappt:

Assistenz des Kuratoriums in einem Potsdamer Museum.

Ich organisierte gerade meine erste große Ausstellung mit Kunst aus dem frühen 18. Jahrhundert. Ausstellungsbeginn war der 2. Januar, und ich plante die Vernissage mit Live-Musik, Catering und allem Drum und Dran. Sogar Prominenz aus Politik und Showbiz hatte sich angekündigt. Ich war Tag und Nacht beschäftigt mit der Planung und Organisation und äußerst gestresst. Aber auch verdammt glücklich!

Jo und ich hatten nichts überstürzt und selbst jetzt wahrten wir eine gewisse Distanz, zumindest räumlich. Jo wohnte in einer kleinen Ein-Zimmer Bude in Berlin Mitte, und ich hatte mir eine echt schöne Drei-Zimmer-Wohnung in einem Vorort von Potsdam zugelegt. Dank der Museumsleitung, die gute Beziehungen zu einem Immobilienunternehmen vor Ort pflegten, hatte ich dieses Schmuckstück ergattern können.

Vor einem halben Jahr hatten wir uns ausgesprochen und uns gestanden, noch Gefühle füreinander zu haben. Daran hatte sich nichts geändert. Ich war nach wie vor Feuer und Flamme für ihn. Und ich glaube, wenn es nach ihm gehen würde, wären wir schon längst verlobt. Aber er drängte mich zu nichts. Dafür war ich sehr dankbar. Wenn er hier war, bewegte er sich wie in seinen eigenen vier Wänden, und auch das machte mich glücklich.

Heute war Heiligabend, und es würde unser erstes gemeinsames Weihnachten sein.

Es klingelte an der Tür, und ich stieß einen schockierten Schrei aus.

»SIE SIND VIEL ZU FRÜH!«

Ich rannte zur Eingangstür und öffnete sie. Davor standen Anna und Mike, mit Geschenken im Arm und vereinzelten Schneeflocken in den Haaren.

»Frohe Weihnachten!«, riefen sie beide gleichzeitig und wir fielen uns zu dritt in die Arme. Jo kam aus dem Schlafzimmer gestürmt und legte nun auch seine Arme um uns. Wir waren ein Knäuel aus vier Menschen, die sich in den letzten Monaten furchtbar vermisst hatten.

Mike und Anna lebten immer noch gemeinsam in Heidelberg. An ihrer Situation hatte sich kaum etwas geändert. Mike absolvierte mittlerweile eine einjährige Ausbildung zum Veranstaltungskaufmann. Das schien sein Ding zu sein. Ansonsten waren die beiden natürlich kein Paar, auch wenn sie das monogam durchzogen.

Kaum hatten wir uns voneinander gelöst, klingelte es ein weiteres Mal, und meine Mum und mein Dad standen vor der Tür.

Ich hatte sie zur Feier des Tages in einem naheliegenden Hotel untergebracht. Ich wollte ihnen unbedingt *mein* Museum zeigen und bei der Gelegenheit gleich noch einen Trip durch unsere Hauptstadt mit ihnen machen. Dad war schon Ewigkeiten nicht mehr in Berlin gewesen, und Mum hatte weder meine Wohnung noch Berlin oder Potsdam je gesehen. Also lud ich die beiden ein. Erst dachte ich, sie hätten ein Problem damit, aufeinanderzutreffen. Aber so war es nicht. Sie kamen beide, weil sie mich sehen wollten, und behandelten sich dabei respektvoll.

Ich machte eine kleine Wohnungsführung und ignorierte Annas fragenden Blick beim Anblick von Jos Tasche auf meinem Bett. Ebenso, als sie die zwei Zahnbürsten im Badezimmer entdeckte und seine Brille auf dem Wohnzimmertisch neben einer Zeitschrift über das Programmieren von Websites. Jo hatte seine Habseligkeiten gut verteilt. Wollte er so sein Revier markieren? Oder fühlte er sich einfach wie Zuhause? Zuvor war mir das gar nicht aufgefallen.

Am Ende der Führung setzten wir uns alle an den Esstisch, um anzustoßen. Ich hatte schon reichlich Getränke bereitgestellt. Jeder konnte sich bedienen. Erst als ich wieder in die Küche ging, um nach dem Essen zu sehen, folgte mir Anna unauffällig.

»Und? Hast du etwa einen neuen Mitbewohner?«

Ich rollte mit den Augen.

»Das fragst gerade du mich?« Ich musterte sie mit hochgezogener Augenbraue und konnte mir ein spöttisches Grinsen nicht verkneifen. »Jo ist ab und an am Wochenende bei mir. Und ja, wir sind ein Paar.

Eigentlich waren wir nie wirklich getrennt … wir haben es nur langsam angehen lassen.«

»Ich wusste, dass du ihn nicht lange aus dem Schlafzimmer fernhalten können würdest!«

Ich zuckte mit den Achseln. Naja, »nicht lange« … das war Auslegungssache. Es war erst im August dazu gekommen, auch wenn Jo schon Monate zuvor gewollt hätte. Ich war mir seiner Wirkung auf mich allerdings sehr bewusst und wusste, wenn ich mit ihm schlafe, lasse ich ihn nicht mehr gehen. Also wollte ich mir sicher sein.

Ich habe acht Monate gebraucht, um mir sicher zu sein.

Selbst jetzt sah ich ihn manchmal an, nachts, wenn er schlief, und fragte mich, ob das funktionieren konnte.

Vertrauen ist eine heikle Sache.

Innerhalb von Sekunden kann es zerstört werden. Aber es braucht Jahre, um es aufzubauen.

Es war hilfreich gewesen, dass das Gericht Nathalie eine einstweilige Verfügung aufgebrummt hatte. Sie durfte sich Jo und Mike nicht weiter als auf dreihundert Meter nähern, was nicht schwierig war. Ich hatte von Mike erfahren, dass sie das Land verlassen hatte und nun bei einer Tante in Kanada lebte, um noch mal neu anzufangen. Irgendwie gönnte ich ihr diesen Neuanfang. Sie hatte ihn sogar noch nötiger, als ich ihn gehabt hatte.

Anna half mir, Knödel in eine Schüssel zu geben, Soße umzufüllen und den Braten aufzuschneiden. Jo kam einmal in die Küche, küsste mir im Vorbeigehen die Schulter, die das Kleid, das ich trug, freigab, und kümmerte sich ansonsten um den Getränkenachschub. Annas Blick war mir nicht entgangen, aber ich ignorierte sie.

Ich brauchte mich nicht zu rechtfertigen. Das mit Jo und mir war nun so. Das wusste sie auch, da wir uns ständig schrieben und miteinander telefonierten. Sie sah uns nur das erste Mal seit langer Zeit zusammen, und das war wohl ungewohnt für sie. Jo hatte mich kurz nach Silvester in Heidelberg besucht, aber da war es noch anders zwischen uns. Wir hatten viel zusammen unternommen, auch mit Anna und Mike, dem es da zum Glück schon wieder viel besser ging. Aber Berührungen hatte es selten gegeben, dafür umso mehr sehnsüchtige Blicke.

Wir trugen die Speisen in das Esszimmer und ernteten Applaus von allen. Die heiße Küche hatte mir Schweißperlen auf die Stirn getrieben, und noch ehe ich an ein kühles Getränk dachte, reichte mir Jo schon ein Glas kaltes Wasser. Gierig trank ich es aus. Dann sah ich ihm in die Augen und lächelte ihn an. Jo konnte sehr aufmerksam sein. Auch das hatte ich erst in den letzten Wochen an ihm kennengelernt.

Wir aßen, tranken, lachten, erzählten uns von den vergangenen Monaten, die wir teilweise getrennt voneinander leben mussten. Wir schmiedeten Pläne und besprachen, welche Sehenswürdigkeiten wir uns in Berlin zuerst angucken würden.

Nach dem Essen machten wir es uns im Wohnzimmer gemütlich. Ich hatte alles weihnachtlich geschmückt. Lichterketten spendeten warmes Licht, Duftkerzen ließen alles nach Zimt duften, und der Weihnachtsbaum war einfach perfekt. Mike und Anna saßen gemeinsam auf einem Sessel und tuschelten miteinander. Jo und ich hatten uns auf dem Teppich niedergelassen. Mum und Dad machten es sich auf dem Sofa bequem.

»Ich habe etwas zu sagen.« Anna lenkte alle Blicke auf sich. Ich hatte ein mulmiges Gefühl. Ihre Stimme war so ernst.

»Mike und ich, wir …« Sie griff nach seiner Hand, und mein Puls beschleunigte sich. »Wir werden nach Berlin ziehen.« Jo riss die Faust in die Luft und stieß einen ohrenbetäubenden Jubel aus. »Naja, vielleicht auch in einen Vorort irgendwo. Auf jeden Fall hier in die Nähe.«

Ich lächelte wie ein Honigkuchenpferd, wurde aber das Gefühl nicht los, dass eine wichtige Info fehlte.

»Warum so plötzlich?«, fragte ich sie.

»Ganz einfach. Mikes Ausbildung ist bald vorbei, und in der Hauptstadt hat er garantiert gute Chancen als Eventmanager. Außerdem …« Sie stockte kurz und sah mich lächelnd an. »Außerdem möchte ich, dass meine Tochter mit ihrer Patentante aufwachsen kann.«

Schweigen.

Stille.

Eine Kerze knisterte.

Ich sah zu Jo, der mich mit riesigen Augen ansah, dann zu Mike, der lächelte und nach unten auf Annas Hand sah, die seine festhielt.

Dann begriffen wir.

»Du bist?«, rief Jo aus.

»Ihr bekommt?«, folgte ich.

Beide nickten glücklich, und ein Jubeln ging durch das Wohnzimmer. Wir fielen uns alle in die Arme, und ich weinte und lachte gleichzeitig. Auch meine Eltern gratulierten den beiden überschwänglich. Anna wischte sich ein paar Tränen mit dem Handrücken von der Wange und lächelte glückselig in die Runde. Ich betrachtete sie genau, aber es war nichts zu sehen. Wobei ... ein klein wenig beulte sich ihr Pullover doch aus.

»Wo ist dein dicker Bauch?«, fragte ich und strich ehrfürchtig über ihren Pullover.

»Bislang hält es sich noch in Grenzen. Ich bin jetzt Anfang vierter Monat, und langsam spannt wirklich alles. Warte mal ab ... die nächsten Monate werde ich aufgehen wie ein Hefekloß.« Sie lachte und machte dicke Backen. Mike küsste ihre Fingerspitzen und sagte nichts. Er wirkte einfach nur glücklich. Als sei er angekommen.

Was für ein Tag.

Die Nachricht von Anna hatte mich umgehauen. Sie wurde Mama, bekam eine kleine Tochter. Ich sollte tatsächlich Patentante werden und sie sogar aufwachsen sehen. Sie zogen zu uns in die Gegend. Das war alles zu viel und so unbeschreiblich schön. Es war tatsächlich das schönste Weihnachtsgeschenk, das man mir hätte machen können.

Als weit nach Mitternacht das Taxi kam und die vier zu ihrem Hotel brachte, atmete ich einmal durch. Der Tag war anstrengend, aber auch wunderschön gewesen. Jo stand hinter mir und legte seine Arme um meine Hüfte. Er küsste meinen Nacken, und ich spürte seinen Atem in meinem Haar. Genießerisch schloss ich die Augen.

»Jo?«

Ich erntete ein müdes Brummen. Seine Nase fuhr weiter durch mein Haar. »Magst du bei mir einziehen?« Er verharrte in seinen Berührungen. »Ich habe dir noch nicht dein Geschenk gegeben.«

»Was? Wie ... doch, hast du. Die Tickets für das Konzert.«

»Das Hauptgeschenk habe ich dir noch nicht gegeben.« Ich löste mich von ihm, holte ein kleines Paket aus der Kommode im Wohnzimmer und reichte es ihm. Er öffnete den Deckel und holte einen Schlüssel hervor.

»Das ist der Wohnungsschlüssel. Du musst ja nicht sofort mit Sack und Pack zu mir ziehen. Aber ...« Ich konnte den Satz nicht beenden, da hatte Jo mich schon zu sich gezogen und küsste mich. Atemlos lehnte er seine Stirn gegen meine. »Das ist die schönste Überraschung, die du mir hättest machen können.«

»Naja, ich hätte auch sagen können, dass ich schwanger bin, so wie Anna ... das wäre definitiv die größere Überraschung gewesen.« Wir lachten und sahen uns dann eine lange Zeit in die Augen.

»Ich liebe dich«, sagte Jo mit einer Ernsthaftigkeit, die keine Zweifel zuließ. Ich küsste ihn zart auf die Lippen, auf die Nase, auf jedes Augenlid und wieder auf seine wunderschönen Lippen.

»Ich liebe dich auch, Jo, schon sehr lange. Das weißt du, oder?«

Er nickte und leckte über meine Unterlippe.

Wir küssten uns, bis unsere Lippen wund waren.

Wir hatten einen langen Weg hinter uns. Wir hatten es uns unnötig schwergemacht und uns dabei fast komplett verloren. Wenn ich sah, was wir nun hatten, war es umso ärgerlicher, dass wir so viel Zeit verschwendet hatten.

Wir wussten es beide von Anfang an.

Das zwischen uns war besonders. Das Wort Schicksal und Vorbestimmung war mir rückblickend nicht selten durch den Kopf gegangen. Trotzdem hatten wir es immer und immer wieder vergeigt.

Vielleicht musste das alles aber auch geschehen, um daraus zu lernen.

Vielleicht mussten wir erst ohne einander leiden, um zu wissen, was wir um nichts auf der Welt mehr verlieren wollten.

Jetzt erst, nach einer langen Zeit voll Kummer, Selbsthass und Verzweiflung, fühlte ich zum ersten Mal das befriedigende Gefühl, angekommen zu sein.

Und wenn ich mir Jo so ansah, wie er mich unter seinen langen Wimpern hindurch mit einem verliebten Blick musterte und dabei nicht aufhörte, mit seiner Hand kleine zärtliche Kreise auf meinen Rücken zu zeichnen, dann wusste ich: Auch er war zufrieden.

Wir würden noch viele Hürden nehmen und uns immer wieder Herausforderungen stellen müssen. So war das nun mal in einer Beziehung. So war das Leben!

Aber wie eine weise Frau einst zu sagen pflegte:
Perfektion ist langweilig.

Ich wollte nichts Perfektes. Ich wollte Jo, so sehr, dass es mich fast zerstört hätte.

Wir waren zusammen, und das war weder perfekt noch makellos.

Wir ergänzten uns und würden unseren Weg gehen.

Ich glaubte an uns.

ENDE

Danke

Wenn ihr hier angekommen seid, dann gehe ich jetzt einfach mal davon aus, dass ihr mein Buch bis zum Ende gelesen habt. Danke dafür! Ihr, meine Leser, seid mir extrem wichtig, und ich hoffe, dass ich euch viel Freude mit diesem Buch bereitet habe. Auch andere Emotionen sind durchaus erwünscht. Immerhin habe ich meine Protagonisten ja ziemlich leiden lassen. Ich hoffe jedoch, dass ihr die letzten Seiten alle mit einem guten Gefühl und einem Lächeln auf den Lippen beendet habt!

Das war nun schon mein dritter Roman, den ich dank Jürgen, dem netten Kerl, der hinter dem Amrûn-Verlag steckt, veröffentlichen durfte. Danke, Jürgen. Danke für das Vertrauen in mich und meine Ideen. Amrûn wird von Jahr zu Jahr besser, und ich bin froh, Teil davon sein zu dürfen.

Die Geschichte rund um Ruby und Jo beschäftigt mich schon sehr lange. Für „Vier Jahre ohne dich" habe ich beispielsweise einen Monat gebraucht. Dann stand die Rohfassung. An diesem Buch hier habe ich über ein Jahr geschrieben, und es hätte noch länger gedauert, hätte ich nicht die Unterstützung einiger Menschen gehabt.

Danke, Patrick, für deine Unterstützung. Ich kann ja manchmal etwas anstrengend sein XD

Danke an Sarah und Christiane fürs Babysitten! Dieses Buch würde es ohne euch nicht geben!

Danke, Rica, für die Hilfe beim Plotten.

Danke, Tatjana, für das wunderbare und extrem spaßige Lektorat. Ich freue mich schon aufs nächste ;-)

Danke an meine Testleser! Allen voran Saskia, Steph, Julia und meine Mama!

Danke an meine Kolibriherz-Mädels Julia, Kim und Sina. Einfach dafür, dass ihr immer da seid.

Danke an meine Lieblings-Blogger. Ich meine jeden einzelnen von euch <3

Danke an Sandra für die Grundidee, die wir vor einiger Zeit (oder sind es mittlerweile Jahre??) bei einem gemütlichen Kaffee hatten.

Danke an meine Eltern fürs Anfeuern.

Zum Schluss möchte ich euch um etwas bitten:

Ich bitte euch um Feedback. Ihr glaubt nicht, wie wichtig das für uns Autoren ist.

Schreibt Rezensionen, postet eure Meinung in den Sozialen Medien oder schreibt mich direkt an. Gerne über Facebook (WWW.FACEBOOK.COM/KATHARINAWOLFAUTORIN) oder per Email (FEEDBACK@KATHARINA-WOLF.COM)

Du kannst dir sicher sein, dass ich genau in diesem Moment wahrscheinlich zu Hause mit Schokolade und einer Tasse Kaffee auf der Couch sitze und mich wahnsinnig über eine Nachricht von Dir freuen würde ;-)

STRIKE - ODER DIE UNWAHRSCHEINLICHKEIT VOM BLITZ GETROFFEN ZU WERDEN UND DIE GROSSE LIEBE ZU FINDEN

Wie wahrscheinlich ist es wohl, vom Blitz getroffen zu werden und die große Liebe zu finden? Sophie kommt aus gutem Hause und führt ein unbeschwertes Leben. Strike hingegen lebt auf der Straße und kann von einer sorglosen Jugend nur träumen. Die beiden könnten unterschiedlicher nicht sein, doch gemeinsam bestreiten sie eine Reise, die sie für immer verändern wird.